मानक हिंदी का स्वरूप

मानक हिंदी का स्वरूप

भोलानाथ तिवारी

प्रकाशक • **प्रभात प्रकाशन प्रा. लि.**
4/19 आसफ अली रोड,
नई दिल्ली–110002

संस्करण • 2025
मूल्य • छह सौ रुपए
मुद्रक • श्री साई प्रिंटर्स, साहिबाबाद

MANAK HINDI KA SWAROOP
by Dr. Bhola Nath Tiwari ₹ 600.00
Published by Prabhat Prakashan Pvt. Ltd., 4/19 Asaf Ali Road, New Delhi-2
e-mail: prabhatbooks@gmail.com ISBN 978-93-5322-681-7

दो शब्द

समय-समय पर 'मानक भाषा', 'मानक हिंदी' और 'मानक हिंदी का स्वरूप'—जैसे विषयों पर सोचने, लिखने तथा देश-विदेश में बोलने का अवसर मिलता रहा है। प्रस्तुत पुस्तक उन्हीं सबका समेकित रूप है। वस्तुतः मानक रूप प्राप्त करने के लिए प्रयत्नशील किसी भी भाषा के मानक रूप पर अंतिम रूप से कुछ कहना कठिन होता है। पिछले वर्ष मेरी एक पुस्तक प्रकाशित हुई थी—हिंदी उच्चारण कोश। उसे तैयार करते समय भी यह बात बार-बार मुझे परेशान करती रही। यों इस कठिनाई के बावजूद इस तरह के प्रयास करते रहने से ही ऐसी समस्याओं का समाधान संभव होता है, इसीलिए प्रयास होते रहना चाहिए। हाँ यह अवश्य है कि इन प्रयासों में प्रायः ऐसे अनेक स्थान मिल जाते हैं जिन्हें लेकर मतभेद की गुंजाइश होती है। मेरा प्रयास प्रायः यह रहा है कि ऐसे उच्चारण और प्रयोग आदि ही मानक माने जाएँ जो परंपरा-समर्थित तो हों ही, सुशिक्षित मातृभाषियों को मान्य भी हों।

विश्वास है यह पुस्तक मानक हिंदी और उसके स्वरूप को समझने-समझाने में सहायक सिद्ध होगी।

पुस्तक की छपाई के समय पूरी ज़िम्मेदारी भाई एम० एस० राणा पर छोड़कर मुझे अमेरिका जाना पड़ा। उन्होंने इसकी पांडुलिपि भी आद्यंत देखी और प्रूफ़-संशोधन का दायित्व बख़ूबी निभाया। इस सहयोग के लिए मैं उनका हृदय से आभारी हूँ। वस्तुतः श्री राणा का हिंदी भाषा पर अच्छा अधिकार है जिसका मैंने लाभ उठाया है।

भोला नाथ तिवारी

अनुक्रम

एक

मानक भाषा और उसके प्रकार

मानक

'मानक' शब्द अपने वर्तमान अर्थ में संस्कृत में नहीं आया है। हाँ, उसमें 'मान' शब्द लगभग इस अर्थ में अवश्य है। 'मान' का संस्कृत में अर्थ 'माप', 'मापदंड', 'मानदंड' या पैमाना आदि है। 'मान' में स्वार्थे प्रत्यय 'क' के योग से अंग्रेज़ी 'स्टैंडर्ड' के प्रतिशब्द के रूप में 'मानक' शब्द बनाया गया है, किन्तु यह निर्माण हिंदी में १९४५ के आस-पास हुआ।

इस अर्थ में संज्ञा तथा विशेषण दोनों ही रूपों में पहले डॉ० रघुवीर ने 'प्रमाप' शब्द बनाया था किंतु वह चला नहीं। हिंदी के पुराने कोशों जैसे 'हिंदी शब्द सागर' (पहला संस्करण) या 'वृहत् हिंदी कोश' (प्रारंभिक कई संस्करणों) में इसीलिए 'मानक' शब्द इस अर्थ में नहीं आया है। रामचंद्र वर्मा के १९४९ में प्रकाशित 'प्रामाणिक हिंदी कोश' में सबसे पहले यह शब्द इस अर्थ में आया है जहाँ इसकी व्याख्या दी गई है : वह निश्चित या स्थिर किया हुआ सर्वमान्य मान या माप जिसके अनुसार किसी की योग्यता, श्रेष्ठता, गुण आदि का अनुमान या कल्पना की जाए (स्टैंडर्ड)। हिंदी में 'मानक' शब्द विशेषण तथा संज्ञा दोनों ही रूपों में आता है। 'मानक भाषा' में यह विशेषण है तो 'मानक भवन' (एक सरकारी कार्यालय जो वस्तुओं के मानकीकरण से संबद्ध कार्य करता है) में संज्ञा।

मानक भाषा

हिंदी में 'मानक भाषा' के अर्थ में पहले 'साधु भाषा', 'टकसाली भाषा', 'शुद्ध भाषा', 'आदर्श भाषा' तथा 'परिनिष्ठित भाषा' आदि का प्रयोग होता था। अँग्रेज़ी शब्द 'स्टैंडर्ड' के प्रतिशब्द के रूप में 'मानक' शब्द के स्थिरीकरण के बाद 'स्टैंडर्ड लैंग्विज' के अनुवाद के रूप में 'मानक भाषा' शब्द चल पड़ा।

अँग्रेज़ी 'स्टैंडर्ड' शब्द की व्युत्पत्ति विवादास्पद है। कुछ लोग इसे 'स्टैंड'

(खड़ा होना) से जोड़ते हैं तो कुछ लोग एक्स्टैंड (बढ़ाना) से। मेरे विचार में यह 'स्टैंड' से संबद्ध है। वह जो खड़ा होकर, स्पष्टत: औरों से अलग प्रतिमान का काम करे। 'मानक भाषा' भी अमानक भाषा-रूपों से अलग एक प्रतिमान का काम करती है। उसी के आधार पर किसी के द्वारा प्रयुक्त भाषा की मानकता-अमानकता का निर्णय किया जाता है।

'मानक भाषा' को लोगों ने तरह-तरह से स्पष्ट करने का यत्न किया है। रॉबिन्स (१९६६) के अनुसार सामाजिक दृष्टि से महत्त्वपूर्ण लोगों की बोली को मानक भाषा का नाम दिया जाता है। स्टिवर्ट (१९६८) ने प्रकृति, आंतरिक व्यवस्था तथा सामाजिक प्रयोग आदि के आधार पर भाषा के विभिन्न प्रकारों में अंतर दिखाने के लिए चार आधार माने हैं—

(१) **ऐतिहासिकता** (History)—'ऐतिहासिकता' का अर्थ है, भाषा की प्राचीन परंपरा और काल की दृष्टि से उसका विकास। अधिकांश भाषाएँ एक पीढ़ी से दूसरी पीढ़ी तक, फिर दूसरी से तीसरी तक और ऐसे ही आगे भी पीढ़ी-दर-पीढ़ी चलती रहती हैं। यही उनकी ऐतिहासिकता है। यह उल्लेख्य है कि एस्पिरैंतो, इदो, लौंग्लन जैसी कृत्रिम भाषाओं में इस ऐतिहासिकता का अभाव होता है।

(२) **मानकीकरण** (Standardization)—अर्थात् भाषा को एक मानक रूप देना। ऐसा रूप जिसमें प्राप्त सभी विकल्पों में एक को मानक मान लिया गया हो तथा जिस भाषारूप को उस भाषा के सारे बोलनेवाले मानक स्वीकार करते हों। यह बात ध्यान देने की है कि विश्व की अधिकांश समुन्नत भाषाओं का मानक रूप होता है, जबकि अवभाषा (वर्नाक्यूलर), बोली, क्रियोल आदि का मानक रूप नहीं होता। मानकीकरण के कारण ही कोई भाषा अपने पूरे क्षेत्र में शब्दावली तथा व्याकरण की दृष्टि से समरूप होती है, इसीलिए वह सभी लोगों के लिए बोधगम्य भी होती है। साथ ही वह सभी लोगों द्वारा मान्य होती है अत: अन्य भाषारूपों की तुलना में वह अधिक प्रतिष्ठित भी होती है।

(३) **जीवंतता** (Vitality)—अर्थात् भाषा का प्रयोक्ता कोई समाज हो जिसमें बोलचाल तथा लेखन आदि में उस भाषा का प्रयोग होता हो। जीवंत भाषा में निरंतर विकास होता रहता है। विश्व में बोली जाने वाली सभी भाषाओं और बोलियों में जीवंतता मिलती है। हाँ, संस्कृत, लैटिन, पालि, प्राकृत, अपभ्रंश जैसी पुरानी या क्लासिकी भाषाएँ आज सामान्य प्रयोग में नहीं हैं, इसीलिए उनमें जीवंतता नहीं मानी जा सकती।

(४) **स्वायत्तता** (Autonomy)—स्वायत्तता से आशय है अपने अस्तित्व के लिए किसी भाषा का किसी अन्य भाषा पर निर्भर न होना। सामान्यत: भाषाएँ स्वायत्त होती हैं, किंतु बोलियाँ स्वायत्त नहीं होतीं; वे अपने अस्तित्व के लिए

भाषा पर निर्भर करती हैं। इसीलिए हमें प्रत्येक बोली के लिए यह कहना पड़ता है कि वह बोली अमुक भाषा की है किंतु भाषा के संबंध में ऐसी कोई बाध्यता नहीं है।

इन आधारों को लेकर हम विचार करें तो क्लासिकी भाषा में ऐतिहासिकता होती है, मानकता होती है, किंतु जीवंतता नहीं होती, बोली में मानकता तथा स्वायत्तता नहीं होती, अवभाषा (वर्नाक्यूलर) में मानकता नहीं होती, कृत्रिम भाषा में केवल मानकता होती है, पिजिन में मात्र ऐतिहासिकता होती है, क्रिओल में अन्य सभी होती है, किंतु मानकता नहीं होती। मानक भाषा में ये चारों ही विशेषताएँ होती हैं। वस्तुतः स्टिवर्ट की ये बातें यह तो बतलाती हैं कि मानक भाषा में उपर्युक्त चार विशेषताएँ होती हैं, 'किंतु मानक भाषा में मानकता भी होती है' का तब तक कोई अर्थ नहीं, जब तक कि हम यह न बताएँ कि मानकता क्या है।

मेरे अपने विचार में मानकता में निम्नांकित बातें आती हैं—

(१) मानकता का आधार कोई व्याकरणिक या भाषावैज्ञानिक तथ्य अथवा नियम नहीं होते। इसका आधार मूलतः सामाजिक स्वीकृति है। समाज विशेष के लोग भाषा के जिस रूप को अपनी मानक भाषा मान लें, उनके लिए वही मानक हो जाती है।

(२) इस तरह भाषा की मानकता का प्रश्न तत्त्वतः भाषाविज्ञान का न होकर समाज-भाषाविज्ञान का है। भाषाविज्ञान भाषा की संरचना का अध्ययन करता है, और संरचना मानक भाषा की भी होती है और अमानक भाषा की भी। उसका इससे कोई संबंध नहीं कि समाज किसे शुद्ध मानता है और किसे नहीं। इस तरह मानक भाषा की संकल्पना को संरचनात्मक न कहकर सामाजिक कहना उपयुक्त होगा।

(३) जब हम समाज विशेष से किसी भाषा-रूप के मानक माने जाने की बात करते हैं, तो समाज से आशय होता है सुशिक्षित और शिष्ट लोगों का वह समाज जो पूरे भाषा-भाषी क्षेत्र में प्रभावशाली एवं महत्त्वपूर्ण माना जाता है। वस्तुतः उस भाषा-रूप की प्रतिष्ठा उसके उन महत्त्वपूर्ण प्रयोक्ताओं पर ही आधारित होती है। दूसरे शब्दों में उस भाषा के बोलनेवालों में यही वर्ग एक प्रकार से मानक वर्ग होता है।

(४) समाज द्वारा मान्य होने के कारण भाषा के अन्य प्रकारों की तुलना में मानक भाषा की प्रतिष्ठा होती है। इस तरह मानक भाषा सामाजिक प्रतिष्ठा का प्रतीक है।

(५) सामान्यतः मानक भाषा मूलतः किसी देश की राजधानी या अन्य दृष्टियों से किसी महत्त्वपूर्ण केन्द्र की बोली होती है, जिसे राजनीतिक अथवा

धार्मिक अथवा सामाजिक कारणों से प्रतिष्ठा और स्वीकृति प्राप्त हो जाती है।

(६) बोली का प्रयोग अपने क्षेत्र तक सीमित रहता है, किंतु मानक भाषा का क्षेत्र अपने मूल क्षेत्र के भी बाहर अन्य बोली-क्षेत्रों में होता है।

(७) यदि किसी भाषा का मानक रूप है तो साहित्य में, शिक्षा के माध्यम के रूप में, अंतःक्षेत्रीय प्रयोग में तथा सभी औपचारिक परिस्थितियों में उस मानक रूप का ही प्रयोग होता है, अमानक रूप या बोली आदि का नहीं।

(८) किसी भाषा के बोलनेवाले अन्य भाषा-भाषियों के साथ प्रायः उस भाषा के मानक रूप का ही प्रयोग करने का प्रयास करते हैं, किसी बोली का अथवा अमानक रूप का नहीं।

संक्षेप में—

'मानक भाषा' किसी भाषा के उस रूप को कहते हैं जो उस भाषा के पूरे क्षेत्र में शुद्ध माना जाता है तथा जिसे उस प्रदेश का शिक्षित और शिष्ट समाज अपनी भाषा का आदर्श रूप मानता है और प्रायः सभी औपचारिक परिस्थितियों में, लेखन में, प्रशासन और शिक्षा के माध्यम के रूप में यथासाध्य उसी का प्रयोग करने का प्रयत्न करता है।

भाषाओं को मानक रूप देने की भावना जिन अनेक कारणों से विश्व में जगी, उनमें सामाजिक आवश्यकता, प्रेस का प्रचार, वैज्ञानिक दृष्टिकोण के विकास से एकरूपता के प्रति रुझान तथा स्व की अस्मिता आदि मुख्य हैं। यहाँ इनमें एक-दो को थोड़े विस्तार से देख लेना अन्यथा न होगा। उदाहरण के लिए मानक भाषा की सामाजिक आवश्यकता से इनकार नहीं किया जा सकता। किसी भी क्षेत्र को लें, सभी बोलियों में प्रशासन, साहित्य-रचना, शिक्षा देना या आपस में बातचीत कठिन भी है, अव्यावहारिक भी। हिंदी की ही बात लें तो उसकी बीस-पच्चीस बोलियों में ऐसा करना बहुत संभव नहीं है। आज तो कुमायूँनी भाषी मानक हिंदी के ज़रिये मैथिली भाषी से बातचीत करता है किंतु यदि मानक हिंदी न होती तो दोनों एक-दूसरे को नहीं समझ पाते। सभी बोलियों में अन्य बोलियों के साहित्य का अनुवाद भी साधनों की कमी से बहुत संभव नहीं है, ऐसी स्थिति में शैलेश मटियानी (कुमायूँनी भाषी) के साहित्य का आनंद मैथिली भाषी नहीं ले सकता था, न नागार्जुन (मैथिली भाषी) के साहित्य का आनंद कुमायूँनी, गढ़वाली या हरियानी भाषी। इस तरह सभी बोलियों के ऊपर एक मानक भाषा को आरोपित करना, अच्छा या बुरा जो भी हो, उसकी सामाजिक अनिवार्यता है और इसीलिए विभिन्न क्षेत्रों में कुछ मानक भाषाएँ स्वयं विकसित हुई हैं, कुछ की गई हैं और उन्होंने उन क्षेत्रों को काफ़ी दूर-दूर तक समझे जानेवाले माध्यम के रूप में अनंत सुविधाएँ प्रदान की हैं। ऐसे ही प्रेस के आविष्कार तथा प्रचार ने भी मानकता को अनिवार्य बनाया है। पुस्तकें छपीं तो लोग-भाषा के व्याकरण की एकरूपता के

प्रति जाने-अनजाने सजग हुए। एक ही लिपि के अक्षर पहले अनेक क्षेत्रों में अनेक प्रकार से लिखे जाते थे। प्रेस को प्रत्येक अक्षर के एक स्वरूप को ही अपनाना पड़ा तो लिपियों के अक्षरों में एकरूपता आई और धीरे-धीरे पुस्तकें छपने लगीं तो वर्तनी के क्षेत्र में भी यही स्थिति हुई। इस तरह प्रेस के कारण अक्षर, वर्तनी तथा भाषिक प्रयोग सभी में एकरूपता के माध्यम से मानकता का सहज ही विकास होता गया।

ऐसा अनुमान लगता है कि भाषा को एक मानक रूप देने या मानक रूप के प्रयोग पर बल देने के लिए पहले सामूहिक प्रयत्न नहीं होते थे। भाषा के पंडित व्यक्तिगत रूप से उस संबंध में कहा या लिखा करते थे। पुराने व्याकरण, मुख्यतः जिनमें 'ऐसी भाषा बोलो', 'ऐसी भाषा मत बोलो' या 'मत लिखो', इसी दिशा के प्रयास थे। किंतु यूरोप में पुनर्जागरण के बाद सामूहिक प्रयास भी शुरू हो गए। इसकी शुरुआत इटली से हुई तथा धीरे-धीरे यूरोप के अनेक देशों में अकादमियाँ बनीं जिनका काम भाषा की देखभाल भी था। परवर्ती काल में इटली की तो दो अकादमियाँ मुख्यतः भाषा के लिए ही बनीं। इनमें पहली थी 'फ्लोरेंताइन अकादेमिआ' (Florentine Academia) जो १५४० में स्थापित हुई और दूसरी 'अकादेमिआ देला क्रूस्का' (Academia della Crusca) जिसकी स्थापना १५८२ में हुई। यह दूसरी आज लगभग चार सौ वर्षों बाद भी काम कर रही है। इन्हीं दो अकादमियों के प्रभाव से इटली में तुस्कन (Tuscan) बोली मानक भाषा मानी और बनाई गई। इन्हीं की देखादेखी अन्य देशों में भी ऐसा ही हुआ। जैसे फ्रांस में १६३० में फ्रांसीसी अकादमी (जो अब भी काम कर रही है), स्पेन में १७१३ में स्पैनिश अकादमी तथा १७८६ में स्वेडेन में स्वेडिश अकादमी आदि। जर्मनी (१६१७ के आस-पास), इंग्लैंड (१७१२ के आस-पास), तथा अमेरिका (१८२१ के आस-पास) में भी इसी प्रकार के प्रयास हुए, किंतु सफलता नहीं मिली। उपर्युक्त अकादमियों में सर्वाधिक प्रभावशाली स्पैनिश अकादमी है जिससे संबद्ध तेरह संस्थाएँ स्पेन, लैटिन, अमेरिका तथा फिलिपीन्स आदि कई देशों में हैं। नौ देशों की सरकारों से इन्हें मान्यता भी प्राप्त है। अमेरिका के भी कुछ ऐसे नगरों में, जहाँ स्पेनी लोग काफी बड़ी संख्या में रहते हैं, इस अकादमी की शाखाएँ हैं। अकादमियों का मुख्य काम मानक व्याकरण तथा मानक कोश प्रकाशित करना और समय-समय पर अधिवेशन और संगोष्ठियों का आयोजन करके मानक भाषा के प्रति जागरूकता लाना रहा है।

भाषा के मानकीकरण के कुछ अजीबो-ग़रीब उदाहरण भी विश्व के अनेक कोनों में मिलते हैं। उदाहरण के लिए रूमानिया की भाषा मूलतः बोलचाल की लैटिन से विकसित है, किंतु ऐतिहासिक कारणों से उस पर तुर्की, यूनानी, स्लाव आदि का मुख्यतः शब्दों के क्षेत्र में बहुत अधिक प्रभाव रहा है। किंतु जब से वहाँ

राष्ट्रीयता की भावना जगी काफ़ी लैटिनेतर तत्त्वों से भाषा को मुक्त करके उसका मानक रूप बनाया गया। जो शब्द उनके पास अपने नहीं थे लैटिन से विकसित अन्य यूरोपीय भाषाओं, मुख्यतः फ्रांसीसी, से लिए गए। यही नहीं क्रिया-व्यवस्था सरल की गई तथा नपुंसक लिंग को भाषा से निकाल दिया गया। इस तरह वाक्य-रचना भी परिवर्तित या संशोधित हुई। ऐसे ही, क्रांति के बाद सोवियत संघ में रूसी भाषा को मानक रूप दिया गया तो रूसी लिपि में प्रयुक्त कठोर चिह्नों को निकाल दिया गया तथा सर्वनामों में भी कुछ अल्पप्रयुक्त रूप व्याकरण के सरलीकरण के लिए छोड़ दिए गए।

नारवे में तो और अजीब बात हुई। वहाँ पहले डेनमार्क का शासन था और डैनिश भाषा का बोलबाला था। नारवेजियन बोलियाँ तो कई थीं किंतु कोई एक भाषा जैसी चीज़ नहीं थी। आज़ादी के बाद आज से लगभग सौ वर्ष पूर्व इवार आसेन ने नारवे की सभी बोलियों के आधार पर नारवेजियन भाषा संश्लेषित की जो 'नई नार्स' या 'लैंडस्माल' कही जाती है। स्वभावतः यही वहाँ की मानक भाषा बन गई।

इसी तरह तुर्की में वहाँ के तानाशाह कमाल पाशा ने वहाँ प्रयुक्त फ़ारसी लिपि को निकाल फेंका और उसके स्थान पर संशोधित रोमन लिपि अपनाने का आदेश दिया तथा १९३२ में 'तुर्की भाषा समिति' बनाई जिसे तुर्की भाषा का संशोधन कर उसे मानक रूप देने का काम सौंपा गया।

इस सदी में 'स्व' की भावना उभरने के साथ-साथ कई अन्य भी देशों में इस प्रकार की बातें हुई हैं। नागरी लिपि तथा हिंदी वर्तनी का मानकीकरण हमारी केन्द्रीय सरकार की संस्था हिंदी निदेशालय ने भारत भर के चुने हुए भाषाविज्ञान के विद्वानों की सहायता से किया है (दे० भोलानाथ तिवारी—हिंदी भाषा; भोलानाथ तिवारी, किरण बाला—हिंदी वर्तनी की समस्याएँ)। हिंदी ने अपने परंपरागत अनेक तद्भव (जैसे 'इंद्री' जो मध्यकाल में तथा भारतेन्दु काल में खूब प्रयुक्त होता था) तथा विदेशी (दफ़्तर, आफ़िस, क्लर्क) शब्दों के स्थान पर तत्सम शब्द अपना (जैसे 'इंद्रिय') या बना (जैसे कार्यालय, लिपिक) लिए हैं। तमिल भाषा ने अपनी भाषा में बहुप्रयुक्त काफ़ी संस्कृत शब्दों को निकालकर अपने मूल तमिल शब्दों को अपना लिया है। यहाँ तक कि 'षड्मुखम' जिन लोगों के नाम थे, उन्होंने अपने नाम 'अरमुखम' कर लिए हैं—संस्कृत 'षट्' (छः) के स्थान पर तमिल 'अर' (छः) लगाकर। ऐसे ही १८०० ई० के बाद उर्दू ने अनेकानेक भारतीय मूल शब्दों को निकालकर अरबी-फ़ारसी शब्द अपनाए। उर्दू का १८०० से पूर्ववर्ती साहित्य और परवर्ती साहित्य इसका स्पष्ट प्रमाण है।

यहाँ तक हमने यह देखा कि या तो किसी व्यवहृत बोली को या भाषा को या कई बोलियों के आधार पर संश्लेषित भाषा को मानक भाषा बनाया गया। विश्व

में कुछ ऐसे भी उदाहरण हैं जहाँ प्राचीन मृत या अजीवित क्लासिकी भाषा को अपनी मानक भाषा के रूप में स्वीकार किया गया है। उदाहरण के लिए इस्राइल ने अपने यहाँ क्लासिकी हिब्रू को मानक भाषा के रूप में स्वीकार किया है। यह बात दूसरी है कि उसमें आधुनिक संकल्पनाओं के लिए नए शब्द भी जोड़े या बनाए गए हैं।

प्रायः मानक भाषा का मूल आधार एकक्षेत्रीय होता, किंतु धीरे-धीरे वह भाषा सर्वक्षेत्रीय बन जाती है। जैसे आज की मानक हिंदी मूलतः दिल्ली और आस-पास की 'एकक्षेत्रीय' बोली है किंतु अब हिंदी प्रदेश के सभी क्षेत्रों में स्वीकृति पाकर वह 'सर्वक्षेत्रीय' हो गई है।

ऐसे ही मानक भाषा मूलतः प्रायः एक बोली होती है किंतु मानक भाषा बनते-बनते अनेक अन्य क्षेत्रों के तत्त्व तथा ऐसे तत्त्व जो मूलतः उस बोली में नहीं होते, ग्रहण कर वह भाषा, वह मूल बोली नहीं रह जाती, तथा उसकी ध्वनि-संरचना, उसका शब्दभण्डार तथा व्याकरण सभी कुछ उससे न्यूनाधिक रूप से अलग हो जाते हैं।

इस प्रकार एकक्षेत्रीय से सर्वक्षेत्रीय और बोली से अबोली बन जाना मानक भाषा की अनिवार्यता है।

मानक भाषा एक तरफ़ तो विभिन्न स्रोतों से अनेकानेक अलग-अलग प्रकार के तत्त्व ग्रहण करती है और उनमें समन्वयन कर अपनी संरचना में एकरूपता लाती है, और दूसरी तरफ़ अनेक क्षेत्रों तथा विषयों में प्रयुक्त होने के कारण विभिन्न प्रकार के क्षेत्रीय और वैषयिक प्रभावों से युक्त होकर अपने में बहुरूपता लाने को बाध्य होती है। उदाहरण के लिए आज की हिंदी अपने मूल प्रकृत तत्त्वों, मध्यकाल में फ़ारसी आदि से आए तत्त्वों, आधुनिक काल में अँग्रेज़ी से गृहीत तत्त्वों तथा सांस्कृतिक जागरण के कारण संस्कृत से लिए गए तत्त्वों का समन्वयन करके एकरूपी अथवा समरूपी मानक भाषा बनी है, किंतु दूसरी तरफ़ कलकत्ता, बंबई, मॉरिशस, फ़ीजी आदि विभिन्न क्षेत्रों में व्यवहृत होकर तथा विज्ञान, वाणिज्य, खेल-कूद, कार्यालय तथा साहित्य आदि में प्रयुक्त होकर बहु-रूपी या विषमरूपी भी बनी है।

मानक भाषा की मानकता का आशय है एक ओर सभी दृष्टियों से एकरूपता का अलचीलापन, किंतु दूसरी ओर प्रयोग के क्षेत्रों और विषयों में विस्तार के साथ अपने रूप और अपनी प्रकृति में विविधता, और यह है उसका लचीलापन। इस तरह समरूपता और विषमरूपता, ये विरोधी प्रवृत्तियाँ प्रत्येक मानक भाषा के साथ जुड़ी रहती हैं। इन्हीं विरोधों में वह पनपती है, आगे बढ़ती है और अपने को संपुष्ट करती है—वह अलचीली होकर भी लचीली बनती रहती है और लचीली होकर भी एकरूपता का अलचीलापन अपने में लाती रहती है।

मानकीकरण के चरण

इस संबंध में लोगों ने तरह-तरह से विचार किया है। मेरे विचार में इसके सात चरण हैं : चयन, स्वीकरण, प्रयोगण, समन्वयन, आत्मसातन, विस्तारण, प्रयुक्ति-मानकीकरण। आगे इन्हें थोड़े विस्तार से लिया जा रहा है :

चयन

इसके अंतर्गत कई प्रकार के चयन आते हैं :

(क) **भाषा या बोली का चयन**—पीछे हम देख चुके हैं कि कभी तो कोई भाषा मानक भाषा के रूप में चुनी जाती है, जैसे इस्राइल ने अपने लिए प्राचीन क्लासिकी भाषा हिब्रू चुनी; तो कभी किसी बोली का चयन हो जाता है, जैसे चीन, इंग्लैंड, फ्रांस आदि अनेक देशों में राजधानी के आस-पास की बोली का मानक भाषा के लिए चयन हुआ।

यह उल्लेख्य है कि 'चयन करना' और 'चयन हो जाना' दोनों एक नहीं हैं। 'चयन करना' समझ-बूझकर की गई प्रक्रिया है, जैसे इस्राइल में किया गया। किंतु 'चयन हो जाना' सामाजिक, व्यापारिक, धार्मिक और राजनीतिक परिस्थितियों के कारणों से सहज रूप से हो जाने वाली प्रक्रिया है। खड़ी बोली को मानक हिंदी के रूप में किसी ने चुना नहीं, वह परिस्थितियों के कारण सहज ही उस रूप में विकसित हो गई—इस रूप में विकसित हुई कि हिंदी भाषी जनता ने उसे सहज ही स्वीकार कर लिया। उसके पास उस स्वीकृति के अतिरिक्त कोई चारा नहीं था।

नारवे की स्थिति इस अर्थ में थोड़ी भिन्न है कि वहाँ न तो चयन किया गया, न सहज रूप से चयन हुआ बल्कि वहाँ की सभी बोलियों के संश्लेषण के आधार पर नई भाषा खड़ी की गई। यों मैंने कहीं पढ़ा तो नहीं किंतु मेरा अपना अनुमान है कि जहाँ भाषा ऐसे संश्लेषित की जाती है वहाँ संश्लेषित भाषा के मूल में आधार निश्चित रूप से एक-दो बोलियों का ही होता है तथा शब्द, प्रयोग, मुहावरे आदि सभी बोलियों से लिए जाते हैं। नारवे में भी ऐसा ही हुआ होगा।

(ख) **भाषिक इकाइयों का चयन**—दूसरे प्रकार का चयन भाषिक इकाइयों का होता है। यह ध्यान देने योग्य है कि प्रयोग में कुछ स्तरों पर तो भाषा में ऐसी इकाइयाँ होती हैं, जो एक-एक ही होती हैं इसीलिए उनमें चयन का प्रश्न नहीं उठता। उदाहरण के लिए हिंदी में 'क' (एक अक्षर), एक (वर्तनी), कुर्सी (शब्द), आया (रूप) आदि ऐसी ही इकाइयाँ हैं। ये हिंदी में एक-एक ही हैं, इसीलिए यहाँ चयन की समस्या नहीं है। दूसरी इकाइयाँ ऐसी होती हैं, जिनके लिए एकाधिक विकल्प उपलब्ध होते हैं। इन्हीं में चयन की समस्या उठती है। जैसे हिंदी में

अ-ग्र (अक्षर), आई-आयी (वर्तनी), हजार-सहस्र (शब्द), कीजिए-करिए (रूप) में चयन की आवश्यकता है। कहना न होगा कि इस दूसरी परिस्थिति में ही चयन किया जाता है। भाषा में यह चयन अक्षर, वर्तनी, शब्द, रूप, वाक्य, अर्थ और यहाँ तक कि लेखन में विराम चिह्नों के भी स्तर पर होता है। हिंदी में अ-ग्र, ल-ल, झ-भ में एक का चयन (अक्षर-चयन); लिए-लिये, आई-आयी, कौग्रा-कौआ आदि में एक का चयन (वर्तनी-चयन); एक ही चीज़ या अर्थ के लिए कई नामों या शब्दों में एक का चयन। जैसे तोरी-तोरई-तरोई-नेनुवां-घेंवड़ा विभिन्न क्षेत्रों में एक ही सब्ज़ी को कहते हैं—इनमें किसी एक नाम का चयन। ऐसे ही कोंहड़ा-सीताफल-कद्दू, लौकी-कद्दू-घिया, पाड़ा-पड़रा-पड़वा-कटड़ा-कट्टा भी क्षेत्रीय पर्याय हैं, इनमें भी एक-एक का चयन (शब्द-चयन); मुझको-मेरे को, तुझको-तेरे को, किया-करा, कीजिए-करिए आदि रूपों में एक रूप का चयन (रूप-चयन)। लिंग की अन्विति (दही अच्छा है-दही अच्छी है), परसर्ग-प्रयोग (मैं नहाया-मैंने नहाया), विभिन्न दृष्टियों से विभिन्न वाक्यों में किसी एक का चयन (वाक्य-चयन), जैसे 'मैं नहीं जाऊँगा', 'मैं नहीं जाने का', 'मैं क्यों जाने लगा' में। इसी प्रकार एक शब्द के क्षेत्रीय अर्थभेदों में एक का चयन। जैसे 'कद्दू' का प्रयोग कहीं तो 'पेठा' के लिए, कहीं 'काशीफल' के लिए और कहीं 'लौकी' के लिए होता है। ऐसे ही 'सीताफल' राजस्थान के कुछ भागों में शरीफ़ा को कहते हैं तो अन्यत्र 'कुम्हड़े' को। मानकता के लिए यह आवश्यक है कि पूरे हिंदी प्रदेश में ऐसे शब्द एक ही अर्थ में प्रयुक्त हों। ऐसे ही 'चलता-पुरज़ा' का अर्थ पूरब में अच्छा है, किंतु दिल्ली में अच्छा नहीं है; मौसा का अर्थ बनारस, इलाहाबाद में 'माँ की बहन का पति' है, किंतु मेरठ, आगरा आदि में छोटे या बड़े भाई के ससुर को भी मौसा कहते हैं। यही बात मौसी के भी विषय में है। इस तरह एक अर्थ का चयन (अर्थ-चयन) भी मानकता के लिए आवश्यक है।

हिंदी में विराम-चिह्नों में भी चयन होता है। कुछ लोग पूर्ण विराम खड़ी पाई (।) के रूप में लिखते हैं तो कुछ लोग अँग्रेज़ी के अनुकरण पर बिंदु (.) रूप में। ऐसे ही कोलन (:) तथा कोलन-डैश (:—) में भी चयन किया जाता है। यही नहीं, यों तो अर्धविराम (सेमिकोलन) तथा अल्पविराम (कॉमा) के अलग-अलग कार्य हैं किंतु काफ़ी मनमाने ढंग से कुछ लोग इनका चयन करते हैं, और कुछ लोग केवल अल्पविराम ही चुनते हैं, अर्धविराम बिल्कुल नहीं। यों इसके प्रयोग या चयन की प्रकृति सामान्य चयन से कुछ भिन्न है।

चयन के आधार

भाषा को मानक भाषा का रूप देने के लिए चयन का आधार क्या हो या क्या होता है यह समस्या भी इस प्रसंग में विचारणीय है। इस संबंध में कदाचित्

कहीं विचार नहीं किया गया है, कम-से-कम मेरे देखने में नहीं आया। मेरे अपने विचार में विकल्पों में चयन के लिए मुख्य आधार पाँच हो सकते हैं :

(क) किसी भाषा-क्षेत्र के अधिकांश भाग में जो विकल्प मान्य हैं, उन्हें मानक भाषा के लिए स्वीकार कर लेना चाहिए तथा अल्पांश भागों में प्रयुक्त विकल्पों को छोड़ देना चाहिए। उदाहरण के लिए हिंदी प्रदेश के अधिकांश भागों में 'चिड़िया' का अर्थ पक्षी होता है, किंतु हरियाना के कुछ भागों में इसका अर्थ 'गौरैया' होता है, ऐसी स्थिति में हिंदी के मानक रूप में 'चिड़िया' शब्द को पक्षी अर्थ में ही लिया जाना चाहिए, 'गौरैया' अर्थ में नहीं।

(ख) जिसे परंपरा की स्वीकृति प्राप्त हो, वह उसकी तुलना में स्वीकार्य होता है, जिसे परंपरा की स्वीकृति न मिली हो। उदाहरण के लिए 'पुल्लिग' या 'स्त्रियोपयोगी' यद्यपि अशुद्ध हैं, किंतु हिंदी में परंपरागत रूप में ये ही स्वीकृत हैं, अतः ये ही मानक हिंदी में स्वीकार्य होंगे न कि 'पुंलिग' एवं 'स्त्र्युपयोगी', जो यद्यपि शुद्ध हैं, किंतु परपरा से स्वीकृत नहीं हैं, इसीलिए इन्हें मानक नहीं माना जा सकता।

'किया-करा' में 'किया' की स्वीकृति के पीछे उपर्युक्त दोनों बातें हैं।

(ग) यदि सुशिक्षित लोगों में किसी शब्द या रूप आदि का प्रयोग है तो अशिक्षितों में प्रयुक्त शब्दों/रूपों की तुलना में उसे मानक भाषा में स्वीकृति की दृष्टि से तरजीह दी जाती है।

(घ) 'सुविधा' भी, कभी-कभी एक को लेने तथा दूसरे को छोड़ने का आधार होती है। ग्र ग्रा ग्रो ग्रौ का ही पहले हिंदी प्रदेश में प्रचार था, अ, आ आदि बाद में आए किंतु लेखन तथा टंकण की सुविधा के कारण इन्हीं को स्वीकार कर लिया गया, परंपरा-स्वीकृत तथा बहुप्रयुक्त होन के बावजूद ग्र ग्रा आदि छोड़ दिए गए।

(ङ) यदि किसी प्रसिद्ध संस्था, प्रतिष्ठित व्यक्ति, तथा सरकार द्वारा किसी को स्वीकृति मिल जाए तो वह मानक मान लिया जाता है तथा अन्यों को छोड़ देते हैं। आचार्य किशोरीदास वाजपेयी ने 'छः' के विपरीत 'छह' को अपना समर्थन दिया, अतः काफ़ी हद तक उस पर मानकता की मुहर लग गई है तथा 'छः' का प्रयोग कम होने लगा है, यद्यपि पूर्वी क्षेत्रों में अब भी इसका प्रचार है। अभी कुछ समय पूर्व केन्द्रीय हिंदी निदेशालय ने संख्यावाचक शब्दों की वर्तनी को एक मानक रूप देने के लिए एक अखिल भारतवर्षीय बैठक बुलाई थी। मैं भी उसमें था। उस बैठक में हिंदी के उन संख्यावाचक शब्दों के लिखित रूपों में एक को चुना गया, जिनके कई रूप थे। जैसे छाछठ, छियासठ, छ्यासठ में 'छियासठ'। इसके चयन में उपर्युक्त 'क' 'ख' 'ग' में कोई भी एक आधार नहीं था। तीन में एक लेना था, उस समिति में बहुमत जिसके पक्ष में था, उसे ले लिया गया।

निदेशालय द्वारा स्वीकृत यही रूप धीरे-धीरे बहुमान्य होता जा रहा है और इस पर मानकता की मुहर लगती जा रही है।

स्वीकरण

चयन हो जाने के बाद यह आवश्यक होता है कि उस भाषा के बोलने वाले शिक्षित समाज द्वारा उन्हें (चयित को) स्वीकृति मिले। यदि ऐसा हो कि चयन तो हो किंतु उसे समाज के शिक्षित वर्ग की स्वीकृति न मिले तो वह मानक भाषा के निश्चयन में सहायक नहीं हो सकता। यदि स्वीकृति मिल गई तो धीरे-धीरे यह स्वीकृति छनकर सामान्य लोगों तक भी पहुँच जाती है और उनके जाने-अनजाने ही उनकी भी स्वीकृति मिल जाती है।

प्रयोगण

'स्वीकृति' वस्तुतः एक मानसिक संकल्पना है। यदि चुनी गई भाषिक इकाई को स्वीकृति मिल जाए किंतु वह प्रयोग में न आए तो मानक भाषा के निश्चयन में उससे मदद मात्र सैद्धांतिक धरातल पर ही मिलती है, व्यावहारिक धरातल पर नहीं। कहना न होगा कि बिना प्रयोग के वह चयन वास्तविक रूप से प्रयुक्त भाषा का अंग नहीं बन सकता। सच पूछा जाए तो सुशिक्षित वर्ग के प्रयोग से प्रभावित होकर ही लेखक, समाचार-पत्र, रेडियो, दूरदर्शन आदि उसे अपनाते हैं और फिर उन्हीं के माध्यम से सामान्य लोगों तक पहुँचकर वह उनकी स्वीकृति और प्रयोग का अंग बन पाती है।

समन्वयन

वस्तुतः मानक भाषा कभी-कभी अपने तत्त्व विभिन्न स्रोतों से लेती है और वे प्रारंभ में उस भाषा के साथ अपनी अलग प्रकृति के कारण समन्वित नहीं हो पाते। फिर धीरे-धीरे उनका समन्वयन हो जाता है। और तब वह भाषा उन अलग-अलग प्रकार और प्रकृति के तत्त्वों का मिश्रण न लगकर समन्वित लगती है। बिना समन्वयन के उस भाषा का अपना कोई समरूपीय व्यक्तित्व नहीं बन पाता। आज़ादी के बाद मानक हिंदी में शब्दों की दृष्टि से बाढ़-सी आ गई। कुछ गृहीत, कुछ नवनिर्मित। धीरे-धीरे उनमें से चयन के आधार पर कुछ निकल गए और कुछ हिंदी ने रखे। प्रारंभ में ये अन्य शब्दों के साथ अटपटे लगते थे। अब हिंदी के अपने शब्दों के साथ उनका समन्वयन हो गया है, इसीलिए उनसे युक्त वाक्य प्रारंभ में जैसे खटकते थे, अब नहीं खटकते। यह समन्वयन की प्रक्रिया भाषा-भाषियों की मानसिकता से भी जुड़ी होती है।

आत्मसातन

पहले से वर्तमान तत्त्वों और नवागत तत्त्वों में समन्वय के बाद भाषा नवागत तत्त्वों को पूरी तरह आत्मसात कर लेती है और फिर मानक भाषा के सामान्य प्रयोग के वे अंग बन जाते हैं। इस प्रकार समन्वयन और आत्मसातन के बाद ही उस भाषा की अपनी एक समरूपी प्रकृति उभर और निखर पाती है। मानक हिंदी का स्वातंत्र्योत्तर रूप मुख्यतः नई शब्दावली के परिप्रेक्ष्य में—इन दोनों प्रक्रियाओं में गुज़र कर ही वह बन पाया है जो आज हमारे सामने है।

यहाँ तक भाषा अनेकरूपताओं को पचाकर एकरूपता का अपने में विकास करती है किंतु उसके मानकीकरण की पूरी प्रक्रिया यहीं समाप्त नहीं होती।

विस्तारण

अन्यत्र संकेत किया जा चुका है कि मानक भाषा मूलतः स्थिर और समरूपी होती है किंतु यह तब तक की स्थिति है जब तक तरह-तरह के प्रयोगों से उसका विस्तार नहीं होता। विस्तार होते ही उसकी स्थिरता में लचीलापन आ जाता है तथा उसकी समरूपता विषमरूपता या अनेकरूपता में बदल जाती है। होता यह है कि एक भाषा जैसे-जैसे अपने क्षेत्र के बाहर प्रयुक्त होती जाती है, उसका अलग-अलग क्षेत्रीय रूपों में विस्तार होता जाता है। आज की अँग्रेज़ी इंग्लैंड और अमेरिका में एक नहीं है। ऐसे ही दिल्ली की मानक हिंदी, पूरब में बनारस से पटना तक की मानक हिंदी या मॉरिशस, फ़ीजी आदि की मानक हिंदी एक नहीं। यह है मानक भाषा का **क्षेत्रजनित विस्तार**।

दूसरा विस्तार विषयगत प्रयोगों से होता है। जिस विषय में कोई भाषा प्रयुक्त होती है, धीरे-धीरे उसके अनुरूप उस भाषा का एक नया रूप पनप आता है। इसी को भाषाशास्त्र में प्रयुक्ति (Register) कहते हैं। साहित्यिक हिंदी, कार्यालयी हिंदी, खेल-कूद की हिंदी, बाज़ार-भाव में प्रयुक्त हिंदी, अदालती हिंदी आदि-इत्यादि एक नहीं हैं। समाज में विकास के साथ-साथ नए-नए विषय विकसित होते रहते हैं और उनके साथ-साथ मानक भाषा के नए-नए रूप भी विकसित होते रहते हैं। इसे **प्रयुक्तिजनित विस्तार** या **विषयजनित विस्तार** कहा जा सकता है।

विस्तार की एक तीसरी दिशा शैलीगत भी होती है। हिंदी की 'संस्कृतनिष्ठ हिंदी', 'हिंदुस्तानी शैली' और 'उर्दू शैली' शैलीगत विस्तार के ही उदाहरण हैं। शैली का यह विस्तार तो कम भाषाओं में मिलता है, किंतु शैली का एक दूसरा विस्तार (जैसे रूढ़िगत शैली, औपचारिक शैली, सामान्य शैली, अनौपचारिक शैली, अंतरंग शैली आदि) अनेक भाषाओं में मिलता है। इसे **शैलीजनित विस्तार**

कह सकते हैं।

चौथा विस्तार लेखन और मौखिकता के कारण भी हो सकता है। प्रत्येक ऐसी भाषा में, जो बोली और लिखी जाती है, उसके ये दोनों रूप मिलते हैं। हाँ जो भाषा केवल बोली जाती हो (जैसे बहुत सी जंगली भाषाएँ) या जो भाषा केवल लिखी जाती हो (जैसे संस्कृत) उनके ये दोनों रूप नहीं हो सकते। यह **लेखन-अलेखनजनित विस्तार** है।

बहुत से लोग 'प्रयुक्ति' का बहुत विस्तृत अर्थ लेते हैं, और उस रूप में ऊपर के दूसरे, तीसरे और चौथे विस्तारों को प्रयुक्तिजनित विस्तार माना जा सकता है। यदि इसे स्वीकार करें तो विस्तार के दो भेद ही होंगे : क्षेत्रजनित और प्रयुक्ति-जनित।

कहना न होगा कि यदि मानकता के लिए किसी भाषा में स्थिरता की जरूरत होती है तो इन विस्तारों के लिए लचीलेपन की आवश्यकता होती है। भाषा इस प्रकार अलचीलेपन-लचीलेपन या स्थिरता-अस्थिरता को साथ-साथ सँजोए जीती रहती है।

प्रयुक्ति-मानकीकरण

यहाँ एक बात फिर संकेत करने योग्य है कि उपर्युक्त विस्तारों के कारण किसी भाषा के जो-जो रूप पनपते हैं, आगे चलकर उनका भी मानकीकरण होता है। वे प्रारंभ में तो सुनिश्चित रूप नहीं ले पाते, किंतु धीरे-धीरे उनके रूपों और उनकी प्रकृति का निश्चय हो जाता है। वस्तुतः मानक भाषा का एक आदर्श रूप तो मात्र मानसिक संकल्पना ही अधिक है, उसके वास्तविक या मूर्त रूप के दर्शन तो इन प्रयोगों आदि से जनित इन विभिन्न रूपों में ही हमें होते हैं। ये ही वस्तुतः भौतिक सच्चाई हैं। कोई भी भाषा भाषियों के मन में नहीं, अपितु प्रयोगों में ही जीती और पनपती है। इस तरह मानक भाषा के उपर्युक्त विभिन्न रूपों के मानकीकरण के पश्चात ही उस भाषा के मानकीकरण की प्रक्रिया पूरी हो पाती है।

इस प्रकार चयन, स्वीकरण, प्रयोगण, समन्वयन, आत्मसातन, विस्तारण एवं मानकीकरण—इन सात चरणों में मानकीकरण अपनी चरम परिणति पर पहुँचता है।

जहाँ तक इन चरणों के क्रम का प्रश्न है कई चरण साथ-साथ भी आते हैं। एक यह बात भी ध्यान देने योग्य है : 'मानकीकरण' शब्द के अर्थ से ऐसा लगता है, यह सब कुछ हमेशा किया जाता है। वस्तुतः इसमें बहुत कुछ सहज रूप से भी हो जाता है इसीलिए 'मानकीकरण' में 'मानकीभवन' को भी समाहित मानना चाहिए। कभी एक होता है, कभी दूसरा और कभी दोनों ही साथ-साथ।

मानक भाषा और मानकीकृत भाषा

'मानक भाषा' (Standard Language) तथा 'मानकीकृत भाषा' (Standardized Language) वैसे तो एक-सी लगती हैं क्योंकि पहले का अर्थ प्रायः यह निकलता है कि वह भाषा मानक है और दूसरी वह भाषा है जिसका मानकीकरण किया गया है। इस तरह पहली में यह संकेत नहीं है कि उसे मानक बनाया गया है जब कि दूसरी में यह संकेत है कि वह मानकीकरण की प्रक्रिया से गुज़र चुकी है। यह इन दोनों अभिव्यक्तियों का सामान्य अर्थ है। भाषाविज्ञान बल्कि समाज भाषाविज्ञान (स्टिवर्ट, १९६८) में इन दोनों का कुछ अलग अर्थ लेते हैं। 'मानक भाषा' तो वह भाषा है जो मानक है तथा जो अपने क्षेत्र के बाहर भी प्रयुक्त होती है तथा जिसकी सामाजिक प्रतिष्ठा होती है। इसके विपरीत 'मानकीकृत भाषा' वह भाषा या बोली है जिसका मानकीकरण तो किया गया है, किंतु सामान्य अर्थ में जो मानक भाषा नहीं है, क्योंकि यह अपने क्षेत्र तक सीमित होती है तथा इसकी सामाजिक प्रतिष्ठा भी सामान्य मानक भाषा ही नहीं होती। उदाहरण के लिए हिंदी एक मानक भाषा है जो अपनी सत्रह-अट्ठारह बोलियों के पूरे क्षेत्र में प्रयुक्त होती है, उसकी सामाजिक प्रतिष्ठा है, इन बोलियों के बोलनेवाले अनौपचारिक परिस्थितियों में अपनी बोलियों का प्रयोग भले कर लें किंतु औपचारिक परिस्थितियों में या शिक्षा के माध्यम रूप में इस मानक हिंदी का ही प्रयोग करते हैं, अपनी-अपनी बोलियों का नहीं। अब मान लें, हम अवधी, ब्रज या भोजपुरी का मानकीकरण कर लें तो भी ये मानकीकृत बोलियाँ मानक हिंदी की स्थितियों में कभी भी प्रयुक्त नहीं हो सकतीं। वतुस्तः 'मानकीकृत भाषा' में 'भाषा' का अर्थ सामान्यतः 'बोली' है। यों उस स्थिति में कोई 'भाषा' भी हो सकती है। उदाहरण के लिए मैथिली बोली का एक सीमा तक मानकीकरण हुआ है और उसे मिथिला में प्रायः 'भाषा' मान भी लिया गया है। कुछ वर्षों से साहित्य अकादमी हिंदी, उर्दू, मराठी, गुजराती आदि की तरह उसे 'भाषा' ही मानकर उसके लिए अलग पुरस्कार दे रही है, किंतु मात्र इन सबसे वह हिंदी आदि की तरह मानक भाषा की सामाजिक प्रतिष्ठा नहीं पा सकती, न उसका अपने क्षेत्र के बाहर प्रयोग ही हो सकता है।

वस्तुतः जिसे 'मानकीकृत भाषा' कहने की परंपरा चल पड़ी है, उसे 'मानकीकृत बोली' या 'मानकीकृत भाषा-रूप' कहें तो अधिक उपयुक्त होगा। समाज भाषाविज्ञान में आज 'मानक भाषा' और 'मानकीकृत भाषा' का जिस अर्थ में प्रयोग हो रहा है, उसमें प्रयुक्त 'भाषा' शब्द अपने संपूर्ण अर्थ में एक नहीं है।

यों कभी-कभी ऐसा भी होता है कि मानकीकृत भाषा भी 'मानक भाषा' बन जाती है। दक्षिण-पूर्व एशिया की 'मलय' मूलतः एक मिश्रित बोली मात्र थी,

किंतु अब वह मानकीकृत होकर 'मानक भाषा' बन चुकी है। इंडोनीशियन की भी प्रायः यही स्थिति है।

मानक भाषा के प्रकार्य (फ़ंक्शन)

मानक भाषा मुख्यतः ये काम करती है :

(क) **बांधना**—जिस क्षेत्र में मानक भाषा के रूप में भाषा-विशेष की स्वीकृति होती है, वहाँ के लोगों को वह भाषा एक सूत्र में बाँध देती है, जिसके परिणाम-स्वरूप वे अभिव्यक्ति के स्तर पर एक-दूसरे से लगाव का अनुभव करते हैं तथा उनमें एक सीमा तक सामाजिक और सांस्कृतिक स्तर पर भी बँधाव आ जाता है।

(ख) **विचार-विनिमय का क्षेत्र-विस्तार करना**—एक बोली बोलने वालों का विचार-विनिमय भली भाँति कर लेने का क्षेत्र काफ़ी सीमित होता है। मानक भाषा के रूप में उन्हें वह साधन मिल जाता है, जिससे उनका विचार-विनिमय-क्षेत्र उस भाषा की सभी बोलियों का क्षेत्र बन जाता है, और इस तरह वह काफ़ी विस्तृत हो जाता है।

(ग) **बहुआयामी माध्यम की सुविधा प्रदान करना**—सामान्य जीवन के विचार-विनिमय के अतिरिक्त आधुनिक जीवन में अभिव्यक्ति के ऐसे बहुआयामी माध्यम की भी ज़रूरत है जो अधिक-से-अधिक बड़े क्षेत्र की रा भाषा बन सके, शिक्षा का माध्यम बन सके और जिसके द्वारा अपेक्षाकृत अधिक लोगों तक पहुँच पाने-वाले साहित्य की रचना की जा सके। यह कार्य बोलियों में संभव नहीं। प्रत्येक बोली-उपबोली के माध्यम से यह सब कर पाना अधिक व्ययशील तो होगा ही, सुविधाजनक भी नहीं होगा। मानक भाषा यह कार्य सरलता से कर लेती है।

(घ) **प्रतिष्ठा देना**—मानक भाषा का प्रयोग न कर पाने तथा कर पाने में प्रतिष्ठा की दृष्टि से भी अंतर है। इस तरह मानक भाषा अपने प्रयोक्ताओं को उन लोगों की तुलना में प्रतिष्ठा भी प्रदान करती है, जिनकी अपनी कोई मानक भाषा नहीं है।

(ङ) **भाषिक मानदंड प्रदान करना**—जब तक मानक भाषा और उसके स्वरूप का निर्धारण नहीं होता किसी छोटे या बड़े क्षेत्र के लिए भाषा-प्रयोग का कोई आदर्श नहीं होता, इसीलिए प्रयोगों में मनमानापन और अनेकरूपताएँ होती हैं, जिनसे कभी-कभी भाषा की बोधगम्यता भी कम हो जाती है। मानक भाषा-निर्धारण के बाद लोग अपने भाषिक प्रयोगों में बँध जाते हैं और हटते भी हैं तो थोड़ा-बहुत। इसके अतिरिक्त उस मानक भाषा के ही आधार पर यह सुविधा-पूर्वक कहा जा सकता है : किस की भाषा ठीक है, और किस की नहीं। मुख्यतः भाषा की शिक्षा में यह बात बहुत महत्त्वपूर्ण है। कहना न होगा मानक भाषा को ही ठीक ढंग से व्याकरणबद्ध किया जा सकता है। शुद्ध-अशुद्ध भाषा का

निर्धारण भी मानक भाषा द्वारा दिए गए मानदंड के आधार पर ही होता है।

(च) **अलगाना**—मानक भाषा बाँधने का काम तो करती ही है, इसके साथ ही वह अलगाने का भी काम करती है। एक तरफ़ वह एक मानक भाषा के प्रयोक्ताओं की आपस में बाँधती है तो अलग-अलग मानक भाषाओं के प्रयोक्ता आप से
ा अनुभव करते हैं।

मानक' और 'मानक भाषा' पर विचार किया गया। आगे मानक भाषा
र विचार करने के लिए 'भाषा', उसके 'रूप', उसकी 'संरचना', उसके
ा उसकी 'व्यक्ति और समाज-सापेक्षता' आदि विचारणीय हैं। यहाँ
लिया जा रहा है।

अपने को व्यक्त करने का साधन है। व्यक्ति अपने विचार भाषा के
ही समाज में व्यक्त करता है।

ो प्रकृति : समरूपी, विषमरूपी

भाषा बोलनेवालों के मस्तिष्क में उस भाषा का रूप एक होता है।
: के लिए सभी हिंदी बोलनेवालों के मस्तिष्क में हिंदी का एक ही रूप
के आधार पर वे बोलते हैं तथा दूसरा व्यक्ति जब बोलता है तो उसी के आधार पर सुननेवाले उसे समझते भी हैं। इस तरह एक भाषा के सभी बोलने-वालों के मस्तिष्क में उस भाषा का एक ही रूप होता है। इस रूप में भाषा की प्रकृति उसे बोलनेवालों के मस्तिष्क में एक रूपी, समान रूपी या **समरूपी** होती है। यह तो स्थिति है भाषा के उस रूप की जो भाषा भाषियों के मन-मस्तिष्क में होती है, किंतु जब व्यक्ति भाषा का व्यवहार या उसका प्रयोग करता है तो सभी व्यक्तियों की भाषा समरूपी नहीं होती। जब किसी भाषा को अलग-अलग व्यक्ति बोलते हैं, अलग-अलग अवसरों पर बोलते हैं, अलग-अलग मन:स्थिति में बोलते हैं और अलग-अलग विषयों पर, तो स्वभावत: उनकी भाषा भी कुछ-न-कुछ एक दूसरे से अलग होती है। अर्थात् एक ही भाषा के कई व्यक्तियों द्वारा अलग-अलग अवसरों पर प्रयुक्त होने के कारण कई रूप देखने में आते हैं। इसका आशय यह हुआ कि प्रयोग में एक ही भाषा बहुरूपी या **विषमरूपी** होती है। संक्षेप में हम कह सकते हैं कि एक भाषा के सभी भाषा-भाषियों के मस्तिष्क में भाषा समरूपी होती है किंतु प्रयोग में वह अवसर तथा विषय आदि के कारण विषमरूपी हो जाती है। तो भाषा अपनी प्रकृति में समरूपी भी होती है, और विषमरूपी भी। मानसिक धरातल पर समरूपी, और प्रयोग के धरातल पर विषमरूपी।

भाषा की संरचना

भाषा में जिन शब्दों का प्रयोग होता है, वे प्रतीक होते हैं। उदाहरण के लिए 'किताब' एक ऐसी वस्तु का प्रतीक है जो छपी होती है, जिसमें कई पन्ने होते हैं तथा जिसे पढ़ा जाता है। ऐसे ही 'कलम' एक ऐसी चीज़ का प्रतीक है जिससे स्याही की सहायता से लिखते हैं। ये प्रतीक सार्थक होते हैं, क्योंकि प्रत्येक प्रतीक (जैसे किताब, कलम, रोटी, कुर्सी आदि) का अर्थ होता है। लेकिन भाषा में सार्थक प्रतीक यों ही नहीं रखे होते। वे सुव्यवस्थित होते हैं। उदाहरण के लिए 'चला घर मोहन अपने गया' सुव्यवस्थित नहीं है, जबकि 'मोहन अपने घर चला गया' सुव्यवस्थित है। अर्थात् भाषा के वाक्य में इन प्रतीकों का विशेष प्रकार का क्रम होता है।

इन बातों के आधार पर हम कह सकते हैं कि—**भाषा सार्थक प्रतीकों की सुव्यवस्थित कड़ी होती है।**

भाषा में वाक्य होते हैं। 'राम ने मोहन को डंडे से मारा' एक वाक्य है। प्रत्येक वाक्य में 'पद' या 'रूप' होते हैं। इस वाक्य में 'राम ने' (कर्ता कारक का रूप), 'मोहन को' (कर्म कारक का रूप), 'डंडे से' (करण कारक का रूप), 'मारा' (क्रिया का रूप)—ये चार रूप (या पद) हैं। रूप शब्दों में कुछ जोड़कर बनाए जाते हैं। 'राम ने' में 'राम' शब्द में 'ने' जोड़कर 'राम ने' रूप बनाया गया है। ऐसे ही 'मोहन+को', 'डंडे+से', 'मार्+आ' भी, 'मोहन', 'डंडा' तथा 'मार्' में क्रमशः को, से, आ जोड़कर बनाए गए हैं। शब्द और उसमें जोड़े जाने वाले तत्त्व में एक या अधिक ध्वनियाँ होती हैं। इस तरह ध्वनियों से शब्द बनते हैं, शब्दों से रूप बनते हैं और रूपों से वाक्य बनते हैं। यदि ऊपर से देखें तो वाक्य में रूप होते हैं, रूप में शब्द होते हैं और ने, को, से आ जैसे रूप बनाने वाले तत्त्व होते हैं, तथा शब्द और ये तत्त्व ध्वनियों से बने होते हैं।

तो यह है भाषा की संरचना।

भाषा के दो रूप : लिखित, मौखिक

भाषा का प्रयोग कभी तो हम बोलकर करते हैं, कभी लिखकर करते हैं। भाषा का बोला गया रूप 'मौखिक रूप' कहा जाता है और लिखा गया रूप 'लिखित रूप'।

इन दोनों रूपों में कई अंतर होते हैं : (क) भाषा के मौखिक रूप में ध्वनियों का प्रयोग होता है। हम ध्वनियों का उच्चारण करके अपनी बात करते हैं, इसके विपरीत 'लिखित रूप' में ध्वनियों का प्रयोग न करके हम उनके लिए अक्षरों या लिपि-चिह्नों का प्रयोग करते हैं। (ख) मौखिक भाषा में भावों के अनुरूप हमारी आवाज़ में उतार-चढ़ाव होता है तथा हमारी मुख-मुद्रा भी भावों के अनुरूप तरह-

तरह से परिवर्तित होती रहती है। कहना न होगा कि क्रोध, प्रार्थना, प्रतिज्ञा, आज्ञा में हमारी मुख-मुद्रा एक-सी नहीं रहती। लिखित भाषा में मुख-मुद्रा वक्ता की सहायता नहीं करती। (ग) मौखिक भाषा में हमें बहुत सोचने-समझने का अवसर नहीं मिलता, इसीलिए हमारे वाक्य कभी-कभी अधूरे, अटपटे तथा उपयुक्त क्रम से रहित होते हैं। इसके विपरीत लिखने में हम काफ़ी सोच-समझ-कर शब्दों का प्रयोग करते हैं, व्याकरण के नियमों का पूरी तरह ध्यान रखते हैं तथा यह भी ध्यान रखते हैं कि हमारा वाक्य ठीक वही अर्थ दे रहा है या नहीं जो हम व्यक्त करना चाहते हैं। इस तरह लिखित रूप में हमारी भाषा लिपिबद्ध होने के साथ-साथ सुव्यवस्थित होती है। इसके विपरीत मौखिक भाषा सहज स्फूर्त, इसीलिए अधिक सहज होती है, किंतु साथ ही लिखित भाषा जितनी सुव्यवस्थित नहीं होती।

भाषा के औपचारिक एवं अनौपचारिक प्रयोग

भाषा कभी तो औपचारिक होती है, और कभी अनौपचारिक। कक्षा में पढ़ाते समय, किसी सभा में भाषण देते समय, किसी अपरिचित या कम परिचित से बातचीत करते समय या लेख आदि लिखते समय हम लोग प्रायः औपचारिक भाषा का प्रयोग करते हैं। इसके विपरीत अपने परिवार में या अत्यंत सुपरिचित लोगों से बातचीत करते समय अनौपचारिक भाषा का प्रयोग किया जाता है। औपचारिक रूप में प्रयुक्त भाषा अपेक्षाकृत अधिक व्यवस्थित, व्याकरण-सम्मत, शिष्ट और शालीन रखी जाती है। इसके विपरीत अनौपचारिक भाषा में ये बंधन नहीं होते। व्यक्ति काफ़ी मुक्त रूप में बातें करता है।

कभी-कभी व्याकरणिक दृष्टि से भी इनमें अंतर पड़ता है। उदाहरण के लिए हिंदी सर्वनामों में 'आप' औपचारिक भाषा में ही प्रायः आता है, इसके विपरीत 'तू', 'तुम' अनौपचारिक भाषा में आते हैं। ऐसे ही आज्ञा के रूपों में 'चल', 'जा', 'बैठ', 'लिख' जैसे तू के साथ प्रयुक्त होने वाले रूप, या 'चलो', 'जाओ', 'बैठो', 'लिखो' जैसे तुम के साथ प्रयुक्त होने वाले रूप अनौपचारिक भाषा के हैं तो 'चलिए', 'जाइए', 'बैठिए', 'लिखिए' जैसे 'आप' के साथ प्रयुक्त होने वाले क्रिया रूप औपचारिक भाषा के हैं।

कभी-कभी शब्द के स्तर पर भी अंतर पड़ता है। जैसे आपका **शुभ नाम** (औपचारिक भाषा), आपका **नाम** (अपेक्षाकृत कम औपचारिक भाषा), तुम्हारा **नाम** (अनौपचारिक भाषा), बिराजना (औपचारिक) बैठना (अनौपचारिक) आदि। पत्र दोनों प्रकार के होते हैं। अपने मित्र को, अपनी माँ को, अपने भाई या बहिन को पत्र अनौपचारिक भाषा में लिखते हैं, किंतु प्रार्थनापत्र में, ऐसे लोगों के पत्र में जो अपरिचित हों या जिनसे औपचारिक संबंध हो या कार्यालयी पत्र-

व्यवहार आदि में औपचारिक भाषा का प्रयोग किया जाता है।

भाषा में औपचारिकता-अनौपचारिकता की दृष्टि से भी कई स्तर होते हैं। उदाहरण के लिए 'कृपया चलने का कष्ट कीजिए' (बहुत औपचारिक), 'कृपया चलिए' (कम औपचारिक), 'यार चलो भी' (बहुत अनौपचारिक) आदि।

भाषा-प्रयोग : व्यक्ति-सापेक्ष और समाज-सापेक्ष

भाषा का प्रयोग व्यक्ति और समाज-सापेक्ष होता है। हमें यदि चार व्यक्तियों से एक ही बात कहनी हो तो उस व्यक्ति से अपने संबंध के आधार पर हमारी भाषा अलग-अलग रूप लेगी। ऊपर के उदाहरण को ही, यहाँ रखना चाहें तो एक से कहेंगे : 'कृपया आज शाम को हमारे यहाँ चाय पर पधारने का कष्ट करें।' दूसरे से ऐसा कहना अच्छा नहीं लगेगा और हम 'आज शाम को हमारे यहाँ चाय पर आइए' कहेंगे और तीसरे से 'आज शाम को चाय पर आ जाना' कहना काफ़ी होगा। इसका अर्थ यह हुआ कि भाषा का प्रयोग उस व्यक्ति पर बहुत निर्भर करता है जिससे हम बात कहते हैं। इसके साथ ही भाषा का प्रयोक्ता व्यक्ति भी भाषा-प्रयोग की दृष्टि से महत्त्वपूर्ण होता है। प्रत्येक व्यक्ति का अपना स्तर, अपनी तहज़ीब, अपनी शिक्षा तथा अपना व्यवसाय आदि होता है और उसके द्वारा प्रयुक्त भाषा भी इन सबसे नियंत्रित होती है। एक डॉक्टर, एक दुकानदार, एक किसान, एक मज़दूर, एक ही बात एक ही भाषा में पूर्णतः एक प्रकार से नहीं कहेगा। इस तरह वक्ता और श्रोता दोनों से ही भाषा नियंत्रित होती है।

ऐसे ही समाज भी भाषा को नियंत्रित करता है। कोई वक्ता साहित्यकारों की संगोष्ठी को, हड़ताल करने के लिए एकत्र लोगों की भीड़ को तथा किसी के जन्म-दिन पर उपस्थित आपस के लोगों को एक ही भाषा में संबोधित नहीं करेगा।

इस तरह भाषा व्यक्ति से भी और समाज से भी नियंत्रित होती है।

मानक भाषा के प्रकार

सैद्धांतिक रूप से ऐसा कह तो दिया जाता है कि अमुक भाषा का यह मानक रूप है किंतु वास्तविकता यह है कि मानक भाषा भी अनेकानेक प्रकारों की होती है। यहाँ कुछ प्रकारों का उल्लेख किया जा सकता है :

(क) **मौखिक मानक-लिखित मानक**—एक ही मानक भाषा अपने बोलचाल के या मौखिक रूप में और अपने लिखित रूप में समान नहीं होती। लिखित मानक भाषा व्याकरण-सम्मत तथा व्यवस्थित होती है, उसकी तुलना में मौखिक मानक भाषा में वाक्य-रचना आदि में कुछ ऐसी अव्यवस्थाएँ मिलती हैं जो बहुत व्याकरण-सम्मत नहीं होतीं—मुख्यतः वाक्यक्रम, पदबंधक्रम एवं उपवाक्य-क्रम आदि में।

(ख) **औपचारिक-मानक-अनौपचारिक मानक**—इन दोनों में भी प्रयोग और शैलीय दृष्टि से अंतर होता है। इसके अत्यंत औपचारिक, औपचारिक, घनिष्ठ, अनौपचारिक आदि कई उपभेद होते हैं। दर्शन देना—आना, बिराजना—बैठना, शुभनाम—नाम, शुभस्थान—स्थान जैसे जोड़ों में इन्हीं आधारों पर चयन करते हैं।

(ग) **प्रयुक्तीय मानक**—प्रत्येक प्रयुक्ति के मानक अलग-अलग होते हैं। कार्यालयी भाषा, साहित्यिक भाषा, खेलकूद की भाषा, बाज़ार भाव की भाषा, कानूनी भाषा—ये सभी भाषाएँ मानक तो होती हैं, किंतु उनकी मानकता अलग-अलग प्रकार की होती है। उदाहरण के लिए सामान्य भाषा के मानक रूप में 'उछलना' क्रिया सजीव के साथ आती है किंतु बाज़ार भाव की मानक भाषा में चाँदी भी उछलती है, सोना भी उछलता है, शेयर भी उछलते हैं और गेहूँ भी।

(घ) **बोली मानक**—हिंदी की मुख्य देशी-विदेशी बोलियाँ बीस से ऊपर हैं, किंतु उन सभी बोलियों के क्षेत्रों में प्रयुक्त मानक हिंदी एक नहीं है। पश्चिमी हिंदी में 'शहर' का उच्चारण शॅहॅर है तो पूर्वी हिंदी में शहर, पश्चिम में 'तुम्हारे कारण काम हो गया' कहेंगे तो पूरब में 'तुम्हारे चलते काम हो गया' खड़ी बोली तथा ब्रज क्षेत्र में 'मुझ पै रुपए नहीं हैं' कहेंगे तो पूरब में 'मेरे पास रुपए नहीं हैं।' पश्चिम में मोटी-मोटी आँखें, मोटे-मोटे फूल किंतु पूरब में बड़ी-बड़ी आँखें, बड़े-बड़े फूल। वस्तुतः एक क्षेत्र की मानक हिंदी में प्रयुक्त सभी शब्द-रूप और वाक्य दूसरे क्षेत्र की मानक हिंदी में नहीं मिलते बल्कि एक दूसरे को अमानक मानता और कहता है। यह तो नज़दीक की बात थी। स्पष्ट ही फ़ीजी, मॉरिशस, सूरीनाम और दिल्ली की मानक हिंदी एक हो भी नहीं सकती। इसके लिए स्थानीय परिस्थितियाँ तथा प्रभाव ज़िम्मेदार हैं।

(ङ) **शैलीय मानक**—जिस भाषा की एकाधिक शैलियाँ हों उनके भी एकाधिक मानक होते हैं। हिंदी की हिंदी, उर्दू, हिंदुस्तानी तीन शैलियाँ हैं। हिंदी में कहेंगे : 'उनका स्वर्गवास हो गया' तो उर्दू वाले कहेंगे : 'वे स्वर्गवास हो गए'। उर्दू में एक संप्रदाय कहेगा : 'मुझे चिट्ठी लिखना है (लखनऊ)' और दूसरा कहेगा 'मुझे चिट्ठी लिखनी है (दिल्ली)' किंतु हिंदी में केवल दूसरा वाक्य ही मानक है। यों उर्दू प्रभाव से कुछ लोग पहले का भी प्रयोग करते सुने जाते हैं।

दो

हिंदी भाषा : उसका क्षेत्र और बोलियाँ

हिंदी भाषा का उद्भव

वैदिक संस्कृत भाषा के काल में आर्यभाषा-प्रदेश में तीन स्थानीय बोलियाँ विकसित हो चुकी थीं : पश्चिमोत्तरी, मध्यवर्ती, पूर्वी। पालि-काल में एक और स्थानीय बोली दक्षिणी का विकास हो गया। इस प्रकार स्थानीय बोलियों की संख्या चार हो गई। प्राकृत-काल में स्थानीय बोलियाँ धीरे-धीरे छः-सात हो गईं, जिनके नाम थे ब्राचड, केकय, टक्क, शौरसेनी, महाराष्ट्री, अर्धमागधी, मागधी। इन्हीं से अपभ्रंश-काल में छः-सात अपभ्रंश की स्थानीय बोलियों का विकास हुआ जिन्हें प्राकृतों के नाम के आधार पर उन्हीं नामों से पुकारा जा सकता है : ब्राचड, केकय, टक्क, शौरसेनी, महाराष्ट्री, अर्धमागधी, मागधी। इन्हीं अपभ्रंशों से आधुनिक भारतीय भाषाएँ उद्भूत हुई हैं : ब्राचड→सिंधी, केकय→लहंदा, टक्क→पंजाबी, महाराष्ट्री→मराठी, शौरसेनी→गुजराती, राजस्थानी, पश्चिमी, हिंदी, पहाड़ी, अर्धमागधी→पूर्वी हिंदी, मागधी—बिहारी, बंगला, असमी, उड़िया।

इस प्रकार हिंदी जो पाँच उपभाषाओं अथवा बोली-समूहों (पश्चिमी हिंदी, पूर्वी हिंदी, राजस्थानी, पहाड़ी, बिहारी) का सामूहिक नाम है, शौरसेनी, अर्ध-मागधी तथा मागधी अपभ्रंश से १००० ई० के आसपास उद्भत हुई। यहाँ एक बात संकेत करने की है कि यों तो हिंदी के कुछ रूप पालि में मिलने लगते हैं, प्राकृत में उनकी संख्या और भी बढ़ जाती है तथा अपभ्रंश में उनमें और भी वृद्धि हो गई है, किन्तु सब मिलाकर इनका प्रतिशत इतना कम है कि १००० ई० के पूर्व हिंदी का उद्भव नहीं माना जा सकता। साहित्य के इतिहासों में कुछ लोगों ने हिंदी का प्रारंभ और भी बाद में माना है; किंतु वास्तविकता यह है कि साहित्य में प्रयोग के आधार पर ऐसे निष्कर्ष आधारित हैं। हम भूल जाते हैं कि साहित्य में भाषा का प्रयोग भाषा के जन्म के साथ ही नहीं हो जाता। जब किसी भाषा में जनमने के बाद कुछ प्रौढ़ता आ जाती है, उसका रूप निखर आता है तथा वह बहुस्वीकृत हो जाती है, तभी साहित्यकार उसे अपनी अभिव्यक्ति का माध्यम

बनाता है। इस तरह यदि लगभग ११५० ई० के आसपास से भी हिंदी साहित्य मिले तो भी उस भाषा का आरंभ १००० ई० के आसपास ही मानना पड़ेगा।

राहुल सांकृत्यायन तथा कुछ और लोगों ने १००० ई० के पूर्व से ही हिंदी साहित्य का प्रारंभ मान लिया है किंतु तत्त्वतः वह साहित्य अपभ्रंश का है, हिंदी का नहीं, उसमें हिंदी के कुछ शब्द और रूप देखकर राहुल जी ने उस साहित्य को हिंदी का मान लिया था, जो उचित नहीं है।

हिंदी भाषा का विकास

तो हिंदी भाषा १००० ई० में जनम कर विकसित होते-होते अब लगभग १००० वर्षों की हो गई है। उसके इन १००० वर्षों के इतिहास अथवा विकास को तीन कालों में बाँटा जाता है—

(१) आदिकाल (१००० ई० से १५०० ई०)

हिंदी भाषा अपने आदिकाल में सभी बातों में अपभ्रंश के बहुत अधिक निकट थी, क्योंकि उसी से हिंदी का उद्भव हुआ। आदिकालीन हिंदी की मुख्य विशेषताएँ नीचे दी जा रही हैं—

ध्वनि—आदिकालीन हिंदी में मुख्यतः उन्हीं ध्वनियों (स्वरों-व्यंजनों) का प्रयोग मिलता है जो अपभ्रंश में प्रयुक्त होती थीं। मुख्य अन्तर ये हैं: (१) अपभ्रंश में केवल आठ स्वर थे—अ, आ, इ, ई, उ, ऊ, ए, ओ। ये आठों ही स्वर मूल स्वर थे। आदिकालीन हिंदी में दो नए स्वर ऐ, औ विकसित हो गए, जो संयुक्त स्वर थे तथा जिनका उच्चारण क्रमशः अए, अओ जैसा था। (२) च, छ, ज, झ संस्कृत, पालि, प्राकृत, अपभ्रंश में स्पर्श व्यंजन थे, किन्तु आदिकालीन हिंदी में वे स्पर्श-संघर्षी हो गए और तब से अब तक स्पर्श-संघर्षी ही हैं। (३) न, र, ल, स व्यंजन संस्कृत, पालि, प्राकृत, अपभ्रंश में दंत्य ध्वनि थे। आदिकाल में ये वर्त्स्य हो गए। (४) अपभ्रंश में ड़, ढ़, व्यंजन नहीं थे। आदिकाल की हिन्दी में इनका विकास हुआ। (५) न्ह, म्ह, ल्ह पहले संयुक्त व्यंजन थे, अब वे क्रमशः न, म, ल के महाप्राण रूप हो गए, अर्थात संयुक्त व्यंजन न रहकर मूल व्यंजन हो गए। (६) संस्कृत तथा फ़ारसी आदि से कुछ नए शब्दों के आ जाने के कारण कुछ संयुक्त व्यंजन हिंदी में ऐसे आ गए होंगे, जो अपभ्रंश में नहीं थे। कुछ अपभ्रंश शब्दों के लोप के कारण कुछ ऐसे संयुक्त व्यंजनों, स्वरानुक्रमों (Vowel sequences) तथा व्यंजनानुक्रमों (Consonant sequence) आदि के लोप की भी संभावना हो सकती है, जो अपभ्रंश में रहे होंगे।

व्याकरण—आदिकालीन हिंदी का व्याकरण १००० या ११०० ई० के आसपास तक अपभ्रंश के बहुत निकट था। भाषा में काफी रूप ऐसे थे जो अपभ्रंश

के थे। किन्तु धीरे-धीरे अपभ्रंश के व्याकरणिक रूप कम होते गए और हिंदी के अपने रूप विकसित होते गए, तथा धीरे-धीरे १५०० ई० के तक आते-आते हिंदी अपने पैरों पर खड़ी हो गई और अपभ्रंश के रूप प्रायः प्रयोग से निकल गए। आदिकालीन हिंदी का व्याकरण समवेततः अपभ्रंश व्याकरण से इन बातों में भिन्न है : (१) अपभ्रंश भाषा संस्कृत, पालि, प्राकृत की तुलना में वियोगात्मक होते हुए भी एक सीमा तक संयोगात्मक भाषा थी। काफ़ी क्रिया तथा कारकीय रूप संयोगात्मक भी होते थे, किन्तु आदिकालीन हिंदी में वियोगात्मक रूपों का प्राधान्य हो चला। सहायक क्रियाओं तथा परसर्गों (कारक चिह्नों) का प्रयोग काफ़ी होने लगा और धीरे-धीरे संयोगात्मक रूप कम होते गए और उनका स्थान वियोगात्मक रूप लेते गए। (२) नपुंसकलिंग एक सीमा तक अपभ्रंश में था, यद्यपि संस्कृत, पालि, प्राकृत की तुलना में उसकी स्थिति अस्पष्ट-सी होती जा रही थी। आदिकालीन हिंदी में नपुंसकलिंग का प्रयोग प्रायः पूर्णतः समाप्त हो गया। गोरखनाथ में कुछ प्रयोगों को कुछ लोगों ने नपुंसकलिंग माना है, किन्तु यह मान्यता पूर्णतः असंदिग्ध नहीं कही जा सकती। (३) कृदंतों से बनी क्रियाओं में लिंग-परिवर्तन पूरी तरह होने लगे। (४) वाक्य-रचना में शब्द-क्रम काफी कुछ निश्चित से होने लगे। (५) हिंदी की बोलियों के अपने-अपने व्याकरणिक रूप अभी तक पूर्णतः अलग-अलग नहीं हुए थे।

शब्द-भण्डार—आदिकालीन हिंदी का शब्द-भण्डार अपने प्रारम्भिक चरण में अपभ्रंश का ही था, किन्तु धीरे-धीरे उसमें कुछ परिवर्तन आते गए, जिनमें उल्लेख्य दो-तीन हैं : (१) भक्ति-आन्दोलन का प्रारम्भ हो गया था, अतः तत्सम शब्दावली, आदिकालीन हिंदी में अपभ्रंश की तुलना में, कुछ बढ़ने लगी थी। (२) मुसलमानों के आगमन से कुछ पश्तो, फ़ारसी-अरबी, तुर्की शब्द हिंदी में आए। उदाहरणार्थ : 'गोरखबानी' में अकलि, नूर, गूँगा, अलह, काज़ी; 'पृथ्वीराज-रासो' में अब्बीर, नजर, जीन, सोर, गाजी, समसेर; 'चन्दायन' में ख़ून, तुरसी, सुरमा, मीर आदि। (३) भक्ति-आंदोलन तथा मुसलमानी शासन का प्रभाव समाज पर भी पड़ा जिसके परिणामस्वरूप इस बात की भी संभावना हो सकती है कि कुछ ऐसे पुराने शब्द जो अपभ्रंश में प्रचलित थे, इस काल में अनावश्यक अथवा अल्पावश्यक होने के कारण या तो हिंदी शब्द-भण्डार से निकल गए या फिर उनका प्रयोग बहुत ही कम हो गया।

साहित्य में प्रयोग—इस काल का हिंदी साहित्य मिश्रित और प्रारम्भिक डिंगल, व्रज, अवधी, मैथिली तथा खड़ी बोली में मिलता है। मुख्य साहित्यकार चंद्र, नरपति नाल्ह, मुल्ला दाऊद, गोरखनाथ, विद्यापति आदि हैं।

(२) मध्यकाल (१५०० ई० से १८०० ई० तक)

इस काल में आकर ध्वनि, व्याकरण तथा शब्द-भंडार के क्षेत्र में मुख्यतः आगे दिए गए परिवर्तन हुए।

ध्वनि : ध्वनि के क्षेत्र में तीन बातें उल्लेख्य हैं : (१) शब्दांत का 'अ' कम-से-कम मूल व्यंजन के बाद आने पर लुप्त हो गया। अर्थात् 'राम' का उच्चारण 'राम्' होने लगा। मानस के अनेक छंद दोषपूर्ण हो जाएँगे यदि उनमें 'राम्' न पढ़कर 'राम' पढ़ा जाए। जैसे राम् राम् कहि राम् कहि राम् राम् कहि राम्। किन्तु 'भक्त' जैसे शब्दों में जहाँ अ के पूर्व संयुक्त व्यंजन था, 'अ' बना रहा। कुछ स्थितियों में अक्षरांत 'अ' का भी लोप होने लगा था। (२) फ़ारसी की शिक्षा की कुछ व्यवस्था तथा दरबार में फ़ारसी भाषा का प्रयोग होने से उच्च वर्ग में तथा नौकरी-पेशा लोगों में फ़ारसी का प्रचार हुआ, जिसके कारण उच्च वर्ग के लोगों की हिंदी में तुर्की-अरबी-फ़ारसी के काफ़ी शब्द प्रचलित हो गए और उन शब्दों के माध्यम से क़, ख़, ग़, ज़, फ़ ये पाँच नए व्यंजन हिंदी में आ गए। (३) ह के पहले का अ कुछ स्थितियों में ऍ जैसा उच्चरित होने लगा था। पांडुलिपियों में ऐसे 'अ' के स्थान पर 'ए' के प्रयोग से इस बात का अनुमान लगता है।

व्याकरण : व्याकरण के क्षेत्र में भी मुख्यतः तीन ही बातें उल्लेख्य हैं : (१) आदिकालीन हिंदी में अपभ्रंश के काफी रूपों का प्रयोग होता था। इस काल में हिंदी भाषा व्याकरण के क्षेत्र में पूरी तरह अपने पैरों पर खड़ी हो गई। अपभ्रंश के रूप प्रायः हिंदी से निकल गए। जो कुछ बचे थे, वे वह थे जिन्हें हिंदी ने आत्मसात कर लिया था। (२) इस काल की भाषा, आदिकालीन भाषा की तुलना में और भी अधिक वियोगात्मक हो गई। संयोगात्मक रूप और भी कम हो गए। परसर्गों तथा सहायक क्रियाओं का प्रयोग और भी बढ़ गया। (३) उच्च वर्ग में फ़ारसी का प्रचार होने के कारण हिंदी वाक्य-रचना फ़ारसी वाक्य-रचना से प्रभावित होने लगी थी। उदाहरण के लिए, हिंदी की प्रारम्भिक परम्परा के अनुकूल 'सूर' में आता है : 'इन्द्र कह्यो मम करो सहाइ'। यहाँ 'कि' का प्रयोग नहीं है, किन्तु बाद में फ़ारसी शब्द 'कि' के प्रयोग से वाक्य बनने लगे। रामप्रसाद निरंजनी के 'भाषायोगवासिष्ठ' (१७४१ ई०) में आता है : 'वेद में एक ठौर कहा है कि जब लग जीवता रहे तब लग कर्म को करना।'

शब्द-भंडार : शब्द-भंडार की दृष्टि से थे दो-तीन बातें मुख्य हैं : (१) इस काल में आते-आते काफी शब्द फ़ारसी (लगभग ३५००), अरबी (लगभग २५००), पश्तो (लगभग ५०), तथा तुर्की (लगभग १२५) से हिंदी में आ गए और इन आगत विदेशी शब्दों की संख्या लगभग ६००० से ऊपर हो गई। फ़ारसी से कुछ मुहावरे और लोकोक्तियाँ भी आईं। (२) भक्ति-आन्दोलन के

चरम बिंदु पर पहुँचने के कारण तत्सम शब्दों का अनुपात भाषा में और भी बढ़ गया। (३) यूरोप से संपर्क होने के कारण कुछ पुर्तगाली, स्पेनी, फ्रांसीसी तथा अंग्रेजी शब्द भी इस काल के परवर्ती चरण में हिंदी में आ गए।

साहित्य में प्रयोग—इस काल में धर्म की प्रधानता के कारण राम-स्थान की भाषा अवधी तथा कृष्ण-स्थान की भाषा ब्रज में ही विशेष रूप से साहित्य रचा गया। यों दक्खिनी, डिंगल, मैथिली और खड़ी बोली तथा उसकी उर्दू शैली में भी साहित्य-रचना हुई। इस काल के प्रमुख साहित्यकार जायसी, सूर, मीरा, तुलसी, केशव, बिहारी, भूषण, देव, बुरहानुद्दीन, नुस्रती, कुली-कुतुबशाह, मुल्ला वजही तथा वली आदि हैं।

(३) आधुनिक काल (१८०० ई० से अब तक)

ध्वनि—आधुनिककालीन हिंदी में ध्वनि के क्षेत्र में चार-पाँच बातें उल्लेख्य हैं : (१) आधुनिक काल में शिक्षा के व्यवस्थित प्रचार के कारण तथा प्रारंभ में हिंदी प्रदेश में अनेक क्षेत्रों में कचहरियों की भाषा उर्दू होने के कारण क़, ख़, ग़, ज़, फ़ जो मध्यकाल में केवल उच्च वर्गों के या फ़ारसी पढ़े-लिखे लोगों तक प्रचलित थे, इस काल में प्रायः १९४७ तक सुशिक्षित लोगों में खूब प्रचलित हो गए, किंतु स्वतंत्रता के बाद स्थिति बदली है और अँग्रेज़ी में प्रयुक्त होने कारण ज़, फ़, तो एक सीमा तक अब भी प्रयोग में हैं, किंतु क़, ख़, ग़ के ठीक प्रयोग में कमी आई है। नई पीढ़ी, कुछ अपवादों को छोड़कर, इनके स्थान पर प्रायः क, ख, ग बोलने लगी है। हाँ, हिंदी की उर्दू शैली में इन पाँचों का ठीक उच्चारण होता है। (२) अँग्रेज़ी शिक्षा के प्रचार के कारण कुछ बहुशिक्षित लोगों में ऑ (कॉलिज, डॉक्टर, ऑफ़िस, कॉफ़ी आदि में) ध्वनि भी हिंदी में प्रयुक्त हो रही है। यों सामान्य लोग इसके स्थान परा आ का ही प्रयोग करते हैं। (३) अँग्रेज़ी शब्दों के प्रचार के कारण कुछ नए संयुक्त व्यंजन (जैसे ड्र) हिंदी में प्रयुक्त होने लगे हैं (ड्राम, ड्रिल, ड्रेस, ड्रामा)। (४) स्वरों में ऐ, औ हिंदी में आदिकाल में आए थे। उस समय इनका उच्चारण अए, अओ था, अर्थात् वे संयुक्त स्वर थे। आधुनिक काल में, मुख्यतः १९४० के बाद ऐ और औ की स्थिति कुछ भिन्न हो गई है। इस सम्बन्ध में तीन बातें उल्लेख्य हैं : (क) पश्चिमी हिंदी क्षेत्र में अब ये मूल स्वर हो गए हैं। (ख) पूर्वी क्षेत्र में ये अए, अओ रूप में संयुक्त स्वर ही हैं। (ग) नैया, वैयाकरण, कौआ जैसे शब्दों में, पश्चिमी तथा पूर्वी दोनों ही हिंदी क्षेत्रों में ऐ, औ का उच्चारण क्रमशः संयुक्त स्वर अइ, अउ रूप में अर्थात् संस्कृत उच्चारण के समान होता है। (५) मध्यकाल में अ का लोप शब्दांत में तथा कुछ स्थितियों में अक्षरांत में होना प्रारंभ हुआ था। आधुनिक काल तक आते-आते यह प्रक्रिया पूरी हो गई। अब हिंदी में उच्चारण में

कोई भी शब्द अकारांत नहीं हैं। (६) व ध्वनि आदि तथा मध्यकाल में कुछ अपवादों को छोड़कर प्राय: द्वयोष्ठ्य रूप में उच्चरित होती थी, अब वह कुछ अपवादो को छोड़कर हिंदी के काफ़ी शब्दों में कम-से-कम पश्चिमी क्षेत्र में दन्तोष्ठ्य रूप में उच्चरित होती जा रही है। संभावना यह है कि द्वयोष्ठ्य व का प्रयोग धीरे-धीरे बहुत ही कम रह जाएगा या यह उच्चारण समाप्त हो जाएगा।

व्याकरण—व्याकरण की दृष्टि से अधोलिखित बातें कही जा सकती हैं: (१) आदिकाल में हिंदी की विभिन्न बोलियों के व्याकरणिक अस्तित्व का प्रारंभ हो गया था, किंतु काफ़ी व्याकरणिक रूप ऐसे थे जो आसपास के क्षेत्रों में समान थे। मध्यकाल में उनके इस प्रकार के मिश्रण में काफ़ी कमी हो गई थी। सूर, बिहारी, देव आदि की ब्रजभाषा तथा जायसी, तुलसी आदि की अवधी इस बात का प्रमाण है। आधुनिक काल तक आते-आते ब्रज, अवधी, भोजपुरी, मैथिली आदि कई बोलियों का व्याकरणिक अस्तित्व इतना स्वतंत्र हो गया है कि यदि भाषा के रूप में सामाजिक स्वीकृति मिले तो बड़ी सरलता से उन्हें भाषा की संज्ञा दी जा सकती है। (२) हिंदी प्राय: पूर्णत: एक वियोगात्मक भाषा हो गई है। (३) प्रेस, रेडियो, शिक्षा तथा व्याकरणिक विश्लेषण आदि के प्रभाव से हिंदी व्याकरण का रूप काफ़ी स्थिर हो गया है। व्याकरण के इस स्थिरीकरण में आचार्य महावीर प्रसाद द्विवेदी का मुख्य हाथ रहा है। (४) कहा जा चुका है कि मध्यकाल में हिंदी वाक्य-रचना एक सीमा तक फ़ारसी से प्रभावित हुई थी। आधुनिक काल में अँग्रेज़ी शिक्षा का प्रचार फ़ारसी की तुलना में कहीं अधिक हुआ है। साथ ही समाचार-पत्रों, रेडियो तथा सरकारी कामों में प्रयोग के कारण भी अँग्रेज़ी हमारे अधिक निकट आई है। इसका परिणाम यह हुआ है कि हिंदी भाषा वाक्य-रचना, मुहावरा तथा लोकोक्ति के क्षेत्र में अँग्रेज़ी से बहुत अधिक प्रभावित हुई है। अँग्रेज़ी ने विराम-चिह्नों के माध्यम से भी हिंदी वाक्य-रचना को प्रभावित किया है। (५) इधर कुछ वर्षों से 'कीजिए' के लिए 'करिए', 'मुझे' के लिए 'मेरे को', 'मुझसे' के लिए 'मेरे से', 'तुझमें' के लिए 'तेरे में', 'नहीं जाता है' के स्थान पर 'नहीं जाता', 'नहीं जा रहा है' के स्थान पर 'नहीं जा रहा' जैसे नये रूपों तथा नई वाक्य-रचना का प्रयोग बढ़ता जा रहा है। अर्थात् हिंदी भाषा रूप-रचना तथा वाक्य-रचना दोनों ही क्षेत्रों में परिवर्तित हो रही है।

शब्द-भंडार—शब्द-भंडार की दृष्टि से १८०० से अब तक के आधुनिक काल को मोटे रूप से छ:-सात उपकालों में विभाजित किया जा सकता है। १८०० से १८५० तक का हिंदी शब्द-भंडार मोटे रूप से वही था जो मध्यकाल के अंतिम चरण में था। अंतर केवल यह था कि धीरे-धीरे अँग्रेज़ी के अधिकाधिक शब्द हिंदी भाषा में आते जा रहे थे। १८५० से १९०० तक अँग्रेज़ी के और शब्दों के आने के अतिरिक्त आर्यसमाज के प्रचार-प्रसार के कारण तत्सम शब्दों का प्रयोग

बढ़ा और कुछ पुराने तद्भव शब्द परिनिष्ठित हिंदी से निकल गए। उदाहरण के लिए 'इंद्री' निकल गया और 'इन्द्रिय' आ गया, यद्यपि 'इन्द्री' का बहुवचन 'इन्द्रियाँ' अब तक चल रहा है। १९०० के बाद द्विवेदी काल तथा छायावादी काल में अनेक कारणों से तत्सम शब्दों का प्रयोग बढ़ना आरंभ हो गया। प्रसाद, पंत, महादेवी वर्मा का पूरा साहित्य इस दृष्टि से दर्शनीय है। इसके बाद प्रगतिवादी आंदोलन के कारण तद्भव शब्दों के प्रयोग में पुनः वृद्धि हुई तथा तत्सम शब्दों के प्रयोग में कुछ कमी हुई। १९४७ तक लगभग यही स्थिति रही। १९४७ के बाद के शब्द-भंडार में कई बातें उल्लेख्य हैं : (ख) अनेक पुराने शब्द नए अर्थों में प्रचलित हो गए हैं। उदाहरण के लिए, 'सदन' शब्द राज्यसभा तथा लोकसभा के लिए प्रयुक्त हो रहा है—दोनों सदनों में इस बात पर बहस हुई। इस वाक्य में 'सदन' घर का पर्याय नहीं है जैसाकि पहले था। (स) अभिव्यक्ति की आवश्यकताओं की पूर्ति के लिए अनेक (फ़िल्माना, आया राम गया राम, भाई-भतीजावाद, घुसपैठिया) नए शब्द बन गए हैं। (ग) साहित्य में नाटक, उपन्यास, कहानी, कविता की भाषा बोलचाल के बहुत निकट है, उसमें अरबी, फ़ारसी तथा अँग्रेज़ी के जन-प्रचलिय शब्दों का काफ़ी प्रयोग हो रहा है, किन्तु आलोचना की भाषा अब भी एक सीमा तक तत्सम शब्दों से काफ़ी लदी हुई है। (घ) इधर हिंदी को पारिभाषिक शब्दों की बहुत आवश्यकता पड़ी है, क्योंकि हिंदी अब विज्ञान, वाणिज्य, विधि आदि की भी भाषा है। इसकी पूर्ति के लिए अनेक शब्द अँग्रेज़ी, संस्कृत आदि से लिए गए हैं तथा अनेक नए शब्द बनाए गए हैं। स्वतंत्रता के पूर्व हिंदी में मुश्किल से ५-६ हजार पारिभाषिक शब्द थे, किन्तु अब उनकी संख्या लगभग एक लाख से ऊपर है और दिनोंदिन उसमें वृद्धि होती जा रही है। हिंदी शब्द-भंडार अनेक प्रभावों को ग्रहण करते हुए तथा नए शब्दों से समृद्ध होते हुए दिनोंदिन अधिक समृद्ध होता जा रहा है, जिसके परिणामस्वरूप हिंदी अपनी अभिव्यंजना में अधिक सटीक, निश्चित, गहरी तथा समर्थ होती जा रही है।

साहित्य में प्रयोग—आधुनिक काल राजनीति का है। अतः भारतीय राजनीति के केन्द्र दिल्ली की भाषा खड़ी बोली, व्रज, अवधी आदि को पीछे छोड़ प्रायः एकमात्र हिंदी क्षेत्र की साहित्यिक अभिव्यक्ति का माध्यम और हिंदी भाषा का प्रतिनिधि रूप बन गई है। अन्य बोलियों में यदि कुछ लिखा भी जा रहा है तो अपवादतः। यही खड़ी बोली हिंदी हमारी राजभाषा है।

हिंदी भाषा का क्षेत्र

हिंदी भाषा का क्षेत्र काफ़ी दूर-दूर तक है जिसे तीन उपक्षेत्रों में विभक्त किया जा सकता है :

(क) **हिंदी का मुख्य क्षेत्र**—हिंदी क्षेत्र में मुख्यतः हरियाणा, राजस्थान,

मध्यप्रदेश, दिल्ली, हिमाचल प्रदेश, उत्तर प्रदेश तथा बिहार आते हैं। गौणतः पंजाब के कुछ भाग तथा महाराष्ट्र के कुछ भाग भी इसमें हैं।

(ख) अन्य भाषा-उपक्षेत्र—इसमें कर्नाटक तथा आंध्र के दक्खिनी हिंदी वाले भाग एंव कलकत्ता, शिलांग, बंबई तथा अहमदाबाद आदि भारत के अहिंदी भाषी क्षेत्र के बड़े नगरों में बिखरे हुए कुछ हिंदी-भाषी छोटे-छोटे क्षेत्र आते हैं।

(ग) भारतेतर उपक्षेत्र—भारत के बाहर भी कई देशों में हिंदी भाषी लोग काफ़ी बड़ी संख्या में बसे हैं; जैसे मॉरिशस, फीजी, सूरीनाम, ट्रिनिडाड, नेपाल आदि में। इनके अतिरिक्त कई अन्य देशों में थोड़े-बहुत हिंदी भाषी हैं जैसे इंग्लैंड में, लंदन में, सोवियत संघ में ताज़िकिस्तान-उज़बेकिस्तान की सीमा पर, अफ्रीका में गियाना तथा दक्षिणी अफ्रीका में, अमेरिका के भी एकाध बड़े नगरों जैसे न्यूयार्क में, हांगकांग में, मलेशिया में, और सिंगापुर में।

हिंदी भाषा की मुख्य बोलियाँ

यों तो हिंदी की छोटी-बड़ी सभी बोलियों को लें तो पूरे विश्व में उनकी सख्या पचास के लगभग है, जिनमें से कुछ मुख्य का परिचय यहाँ उपयोगी होगा, क्योंकि मानक हिंदी के व्यावहारिक रूप की चर्चा उन्हीं के परिप्रेक्ष्य में करना उपयुक्त होगा। सच पूछा जाए तो मानक हिंदी के आज वस्तुतः उतने ही उप रूप हैं जितनी बोलियाँ हैं। प्रत्येक बोली-क्षेत्र की मानक हिंदी अन्य क्षेत्रों से थोड़ी-बहुत भिन्न है।

खड़ी बोली

'खड़ी बोली' शब्द का प्रयोग दो अर्थों में होता है : एक तो साहित्यिक हिंदी खड़ी बोली के अर्थ में और दूसरे दिल्ली-मेरठ के आसपास की लोक बोली के अर्थ में। यहाँ दूसरे अर्थ में ही इस शब्द का प्रयोग किया जा रहा है। इसी अर्थ में कुछ लोग 'कौरवी' का भी प्रयोग करते हैं। कुरु जनपद की बोली होने के कारण राहुल सांकृत्यायन ने इसे यह नाम दिया था। 'खड़ी बोली' में 'खड़ी' शब्द का अर्थ विवादास्पद है। कुछ लोगों ने 'खड़ी' का अर्थ 'खरी' (Pure) अर्थात् 'शुद्ध' माना है, तो दूसरों ने 'खड़ी (Standing)। कुछ अन्य लोगों ने इसका संबंध खड़ी बोली में अधिकता से प्रयुक्त खड़ी पाई (गया, बड़ा, का) तथा उसके ध्वन्यात्मक प्रभाव कर्कशता से जोड़ा है (विस्तार के लिए देखिए प्रस्तुत लेखक की पुस्तक 'हिंदी भाषा' के प्रवेश में 'खड़ी बोली') यों अभी तक यह प्रश्न प्रायः अनिश्चित-सा है। खड़ी बोली या कौरवी का उद्भव शौरसेनी अपभ्रंश के उत्तरी रूप से हुआ है तथा इसका क्षेत्र देहरादून का मैदानी भाग, सहारनपुर, मुजफ्फरनगर, मेरठ, दिल्ली

का कुछ भाग (पूर्वी), बिजनौर, रामपुर तथा मुरादाबाद है। लोक साहित्य की दृष्टि से खड़ी बोली बहुत सम्पन्न है और इसमें पवाड़ा, नाटक, लोककथा, लोकगीत आदि पर्याप्त मात्रा में मिलते हैं। इनका काफी अंश प्रकाशित भी हो चुका है। हिंदी, उर्दू, हिन्दुस्तानी तथा दक्खिनी एक सीमा तक खड़ी बोली पर आधारित हैं। दीर्घ स्वर के बाद मूल व्यंजन के स्थान पर द्वित्व व्यंजन (बेट्टा, बाप्पू, रोट्टी), महाप्राण के पूर्व इसी स्थित में अल्पप्राण का आगम (देक्खा, भूक्खा), न का ण (अपणा, राणी, जाणा), ल का ळ (काळा, नीळा) अवधी व्यंजनांतता, तथा ब्रज ओकारांतता के स्थान पर आकारांत (घोड़ा, अवधी घोड़, ब्रज घोरो) आदि इसकी मुख्य विशेषताएँ हैं।

ब्रजभाषा

'ब्रज' का पुराना अर्थ पशुओं या गौओं का समूह' या 'चरागाह' आदि है। पशु-पालन के प्राधान्य के कारण यह क्षेत्र कदाचित ब्रज कहलाया, और इसी आधार पर इसकी बोली ब्रजभाषा अथवा ब्रजी कही जाती है। इसका विकास शौरसेनी अप्रभ्रंश के मध्यवर्ती रूप से हुआ है। ब्रजभाषा मथुरा, आगरा, अलीगढ़, धौलपुर, मैनपुरी, एटा, बदायूँ, बरेलो तथा आसपास के क्षेत्रों में बोली जाती है। इसकी मुख्य उपबोलियाँ भरतपुरी, डाँगी, माथुरी आदि हैं। साहित्य और लोक साहित्य दोनों ही दृष्टियों से ब्रजभाषा बहुत सम्पन्न है। हिंदी प्रदेश के बाहर भी भारत के अनेक क्षेत्रों में ब्रजभाषा में साहित्य-रचना होती रही है। सूरदास, तुलसीदास, नंददास, रहीम, रसखान, बिहारी, देव, रत्नाकर, आदि इसके प्रमुख कवि हैं। खड़ी बोली की आकारांतता के स्थान पर ओकारांतता (घोरो, भलो, छोरो, करेगो, बड़ो), व्यंजनांत के स्थान पर उकारांत (सबु, मालु), ने के स्थान पर नै, को का कूँ, से का सों, पर का पै आदि इसकी कुछ विशेषताएँ हैं।

हरियाणी

'हरियाणा' शब्द की व्युत्पत्ति विवादास्पद है। 'हरि+यान' (कृष्ण का यान इधर से ही द्वारका गया था), 'हरि+अरण्य' (हरा वन) तथा 'अहीर+आना' (राजपूताना, तिलंगाना की तरह) आदि कई मत इस संबंध में दिए गए हैं, किंतु कोई भी सर्वमान्य नहीं है। हरियाणी का विकास उत्तरी शौरसेनी अपभ्रंश के पश्चिमी रूप से हुआ है। खड़ी बोली, अहीरवाटी, मारवाड़ी, पंजाबी से घिरी इस बोली को कुछ लोग खड़ी बोली का पंजाबी से प्रभावित रूप मानते हैं। इसका क्षेत्र मोटे रूप से हरियाणा, पंजाब का कुछ भाग तथा दिल्ली का देहाती (पश्चिमी) भाग है। इसकी मुख्य बोलियाँ जाटू तथा बाँगरू हैं। हरियाणी में केवल लोक साहित्य है, जिसका कुछ अंश प्रकाशित हो भी चुका है। अनेक स्थानों पर ल का

ळ (काळा, सोळा, माळा), एक व्यंजन के स्थान पर द्वित्व (बाब्बू, भीत्तर, गाड्डी), न का ण (होणा), सहायक क्रिया हूँ, है, हैं, हो के स्थान पर सूँ, सै, सैं; ड़ का ड (बडा, पेड) आदि इसकी कुछ विशेषताएँ हैं।

बुन्देली

'बुन्देले' राजपूतों के कारण मध्य प्रदेश तथा उत्तर प्रदेश की सीमा रेखा के झाँसे, छतरपुर, सागर आदि तथा आस-पास के भागों को बुन्देलखंड कहते हैं। वहीं की बोली बुन्देली या बुन्देलखंडी है। इसका क्षेत्र झाँसी, जालौन, हमीरपुर, ग्वालियर, भूपाल, ओड़छा, सागर, नृसिहपुर, सिवनी, होशंगाबाद तथा आस-पास के क्षेत्र हैं। बुन्देली का विकास शौरसेनी अपभ्रंश से हुआ है। बुन्देली में लोक साहित्य काफ़ी है, जिसमें इसुरी के फाग बड़े प्रसिद्ध हैं। कहा जाता है कि हिंदी प्रदेश की प्रसिद्ध लोकगाथा 'आल्हा', जिसे हिंदी साहित्य में भी स्थान मिला है, मूलतः बुन्देली की एक उपबोली बनाफरी में लिखी गई थी। इसकी अन्य उपबोलियाँ राठौरी, लोधांती आदि हैं। ब्रज के ऐ, औ का ए, ओ (ओर, जेसो), अंत्य अल्पप्राणीकरण (भूक, हात्, दूद, जीब), स का छ (स्मीढ़ी-छीड़ी), च का स, (साँचे-साँसे), कर्म-सम्प्रदान में 'को' के स्थान पर खों, खाँ खँ का प्रयोग इसकी कुछ विशेषताएं हैं।

कनौजी

कनौज (संस्कृत कान्यकुब्ज) इस बोली का केन्द्र है, अतः इसका नाम कनौजी पड़ा है। यह इटावा, फर्रुख़ाबाद, शाहजहाँपुर, कानपुर, हरदोई, पीलीभीत आदि में बोली जाती है। कनौजी शौरसेनी अपभ्रंश से निकली है। यह ब्रजभाषा के इतनी अधिक समान है कि कुछ लोग इसे ब्रजभाषा की ही उपबोली मानते हैं। कनौजी में केवल लोक-साहित्य मिलता है, जिसमें कुछ अंश प्रकाशित भी हो चुका है। उकारांतता (खातु, घरू, सबु), ओकारांतता (हमारो या हमाओ), स्वार्थे प्रत्यय इया (जिभिया, छोकरिया) तथा वा (बेटवा, बचवा), औ का अउ (कौन, कउन), बहुवचन के लिए ह्वार (हम ह्वार-हम लोग) आदि इसकी कुछ विशेषताएँ हैं।

अवधी

इस बोली का केन्द्र अयोध्या है। 'अयोध्या' का ही विकसित रूप 'अवध' है, जिससे 'अवधी' शुद्ध बना है। इसके उद्भव के सम्बन्ध में विवाद है। अधिकांश विद्वान इसका सम्बन्ध अर्धमागधी अपभ्रंश से मानते हैं, किंतु कुछ लोग इससे पालि की समानता के आधार पर इस मत को नहीं मानते। अवधी का क्षेत्र

लखनऊ, इलाहाबाद, फ़तेहपुर, मिर्ज़ापुर (अंशतः), उन्नाव, रायबरेली, सीतापुर, फ़ैज़ाबाद, गोंडा, बस्ती, बहराइच, सुल्तानपुर, प्रतापगढ़, बाराबंकी आदि हैं। अवधी में साहित्य तथा लोकसाहित्य दोनों ही पर्याप्त मात्रा में हैं। इसके प्रसिद्ध कवि मुल्ला दाऊद, कुतुबन, जायसी, तुलसीदास, उसमान, तथा सबल सिंह आदि हैं। ऐ, औ का अइ, अउ या अए, अओ उच्चारण; संज्ञा के तीन रूप (घोर, घोरवा, घोरौना), स्वार्थे वा का व्यापक प्रयोग (भोलवा, मोरवा), 'ह' (सईस—सहीस, इच्छा—हिच्छा), या र (पसंद—परसन्द, वियोग—विरोग) का आगम, कुछ में महाप्राणीकरण (पुनः—फुन, पेड़—फेड़), व का ब (बिद्यार्थी, बिद्यालय), 'मौसा' के लिए मौसिया, व्यंजनांतता (घोड़ा—घोर्, होत्, होब्, करत्, वड़्, खोट्, नीक्) आदि इसकी कुछ विशेषताएँ हैं। इसकी मुख्य बोलियाँ बैसवाड़ी, मिर्ज़ापुरी तथा बनौधी हैं।

बघेली

बघेले राजपूतों के आधार पर रीवाँ तथा आसपास का क्षेत्र बघेलखंड कहलाता है और वहाँ की बोली को बघेलखंडी या बघेली कहते हैं। बघेली का उद्भव अर्धमागधी अपभ्रंश के ही एक क्षेत्रीय रूप से हुआ है। यद्यपि जनमत इसे अलग बोली मानता है, किन्तु भाषावैज्ञानिक स्तर यह अवधी की ही उपबोली ज्ञात होती है, और इसे दक्षिणी अवधी कह सकते हैं। इसका क्षेत्र रीवाँ, नागौद, शहडोल, सतना, मैहर तथा आसपास का क्षेत्र हैं। कुछ अपवादों को छोड़कर बघेली में केवल लोक साहित्य है। सर्वनामों में मुझे के स्थान पर म्वाँ, मोही, तुझे के स्थान पर त्वाँ, तोही, विशेषण में हा प्रत्यय (नीकहा), घोड़ा का घ्वाड़, मोर का म्वार, पेट का प्याट, देत का द्यात आदि इसकी कुछ विशेषताएँ हैं।

छत्तीसगढ़ी

इसका मुख्य क्षेत्र छत्तीसगढ़ होने के कारण इसका नाम छत्तीसगढ़ पड़ा है। अर्धमागधी अपभ्रंश के दक्षिणी रूप से इसका विकास हुआ है। इसका क्षेत्र सरगुजा, कोरिया, बिलासपुर, रायगढ़, खैरागढ़, रायपुर, दुर्ग, नन्दगाँव, कांकेर आदि हैं। छत्तीसगढ़ी में भी केवल लोक साहित्य है। छत्तीसगढ़ी की मुख्य उप-बोलियाँ सुरगुजिया, सदरी, बैगानी, बिंझवाली आदि हैं। उड़िया तथा मराठी की सीमा पर छत्तीसगढ़ी में ऋ का उच्चारण रु किया जाता है। कुछ शब्दों में महाप्राणीकरण (इलाका—इलाखा), अघोषीकरण (बन्दगी—बन्दकी, शराब—शराप, खराब—खराप), स का छ तथा छ का स (सीता—छीता, छेना—सेना) आदि इसकी कुछ विशेषताएँ हैं।

पश्चिमी राजस्थानी

राजस्थानी का यह रूप पश्चिमी राजस्थान अर्थात् जोधपुर, अजमेर, मेवाड़, सिरोही, जैसेलमेर, बीकानेर आदि में बोला जाता है। इसे मारवाड़ी भी कहते हैं। शौरसेनी अपभ्रंश के उपनागर रूप से इसका विकास हुआ है। मारवाड़ी में साहित्य तथा लोक-साहित्य दोनों ही पर्याप्त मात्रा में हैं। मीराँबाई के पद इसी में लिखे गए हैं। मेरवाड़ी, ढुंढारी, मेवाड़ी, सिरोही आदि इसकी उपबोलियाँ हैं। पश्चिमी राजस्थानी में घ और स दो क्लिक ध्वनियाँ हैं। से का सूँ या ऊँ; में का माँय; का, की, के का नो, नी, ने आदि इसकी कुछ मुख्य विशेषताएँ हैं।

उत्तरी राजस्थानी

उत्तरी राजस्थान में इसका क्षेत्र अलवर, गुड़गाँव, भरतपुर तथा आसपास है। इसे मेवाती भी कहते हैं। मेवाती का नाम 'मेवे' जाति के इलाके मेवात के नाम पर पड़ा है। इसकी एक मिश्रित बोली अहीरवाटी है जो गुड़गाँव, दिल्ली तथा करनाल के पश्चिमी क्षेत्रों में बोली जाती है। अन्य बोलियाँ राठी, नहेर, कठर, गुजरी आदि हैं। इस पर हरियाणी का बहुत प्रभाव है। कर्ता-कर्म में नै; कर्म-संप्र० मों, कै; करण-अपादान सै, तै; तथा इसको, उसको आदि के अतिरिक्त ऐंको, बैंको, झैंको, कैंहको आदि कुछ विशेषताएँ हैं। मेवाती में केवल लोक-साहित्य है। उत्तरी राजस्थानी का उद्भव शौरसेनी अपभ्रंश के उपनागर रूप से हुआ है।

पूर्वी राजस्थानी

राजस्थान के पूर्वी भाग में जयपुर, अजमेर, किशनगढ़ आदि में यह बोली जाती है। इसकी प्रतिनिधि बोली जयपुरी है जिसका केन्द्र जयपुर है। जयपुरी को ढँढाणी भी कहते हैं, क्योंकि इस क्षेत्र का पुराना नाम ढुंढाण है। शौरसेनी अपभ्रंश के उपनागर रूप से विकसित इस बोली में केवल लोक-साहित्य है। तोरावादी, काठैड़ा, चौरासी आदि इसकी मुख्य उपबोलियाँ हैं। इसकी कुछ विशेषताएँ अधिकरण में मालै, मैंने के लिए मनै और मूंने, पूर्णकृदंत दीनू, लीनू आदि हैं।

दक्षिणी राजस्थानी

इन्दौर, उज्जैन, देवास, रतलाम, भोपाल, होशंगाबाद तथा आस-पास इसका क्षेत्र है। इसकी प्रतिनिधि बोली मालवी है, जिसका मुख्य क्षेत्र मालवा है। शौरसेनी अपभ्रंश के उपनागर रूप से विकसित इस बोली में कुछ साहित्य तथा

पर्याप्त लोक-साहित्य है। सोंडवाड़ी, रांगड़ी, पाठवी, रतलामी आदि इसकी कुछ मुख्य उपबोलियाँ हैं। कर्म परसर्ग खे, रे, करण-अपा० ती, मारे, संप्र० दे, सारू; तथा संबंध० थाको, थाका, आदि इसकी कुछ विशेषताएँ हैं।

पश्चिमी पहाड़ी

जौनसार, सिरमौर, शिमला, मंडी, चंबा तथा आसपास इसका क्षेत्र है। इसे प्राय: खस नामक एक कल्पित अपभ्रंश से विकसित माना जाता है, किंतु मेरे विचार में यह शौरसेनी अपभ्रंश के उत्तरी रूप से विकसित है। पश्चिमी पहाड़ी में केवल लोक साहित्य मिलता है। यह वस्तुत: जौनसारी, सिरमौरी, बघाटी, चमेआली, क्योंठली आदि का सामूहिक नाम है।

मध्यवर्ती पहाड़ी

कुछ लोगों ने इसका विकास खस अपभ्रंश से माना है किंतु मेरे विचार में यह शौरसेनी अपभ्रंश से विकसित है। इस बोली का क्षेत्र गढ़वाल, कुमायूँ तथा आसपास के कुछ भाग हैं। वस्तुत: यह गढ़वाली और कुमायूँनी दो बोलियों का सामूहिक नाम है। इन बोलियों में लोक-साहित्य तो पर्याप्त मात्रा में है, साथ ही कुछ साहित्य भी है। कुमायूँनी की मुख्य उपबोलियाँ खस पर जिया, कुमैयाँ, मंगोला तथा गढ़वाली की राठी, बघानी, सलानी, टेहरी आदि हैं।

भोजपुरी

बिहार के शाहाबाद ज़िले के भोजपुर गाँव के नाम के आधार पर इस बोली का नाम भोजपुरी पड़ा है। मागधी अपभ्रंश के पश्चिमी रूप से विकसित इस बोली का क्षेत्र बनारस (अंशत:), जौनपुर (अंशत:), मिर्ज़ापुर (अंशत:), गाज़ीपुर, बलिया, गोरखपुर, देवरिया, आज़मगढ़, बस्ती, शाहाबाद, चंपारन, सारन तथा आसपास का कुछ क्षेत्र है। हिंदी प्रदेश की बोलियों में भोजपुरी के बोलने वाले सबसे अधिक हैं। इसमें केवल लोक-साहित्य मिलता है। इधर कुछ वर्षों से साहित्य की रचना भी हुई है। ये दोनों ही पर्याप्त मात्रा में प्रकाशित हैं। भोजपुरी की मुख्य उपबोलियाँ उत्तरी, दक्षिणी, पश्चिमी तथा नागपुरिया हैं। स्वर मध्यम र का लोप (धरि—धइ, लरिका—लइका, करि—कइ), ढ़ का ह (काढ़ा—कार्हा), न्द का न, न्न (बूंद—बून, सुन्दर—सुन्नर), म्ह का म (ब्रह्म—बरम), म्भ का म्ह (खम्भ—खम्हा), न का ल (नोट—लोट, नंबर—लंबर, नोटिस—लोटिस) संगीतात्मकता आदि इसकी कुछ विशेषताएँ हैं।

मगही

संस्कृत 'मगध' में विकसित शब्द 'मगह' के आधार पर इसका नाम आधारित है। मागधी अपभ्रंश से विकसित यह बोली पटना, गया, पलामू, हज़ारीबाग़, मुँगेर, भागलपुर में तथा आसपास बोली जाती है। इसमें लोक-साहित्य काफ़ी है। पूर्वी, टलहा, जंगली आदि इसकी कुछ मुख्य उपबोलियाँ हैं।

मैथिली

मागधी अपभ्रंश के मध्यवर्ती रूप से विकसित यह बोली हिन्दी क्षेत्र और बँगला क्षेत्र की संधि पर मिथिला में बोली जाती है। 'मिथिला' से ही इस बोली के नाम का संबंध है। दरभंगा, मुजफ्फरपुर, पुर्निया तथा मुँगेर आदि इसका क्षेत्र है। लोक-साहित्य की दृष्टि से मैथिली बहुत संपन्न है, साथ ही इसमें साहित्य-रचना अत्यंत प्राचीन काल से होती चली आई है। हिन्दी-साहित्य को विद्यापति जैसे रससिद्ध कवि देने का श्रेय मैथिली को ही है। इसके अतिरिक्त गोविन्ददास, रणजीतलाल, हरिमोहन झा आदि भी इसके अच्छे साहित्यकार हैं। इसकी मुख्य उपबोलियाँ उत्तरी, दक्षिणी, पूर्वी, पश्चिमी, छिकाछिकी आदि हैं। अवधी की तरह तीन रूप (घोरा, घोरवा, घोरउआ), ड़ के स्थान पर र (घोरा, सरक), स, श, ष का संयुक्त होने पर ह (मास्टर— महटर, पुष्प—पुहुप), ज़ का च (मेज़—मेच, कमीज़—कमेच) आदि इसकी कुछ विशेषताएँ हैं।

ऊपर जिन पाँच को उपभाषाएँ कहा गया है, उन्हें बोली-वर्ग भी माना जा सकता है। जैसाकि संकेतित है अर्थात् बोलियों का पश्चिमी हिंदी वर्ग, पूर्वी हिंदी वर्ग, राजस्थानी वर्ग, पहाड़ी वर्ग तथा बिहारी वर्ग।

(ख) हिंदी भाषा का हिंदीतर भारतीय क्षेत्र

यह क्षेत्र हिंदी मुख्य क्षेत्र के बाहर भारत के कई कोनों पर जैसे आंध्र, कर्नाटक, महाराष्ट्र, बंगाल आदि में फैला हुआ है। इसमें मुख्य हिंदी बोलियाँ निम्नांकित हैं :

दक्खिनी

मुख्यतः दक्षिणी भारत में प्रयुक्त होने के कारण इसे 'दक्खिनी' या 'दकनी' कहते हैं। इस बोली का मूल आधार दिल्ली के आस-पास की चौदहवीं-पंद्रहवीं सदी की खड़ी बोली है, किन्तु इसमें कुछ तत्त्व पंजाबी, हरियानी, ब्रज तथा अवधी के भी हैं। मुसलमानों (फ़ौज, फ़क़ीर, दरवेश) के साथ यह भाषा दक्षिण में पहुंची थी और धीरे-धीरे कर्नाटक, आंध्रप्रदेश, तमिलनाडु, केरल, महाराष्ट्र तथा

गुजरात में फैल गई। स्वभावतः इस पर इन सभी क्षेत्रों की भाषाओं का मुख्यतः शब्द-भंडार के क्षेत्र में प्रभाव पड़ा है। दक्खिनी में मध्यकाल में काफी रचनाएँ हुईं जो दक्खिनी साहित्य के नाम से प्रसिद्ध हैं। अब इन क्षेत्रों में जो साहित्य-रचना होती है वह दक्खिनी में न होकर प्रायः मानक हिंदी या उर्दू में होती है। इसकी वर्तमान उपबोलियों में मुख्य गुलबर्गी, बीदरी, बीजापुरी, हैदराबादी आदि हैं।

बंबइया हिंदी

जैसा कि नाम से स्पष्ट है यह हिंदी बंबई में बोली जाती है। इसका मूल आधार तो मानक हिंदी है किन्तु इस पर मराठी और गुजराती तथा राजस्थानी, अवधी, भोजपुरी आदि हिंदी बोलियों का प्रभाव पड़ा है। बंबइया हिंदी किसी की मातृभाषा नहीं है। यह मात्र सामान्य बोलचाल में प्रयुक्त होती है, लेखन या औपचारिक स्थितियों में नहीं। यों अब फिल्मी हिंदी में इसके प्रयोग अवश्य कभी-कभार मिल जाते हैं। उसी प्रभाव से बंबई के लेखकों के कथा-साहित्य में भी इसे कहीं-कहीं पाया जा सकता है। जगदंबा प्रसाद दीक्षित का उपन्यास 'मुर्दाघर' तो मुख्यतः प्रायः इसी हिंदी में लिखा गया है।

शिलंगी हिंदी

'शिलंग' जिसे अंग्रेज़ी प्रभाव से शिलाङ् भी कहा जाता रहा है; १९७२ तक असम की राजधानी थी, अब यह मेघालय की राजधानी है। यहाँ की जन-संख्या डेढ़ लाख से ऊपर है, जिनमें एक लाख से ऊपर लोग एक प्रकार की अत्यंत सरल हिंदी का प्रयोग करते हैं जिसे वहाँ 'बाज़ार हिंदी' के नाम से अभिहित करते है। शिलंग के मूल निवासी खासी जाति के लोग हैं, जिनकी भाषा आस्ट्रो-एशियाटिक भाषा परिवार की 'खासी' है। यों यहाँ बंगला, असमी, हिंदी तथा नेपाली भाषी भी हैं। यहाँ बाजारों में दैनिक व्यवहार की सर्वाधिक प्रचलित भाषा यह विशेष प्रकार की सरल हिंदी ही है। इसमें 'सकना' क्रिया का मानक हिंदी की अपेक्षा व्यापक प्रयोग होता है; वह वहाँ सहायक क्रिया के साथ-साथ मूल क्रिया भी हो गई है : सकेगा (मैं कर लूंगा, मैं कर सकता हूँ), नहीं सका (नहीं कर पाया, नहीं हो पाया), आज नहीं सकेगा (आज नहीं होगा, आज नहीं कर पाऊँगा)। बोलने नहीं सकता, या देने नहीं सकता जैसे प्रयोग भी खूब हैं। 'होना' का भी बहुत व्यापक रूप से प्रयोग होता है। जैसे थोड़ा खाना होने से होगा (थोड़े खाने से भी काम चल जाएगा) या नहीं देने से भी होगा (यदि आप पैसे नहीं देंगे, तब भी आपको सामान दूंगा)। क्रिया के काल केवत तीन हैं : सामान्य वर्तमान, सामान्य भूत, सामान्य भविष्यत्। इन्हीं से सभी काल-भेदों का काम चल जाता है। इसका शब्द-भंडार बहुत छोटा है, जिसमें हिंदी के शब्द तो हैं ही,

इसके अतिरिक्त भोजपुरी (भात—पक्का चावल, औरत—पत्नी, छोकरा—छोकरी, बेटे-बेटी, बबुनी—बहिन, मा—ईमां), खासी (किआद-एक स्थानीय मादक पेय, खूबलेइ, नमस्कार), असमी (मद—शराब, लाहे-लाहे—थोड़ा-थोड़ा), अंग्रेज़ी (ब्रेक फास्ट बटर) आदि के भी शब्द हैं। इस हिंदी में बँगला-असमी के प्रभाव से 'अ' वृत्तमुखी बोला जाता है जैसे सरकार का सँरकार। इस हिंदी में कुछ शब्दों के अर्थों में भी परिवर्तन आ गया है। जैसे खाना और पीना दोनों के लिए 'खाना', 'बसना' के लिए 'बैठना', बस पर चढ़ना के लिए 'उठना'। यह ठीक अर्थों में बोली न होकर तकनीकी दृष्टि से 'पिजिन' (एक मिश्रित भाषिक रूप) है जो प्रायः बोलचाल में ही आता है तथा किसी की मातृबोली नहीं होता।

कलकतिया हिंदी

यह हिंदी कलकत्ते की है। इसका मूल आधार तो मानक हिंदी है किंतु स्वभावतः इस पर बँगला प्रभाव काफ़ी है। चूंकि हिंदी क्षेत्र के भोजपुरी प्रदेश के काफ़ी लोग कलकत्ते में बस गए हैं, इसीलिए उनका भी प्रभाव इस पर है। यह भी किसी की मातृबोली न होकर मात्र सामान्य बोलचाल की भाषा है। कलकत्ते में बँगला के बाद इसी का प्रयोग सर्वाधिक होता है।

उपर्युक्त बोलियों की तरह ही भारत के अन्य बड़े नगरों जैसे अहमदाबाद, कटक आदि में भी उपर्युक्त प्रकार की स्थानीय प्रभावों से युक्त टूटी-फूटी हिंदी बोली और समझी जाती है।

(ग) हिंदी भाषा का भारतेतर क्षेत्र

यह क्षेत्र भारत के बाहर अनेक देशों में छोटे-छोटे क्षेत्रों में फैला हुआ है। इसकी मुख्य हिंदी बोलियाँ ये हैं—

मॉरिशसी हिंदी

मॉरिशस के अस्तित्व का पता वैसे तो १५०० में चला किंतु वहाँ भारतीय लोगों का जाना १७३६ से शुरू हुआ। हिंदी (मुख्यतः भोजपुरी) प्रदेश से वहाँ लोग १८३४ में तथा उसके बाद १९२३ तक जाकर बसते गए। यों तो यहाँ चीन, इंग्लैंड, फ्रांस, अफ्रीका आदि के लोग भी हैं किंतु भारतीय सबसे ज्यादा हैं। लगभग साढ़े आठ लाख की जनसंख्या में लगभग साढ़े पाँच लाख। इनमें सर्वाधिक लोग भोजपुरी भाषी हैं। यहाँ की पुरानी भाषा क्रियोल है जिसे 'क्रियोली' भी कहते हैं। इसके बोलने वाले लगभग सवा दो लाख हैं। यहाँ की हिंदी स्वभावतः भोजपुरी, क्रियोली, फ्रांसीसी और अँग्रेज़ी से प्रभावित है। यहाँ का हिंदी लोक-साहित्य भोजपुरी का है। यहाँ के हिंदी भाषियों के मूल नाम भी भोजपुरी मूल के (जैसे

घरभरन, दुखहरन, घमंडिया) हैं। फ्रांसीसी तथा क्रियोली के प्रभाव से यहाँ एक अलिजिह्वीय 'र्' का विकास हो गया है। यहाँ के शब्द-भंडार में क्रियोली के काफ़ी तत्त्व हैं। जैसे बुतिक—दुकान, पलामुन—टमाटर, लासेमेन—सप्ताह, लेवकान्त—चौबीस तारीख। यों संज्ञा शब्द ज़्यादा आए हैं किंतु क्रिया भी (हिंदी का 'करना, जोड़कर) : प्लांते करना—रोपना, नाजे करना—तैरना, फिनि करना—ख़त्म करना। फ्रांसीसी से भी कुछ शब्द आए हैं। जैसे लेगिम—सब्ज़ी। भोजपुरी के शब्द तो बहुत ज़्यादा हैं ही। जैसे बुढ़वा, घरवे, छोकड़िया, चिज आदि। यहाँ की मूल ठेठ हिंदी में कर्ता का लिंग क्रिया को प्रभावित नहीं करता : तोर माई का करता, तोर बहिन का करता। कुछ संज्ञाओं में केवल पुल्लिग का प्रयोग होता रहा है। जैसे लड़का के लिए 'छोकड़ा लड़का' और लड़की के लिए 'छोकड़ी लड़का'। अब मॉरिशस में मानक हिंदी की शिक्षा की व्यवस्था हो जाने से मानक हिंदी ही प्रचार में आती जा रही है। मॉरिशस के प्रसिद्ध हिंदी लेखकों में सोमदत्त बखौरी तथा अभिमन्यु अनत आदि हैं। यहाँ हिंदुस्तानी, आर्यवीर, वसंत, अनुराग आदि हिंदी पत्रिकाएँ निकलती रही हैं।

फ़ीजी हिंदी

फ़ीजी में इस समय पौने तीन लाख से कुछ अधिक लोग हिंदी बोलते हैं। इनके पूर्वज १८७९-१९२० के बीच प्रायः पूर्वी उत्तर प्रदेश तथा पश्चिमी बिहार से आए थे। यों कुछ लोग यहाँ गुजरात, आंध्र तथा तमिलनाडु से भी आए थे किंतु बहुसंख्यक हिंदी भाषियों में घुल-मिल जाने के कारण वे भी प्रायः हिंदी ही बोलते हैं। फ़ीजी में मुख्य द्वीप विती लेवू तथा वनुआ लेवू हैं। इन दोनों की हिंदी में थोड़ा ही अंतर है। फ़ीजी हिंदी में भोजपुरी, अवधी तथा अँग्रेज़ी के तत्त्व तो हैं ही तथाकथित साहबी हिंदी के भी प्रयोग होते हैं। जैसे—ऊ लोगन जाए माँगता। ऐसे ही फ़ीजी की अपनी भाषा के भी तत्त्व हैं। जैसे—मोतो (माला), नगोना (एक स्थानीय पेय)। फ़ीजी में इधर काफ़ी हिंदी साहित्य की रचना हुई है। जोगिंदर सिंह कवल वहाँ के प्रेमचंद कहे जाते हैं। यहाँ कुछ हिंदी पत्रिकाएँ भी निकलती रही हैं। जैसे—'जय फ़ीजी' तथा 'शांति दूत'।

नेपाली हिंदी

पड़ोसी नेपाल में भी हिंदी बोलने वाले काफ़ी हैं। मेरा अपना अनुमान तो यह है कि उनकी संख्या अस्सी लाख के लगभग है। इनमें कुछ लोग तो उन इलाक़ों में हैं जो ऐसे भारतीय इलाक़ों से लगे हुए हैं जहाँ हिंदी की मध्य पहाड़ी, अवधी, मैथिली आदि बोलियाँ बोली जाती हैं। इसे तराई वाला इलाक़ा कहते हैं। दूसरे वे लोग हैं जो नेपाल के भीतर हैं। इनकी संख्या लगभग पचास लाख है। इन्हें

'मधेसी' कहा जाता है। यों यह उल्लेख्य है कि ये लोग बहुत पहले भारत के उस भाग से चले गए थे जहाँ हिंदी बोली जाती है तथा जिस भाग को 'मध्यदेश' कहा जाता रहा है। इसी आधार पर इन्हें 'मध्यदेशीय' कहा गया, तथा बाद में 'मध्यदेशीय' का ही 'मधेसिया' और 'मधेसी' हो गया। आज से लगभग दो सौ वर्ष पहले महाराज पृथ्वीनारायण शाह देव (जो हिंदी के एक अच्छे कवि थे) के राज्यकाल में भी ये लोग नेपाल में थे। जहाँ तक हिंदी का प्रश्न है नेपाली हिंदी का कोई एक रूप नहीं है। मधेसी लोगों की हिंदी पुरानी है और नेपाली तथा नेवारी से प्रभावित है तथा सीमावर्ती हिंदी में मध्यवर्ती पहाड़ी, अवधी तथा मैथिली आदि के तत्त्व हैं। यों अब मानक हिंदी का विभिन्न प्रभावों से युक्त रूप वहाँ प्रचलित है। एक समय था जब हिंदी को वहाँ दूसरी राजभाषा बनाए जाने की बात ज़ोर-शोर से चल रही थी, राजनीतिक कारणों से ऐसा नहीं हो पाया। उल्लेख्य है कि नाथ और सिद्ध साहित्य की रचना प्रायः नेपाल में ही हुई थी। बाद में लक्ष्मीप्रसाद देवकोटा, मोतीराम भट्ट, भवानी गुप्त भिक्षु, केदारमान व्यथित, गोपाल सिंह नेपाली, राम हरि जोशी, यदुवंश लाल चंद्र, रामदेव द्विवेदी उदयन, सुंदर झा शास्त्री, धीरेन्द्र मल्ल, शुक्रराज शास्त्री, घूस्वा सायमि, दुर्गा प्रसाद श्रेष्ठ आदि साहित्यकारों ने हिंदी में अच्छी रचनाएँ कीं। १९५६ में नेपाल से 'नेपाली' नाम का हिंदी दैनिक निकलना प्रारंभ हुआ। साहित्यालोक तथा आरोहण पत्रिकाएँ भी प्रकाशित होती हैं। कहना न होगा कि यहाँ जो साहित्य आधुनिक काल में लिखा गया है वह प्रायः मानक हिंदी में है।

सूरीनामी हिंदी

सूरीनाम दक्खिनी अमरीका का एक छोटा-सा देश है। यहाँ चार लाख लोग रहते हैं जिनमें डेढ़ लाख भारतवंशी हैं। ये प्रायः सभी हिंदी भाषी हैं। यों यहाँ डच, रेड इंडियन, नीग्रो, पुर्तगाली, जापानी भी रहते हैं। यहाँ की राजभाषा या राष्ट्रभाषा डच है। यहाँ के अधिकांश भारतवंशी भोजपुरी प्रदेश के हैं जिनके पूर्वज १८७३ में वहाँ गए थे। इस तरह यहाँ की मूल हिंदी भोजपुरी थी किंतु अब मानक हिंदी पहुँच गई है। यहाँ की आधुनिक हिंदी में भोजपुरी के काफ़ी सामान्य शब्द हैं साथ ही डच आदि अन्य भाषाओं का भी प्रभाव है। डच के कुछ शब्द यहाँ खूब चलते हैं। जैसे फ़ोरज़ाल (बैठक), दोदूफ़ी (कबूतर), बोसरोको (बनियान) आदि। यहाँ कुछ हिंदी शब्दों में अजीब अर्थ विकसित हो गए हैं। जैसे खूँटा उस डंडे को तो कहते ही हैं जिसमें गाय बाँधते हैं, गायघर को भी 'खूँटा' कहते हैं। सूरीनाम में इधर कई हिंदी संस्थाएँ बन गई हैं। जैसे 'सूरीनाम हिंदी परिषद', 'जयप्रकाश हिंदी संस्थान', 'सुमन हिंदी पाठशाला' आदि। यहाँ से कई हिंदी पत्रिकाओं का भी प्रकाशन होता रहा है. जैसे 'सरस्वती', 'आर्य दिवाकर' आदि। यहाँ के मुख्य हिंदी

कवि और लेखक रहमान ख़ाँ, गुरुदत्त कलासिंह, तथा सूर्यप्रसाद बीरे आदि हैं। नारायण आचार्य ने सूरीनाम में हिंदी पढ़ने-पढ़ाने के लिए डच के माध्यम से हिंदी-पाठ लिखे हैं तथा डच-हिंदी और हिंदी-डच शब्दकोश भी बनाया है। इसके पूर्व ज्ञान हस अधीन का भी 'हिंदी-डच कोश' छपा था।

हालैंडी हिंदी

हालैंड की जनसंख्या वैसे तो डेढ़ करोड़ है किंतु हिंदी बोलने वाले एक लाख के लगभग ही हैं। इनमें काफी लोग तो सूरीनाम (दक्षिणी अमरीका) से आए हैं और कुछ लोग सीधे भारत से भी गए हैं। हालैंड की हिंदी बहुत कुछ तो वही है जो सूरीनाम की हिंदी है, और जिसका परिचय पीछे दिया जा चुका है। अर्थात् वह हिंदी भोजपुरी प्रदेश की हिंदी है जिसमें मानक हिंदी के भी तत्त्व हैं तथा शब्द-भंडार के क्षेत्र में डच भाषा का काफ़ी प्रभाव पड़ा है। हालैंड की हिंदी और सूरीनाम की हिंदी में एक अंतर यह अवश्य है कि हालैंड की हिंदी में सूरीनामी हिंदी की तुलना में डच शब्द ज्यादा हैं।

हालैंड अमस्टर्डम, डेनहाख़, रोटर्डम, यूत्रैख़, ऐंटहोफ़न तथा ऐन्स्ख़ेद आदि नगरों में हिंदी पढ़ाई की थोड़ी-बहुत व्यवस्था है, जिसमें कुछ सहयोग वहाँ की सरकार का भी है, किंतु मुख्यतः यह काम हालैंड में स्थापित आर्यसमाज के केन्द्रों द्वारा तथा कुछ उत्साही व्यक्तियों द्वारा ही होता है।

त्रिनिदादी हिंदी

वेस्टइंडीज के त्रिनिदाद और टोबैगो द्वीपों में भारतवंशी हिंदी भाषी रहते हैं। इनके पूर्वज १८६५ में भारत से वहाँ गए थे। इनकी कुल संख्या इस समय १३-१४ लाख है। यहाँ अँग्रेज़ी का अधिक प्रचार है, इसीलिए यहाँ की हिंदी में 'तुम' को 'तुम', 'दाता' को 'डाटा', 'जगत के तारनहारे' को 'जगत को टारनहारे' जैसे प्रयोग भी सुनने को मिलते रहे हैं। यहाँ की हिंदी भी मूलतः भोजपुरी हिंदी है। हिंदी शिक्षा के लिए यहाँ हिंदी एज्युकेशन बोर्ड बना था। अब कई संस्थाएँ यह काम थोड़ा-बहुत कर रही हैं। यहाँ के मुख्य कवि-गद्यकार प्रो० हरिशंकर आदेश, सुरभि आदेश, कुमार सत्यकेतु आदि हैं। पहले यहाँ से कई हिंदी पत्र निकलते थे, अब 'ज्योति' नाम की मासिक पत्रिका ही निकल रही है।

गुयानी हिंदी

यहाँ १८७० में भारतीय आए थे जिनमें अधिकांश भोजपुरी भाषी थे। १९८० तक यहाँ भोजपुरी ही चली। बाद में भारत से संपर्क के बाद मानक हिंदी का प्रचार हुआ। यों जैसा कि स्वाभाविक है यहाँ की हिंदी भोजपुरी तथा

अँग्रेज़ी से काफ़ी प्रभावित है। यहाँ 'हिंदी' को 'टूटल भाषा' कहा जाता रहा है। 'टूटल' भोजपुरी कृदंती विशेषण है जिसका अर्थ है 'टूटी हुई'। यहाँ के अशिक्षित अब भी अपनी भाषा के रूप में भोजपुरी बोलते हैं, तथा शिक्षित लोग हिंदी। यहाँ से पहले 'आग्रोसी' पत्र निकलता था जिसमें अँग्रेज़ी के अतिरिक्त हिंदी पृष्ठ भी होता था। अब 'अमर ज्योति' और 'ज्ञानदा' पत्रिकाएँ निकलती हैं। यहाँ के हिंदी साहित्यकारों में महातम सिंह तथा गोकरन शर्मा आदि मुख्य हैं।

दक्षिणी अफ्रीकी हिंदी

दक्षिणी अफ्रीका (नैटाल, ट्रांसवाल, केप) में भी हिंदी भाषी हैं जिनकी संख्या एक लाख से ऊपर है। ये लोग मूलत: भोजपुरी प्रदेश के हैं और भोजपुरी प्रभावित हिंदी बोलते हैं जिस पर अँग्रेज़ी का बहुत अधिक प्रभाव पड़ा है। ये लोग अजीब ढंग का मिश्रण करते हैं। जैसे-तू वरी नहीं करना (तू चिंता मत करना), तू प्लीज़ होकर ई काम करना (तू कृपया यह काम करना)। कुछ हिंदी शब्दों के अर्थ यहाँ बदल भी गए हैं। जैसे मस्ती—शैतानी। ई बच्चा मस्ती कर रहा है(यह बच्चा शैतानी कर रहा है)।

हिंदी की बोलियाँ और मानक हिंदी

पहले अध्याय में बोली मानक की चर्चा की जा चुकी है। वस्तुतः प्रत्येक भाषा की जितनी भी बोलियाँ होती हैं, व्यवहार में उस भाषा के उतने ही मानक रूप भी मिलते हैं। यहाँ इसीलिए हिंदी की बोलियों को लिया गया है। गहराई से देखा जाए तो हिंदी के विभिन्न बोली-क्षेत्रों की मानक हिंदी में उच्चारण तथा शब्द-भंडार में अंतर है।

तीन

हिंदी भाषा का मानकीकरण ऐतिहासिक दृष्टि

यों तो किसी भाषा का सहज रूप से मानक भाषा बनने की ओर बढ़ना उसके उद्‌भव के बाद ही शुरू हो जाता है। भाषा जनमने के बाद जब समाज द्वारा व्यवहृत होती है और बच्चा उसके अनुकरण में ग़लती करके ध्वनि, शब्द या वाक्य किसी भी स्तर पर विचलित प्रयोग करता है, तो बड़े-बूढ़े उसे टोक देते हैं और भाषा का वही रूप प्रयुक्त करने पर बल देते हैं जो वे स्वयं प्रयोग में लाते हैं। इस तरह चाहे छोटे दायरे में ही सही, भाषा में एकरूपता बनाए रखने की प्रक्रिया शुरू हो जाती है। इसके पीछे एक तो बड़े-बूढ़ों का टोकना काम करता है और दूसरे स्वयं नई पीढ़ी अपने को बोधगम्य बनाए रखने के लिए भी पिछली पीढ़ी के प्रयोगों को छोड़ने से यथासाध्य कतराती है। हिंदी के साथ भी यही हुआ होगा और यह स्थिति काफ़ी समय तक चलती रही। इसी बीच भाषा का आधुनिकीकरण भी हुआ होगा, उसमें परिवर्तन भी हुआ होगा किन्तु ये तीनों ही आधुनिकीकरण, परिवर्तन और मानकीकरण—सहज रूप में ऐसे आगे बढ़े होंगे कि उनमें ताल-मेल रहे। ऐसा न हो तो आधुनिकीकरण के अभाव में लोग अपनी अभिव्यक्ति में असुविधा का अनुभव करेंगे। मानकीकरण न सही, मानकीभवन के अभाव में भाषा की बोधगम्यता घटेगी और प्रकृति का शाश्वत नियम परिवर्तन तो होगा ही, होता ही रहेगा। यह सहज रूप से समाज में होती रहने वाली स्थिति है।

यह ध्यान देने की बात है कि लोग शुद्ध भाषा का प्रयोग करें। यह इच्छा सभी कालों में, सभी देशों में प्राचीन काल से ही मिलती है। इसीलिए भाषाओं के व्याकरण बनाए जाते रहे हैं। व्याकरण की परिभाषा देते हुए यह प्रायः कहा गया है कि 'व्याकरण वह है जो शुद्ध भाषा लिखना और बोलना सिखाए।' इस तरह व्याकरण की शिक्षा का उद्देश्य ही भाषा के मानक रूप के प्रति विद्यार्थियों को जागरूक करना रहा है।

भारत में सबसे पुराना व्याकरण पाणिनि की 'अष्टाध्यायी' है। पाणिनि

के भाष्यकार पतंजलि ने ठीक भाषा सीखने के लिए शिष्ट जनों का अनुकरण करने को कहा है। शिष्ट जन उनके अनुसार आर्यावर्त के वीतरागी विद्याव्यसनी ब्राह्मण थे। उस समय शुद्ध या मानक भाषा पर कितना बल था, इसके लिए पतंजलि में संकेतित संदर्भ देखा जा सकता है। उसमें आया है कि असुर अमानक भाषा बोलने के कारण ही पराजित हुए—

'ते असुरा हेलयो हेलय इति कुर्वन्त: परावभूवु:।' वस्तुत: वे पराजित तो अपनी अनाचारजनित दुर्बलताओं से हुए होंगे कि मानक भाषा की प्रभावी शक्ति में लोगों का इतना विश्वास था कि लोगों ने सोच डाला कि असुर जो संस्कृत में पारंगत नहीं थे, अपनी अशुद्ध भाषा के कारण ही आर्यों से पराजित हुए। अमानक भाषा का प्रयोग अपराध माना जाता था। कहते हैं कि वृत्रासुर के लिए 'इन्द्र शत्रुर्वधस्व' मंत्र में अंतोदात्र के स्थान पर पूर्वपद को प्रकृत स्वर के रूप में उच्चारित करने से वृत्र का नाश हुआ—'मंत्रो हीनः स्वरतो वर्णतो वा मिथ्या प्रयुक्तो न तमर्थमाह स वागवज्रो यजमान हिनस्ति यथेन्द्र शत्रु: स्वरतोऽपराधात्।'

जहाँ तक हिंदी का प्रश्न है, इसके सायास मानकीकरण की कहानी काफ़ी बाद में शुरू होती है। प्रारंभ में जब यूरोपीय लोग भारत आए और यहाँ व्यापार के लिए उन्हें आधुनिक भाषाओं में गति प्राप्त करने की आवश्यकता का अनुभव हुआ तो प्रारम्भ में तो उन्हें लगा कि इन भाषाओं में अव्यवस्था है, नियम नहीं हैं और इसीलिए इनको व्याकरणबद्ध करना असम्भव न सही कठिन अवश्य है। उस समय हिंदी या हिन्दुस्तानी भाषा को ये लोग मूर्स (Moors) कहते थे—अर्थात् अशिष्ट लोगों की अशिष्ट और गँवारू बोली। जार्ज हड्ले ने एक पुस्तक लिखी 'ग्रैमेटिकल रिमार्क्स आफ़ द प्रैक्टिकल ऐंड वलगर डायलेक्ट आफ़ द हिन्दुस्तान लैंग्वेज, कामनली काल्ड मूर्स'। यह व्याकरण १७७२ ई० में लंदन से छपा। जैसाकि ऊपर कहा गया उस समय तक अनेक यूरोपीय हिंदी या हिंदुस्तानी को ऐसी भाषा मानते थे जिसका कोई व्याकरण नहीं था और जिसका व्याकरण लिखे जाने की गुंजाइश भी नहीं थी क्योंकि इसकी सभी बातें बहुत कुछ अनियमित-सी थीं। हड्ले ने ही सबसे पहले उपर्युक्त पुस्तक में इस धारणा का खंडन किया और हिंदी के व्याकरणिक गठन की रूपरेखा स्पष्ट करने का प्रयास किया। ऐसी स्थिति में हिंदी के मानकीकरण की ओर किसी का सजग होकर ध्यान जाने का १७वीं सदी तक कोई प्रश्न ही नहीं था। हाँ इसका थोड़ा-बहुत मानकीकरण दूर-दूर तक इसके संपर्क-भाषा होने के कारण एवं उपर्युक्त अन्य कारणों से जाने-अनजाने अपने आप हो रहा था। जान फ़र्गुसन ने अपने हिंदुस्तानी-अंग्रेज़ी कोश (१७७३) की भूमिका में कहा है कि यह पूरे अँग्रेज़ी राज में समझी जाती थी (The Hindustan has a much wider range being understood from one end of this extensive empire to the other)। इस तरह

काफ़ी बड़े क्षेत्र में बोले जाने के कारण हिंदी का थोड़ा-बहुत मानकीकरण होता जा रहा था।

बाद में जैसे-जैसे हिंदी के व्याकरण बनते गए हिंदी का मानकीकरण कुछ उनमें भी होता गया। वस्तुतः किसी भाषा का लिखित व्याकरण भी उसके मानकीकरण में सहज रूप से सहायक होता है।

पीछे जार्ज हड्ले के व्याकरण में हिंदी के अव्यवस्थित भाषा माने जाने की बात का संकेत ऊपर दिया जा चुका है। आगे चलकर भी कदाचित् यह धारणा पूरी तरह निरस्त नहीं हो पाई थी इसीलिए गिलक्राइस्ट को अपने 'अंग्रेज़ी-हिंदुस्तानी कोश' के तीसरे भाग 'Hindustani Philology' में कहना पड़ा कि 'हिंदुस्तानी भाषा को मूर्स या मूरिश अपभाषा कहना अनुचित है और इसका व्यवस्थित व्याकरण लिखा जाना संभव है।'

१९वीं सदी उत्तरार्ध में पुनः पिछली 'मूर्स' वाली बात सुनाई पड़ती है। १८०० ई० में फ़ोर्ट विलियम कॉलिज की स्थापना के बाद अँग्रेज़ों की 'फूट डालो और शासन करो' वाली नीति हिंदुओं और मुसलमानों में धर्म, भाषा और लिपि के स्तर पर सामने आई। कचहरियों की भाषा फ़ारसी लिपि में उर्दू बन चुकी थी। गार्सां द तासी ने हिंदी का विरोध किया था। सर सैयद अहमद ख़ाँ उर्दू के प्रबल पक्षधर के रूप में उभर कर सामने आए। हिंदी को वे भी उर्दू की तुलना में 'गँवारी बोली' कहते थे। कचहरियों की भाषा उर्दू होने से हिंदू भी अपने बच्चों को नौकरी दिलाने के लिए उर्दू पढ़ाने पर बल देते थे। १८६८ में पश्चिमोत्तर प्रदेश के शिक्षा विभाग के अध्यक्ष हैवेल ने स्पष्ट शब्दों में लिखा कि 'अच्छा होता कि हिंदू बच्चों को भी उर्दू ही सिखाई जाती न कि एक 'ऐसी बोली' में विचार प्रकट करने का अभ्यास कराया जाता जिसे अंत में एक दिन उर्दू के आगे सिर झुकाना पड़ेगा।' स्पष्ट ही यहाँ हिंदी को 'ऐसी बोली' कहा गया है। किंतु दबाने से हिंदी की शक्ति और बढ़ती गई और अहिंदी भाषी केशवचन्द्र सेन, श्रद्धाराम फुलौरी, नवीनचन्द्र राय तथा स्वामी दयानंद सरस्वती के लेखों-भाषणों से हिंदी को अंततः उसका स्थान मिल गया। हिंदी वालों में भी जागरूकता आई और भाषा के रूप में हिंदी नए उत्साह से आगे बढ़ी। हिंदी के हिंदी में भी व्याकरण लिखे जाने लगे, जिसका प्रारंभ श्रीलाल के अपने 'भाषा-चंद्रोदय' (१८५५) से किया था। हिंदी में हिंदी व्याकरणों के लिखे जाने से हिंदी व्याकरण और उनके माध्यम से हिंदी भाषा के नियम, रूप आदि सर्वसाधारण के लिए सुलभ होने लगे जिससे हिंदी के सहज रूप से मानकीकरण में काफ़ी सहायता मिली।

हिंदी के मानकीकरण की ओर स्पष्ट संकेत एथरिंगटन ने अपने भाषा-भास्कर (१८७१) में सबसे पहले किया। आगे चलकर बोलियों से अलगाने के

लिए हिंदी भाषा को अँग्रेज़ी में 'स्टैंडर्ड हिंदी' भी कहा जाने लगा, अर्थात् जो भाषा 'स्टैंडर्ड' या 'मानक' है। 'स्टैंड' से 'खड़ा' का संबंध जोड़कर इसी अर्थ में बोलियों से अलग हिंदी को 'खड़ी बोली हिंदी' भी कहा गया तथा अन्य बोलियों को कुछ लोगों ने 'पड़ी बोली' भी कहा।[1]

१९वीं सदी उत्तरार्ध में भारतेंदु, बालमुकुंद गुप्त, प्रतापनारायण मिश्र आदि जनता से काफ़ी जुड़े हुए थे। पत्रकार भी थे। इन्होंने बोलचाल की हिंदी को मानकता की ओर आगे बढ़ाया। आगे चलकर महावीरप्रसाद द्विवेदी ने लिखित हिंदी को मानकता की ओर ले जाने का काम किया। हम जानते हैं कि १९वीं सदी उत्तरार्ध में धीरे-धीरे काफ़ी पत्र-पत्रिकाएँ हिंदी में निकलने लगी थीं; उनमें तरह-तरह के प्रयोग और तरह-तरह की वर्तनियाँ देखकर भाषा के प्रति जागरूक लोगों का ध्यान हिंदी की इस अनेकरूपता की ओर गया। सबसे अधिक अनेकरूपता वर्तनी में थी, इसीलिए उसकी ओर और भी अधिक ध्यान जाना स्वाभाविक था। वर्तनी की दृष्टि से मानकीकरण की दिशा में सबसे पहले 'बिहार-बंधु' के संपादक ने ध्यान दिया। उन्होंने क्षत्रधारी सिंह नामक एक विद्वान् को पत्र लिखकर उनसे इस संबंध में कुछ लिखने का आग्रह किया। श्री सिंह ने विभिन्न पत्र-पत्रिकाओं से सामग्री एकत्र कर १८८४ में 'लेख-नियम' नाम की एक पुस्तिका प्रकाशित की। इन्होंने उस पुस्तिका में कारक चिह्नों को मिलाकर लिखें या अलगाकर ; उस्का, जिस्का, सक्ता, कर्ता (करता के लिए) आदि लिखें या उसका, जिसका, सकता, करता आदि; भारत में पहले पूरा वाक्य एक में लिखते थे तो शब्द-शब्द अलगाकर लिखें या मिलाकर; मारने वाला होन हार, लड़क पन आदि भी लिखते थे, इन्हें ऐसे ही लिखें या मिलाकर; तथा चलेगा लिखें या चले गा? आदि वर्तनी की समस्याएँ उठाईं और अपना मत प्रायः उसी रूप में लिखने के पक्ष में व्यक्त किया जैसे आज हम लिखते हैं।

१८९० में अंबिकादत्त व्यास की पुस्तिका 'विभक्ति-विभाग' प्रकाशित हुई जिसमें कारक चिह्नों को अलगाकर लिखें या मिलाकर—इसी पर विचार करते हुए मानकीकरण पर विचार किया गया था।

१८९५ में ग्रीव्ज़ ने अपने व्याकरण (Grammar of The Modern Hindi) में 'स्टैंडर्ड हिंदी' पदबंध का प्रयोग करते हुए कहा था कि हिंदी धीरे-धीरे अपने मानक रूप में निश्चित होती जा रही है। बीसवीं सदी के आगमन के साथ हिंदी भाषा के मानकीकरण के प्रति हिंदी वैयाकरणों में जागरूकता और भी बढ़ी। १९०३ में प्रकाशित अपनी पुस्तक 'हिंदी व्याकरण' में केशव राम भट्ट ने भी मानक भाषा की ओर ध्यान दिया। उन्होंने मानक भाषा के लिए दो पदबंधों

१. ग्वालियर में पुरानी पीढ़ी खड़ी बोली हिंदी को 'ठाढ़ी बोली' कहती रही है।

का प्रयोग किया : 'टकसाली भाषा' और 'साधु भाषा'। यही नहीं, उन्होंने 'खड़ी बोली' का प्रयोग भी 'मानक हिंदी' के लिए किया।

इस समय तक आचार्य महावीरप्रसाद द्विवेदी 'सरस्वती' के संपादक बन चुके थे और इस पत्रिका के माध्यम से वे हिंदी में एकरूपता लाने के लिए प्रयत्नशील थे। लोगों के वे लेख जो छपने के लिए आते थे उन्हें वे भाषा तथा विराम-चिह्नों आदि की दृष्टि से पूरी तरह संपादित करते थे। कभी-कभी तो उनको वे इतना बदल देते थे कि उन्हें पहचानना कठिन हो जाता था।

द्विवेदी जी ने १९०५ में 'सरस्वती' में एक लेख 'भाषा और व्याकरण' शीर्षक लिखा जिसमें मानक शब्द का प्रयोग किए बिना हिंदी के मानकीकरण की ओर पाठकों का ध्यान खींचा। इस लेख में द्विवेदी जी ने ग़लती से 'अनस्थिरता' शब्द का 'अस्थिरता' के स्थान पर प्रयोग कर दिया था। उसे लेकर 'भारत-मित्र' के संपादक बालमुकुंद गुप्त ने एक लेख लिखा। बाद में भाषा की अशुद्धियों को लेकर गुप्त जी ने और भी लेख लिखे। इन लेखों में वे अपना वास्तविक नाम न देकर 'आत्माराम' नाम देते थे। इन लेखों के उत्तरस्वरूप गोविंद नारायण मिश्र ने 'आत्माराम की टेंटें' शीर्षक लेख लिखा। कहना न होगा कि तोते को प्रायः 'आत्माराम' कहते हैं और उसकी बोली को 'टेंटें'। उस समय दिल्ली वाले 'लेखनी उठानी चाहिए' लिखते थे तो लखनऊ वाले 'लेखनी उठाना चाहिए'। ऐसे ही ठहरा-ठैरा, सकता-सक्ता, पहचानता-पहचान्ता, मनोरथ-मनोर्थ आदि भी लिखे जाते थे।

भारतेंदु काल से ही यह कहा जा रहा था कि हिंदी जैसे बोली जाती है, वैसी ही लिखी भी जाती है। सक्ता, पहचान्ताः, ठैरा आदि उसी के उदाहरण हैं। पहले तो द्विवेदी जी के एकरूपता के प्रयास को लोगों ने पसंद नहीं किया किंतु शीघ्र ही लोग समझ गए कि प्रत्येक क्षेत्र के लोग अपने-अपने उच्चारण के अनुसार लिखेंगे तो हिंदी लेखन अनेकरूपताओं से भर जाएगा। परिणामतः उच्चारण छोड़कर व्याकरणसम्मत भाषा लिखने पर बल दिया जाने लगा। अर्थात् ठहरा, सकता, पहचानता आदि को उचित माना गया।

उस समय तक हिंदी के कई छोटे-मोटे छात्रोपयोगी व्याकरण निकल चुके थे किंतु उनमें भी एकरूपता नहीं थी। ऐसी स्थिति में एक सर्वमान्य व्याकरण की आवश्यकता थी। १९०८ में 'सरस्वती' में कामताप्रसाद गुरु ने 'हिंदी की हीनता' शीर्षक लेख लिखा जिसमें इस बात को रेखांकित किया कि हिंदी का न तो कोई सर्वमान्य व्याकरण है और न शब्दकोश। इसी के प्रभावस्वरूप आगे चलकर नागरी प्रचारिणी सभा ने एक बड़ा और बहुमान्य 'हिंदी व्याकरण' लिखवाने और कोश (हिंदी शब्दसागर) बनवाने का निश्चय किया। क़हना न ह़ोगा कि इन दोनों के प्रकाशन से हिंदी के मानकीकरण में बहुत सहायता मिली।

हिंदी में लिंग की दृष्टि से भी अनेकरूपताएँ थीं। इसकी ओर ध्यान गया जगन्नाथ प्रसाद चतुर्वेदी का। उनकी पुस्तिका 'हिंदी लिंग विचार' १६१६ में प्रकाशित हुई। अपनी विनोदप्रिय शैली में उसमें चतुर्वेदी लिखते हैं—"हिंदी के लिंग पर लोगों की इतनी बड़ी नज़र क्यों है? इसलिए कि कुछ पडिताभिमानी अहम्मन्य लेखकों ने इसका दुरुपयोग किया है और कर रहे हैं। मनमाने तौर से लिंग का प्रयोग हो रहा है। इसका कारण हिंदी शिक्षा और समालोचना का अभाव है। अगर सीखकर लोग हिंदी लिखें तो ऐसी गड़बड़ न हो। कोई तो अंग्रेज़ी के सहारे हिंदी का सुलेखक बन जाता है और कोई संस्कृत के। कुछ करीमा और मामकीमा पढ़कर और कुछ बिना कुछ पढ़े ही हिंदी के सुलेखक और सुकवि बन बैठते हैं। हमारे संस्कृत के पंडित जी महाराज आत्मा को कभी साड़ी न पहनावेंगे क्योंकि उसके सिर पर संस्कृत प्रणाली से पग्गड़ बाँधते आये हैं। इसी तरह स्वाहा के रहते पंडित जी अग्नि को कभी स्त्री० न मानेंगे और न देवता को वह पु० ही मानेंगे, क्योंकि संस्कृत में अग्नि पु० और देवता स्त्री० है। इसी तरह वायु, महिमा, अंजली, तान, शपथ, धातु, देह, जय, मृत्यु, सन्तान, समाज, ऋतु, राशि, विधि आदि शब्दों में झगड़ा है क्योंकि संस्कृत में ये पु० हैं पर हिंदी में स्त्री० हैं। हिंदी लिखने के समय इनका प्रयोग हिंदी के अनुसार ही होना उचित है। अब उर्दू वालों की लीला सुनिये। वे 'धरमसाले' में 'पाठसाले' का चर्चा कर 'मोहनमाल' से 'अपना मान मर्यादा' बढ़ाते हैं। पर हिंदी वाले ऐसा नहीं करते। वह बहुत करेंगे तो अपनी 'कबीला' की 'हुलिया' अपनी 'तायफ़ा' को बता 'उमदी धोती' न दे 'बेहूदी बातें' बक 'ताज़ी खबरें' सुनावेंगे। कहने का तात्पर्य यह है कि हिंदी में धर्मशाला, पाठशाला, चर्चा, माला, मर्यादा आदि सब स्त्री० हैं पर उर्दू वालों ने इन्हें पु० बना दिया है। इसी तरह कबीला, हुलिया, तायफ़ा पु० हैं पर हिंदी के रंगरूटों ने इन्हें स्त्री० कर डाला है। उमदा, बेहूदा, ताज़ा वगैरह लफ्ज़ स्त्री० के लिए कभी उमदी, बेहूदी, ताज़ी नहीं बनते। इनका रूप सदा एक-सा रहता है।"[1]

विभिन्न प्रान्तों में पायी जाने वाली हिंदी-शब्दों के लिए लिंग-प्रयोग की विभिन्नता की चर्चा करते हुए चतुर्वेदी जी ने लिखा था—"हिंदी के लिंग विभाग पर प्रायः सब ही प्रान्तवाले कुछ-न-कुछ अत्याचार करते हैं पर बेचारे बिहारी बन्धु ही बदनाम हैं। इसका कारण समझ में नहीं आया। अगर बिहार में 'हाथी विहार करती है' तो पंजाब में 'तारें आती' हैं और युक्त प्रान्त के काशी-प्रयाग में लोग 'अच्छी शिकारें मारकर लम्बी सलामें' करते हैं। अगर बिहार में 'दही खट्टी' होती है तो मारवाड़ में 'बुखार चढ़ती है', 'जनेऊ उतरती है' और

---

१. ज० प्र० च०, हि० लि० वि०, पृ० १३-१५

कानपुर की जुही के मैदान में 'बूंद गिरता है' और 'रामायण पढ़ा जाता' है। बिहार में 'हवा चलता' है तो झालड़ापाटन में 'नाक कटा' है और मुरादाबाद में "गोलमाल मचती' है। फिर बिहार ही क्यों बदनाम है ?"[१]

हिंदी शब्दों के लिंग-निर्णय में कोशकारों की मनमानी का उल्लेख करते हुए चतुर्वेदी जी ने लिखा था—"कुछ गड़बड़ कोशकारों ने भी की है। पादरी क्रेवन अपनी 'रायल डिक्शनरी' में 'अफ़वाह' और 'भूख' को पु० लिखते हैं। अंग्रेजों की बात जाने दीजिए, हमारे हिंदी वाले भी 'तथैव च' हैं। किसी ने संस्कृत लिंग का सहारा लिया और किसी ने उर्दू-फ़ारसी का। और कुछ ने तो दोनों की खिचड़ी पकायी है। हिंदी का माननीय कोश एक भी नहीं जिसके भरोसे हिंदी का लिंग ठीक हो सके।"[२]

लिंग की गड़बड़ो के अन्य कारणों का उल्लेख करते हुए चतुर्वेदी जी ने लिखा था कि 'सबसे बढ़कर हैं वज़न पर लिंग बनाने वाले। उनका कहना है कि बन्दूक स्त्री० है तो सन्दूक को भी स्त्री० होना चाहिए क्योंकि इन दोनों का वज़न यानी तुक एक है। इसी तरह 'मकान' के वज़न पर 'दुकान' को पु० या दुकान के वज़न पर मकान को स्त्री० होना चाहिए। समास और सन्धियुक्त पदों के लिंग में भी लोग गड़बड़ करने लगे हैं। ऐसे स्थानों में उत्तर शब्द के अनुसार ही समस्त पद का लिंग होता है जैसे इच्छानुसार, ईश्वरेच्छा। इसी नियम के अनुसार चाल-चलन और व्यौहार भी पु० हैं पर केलाग साहब ने इन्हें स्त्री० बताया है। 'भली भाँति' की जगह 'भली प्रकार' और 'अच्छी तरह' की जगह 'अच्छी तौर' लिखने की चाल चली है पर यह तौर अच्छा नहीं और न प्रकार ही भला है।"[३]

हिंदी को अनुचित रूप से संस्कृत के मार्ग पर खींच ले जाने की असफल चेष्टा करने वाले संस्कृत पंडितों पर व्यंग्य करते हुए चतुर्वेदी जी ने लिखा था, "संस्कृत के कुछ प्रेमी हिंदी में भी अपने संस्कृत प्रेम का परिचय दे हिंदी को असंस्कृत कर रहे हैं। वह लोग 'शृंगार सम्बन्धिनी चेष्टा', 'उपयोगिनी पुस्तक', 'कार्यकारिणी सरकार', 'परोपकारिणी वृत्ति', प्रभावशालिनी वक्तृता', 'मनोहारिणी कविता' ही नहीं 'प्रबला स्त्री' का भी प्रयोग करने लगे हैं। अब 'भविष्यत् पत्नी' और 'भावी पत्नी' के स्थान पर 'भविष्यन्ती पत्नी' और 'भाविनी पत्नी' के दर्शन होंगे। फिर 'सुन्दरा कन्या', 'पवित्रा धर्मशाला' में 'विदुषी व्यक्तियों' से 'संस्कृता भाषा' पढ़ेगी। इधर 'नागरी प्रचारिणी सभा' के रहते हिंदी साहित्य सम्मेलन की 'स्थायी समिति' 'अभागी हिंदी' की 'शोचनीय

१. ज० प० च०, हिं० लिं० वि०, पृ० १५-१६

२. वही, पृ० १६

३. वही, पृ० १६-१७

स्थिति' देख 'स्वतंत्रतावादी महिला' की भाँति 'प्रभावशाली देवता' से प्रार्थना कर रही है। इससे 'हिंदी बोलने वाली व्यक्तियाँ' हस्तिनी शंखिनी के साथ कहीं 'कुलिनी' 'पुरुषिनी' न बन जायँ। ऐसी अवस्था में हिंदी साहित्य सम्मेलन को प्रचार के विचार में ही सारा अधिकार न लगा हिंदी के उपकार के लिए सौ काम छोड़कर इसके सुधार की ओर सब प्रकार से ध्यान देना उचित है।"[१]

अन्त में अपना निष्कर्ष देते हुए चतुर्वेदी जी ने लिखा था—"भ्रम, मूल हठ दुराग्रह; प्रान्तीयता चाहे जिस कारण से हो हिंदी में उभयलिंगी शब्दों की संख्या दिनोंदिन बढ़ती जाती है। यह हिंदी के लिए हानिकारक है। यदि यही दशा रही तो अनर्गलता बढ़ जायगी। इसलिए मेरी राय है कि पं० गोविन्दनारायण मिश्र, पं० पद्मसिंह शर्मा, पं० चन्द्रधर शर्मा गुलेरी, पं० श्रीधर पाठक और पं० अम्बिका प्रसाद वाजपेयी की एक समिति बना ली जाय जो समाज, पुस्तक, साँस, आत्मा, हठ, सामर्थ्य, प्रलय, यज्ञ, पीतल, कुशल आदि शब्दों का लिंग निर्णय कर दें, वही शुद्ध माना जाय।'[२]

उन्होंने आगे लिखा, "प्रान्तीयता का प्रेम छोड़कर दिल्ली, मथुरा, आगरे के प्रयोगों का अनुकरण सबको करना चाहिए क्योंकि मेरी समझ में यहीं के प्रयोग शुद्ध और माननीय हैं। और प्रान्तों के प्रयोग इनके प्रयोग के सामने कट जायंगे क्योंकि हिंदी की जन्मभूमि यहीं है और यहीं के निवासी अहलेजबाँ हैं। दिल्ली, मथुरा, आगरा इन तीनों में मतभेद हो तो आगरे को प्रधानता देनी चाहिये क्योंकि हिंदी के प्राचीन और नवीन कवि अधिकांश आगरे के आस-पास हुए हैं।"[३]

डा० धीरेन्द्र वर्मा ने १९३३-३४ में कई ऐसे लेख लिखे जो हिंदी के मानकीकरण की दृष्टि से महत्त्वपूर्ण थे। इनमें मुख्य 'हिंदी भाषा-संबंधी अशुद्धियाँ' तथा 'हिंदी में नई ध्वनियाँ और उनके लिए नए चिह्न' हैं। ये लेख बाद में उनके लेखों के संग्रह 'विचारधारा' में संगृहीत हुए जिसके कई संस्करण हो चुके हैं। उपर्युक्त दोनों लेखों का मुख्यतः संबंध हिंदी लेखन से है।

आगे चलकर स्वतंत्रता के बाद केंद्रीय हिंदी निदेशालय ने मानकीकरण की दिशा में पूरे भारत के विद्वानों की सहायता से कई महत्त्वपूर्ण कार्य किए जिनमें नागरी लिपि का मानकीकरण, तथा हिंदी वर्तनी का मानकीकरण, तथा हिंदी संख्यावाचक विशेषणों का (उच्चारण और लेखन की दृष्टि से) मानकीकरण प्रमुख हैं।

इस दिशा में रामचंद्र वर्मा की 'अच्छी हिंदी' (१९४४), किशोरीदास

१. ज० प० च०, हि० लि० वि०, पृ० १७

२. वही, पृ० १८

३. वही, पृ० १८

वाजपेयी की 'अच्छी हिंदी का नमूना' (१९४८), हरदेव बाहरी की 'शुद्ध हिंदी' (१९५६), भोलानाथ तिवारी की 'अच्छी हिंदी कैसे बोलें, कैसे लिखें' (१९७६) तथा रमेशचन्द्र मेहरोत्रा की 'हिंदी में अशुद्धियाँ' (१९८४) आदि कुछ अच्छे प्रयास हैं। ये सभी पुस्तकें बोलने और लिखने में मिलने वाले अमानक प्रयोगों को लेते हुए उनसे हिंदी भाषियों को बचाने के लिए लिखी गई हैं।

शिक्षा, मुख्यत: भाषा और व्याकरण की शिक्षा तथा भाषा-विषयक तरह-तरह के प्रशिक्षणों से भी हिंदी के मानकीकरण की दिशा में प्रगित हुई है और धीरे-धीरे हिंदी भाषा अपने मानक रूप को प्राप्त करती जा रही है।

चार

देवनागरी वर्णमाला और अंकों के मानक रूप

(क) वर्णमाला

हिंदी में प्रयुक्त होने वाली देवनागरी वर्णमाला में निम्नांकित वर्ण हैं :

स्वर

अ आ इ ई उ ऊ
ऋ ए ऐ ओ औ

व्यंजन

कवर्ग	—	क ख ग घ ङ
चवर्ग	—	च छ ज झ ञ
टवर्ग	—	ट ठ ड ढ ण
तवर्ग	—	त थ द ध न
पवर्ग	—	प फ ब भ म
अन्तस्थ	—	य र ल व
ऊष्म	—	श ष स ह

इनके अतिरिक्त निम्नांकित का भी हिंदी-लेखन में प्रयोग होता है—

स्वर

ऑ (जैसे—ऑफिस, डॉक्टर, कॉलिज)

व्यंजन

ड़, ढ़, (जैसे—घोड़ा, पढ़ाई)

क़,ख़, ग़, ज़, फ़ (जैसे—क़ानून, अख़बार, ग़रीब, ज़रूरी, फ़ैसला)

ं (अनुस्वार, इसका उच्चारण ङ्, ञ्, ण्, न्, म्, की तरह होता है : गंगा चंचल, पंडित, आनंद पंप) ।

: (विसर्ग; इसका उच्चारण ह् की तरह होता है। जैसे प्रायः, वस्तुतः)

ँ (अनुनासिक अथवा चंद्रबिंदु ; इसका प्रयोग स्वर को अनुनासिक बनाने के लिए होता है : पूछ-पूँछ, उगली-उँगली, सवार-सँवार । बिना अनुनासिक के स्वर मात्र मुख से उच्चरित होते हैं, किंतु अनुनासिक का चिह्न लग जाने पर उनका उच्चारण मुँह और नाक दोनों से होता है। अर्थात् मुँह के साथ-साथ नाक से भी निकलती है) ।

ऊपर के व्यंजनों में हर पंक्ति के आरम्भ में व्यंजन-वर्ग का सामूहिक नाम दिया गया है । ड़, ढ़, क़, ख़, ग़, ज़, फ़ के लिए कोई सामूहिक नाम नहीं है।

इन स्वरों और व्यंजनों के यों तो अ, इ, क आदि नाम है, किंतु इसके अतिरिक्त, इनके साथ—'कार' जोड़कर इन्हें 'अकार', 'इकार', 'ककार', 'मकार' आदि भी कहते हैं।

वर्णमाला के व्यंजन 'शुद्ध व्यंजन और अ के योग' हैं। अर्थात् क=क् व्यंजन +अ, अथवा च=च् +अ । केवल व्यंजन दिखाना हो तो व्यंजनों के नीचे तिरछी लकीर (्) लगाते हैं जिसे 'हल्' कहते हैं। हल् लगाने का अर्थ यह है कि वे केवल व्यंजन हैं, उनमें कोई स्वर नहीं मिला है। अर्थात्—

प्+अ=प
प—अ=प्

अनुस्वार और विसर्ग केवल व्यंजन हैं, अतः उनके साथ 'हल्' चिह्न नहीं लगाते।

चंद्रबिंदु अथवा अनुनासिक न तो स्वर है न व्यंजन। वह स्वर को अनुनासिक बनाने वाला चिह्न मात्र है : अँ, आँ, उँ, ऊँ आदि।

बहुत-सी पुस्तकों में वर्णमाला में अं, अः, क्ष, त्र, ज्ञ भी मिलते हैं। किंतु वे एक ध्वनि न होकर दो-दो ध्वनियों के मिले हुए रूप हैं—

अं=अ+ङ् या ञ् या ण् या न् या म् (जैसे—अंक=अङ्क, चंचल=चञ्चल आदि)
अः=अ+: (जैसे—प्रायः=प्राय्+अ+:)
क्ष=क्+ष
त्र=त्+र

ज्ञ=मूलतः ज्+ञ्; किंतु अब इसका उच्चारण ग्यँ अथवा 'ग्य' होता है। संस्कृत परंपरा के कुछ लोग इसे 'ज्यँ' भी बोलते हैं।

कुछ लोग वर्णमाला में ऋ, ॠ, ऌ, ॡ को शामिल करते रहे हैं, किंतु ये हिंदी के किसी भी शब्द में नहीं आते, अतः इन्हें वर्णमाला में नहीं रखा जा सकता। उपर्युक्त बातों के प्रकाश में हिंदी भाषा के लिए प्रयुक्त नागरी वर्णमाला में निम्नांकित अक्षर अथवा चिह्न वास्तविक रूप में आते हैं :

अ, आ, ऑ, इ, ई, उ, ऊ,

ऋ, ए, ऐ, ओ, औ

क, ख, ग, घ, ङ, क़, ख़, ग़

च, छ, ज, झ, ञ, ज़

ट, ठ, ड, ढ, ण, ड़, ढ़

प, फ, ब, भ, म, फ़

य, र, ल, व

श, ष, स, ह

ं, ः, ँ

जैसा कि आगे हिंदी ध्वनियों के उच्चारण के प्रसंग में हम देखेंगे, उपर्युक्त वर्णों में ऋ, तथा ष का प्रयोग हिंदी में केवल लिखने में ही होता है, बोलने में, अर्थात् उच्चारण में नहीं। उच्चारण में ये क्रमशः 'रि' और 'श' हैं।

(ख) लेखन

हिंदी भाषा नागरी (अथवा देवनागरी) लिपि में लिखी जाती है। इसके लिपि-चिह्न ऊपर दिए जा चुके हैं।

इनमें आरंभ के १२ लिपि-चिह्न, जैसा कि पीछे कहा जा चुका है, स्वर हैं। लिखने की दृष्टि से 'अ' को छोड़कर अन्य स्वरों के दो-दो रूप होते हैं। एक उनका मूल रूप और दूसरा उनकी मात्रा का रूप। स्वरों के मूल रूप हैं—अ, आ, आ, इ, ई, उ, ऊ, ऋ, ए, ऐ, ओ, औ। 'अ' को छोड़कर अन्य स्वरों के मात्रा-रूप क्रमशः इस प्रकार हैं—ा, ॉ, ि, ी, ु, ू, ृ, े, ै, ो, ौ।

जब स्वरों का अकेले प्रयोग करना होता है तो उनका मूल रूप ही लिखा जाता है। जैसे—'आम' शब्द में 'आ' या 'सुअवसर' शब्द में 'अ'। किंतु, जब स्वरों को किसी व्यंजन के बाद मिलाकर लिखना होता है तो उनकी मात्रा के रूप का ही प्रयोग किया जाता है। जैसे काम में 'का' में क् व्यंजन + ा (आ का मात्रा रूप)। 'क्' व्यंजन में सभी स्वरों की मात्राएँ इस प्रकार लगाई जाती हैं—क, का, कॉ, कि, की, कु, कू, कृ, के, कै, को, कौ। इसी प्रकार अन्य व्यंजनों में भी मात्राएँ लगाई जाती हैं। स्वरों की मात्रा व्यंजनों में मिलाने के संबंध में निम्नांकित बातें ध्यान देने की हैं—

(१) 'अ' स्वर का कोई मात्रा-रूप नहीं होता। जैसा कि पीछे भी कहा जा चुका है, शुद्ध व्यंजम 'क' न होकर 'क्' है। 'क्' में जब 'अ' लगाना होता है तो केवल हल् के चिह्न को हटा देते हैं। अर्थात्—

क्+अ = क

इसी प्रकार सभी व्यंजनों का चिह्न हटाने के बाद जो रूप शेष बचता है

उसमें व्यंजन के अतिरिक्त 'अ' स्वर भी मिलता है। जैसे—प (प्+अ), ग (ग्+अ) तथा भ (भ्+अ) आदि।

(२) स्वर के मात्रा-रूप को लगाने के लिए व्यंजन का हल् चिह्न हटाने के बाद ही मात्रा जोड़ी जाती है। उदाहरणार्थ—

प्+आ=प्+ा=पा

(३) आ (ा), ऑ (ॉ), ई (ी) ओ (ो) और औ (ौ) की मात्राएँ व्यंजन के बाद लगाई जाती हैं—

का, कॉ, की, को, कौ

(४) इ (ि) की मात्रा व्यंजन के पहले लगाई जाती है—

कि

यदि संयुक्त व्यंजन हो तो संयुक्त व्यंजन के सभी सदस्यों के पूर्व इ (ि) की म त्रा लगाई जाती है : पश्चिम, पण्डित, चन्द्रिका।

(५) उ (ु), ऊ (ू) और ऋ (ृ) की मात्राएँ व्यंजन के नीचे लगाई जाती हैं—

कु, कू, कृ

(६) 'ए' (े) तथा 'ऐ' (ै) की मात्राएँ व्यंजन के ऊपर लगाई जाती हैं

के, कै

(७) 'र्' व्यंजन में उ और ऊ की मात्राएँ अन्य व्यंजनों की भाँति न लगाई जाकर निम्न प्रकार से लगती हैं—

र्+उ=रु
र्+ऊ=रू

चंद्रबिंदु, अनुस्वार और विसर्ग के बारे में दो बातें उल्लेखनीय हैं—

(१) चंद्रबिंदु (ँ) तथा अनुस्वार (ं) ऊपर लगाए जाते हैं—

ह (ह्+अँ)+=हँ (हँसना)
ह (ह्+अं)+=हं (हंस)

(२) विसर्ग बाद में लगाया जाता है—

य (य्+अ)+:=यः (प्रायः)

जैसे व्यंजन के साथ स्वर मिलाए जाते हैं, उसी प्रकार व्यंजन से व्यंजन भी मिलाने पड़ते हैं। इस दृष्टि से नागरी लिपि के व्यंजन दो प्रकार के हैं—

(क) एक तो हैं वे जिनके अन्त में पाई (।) होती है। जैसे—क, ख, ग, च, ज, ण, त, थ, ध, न, प, ब, म, व, श, स आदि।

पाई वाले व्यंजनों को जब किसी दूसरे व्यंजन से मिलाना होता है तो पाई हटाकर मिलाते हैं :

ख+य=ख्य (व्याख्या)। प्+य=प्य (प्यार)।

त्+थ=त्थ (कत्था)। ग्+घ=ग्घ (घिग्घी)।

त् और त मिलाने से 'त्त' एक नया रूप हो जाता है, जिसे अब 'त्त' रूप में भी लिखते हैं।

बिना पाई के व्यंजनों के संबंध में निम्नांकित बातें याद रखने की हैं—

(१) 'र' व्यंजन के '्र' (प्रेम), 'र्' (शर्म) ओर '्र' (ट्रेन) ये तीन अन्य रूप भी मिलते हैं। इन चारों के आने की स्थितियाँ ये हैं—

(अ) र : (क) शब्द के आरंभ में स्वर के पूर्व (राम)

(ख) शब्द के बीच में स्वर और स्वर के बीच (आराम)

(ग) शब्दांत में स्वर के बाद (तार)

(आ) ्र : क, ख, ग, घ, ज, त, थ, ध, न, प, ब, भ, म, य, व, श, तथा स व्यंजन के बाद (क्र, ख्र, ग्र, त्र, द्र, भ्र, म्र, ब्र, स्र आदि)। 'श' के साथ इसका रूप कुछ विचित्र हो जाता है : श्+र=श्र। वस्तुतः यह श और ्र का योग है।

(इ) ्र : छ, ट, ठ, ड, ढ व्यंजनों के बाद (कृछ्र, ट्रेन, ट्राम, ड्रामा, ड्राम, ड्रिल आदि।

(ई) र्: 'र' के इस चौथे रूप को रेफ कहते हैं। इसका प्रयोग व्यंजन के ऊपर होता है : र+म=र्म (गर्मी)। इसी तरह धर्म, स्वर्ग, चर्च, आर्य आदि में भी। यह रेफ उस व्यंजन के पहले उच्चरित होता है जिसके ऊपर यह लगाया जाता है। अर्थात् गर्म=गर्‌म।

(२) 'क' को यदि 'क' से मिलाना हो तो नीचे (बिना शिरोरेखा के) या बग़ल में मिलाते हैं : क्क, क्क।

अन्य व्यंजनों से मिलाने के लिए 'क' के पीछे लटकी टेढ़ी लकीर को छोटी करके मिलाते हैं, जैसे—रक्खा, पक्व, क्या, रुक्मिणी आदि। 'क' को 'त' और 'ष' से मिलाने पर प्रायः नया रूप हो जाता है—

क्+त=क्त

क्+ष=क्ष

(३) ङ, छ, झ, ट, ठ, ड, ढ प्रायः संयोग में भी पूरे लिखे जाते हैं। केवल हल् का चिह्न लगाकर इन्हें मात्र व्यंजन कर लेते हैं। जैसे—वाङ्मय, उच्छ्वास, टट्टू।

(४) 'फ' को मिलाने के लिए 'क' की तरह आगे की लकीर को छोटी कर लेते हैं। जैसे—फ्ल, फ्स।

(५) 'द' के मुख्य संयुक्त रूप ये हैं—

द्+द=द्द

द्+ध=द्ध

द्+म=द्म

द्+य=द्य

द्+व=द्व

(६) 'ह्' का 'र' के साथ योग का रूप 'ह्र' ऊपर दिखाया गया है। अन्य प्रचलित रूप हैं—

ह्+न=ह्न

ह्+ल=ह्ल

ह्+व=ह्व

ह्+म=ह्म

ह्+य=ह्य

(७) कुछ मूल या संयुक्त लिपि-चिह्नों के दो-दो रूप भी मिलते हैं। इनमें प्रमुख ये हैं—

अ या ॳ

आ या ॴ

ख या ख

झ या झ

ल या ल

त्र या त्र

क्त या क्त

जब किसी स्वर के उच्चारण में मुख के अतिरिक्त नाक से भी हवा निकलती है, तो उसे ँ (चन्द्रबिन्दु) चिह्न से व्यक्त करते हैं। जैसे (कँ, अँ, आँ आदि)। प्रयोग की दृष्टि से यह भी स्मरणीय है कि यदि शिरोरेखा के ऊपर कोई मात्रा हो तो चन्द्रबिन्दु के स्थान पर भी अनुस्वार या बिंदु का ही प्रयोग होता है। जैसे—'सोँठ' के स्थान पर 'सोंठ' या 'सेँक' के स्थान 'सेंक'।

ङ्, ञ्, ण्, न्, म्, ; ॠ, ष्, क्ष्, ड़, ढ़, क़, ख़, ग़, ज़, फ़ और ऑ के प्रयोग के विषय में निम्नांकित बातें ध्यान देने की हैं—

(१) ङ् का प्रयोग क, ख, ग, घ के पूर्व ही होता है। जैसे—पङ्क, पङ्ख, गङ्गा, कङ्घी। किंतु अब ऐसे स्थानों पर 'ङ्' का प्रयोग न करके प्रायः अनुस्वार (ं) का ही प्रयोग किया जा रहा है। जैसे—पंक, पंख, गंगा, कंघी। 'पराङ्मुख' और 'वाङ्मय' आदि कुछ शब्द अपवाद हैं जिनमें केवल 'ङ्' का ही प्रयोग होता है। इन शब्दों में अनुस्वार का प्रयोग नहीं किया जा सकता। ङ् व्यंजन शब्द के आदि तथा अंत में नहीं आता।

(२) ञ का प्रयोग हिंदी में प्रायः नहीं हो रहा है। यों च, छ, ज, झ के पूर्व इसके प्रयोग का नियम है। जैसे—अञ्चल, पञ्छी, इञ्जन, तथा झञ्झट। किंतु इन स्थानों पर अब अनुस्वार (ं) का ही प्रयोग होता है। जैसे—अंचल, पंछी,

इंजन, झंझट। ञ भी शब्द के आदि और अंत में नहीं आता।

(३) स्वतंत्र रूप से ण का प्रयोग मुख्यतः केवल संस्कृत तत्सम शब्दों में होता है। वह भी मध्य (प्रणाम) और अंत (प्रण) में। संयुक्त व्यंजन के प्रथम सदस्य के रूप में ण् का प्रयोग तत्सम के अतिरिक्त तद्भव तथा देशज शब्दों में भी होता है। इनमें यह ट, ठ, ड, ढ के पूर्व आता है। जैसे—घण्टा, अण्डा तथा ठण्डा आदि। किंतु अब इसके स्थान पर भी प्रायः अनुस्वार (ं) का ही प्रयोग होता है। जैसे—घंटा, अंडा तथा ठंडा आदि। ट, ठ, ड, ढ के अतिरिक्त य (पुण्य), व (कण्व), ण (विषण्ण) के पूर्व भी ण् का प्रयोग होता है, किंतु ऐसी स्थिति में 'ण्' के स्थान पर अनुस्वार का प्रयोग नहीं किया जा सकता।

(४) संयुक्त व्यंजन के प्रथम सदस्य के रूप में 'न्' का प्रयोग त, थ, द, ध के पूर्व करने का नियम है। जैसे—अन्त, पन्थ, आनन्द और अन्धा। किन्तु स्थान पर प्रायः अनुस्वार (ं) का प्रयोग ही किया जाता है। जैसे—अंत अब इसके पंथ, आनंद और अंधा। न, म, य, व (अन्न, जन्म, अन्य, अन्वय) के पूर्व भी 'न्' आता है, किन्तु ऐसी स्थिति में अनुस्वार (ं) इसका स्थान नहीं ले सकता।

(५) संयुक्त व्यंजन के प्रथम सदस्य के रूप में 'म्' का प्रयोग प, फ, ब, भ के पूर्व करने का नियम है। जैसे—दम्पति, गुम्फ, लम्बा, रम्भा। अब इसके स्थान पर अनुस्वार (ं) का ही प्रयोग प्रायः होता है। जैसे—दंपति, गुंफ, लंबा, रंभा यों म व्यंजन, न (निम्न), म (सम्मान), य (नम्य), र (नम्र), ल (अम्ल) तथा व (म्वाफ़िक) के पूर्व भी आता है, किंतु ऐसी स्थिति में 'म्' के स्थान पर 'अनुस्वार' नहीं आता।

(६) ' ं ' अनुस्वार का प्रयोग ऊपर दिए गए क, च, ट, त, प आदि वर्गों के व्यंजनों के अतिरिक्त य, र, ल, व, श, स, ह के पूर्व भी होता है। जैसे—संयत, संरचना, संलाप, संवाद, वंश, हंस, सिंह आदि।

(७) ऋ, ष, क्ष, ज्ञ का प्रयोग केवल संस्कृत शब्दों में होता है। जैसे—ऋण, शेष, शिक्षा, ज्ञान।

(८) क़, ख़, ग़, ज़, फ़ का प्रयोग केवल अरबी-फ़ारसी-तुर्की शब्दों में होता है। जैसे—क़ानून, ख़बर, ग़रीब, ज़हर, फ़ौरन। ज़ और फ़ अंग्रेज़ी तथा पुर्तगाली आदि शब्दों में भी आते हैं। जैसे—गज़ट, आफ़िस, फ़ीता।

(९) ऑ केवल अँग्रेज़ी शब्दों में आता है : ऑफ़िस, कॉलिज, डॉक्टर।

(ग) नागरी लिपि और अंकों के मानक रूप

(१) नागरी लिपि का मानक रूप

नागरी लिपि का इतिहास काफ़ी पुराना है तथा इसका प्रयोग-क्षेत्र भी

भौगोलिक दृष्टि से काफ़ी बड़ा है। साथ ही इसकी कमियों के सुधार के लिए समय-समय पर कई संस्थागत, सरकारी और वैयक्तिक प्रयास होते रहे हैं। इन तीनों का परिणाम यह हुआ है कि इसके कई अक्षर ऐसे हैं जिनके एकाधिक रूप प्रचलित हो गए हैं। स्वभावतः जब लिपि के मानक रूप का प्रश्न उठता है तो उसमें मुख्य समस्या विकल्पों में चयन की ही होती है। ऊपर नागरी वर्णमाला और उनके अक्षरों के प्रयोग की बात की गई। अब मानकता की दृष्टि से नागरी लिपि के मुख्य अक्षरों के प्राप्त विकल्पों तथा उनसे मानक रूप में स्वीकृत अक्षर की सूची यहाँ देखी जा सकती है।

अक्षरों के प्राप्त विकल्प	स्वीकृत मानक रूप
स्वर	
(१) अ, अ	अ
(२) आ, अ	आ
(३) आ, आ	आ
(४) इ, अि, अि	इ
(५) ई, अी, अी	ई
(६) उ, अु, अु	उ
(७) ऊ, अू, अू	ऊ
(८) ऋ, ऋ	ऋ
(९) ए, अे, अे	ए
(१०) ऐ, अै, अै	ऐ
(११) ओ, ओ	ओ
(१२) औ, औ	औ
व्यंजन	
(१) ख, ख	ख
(२) छ, छ	छ
(३) झ, झ	झ
(४) ण, ण	ण
(५) ध, ध	ध
(६) भ, भ	भ
(७) ल, ल	ल
(८) श, श, श	श

संयुक्त व्यंजन

१. क्त, क्त, क्त .... क्त
२. क्ष, क्ष, क्ष .... क्ष
३. च्च, च्च .... च्च
४. ट्ट, ट्ट .... ट्ट
५. ट्ठ, ट्ठ .... ट्ठ
६. ड्ड, ड्ड .... ड्ड
७. ड्ढ, ड्ढ .... ड्ढ
८. त्त, त्त .... त्त
९. त्र, त्र, त्र .... त्र
१०. न्न, न्न .... न्न
११. द्म, द्म .... द्म
१२. ब्ब, ब्ब, ब्ब .... ब्ब
१३. ट्र, ट्र .... ट्र
१४. ड्र, ड्र .... ड्र
१५. ल्ल, ल्ल, ल्ल .... ल्ल
१६. व्व, व्व .... व्व
१७. श्र, श्र .... श्र

पुरानी और मध्यवर्ती पीढ़ी के लोग प्रायः अमानक अक्षरों का प्रयोग करते हैं क्योंकि तरह-तरह के अमानक अक्षरों के प्रयोग की उन्हें बहुत पहले से आदत है, किंतु नई पीढ़ी के लोगों को प्रायः मानक अक्षर ही सिखाएँ जाने लगे हैं, इसीलिए वे प्रायः अमानक अक्षरों का प्रयोग नहीं करते। एक सर्वेक्षण में मैंने यह भी पाया कि सरकारी स्कूलों के बच्चे प्रायः मानक अक्षरों का प्रयोग करते हैं, क्योंकि उनके यहाँ शिक्षा और अनुसंधान का राष्ट्रीय संस्थान की पुस्तकें पढ़ाई जाती हैं जिनमें मानक अक्षरों का प्रयोग हुआ है। इसके विपरीत जो पब्लिक स्कूल हैं, वे विभिन्न छोटे-बड़े प्रकाशकों की पुस्तकें अपने यहाँ पढ़ाते हैं, परिणामतः उनके यहाँ के विद्यार्थियों में मानक अक्षरों के प्रयोग की प्रवृत्ति अपेक्षाकृत कम मिलती है। यही नहीं, इन पुस्तकों में कभी-कभी तो एक ही पृष्ठ पर किसी अक्षर के मानक रूप का भी प्रयोग हुआ होता है और अमानक रूप का भी। इसका दूरगामी परिणाम यह होता है कि उन्हें पढ़ने वाले विद्यार्थियों में इन अक्षरों के विषय में मानक रूप-अमानक रूप की स्पष्ट धारणा ही नहीं। मुख्यतः ध-ध, भ-भ, ख-ख, झ-झ में यह बात प्रायः देखने को मिलती है।

(२) अंक

अंकों में हिंदी प्रदेश में दो प्रकार के अंक प्रचलित हैं: देवनागरी, अंतर्राष्ट्रीय। यद्यपि देवनागरी अंकों का प्रयोग ग़लत नहीं माना जा सकता किंतु, भारत सरकार ने अंतर्राष्ट्रीय अंकों को ही मानक माना है। ये हैं—

1 2 3 4 5 6 7 8 9 0

इनमें 7 को अब कुछ लोग स्पष्टता के लिए 7 लिखने लगे हैं।

यों क़ाफ़ी लोग अब भी देवनागरी अंकों का प्रयोग कर रहे हैं जो ये हैं—

अंकों के प्राप्त विभिन्न रूप	मानक रूप
१ १	(क) लिखने में १ (ख) छापे में १
२	२
३	३
४ ४	४
५ ५	५
६ ६	६
७ ७	७
८ ८	८
९ ९	(क) लिखने में ९ (ख) छापे में ९

पाँच

हिंदी वर्तनी का मानक रूप

वर्तनी

'वर्तनी'[1] शब्द संस्कृत में 'वर्त्मनि' और 'वर्त्मनी', इन दो रूपों मेंमिलता है और इसका अर्थ 'रास्ता', 'सड़क' या 'सरणि, आदि है। इसी का तद्भव शब्द 'वर्तनी' हिंदी में प्रयुक्त होता है। इस तरह इसमें ध्वनियाँ तो बदल ही गई हैं, इसका अर्थ भी बदल गया है। संस्कृत में तो 'रास्ता' आदि था किंतु हिंदी में इसका अर्थ है कोई शब्द जिस रूप में किसी वर्णमाला में लिखा जाता है अर्थात् इसका अर्थ 'हिज्जे' या 'वर्णविन्यास' (स्पेलिंग) हो गया है।

हम कह सकते हैं कि **किसी भाषा का कोई शब्द किसी वर्णमाला में जिस रूप में लिखा जाता है वही उसकी वर्तनी होती है।**

वर्तनी में मुख्यतः दो बातें आती हैं—

(अ) शब्द विशेष के लेखन में किन अक्षरों (लेटर्स) का प्रयोग किया जाय।

(आ) लेखन में उन अक्षरों का क्या क्रम हो।

वर्तनी के आधार

हिंदी वर्तनी के मानक रूप पर विचार करने के पूर्व यह जान लेना अच्छा रहेगा कि वर्तनी के निर्णय के आधार क्या-क्या होते हैं? जहाँ तक मैं सोचता हूँ, इसके चार-पाँच आधार हो सकते हैं जो नीचे दिये जा रहे हैं।

उच्चारण

यह ध्यान देने की बात है कि भाषा पहले बोलचाल की भाषा बनती है। लिखित रूप बाद में आता है। जब भी कोई भाषा सर्वप्रथम लिपिबद्ध की जाती है तो उस काल में उसके प्रचलित उच्चारण के आधार पर ही उसकी वर्तनी का निर्धारण होता है, और तदनुसार ही वह लिखी जाती है। कारण स्पष्ट है। उच्चारण ध्वनियों का ही किया जाता है, और अक्षर ध्वनियों के प्रतीक होते हैं,

१. विस्तार के लिए देखिए 'हिंदी वर्तनी की समस्याएँ, पृ० ९-१० (डॉ० भोलानाथ तिवारी और डॉ० किरण बाला)।

इस प्रकार लेखन में ध्वनियों के अंकन के माध्यम से उच्चारण का ही अनुसरण किया जाता है। यहाँ यह भी ध्यान देने की बात है कि बहुप्रचलित उच्चारण एक है तो उस शब्द की एक वर्तनी का प्रयोग होता है, किन्तु यदि किसी शब्द के एकाधिक उच्चारण प्रचलित हैं तो उनके अनुरूप ही एकाधिक वर्तनियाँ भी प्रचलित हो जाती हैं। उदाहरण के लिए संस्कृत भाषा की बात लें। संभावना इस बात की है कि १००० ई०पू० के आसपास इसके लिए लेखन का प्रयोग आरंभ हुआ। जैसा कि स्वाभाविक है, काफ़ी शब्दों का एक ही उच्चारण बहुप्रचलित था, अतः संस्कृत के लगभग ९९ प्रतिशत शब्दों की एक ही वर्तनी का प्रचलन हुआ। उदाहरण के लिए अन्न, जल, अन्य, आहार, अपर, ईश, उच्च आदि। इसके विपरीत कुछ शब्दों के दो-दो उच्चारण प्रचलित थे, अतः उनकी दो-दो वर्तनियाँ (जैसे उषा-ऊषा, वसिष्ठ-वशिष्ठ, कपित्थ-कबित्थ, काम्पील-कम्पिल्ल, कृमिल-कृमिण, कुमु-कूहू, कोश-कोष, क्लीव-क्लीब, आदि) संस्कृत में चल पड़ीं। ऐसे ही, यदि किसी शब्द के तीन उच्चारण थे, तो तीन वर्तनियाँ (कन्याका, कन्यका, कन्यिका), चार उच्चारण थे तो चार वर्तनियां (क्षोणी-क्षोणि-क्षौणी) तथा पाँच उच्चारण थे तो पाँच वर्तनियाँ (ओषधि-ओषधी औषधि-औषधी-औषध) का भी प्रयोग हुआ। 'र' के स्थान पर 'ल' तथा 'ल' के स्थान पर 'र' उच्चारित करने का तो इतना प्रचलन था कि पाणिनि को सूत्र बनाना पड़ा 'रलयोरभेदः' (अर्थात् 'र्' और 'ल्' में भेद नहीं है)। अर्थात् अनेक शब्द 'र' और 'ल' दोनों से ही लिखे जाते रहे होंगे। एसे ही 'र' के होने पर एक या द्वित्व व्यंजन उच्चरित होते थे (जैसे सूर्य-सूर्य्य, धर्म-धर्म्म, अर्थ-अर्त्थ, अर्ध-अर्द्ध, कर्म-कर्म्म, गर्व-गर्व्व, आदि) अतः पाणिनि को इन्हें भी विकल्प कहना पड़ा : अचो रहाभ्यां द्वे।

भाषाओं में इस प्रकार के उच्चारण-भेद काल और स्थान दोनों के ही भेद से संभव है, अर्थात् एक ही भाषा में, एक काल में एक उच्चारण है, अतः उस काल में तदनुरूप एक वर्तनी हो सकती है, तथा दूसरे काल में दूसरा उच्चारण प्रचलित है, तो उस दूसरे काल में दूसरी वर्तनी चल सकती है। ऐसे ही एक स्थान या एक क्षेत्र में एक उच्चारण है, तो वहाँ एक वर्तनी का प्रयोग हो सकता है, तो दूसरी जगह, जहाँ दूसरा उच्चारण प्रचलित है, दूसरी वर्तनी का। उदाहरण के लिए आज हिंदी में एक क्षेत्र में 'तिरपन' लिखते हैं, तो दूसरे क्षेत्र में 'तिरेपन' और तीसरे में 'त्रेपन। ऐसे ही छियासठ-छ्यासठ-छाछठ, उनतालिस-उन्तालीस-उन्तालिस, पचासी-पिचासी-पिच्चासी, तैंतालीस-तिरालिस, उनचास-उननचास-उणनचास आदि। इंगलैंड और अमरीका की अँग्रेज़ी में कुछ शब्दों में वर्तनी-भेद दोनों देशों में शब्द-विशेष के दो उच्चारण के कारण है, हालाँकि कुछ में केवल सरलीकरण के लिए (Colour-Color) भी है।

कभी-कभी उच्चारण में कालिक या क्षेत्रीय भेद न होकर वैयक्तिक भेद भी

होता है, और उसका भी वर्तनी पर प्रभाव पड़ता है। उदाहरण के लिए दिल्ली में काफी लोग 'यों' बोलते और लिखते हैं, किन्तु कुछ लोग 'यूँ' भी बोलते तथा लिखते हैं। वस्तुतः यह उच्चारण भेद उर्दू वर्तनी (یوں) से उद्‌भूत है, और फिर उसने हिंदी वर्तनी को प्रभावित किया है अर्थात् उर्दू में 'यों' जिस रूप में लिखा जाता है, उसे 'यों' और 'यूँ' दोनों रूपों में उच्चरित कर सकते हैं, जिसके परिणामस्वरूप हिंदी में दोनों उच्चारणों के अनुरूप इसकी दो वर्तनियाँ मिलती हैं।

कभी-कभी ऐसा भी होता है कि ध्वन्यात्मक परिवर्तन से एक शब्द का विकास दूसरे में हो जाता है तथा दोनों रूप लेखन में अलग-अलग क्षेत्रों में प्रचलित हो जाते हैं। उदाहरणार्थ संस्कृत 'गर्दभ' का विकास हिंदी में 'गदहा' रूप में हुआ फिर 'गदहा' का विकास 'द्' 'ह्' के मिल जाने से 'गधा' रूप में हो गया। आज हिंदी प्रदेश के पूर्वी भाग के लोग 'गदहा' कहते हैं, अतः 'गदहा' लिखते हैं, किन्तु पश्चिमी प्रदेश के लोग 'गधा' कहते हैं इसलिए 'गधा' लिखते हैं।

अनेक भाषाओं में उच्चारण और वर्तनी में अन्तर मिलता है जैसे— अँग्रेज़ी डॉटर (Daughter), नाइफ़ (Knife), साइकॉलोजी (Psychology), टाक (talk) आदि शब्दों में। इस प्रसग में यह उल्लेख्य है कि ऐसे शब्दों में वर्तनी, प्राचीन उच्चारण का प्रतिनिधित्व करती है, तो वर्तमान उच्चारण परिवर्तित परवर्ती उच्चारण का। इस तरह इस वर्ग की वर्तनियाँ भी उच्चारण के अनुरूप ही होती हैं। हाँ वह उच्चारण आधुनिक न होकर प्राचीन होता है।

परंपरागत वर्तनी

कुछ वर्तनियों का आधार परंपरागत प्राचीन वर्तनी होती है, जो मूलतः काल के किसी उच्चारण पर आधारित होती है। ऊपर अँग्रेज़ी के कुछ शब्द इस प्रकार के दिए गए हैं। अँग्रेज़ी और फ्रांसीसी आदि कुछ भाषाओं में इस प्रकार के बहुत अधिक शब्द हैं, जिनकी वर्तनियाँ वर्तमान उच्चारण से पूर्णतः भिन्न हैं। जैसाकि ऊपर संकेत किया जा चुका है, इन वर्तनियों का आधार प्राचीन उच्चारण है। अँग्रेज़ी के इस प्रकार के कुछ अन्य शब्द हैं : आफ़न (Often), ना (Gnaw), वाक (Walk), राइट (Write) आदि। उर्दू में भी इस प्रकार के शब्द हैं जिनकी वर्तनी परंपरागत अरबी या फ़ारसी की है, किन्तु जिनका वर्तमान उच्चारण वर्तनी से सर्वथा भिन्न है। उदाहरण के लिए 'बिल्कुल' शब्द लें। उर्दू में इसे 'बाल्कुल' (بالکل) लिखते हैं। कारण यह है कि प्राचीन अरबी में इसका उच्चारण 'बाल्कुल' ही था और तदनुरूप वर्तनी भी 'बाल्कुल' ही थी। उर्दू में वही परंपरागत वर्तनी अब भी चल रही है। यह एक सर्वस्वीकृत तथ्य है हिंदी में 'ष' का उच्चारण 'श', 'ऋ' का 'रि' तथा 'ण' का 'ड़ँ' होता है, किन्तु अनेकानेक शब्दों में परंपरागत वर्तनियाँ ही चल रही हैं, जो आधुनिक उच्चारण से पूर्णतः

भिन्न हैं। जैसे शेष (उच्चारण 'शेश'), पाषाण (उच्चारण 'पाशाँड़'), ऋषि (उच्चारण 'रिशि'), कृष्ण (उच्चारण 'क्रिश्ड़') आदि। ऐसे ही संस्कृत में अनेक शब्द अकारांत थे, जो आज हिंदी में व्यंजनांत उच्चरित होते हैं, किन्तु उन्हें व्यंजनांत न लिखकर अकारांत ही लिखते हैं। जैसे राम, पाप, शोक, अमुज, लाभ आदि ऐसे ही अध्याय, अभ्यास, वाक्यांश, व्याख्यान आदि के आज हिंदी उच्चारण अद्ध्याय, अब्भ्यास, वाक्यांश, व्याक्ख्यान आदि हैं; संस्कृत में भी यही थे। किन्तु बहुत पहले के उच्चारण की अनुवर्तिनी परंपरागत वर्तनी का ही (अध्याय, अभ्यास, वाक्यांश, व्याख्यान) हिंदी में प्रयोग हो रहा है, वर्तमान उच्चारण के अनुरूप वर्तनी का नहीं। इसी प्रकार हिंदी के ही प्राचीन काल में चलता, बोलती, अपना, सपना, बकना आदि बोलते थे, अतः ऐसे ही लिखते थे। आज हिंदी में इनका उच्चारण क्रमशः चल्ता, बोल्ती, अप्ना, सप्ना, बक्ना आदि है, किन्तु परंपरागत वर्तनी चलता, बोलती, अपना, सपना, बकना आदि का ही प्रयोग होता है, उच्चारण के अनुरूप वर्तनी का नहीं। इस तरह परंपरा विश्व की भाषाओं में काफ़ी शब्दों और रूपों की वर्तनी का आधार होती है।

शब्द-रचना

कुछ शब्द ऐसे भी होते हैं, जिनकी वर्तनी उच्चारण के अनुरूप कभी भी नहीं होती। उनका वर्तनी-अनुरूप उच्चारण संभव ही नहीं होता। ऐसे शब्द प्रायः यौगिक होते हैं। उदाहरण के लिए 'साहित्य' में 'इक' प्रत्यय जोड़ने से 'साहित्यिक' शब्द बना है। 'साहित्यिक' शब्द की रचना जब से हुई है तथा जब से वह प्रयोग में है इसका उच्चारण, 'साहित्यिक' ही होता रहा है, क्योंकि 'साहित्यिक' का वर्तनी के अनुरूप उच्चारण संभव ही नहीं है। इस प्रकार इसकी वर्तनी रचना पर आधारित है, वर्तमान उच्चारण या प्राचीन उच्चारण पर नहीं। इसी प्रकार व्यवसाय + ई = व्यवसायी। इसका उच्चारण भी हमेशा 'व्यवसाई' ही रहा है तथा रहेगा, किन्तु वर्तनी 'व्यवसायी' है रचना पर आधारित है। संस्कृत तथा हिंदी के अष्टाध्यायी (अष्टाध्याई), अध्यवसायी (अध्यवसाई), अन्यायी (अन्याई), न्यायी (न्याई), नायिका (नाइका), उत्तरदायित्व (उत्तरदाइत्व) तथा दायित्व (दाइत्व) आदि अनेक अन्य शब्द भी इसी श्रेणी के हैं। यही स्थिति हिंदी के नयो, गयी, आयी, गायी, पायी, आदि की भी है।

निर्णय

कभी-कभी ऐसा भी होता है कि कुछ शब्दों की वर्तनी निर्णय से तय कर ली जाती है। क्रांति के बाद 'सोवियत संघ' में कई कठिन और अटपटी वर्तनी वाले शब्दों की वर्तनी विद्वानों द्वारा सर्वसम्मति या बहुमत से सरल कर ली गई। संस्कृत

में 'कोश' तथा 'कोष' में अर्थ का कोई अन्तर नहीं था। १९५० तक हिंदी में भी ये शब्द इसी रूप में चलते रहे। १९५० के बाद हिंदी में 'कोष' का प्रयोग 'ख़ज़ाना' के लिए किया जाने लगा और 'कोश' का शब्दकोश के लिए। इस तरह दोनों को निर्णय द्वारा अलगा लिया गया। भगवान्, महान्, अकसमात्, साक्षात् आदि बहुत से शब्द हिंदी में हल्-चिह्न से लिखे जाते हैं, हालाँकि हिंदी में सभी अकारांत शब्द व्यंजनांत (राम-राम्, पाप-पाप्) हो गए हैं, अतः 'अकस्मात्' आदि को 'हल्' से लिखने का कोई बहुत औचित्य नहीं है. हिंदी वाले यह निर्णय कर सकते हैं और एक सीमा तक कर भी रहे हैं या चुके ऐसे भी शब्दों की वर्तनी से हल् को निकाल दें तथा उन्हें अकारांत रूप में (भगवान, महान, अकस्मात, साक्षात) ही लिखें।

अशुद्धि

कुछ वर्तनियाँ भ्रम अथवा अशुद्धि पर भी आधारित होती हैं। संस्कृत का तत्सम शब्द 'क्षतपुष्पिका' है, जिसका तद्भव 'सौंफ' है। भ्रमवश अथवा गलती से से कुछ लोगों ने इसे फ़ारसी का समझ लिया और 'सौंफ के स्थान पर 'सौंफ़' लिखने और बोलने लगे। अब यह शब्द 'सौंफ़' रूप में ही हिंदी में चल पड़ा है, यद्यपि हिंदी के तद्भव शब्द में लेखन या उच्चारण में 'फ़' का प्रयोग होना नहीं चाहिए। ऐसे ही 'स्त्रियोपयोगी' की वर्तनी अशुद्धि पर ही आधारित है। शुद्ध वर्तनी है 'स्त्र्युपयोगी'।

प्रभाव

कभी-कभी प्रभाव भी वर्तनी का आधार बन जाता है। संस्कृत में श्लेष्मा के अर्थ में 'कफ' शब्द मिलता है। पालि, प्राकृत, अपभ्रंश में भी इसका प्रयोग होता था। इस तरह, परंपरा से हिंदी ने इस शब्द को लिया। अँग्रेजी प्रचार के पूर्व हिंदी में इसकी वर्तनी 'कफ' ही थी। इधर अँग्रेज़ी से, इसी अर्थ में 'कफ़' शब्द आया और उसके प्रभाव से परंपरागत शब्द 'कफ' की मानक वर्तनी हिंदी में 'कफ़' हो गई। उच्चारण भी अब यही है।

निष्कर्षतः वर्तनी का सबसे बड़ा आधार तो उच्चारण (आधुनिक परंपरागत या ध्वनि-परिवर्तन से विकसित) है। उसके बाद शब्द-रचना का स्थान है। शेष निर्णय, अशुद्धि या प्रभाव आदि कुछ ही वर्तनियों के ही आधार बन पाते हैं।

मानक रूप का निर्धारण : एक ऐतिहासिक दृष्टि

हिंदी वर्तनी को मानक रूप देने के प्रयास १९वीं सदी के अंतिम चरण में ही प्रारंभ हो गए थे। इस दृष्टि से पहला नाम छत्रधारी सिंह का लिया जा सकता है। उनके समय में हिंदी वर्तनी में बहुत अधिक अनेकरूपताएँ थीं। प्रत्येक पत्र, पत्रिका, संस्था और व्यक्ति मनमाने ढंग से काफ़ी हिंदी शब्दों को लिख रहा था।

श्री सिंह ने विभिन्न वर्तनियों का संग्रह करके उनके अध्ययन-विश्लेषण के आधार पर १८८४ में हिंदी वर्तनी पर 'लेख-नियम' नाम से एक पुस्तिका प्रकाशित की। यह इस दिशा में पहला ठोस प्रयास था। इस पुस्तिका में कारक-चिह्नों को मिलाकर लिखें या अलगाकर; उस्का, इस्से, जिस्को सक्ता आदि लिखें या उसका, इससे, जिसको, सकता आदि; प्रत्ययों को अलग रखें या मूल शब्द से मिलाकर (लड़कपन या लड़क पन), 'गा' को मिलाएँ या अलग रखें (चलेगा या चलेगा), आयी, गयी, खाये आदि लिखें या आई, गई, खाए आदि, अनुनासिक और अनुस्वार के स्थान पर अनुस्वार (बिंदु) का ही प्रयोग करें या यथास्थान दोनों का—आदि बातों पर विचार किया गया था। कहना न होगा कि उस समय इन दोनों ही प्रकारों से लिखने की परंपरा थी। छः वर्ष बाद अंबिका प्रसाद व्यास ने 'विभक्ति-विभाग' नाम की पुस्तिका प्रकाशित की, इसमें कारक-चिह्नों को मिलाकर लिखें या अलगाकर—इस संबंध में व्यक्त किए गए विचारों का संकलन या साथ ही मतों के बहुमत के आधार पर संज्ञा के साथ कारक-चिह्नों को अलगाकर लिखने तथा सर्वनाम के साथ मिलाकर लिखने की बात का समर्थन भी किया गया था। आगे चलकर नागरी प्रचारिणी सभा काशी ने १८९८ में हिंदी वर्तनी और व्याकरण पर विचार करने के लिए एक समिति गठित की जिसकी रिपोर्ट को स्वीकार करके १९०२ में पुस्तिका रूप में प्रकाशन किया गया। इसमें हिंदी वर्तनी की अनेकरूपताओं से संबद्ध काफ़ी समस्याओं पर विचार करके निर्णय दिए गए थे। इस समिति ने हिंदी वर्तनी में ऑ, क़, ख़, ग़, ज़, फ़ के यथास्थान प्रयोग को मान्यता दी। यही नहीं ज के अतिरिक्त एक ज़ अक्षर को (फारसी अक्षर ज़े के लिए) स्वीकार किया। इस तरह हिंदी वर्तनी में अधोबिंदु और चंद्रचिह्न (ऑ) को स्थान मिल गया।

इसके बाद बीसवीं सदी में हिंदी वर्तनी पर अनेक लोगों ने विचार किया जिनमें मुख्य आचार्य महावीरप्रसाद द्विवेदी, आचार्य कामता प्रसाद गुरु, रामचंद्र वर्मा, किशोरी दास वाजपेयी, हरदेव बाहरी, भोलानाथ तिवारी तथा अनंत चौधरी आदि हैं। आगे भी इस विषय पर वैयक्तिक और संस्थागत स्तर पर विचार चलता रहा जिनमें मुख्य अखिल भारतीय प्रकाशक संघ (१९६०), भारतीय हिंदी परिषद् (१९६१) तथा भारत सरकार का शिक्षा-मंत्रालय (१९६२) है। इनमें कई कारणों से शिक्षा-मंत्रालय का निर्णय सर्वाधिक महत्वपूर्ण है तथा उसको ही प्रायः अधिक माना जाता रहा है। यहाँ उसे देखा जा सकता है।

हिंदी वर्तनी का राजकीय स्तर पर स्वीकृत रूप

(१) हिंदी के विभक्ति-चिह्न सर्वनामों के अतिरिक्त सभी प्रसंगों में प्रातिपदिक से पृथक् लिखे जाएँ, जैसे, राम ने, स्त्री को, मुझको। परन्तु प्रेस-सुविधाओं

को ध्यान में रखकर पत्र-पत्रिकाओं में संज्ञादि शब्दों में भी विभक्तियाँ मिलाने की छूट रहे। अपवाद-- (क) सर्वनामों के साथ यदि दो विभक्ति-चिह्न हों तो उनमें से पहला मिलाकर और दूसरा पृथक् लिखा जाए; जैसे उसके लिए, इसमें से। (ख) सर्वनाम और विभक्ति के बीच 'ही', 'तक' आदि निपात हों तो विभक्ति को पृथक् लिखा जाए; जैसे, आप ही के लिए, मुझ तक को।

(२) संयुक्त क्रियाओं में सभी अंगभूत क्रियाएँ पृथक्-पृथक् लिखी जाएँ; जैसे, पढ़ा करता है, आ सकता है।

(३) 'तक', 'साथ' आदि अव्यय सदा पृथक् लिखे जाएँ; जैसे, आपके साथ, यहाँ तक।

(४) पूर्वकालिक प्रत्यय 'कर' क्रिया से मिलाकर लिखा जाए; जैसे, देखकर खा-पीकर, रो-रोकर।

(५) द्वन्द्व समास में पदों के बीच हाइफ़न रखा जाए; जैसे, राम-लक्ष्मण, शिव-पार्वती-संवाद।

(६) सा, जैसा आदि से पूर्व हाइफ़न रखा जाए; जैसे, तुम-सा, राम-जैसा, चाकू-से तीखे।

(७) तत्पुरुष समाज में हाइफ़न का प्रयोग केवल वहीं किया जाए, जहाँ उसके बिना भ्रम होने की सम्भावना हो, अन्यथा नहीं; जैसे भू-तत्त्व।

(८) जहाँ श्रुतिमूलक य-ब का प्रयोग विकल्प से होता है वहाँ न किया जाए, अर्थात् गए-गये, नई-नयी, हुआ-हुवा आदि में से पहले (स्वरात्मक) रूपों का ही प्रयोग किया जाए। यह नियम क्रिया, विशेषण, अव्यय आदि सभी रूपों में माना जाए।

(९) हिंदी में ऐ (ै), औ (ौ) का प्रयोग दो प्रकार की ध्वनियों को व्यक्त करने के लिए होता है। पहले प्रकार की ध्वनियाँ 'हैं', 'और' आदि में हैं तथा दूसरे प्रकार की 'गवैया', 'कौवा' आदि में। इन दोनों ही प्रकार की ध्वनियों को व्यक्त करने के लिए इन्हीं चिह्नों (ऐ, ै, औ, ौ) का प्रयोग किया जाए, 'गवय्या', 'कव्वा' आदि संशोधनों की आवश्यकता नहीं।

(१०) संस्कृतमूलक तत्सम शब्दों की वर्तनी में सामान्यत: संस्कृत रूप ही रखा जाए। परन्तु जिन शब्दों के प्रयोग में हिंदी में हलन्त चिह्न लुप्त हो चुका है उनमें उसको फिर से लगाने का यत्न न किया जाए; जैसे, 'महान', 'विद्वान' आदि में।

(११) जहाँ पंचमाक्षर के बाद उसी के वर्ग के शेष चार वर्णों में से कोई वर्ण हो वहाँ अनुस्वार का ही प्रयोग किया जाए; जैसे, अंत, गंगा, चंचल, डंडा, धंधा, संध्या, संपादक।

(१२) चन्द्रबिन्दु के बिना प्रायः अर्थ में भ्रम की गुंजाइश रहती है, जैसे हँस, हंस; अँगना, अंगना आदि में। अतएव ऐसे भ्रम को दूर करने के लिए चन्द्रबिन्दु का प्रयोग अवश्य किया जाना चाहिए। किन्तु जहाँ चन्द्रबिन्दु के प्रयोग से छपाई आदि में बहुत कठिनाई हो और चन्द्रबिन्दु के स्थान पर अनुस्वार का प्रयोग किसी प्रकार का भ्रम उत्पन्न न करे वहाँ चन्द्रबिन्दु के स्थान पर अनुस्वार के प्रयोग की भी छूट दी जा सकती है; जैसे, नहीं, में, मैं। परन्तु कविता आदि के ग्रन्थों में छन्द की दृष्टि से चन्द्रबिन्दु का यथास्थान अवश्य प्रयोग किया जाए। इसी प्रकार छोटे बच्चों की प्रवेशिकाओं में जहाँ चन्द्रबिन्दु का उच्चारण सिखाना अभीष्ट हो वहाँ उसका यथा-स्थान सर्वत्र प्रयोग किया जाए; जैसे, चाँद, दाँत, पाँत, हँसना, आदि। नहीँ, मेँ, मैँ लिखने की परंपरा अब नहीं है।

(१३) अरबी-फ़ारसीमूलक वे शब्द जो हिंदी के अंग बन चुके हैं और जिनकी विदेशी ध्वनियों का हिंदी ध्वनियों में रूपान्तर हो चुका है, हिंदी रूप में ही स्वीकार किए जाएँ; जैसे, जरूर। परन्तु जहाँ पर उनका शुद्ध विदेशी रूप में प्रयोग अभीष्ट हो वहाँ उनके हिंदी में प्रचलित रूपों में यथास्थान नुक़्ते लगाए जाएँ, जिससे उनका विदेशीपन स्पष्ट रहे; जैसे राज़, नाज़।

(१४) अंग्रेज़ी के जिन शब्दों के अर्धविवृत्त 'ऑ' ध्वनि का प्रयोग होता है उनके शुद्ध रूप का हिंदी में प्रयोग अभीष्ट होने पर 'आ' की मात्रा (ा) के उपर अर्धचन्द्र का प्रयोग किया जाए (ऑ, ॉ)।

(१५) संस्कृत के जिन शब्दों में विसर्ग का प्रयोग होता है वे यदि तत्सम रूप में प्रयुक्त हों तो विसर्ग का प्रयोग अवश्य किया जाए; जैसे, 'दुःखानुभूति' में। परन्तु यदि उस शब्द के तद्भव रूप में विसर्ग का लोप हो चुका हो तो उस रूप में विसर्ग के बिना भी काम चल जाएगा, जैसे 'दुख-सुख के साथी'।

सोदाहरण व्याख्या

हिंदी एक विकासशील भाषा है। संघ की राजभाषा घोषित हो जाने के बाद यह शनैः-शनैः अखिल भारतीय रूप ग्रहण कर रही है। अन्य भारतीय भाषाओं के सम्पर्क में आकर, उनसे बहुत कुछ ग्रहण करके और अहिंदी-भाषियों द्वारा प्रयुक्त होते-होते हिंदी का जो अखिल भारतीय रूप विकसित होगा उसकी स्पष्ट कल्पना करना कठिन है।

किसी भी विकासशील भाषा के शब्दों में अनेकरूपता होना स्वाभाविक है। ऐसी भाषा को कठोर नियमों में नहीं जकड़ा जा सकता और उसे बोलने या लिखने वालों को किसी ऐसे शब्द को जिसके दो या अधिक समानान्तर रूप प्रचलित हो चुके हों, एक विशेष रूप में प्रयुक्त करने के लिए बाध्य नहीं किया जा सकता।

ऐसे शब्द-रूपों के विषय में किसी विशेषज्ञ समिति द्वारा निर्णय दे देने के बाद भी उनकी ग्राह्यता-अग्राह्यता के विषय में मतभेद बना ही रहता है।

भाषा-विषयक कठोर नियम बना देने से उनकी स्वीकार्यता तो सन्देहास्पद ही हो जाती है, साथ ही भाषा के स्वाभाविक विकास में भी अवरोध आने का डर रहता है। फलतः भाषा गतिशील, जीवन्त और सप्राण नहीं रह पाती।

इन्हीं तथ्यों को ध्यान में रखते हुए वर्तनी-विषयक नियम बनाने में बहुत उदारतापूर्ण नीति अपनायी है। ऊपर दिए गए नियमों को उदाहरण आदि के द्वारा यहाँ अधिक स्पष्ट किया जा रहा है—

(१) पहला नियम स्पष्ट है। हिंदी के विभक्ति चिह्न सभी प्रकार के संज्ञा शब्दों में प्रातिपदिक से पृथक् लिखे जाएँगे : जैसे, राम ने, राम को, राम से आदि तथा स्त्री ने, स्त्री को, स्त्री से आदि। सर्वनाम शब्दों में ये चिह्न प्रातिपदिक के साथ मिलाकर लिखे जाएँगे, जैसे, उसने, उसको उससे, उसपर आदि। इस नियम में जो छूट और अपवाद दिए गए हैं वे भी स्पष्ट हैं।

(२) दूसरा नियम भी स्पष्ट है। कुछ और उदाहरण इस प्रकार हैं : जाया करता है, खाया करता है, खा सकता है, कर सकता है, किया करता था, पढ़ा करता था, खेला करेगा, घूमता रहेगा आदि।

(३) तीसरे नियम को कुछ उदाहरण देकर स्पष्ट करना आवश्यक है। हिंदी में आह, ओह, अहा, ऐ, ही, तो, सो, भी, न, जब, तब, कब, यहाँ, वहाँ, कहाँ, सदा, क्या, श्री, जी, तक, भर, मात्र, साथ, कि, किन्तु, मगर, लेकिन, चाहे, या, अथवा, तथा, यथा, और आदि अनेक प्रकार के भावों का बोध कराने वाले अव्यय हैं। कुछ अव्ययों के आगे विभक्ति चिह्न भी आते हैं; जैसे, अब से, तब से, यहाँ से, वहाँ से, सदा से आदि। नियम के अनुसार अव्यय सदा पृथक् लिखे जाने चाहिए; जैसे, आप ही के लिए, मुझ तक को, आपके साथ, गज़ भर कपड़ा, देश भर, रात भर, दिन भर, वह इतना भर कर दे, मुझे जाने तो दो, काम भी तो नहीं बना, पचास रुपए मात्र आदि। सम्मानार्थक 'श्री' और 'जी' अव्यय भी पृथक् लिखे जाएँगे; जैसे, मेवाराम जी, श्री कन्हैयालाल, महात्मा जी आदि।

(४) परन्तु समस्त पदों में प्रति, मात्र, यथा आदि अव्यय पृथक् नहीं लिखे जाएँगे जैसे प्रतिदिन, प्रतिशत, मानवमात्र, निमित्तमात्र, यथासमय, यथोचित आदि। यह सर्वविदित नियम है कि समास होने पर समस्त पद एक माना जाता है। अतः उसके सदस्यों को अलग-अलग न लिखकर एक साथ लिखना ही संगत है। यह सामान्य नियम मानते हुए

भी समिति ने जहाँ भ्रम की गुंजाइश देखी वहाँ उनका निवारण करने के लिए 'हाइफ़न' का विधान किया है।

(५) नियम, ४, ५ और ६ भी स्पष्ट हैं। 'हाइफ़न' का विधान स्पष्टता के लिए किया गया है। द्वंद्व समास के अन्य उदाहरण हैं—देख-रेख, चाल-चलन, हँसी-मज़ाक, लेन-देन, पढ़ना-लिखना, खाना-पीना, खेलना-कूदना आदि।

(६) नियम ७ के अनुसार तत्पुरुष समास होने पर समस्त पद में 'हाइफन' का प्रयोग केवल उसी स्थिति में करने का विधान है जहाँ उसके बिना भ्रम होने की सम्भावना हो, अन्यथा नहीं। उदाहरण के लिए यदि 'भू-तत्त्व' (=पृथ्वी-तत्त्व) समस्त पद में हाइफ़न का उपयोग न किया जाए तो उसके 'भूतत्व' (भूत होने का भाव) पढ़े जाने की आशंका है, यद्यपि वर्तनी और अर्थ दोनों दृष्टियों से दोनों शब्द भिन्न हैं। सामान्य तत्पुरुष समासों (जैसे रामराज्य, राजकुमार, गंगाजल, ग्रामवासी, आत्महत्या आदि) में 'हाइफ़न' लगाने की आवश्यकता नहीं है। इन्हें मिलाकर लिखें।

(७) आठवें नियम में श्रुतिमूलक य-व का वैकल्पिक प्रयोग न करने का विधान है। यह निषेध सभी शब्द-रूपों और स्थितियों के लिए किया गया है जैसे, दिखाए गए, राम के लिए, पुस्तक लिए हुए, नई दिल्ली आदि।

(८) नवाँ नियम स्पष्ट है। दसवें नियम में संस्कृतमूलक तत्सम शब्दों की वर्तनी को ज्यों-का-त्यों ग्रहण करने का निर्देश है। अतः 'ब्रह्मा' को 'ब्रम्ह', 'चिह्न' को 'चिन्ह', 'उऋण' को 'उरिण' में बदलना उचित नहीं होगा। इसी प्रकार ग्रहीत, दृष्टव्य, प्रदर्शिनी, कान्तिबान्, अत्याधिक, अनाधिकार आदि अशुद्ध प्रयोग ग्राह्य नहीं हैं। जिन शब्दों के प्रयोग में हिन्दी में हलन्त चिह्न लुप्त हो चुका है, उनमें उसे लगाने का प्रयत्न न किया जाए। हिंदी में महान, विद्वान आदि शब्दों में हलन्त चिह्न लुप्त हो गया है, अतः उनमें फिर से हलन्त लगाने की परिपाटी चालू न की जाए।

(९) ग्यारहवाँ नियम पंचमाक्षर और अनुस्वार के प्रयोग के सम्बन्ध में है। जहाँ पंचमाक्षर के बाद उसी के वर्ग के शेष सार वर्णों में से कोई वर्ण हो तो अनुस्वार का ही प्रयोग होना चाहिए। जैसे गंगा, संपादक, संध्या, धंधा आदि में पंचमाक्षर के वर्ग का ही वर्ण आगे आता है अतः पंचमाक्षर के स्थान में अनुस्वार का प्रयोग किया जा सकता है। परंतु यदि पंचमाक्षर के बाद किसी अन्य वर्ग का कोई वर्ण

आए अथवा वही पंचमाक्षर दुबारा आए तो पंचमाक्षर अनुस्वार में परिवर्तित नहीं होगा जैसे, वाङ्मय, अन्य, सम्मति, चिन्मय, उन्मुख आदि। अतः वांमय, संमति, चिंमय, उंमुख आदि रूप अशुद्ध हैं।

(१०) चंद्रबिन्दु के प्रयोग पर सहानुभूतिपूर्वक विचार करके समिति ने आवश्यकतानुसार इसके प्रयोग का विधान किया है। नियम स्पष्ट है।

(११) अंग्रेज़ी, अरबी और फ़ारसी से हिंदी में आए हुए शब्दों और उनकी विशिष्ट ध्वनियों से सम्बन्धित नियम १३ और १४ स्पष्ट हैं। जहाँ तक अँग्रेजी और अन्य विदेशी भाषाओं से नये शब्द ग्रहण करने और उनके देवनागरी लिप्यंतरण का सम्बन्ध है, अगस्त-सितम्बर १९६२ में वैज्ञानिक तथा तकनीकी शब्दावली आयोग द्वारा वैज्ञानिक शब्दावली पर आयोजित भाषाविद् सेमीनार द्वारा अंतर्राष्ट्रीय शब्दावली के देवनागरी लिप्यंतरण के सम्बन्ध में की गयी सिफ़ारिश उल्लेखनीय है। उसमें यह कहा गया है कि अँग्रेज़ी शब्दों का देवनागरी लिप्यंतरण इतना क्लिष्ट नहीं होना चाहिए कि उसके लिए वर्तमान देवनागरी वर्णों में नये संकेत-चिह्न लगाने की आवश्यकता हो जाए। अँग्रेज़ी शब्दों का देवनागरी लिप्यंतरण अंग्रेज़ी उच्चारण के अधिक-से-अधिक निकट होना चाहिए। हाँ, उसमें भारतीय शिक्षित समाज में प्रचलित उच्चारण सम्बन्धी थोड़े-बहुत परिवर्तन किए जा सकते हैं। अन्य भाषाओं के सम्बन्ध में भी यही नियम लागू होना चाहिए।

हिंदी में कुछ शब्द ऐसे हैं जिनके दो-दो रूप बराबर चल रहे हैं। विद्वत् समाज में दोनों रूपों की एक-सी मान्यता है। फ़िलहाल इनकी एकरूपता आवश्यक नहीं समझी गयी है। कुछ उदाहरण हैं—गरदन/गर्दन, गरमी/गर्मी, बरफ़/बर्फ़, बिलकुल/बिल्कुल, सरदी/सर्दी, कुरसी/कुर्सी, भरती/भर्ती, फ़ुरसत/फ़ुर्सत, बरदाश्त/बर्दाश्त, वापिस/वापस, एकाई/इकाई, बरतन/बर्तन, दोबारा/दुबारा आदि।

(१२) अन्तिम नियम स्वतः स्पष्ट है।

जो एक अतिरिक्त नियम (नं० १३ रूप में) कुछ लोगों ने दिया है वह इस प्रकार है :

गर्दन, गरदन आदि शब्दों की अक्षरी के विषय में विचार करने के बाद यह निर्णय किया गया कि हिंदी की वर्तमान प्रवृत्तियों का विचारपूर्वक अध्ययन करने के बाद ही यह निर्णय सम्भव है कि इन शब्दों के प्रचलित एकाधिक रूपों में से किस रूप को अधिक प्रामाणिक माना जाए।

यहाँ तक तो केन्द्रीय सरकार के शिक्षा-मंत्रालय के केन्द्रीय हिंदी निदेशालय

द्वारा स्वीकृत नियम दिए गए। मेरे अपने विचार में हिंदी की मानक वर्तनी के मुख्य विचार्य बिंदु सोलह हैं जिन्हें थोड़ा पिष्टपेषण होने के बावजूद यहाँ देखा जा सकता है।

ए-ये(गए-गये), ई-यी(गई-गयी), ए-ये-वे-य(आएगा-आयेगा-आवेगा-आयगा) इन विकल्पों को लेकर हिंदी में बहुत दिनों से और प्रायः सर्वाधिक विवाद रहा है, और आज भी है। लोग सोचते हैं कि यदि 'गया' मानक है तो 'गये', 'गयी' क्यों नहीं मानक हैं? वस्तुतः ध्यान देने की बात यह है कि 'चला' 'चल्+आ' है, 'पढ़ा' 'पढ़्+आ' है, अर्थात् इनमें 'आ' प्रत्यय है। इसी प्रकार 'ग+आ' भी है, किन्तु चूंकि 'ग+आ' का उच्चारण सुविधापूर्वक नहीं हो सकता, अतः 'य' का आगम मात्र उच्चारण के लिए करके या 'ग' के 'अ' और 'आ' की संधि को बचाने के लिए 'गया' कर लिया गया है। इस तरह 'ग' और 'आ' की व्याकरणिक सत्ता है, किन्तु 'य' की केवल औच्चारणिक सत्ता है। इस दृष्टि से 'गई' को देखें तो पढ़्+ई (पढ़ी)', चल्+ई (चली) आदि की तरह इसमें 'ग+ई' है। इसमें उच्चारण की कोई कठिनाई नहीं है, संधि की भी संभावना या आशंका नहीं है अतः ऐसे शब्दों में 'य' की आवश्यकता नहीं है। यों 'गयी' लिखें भी तो उच्चारण 'गई' ही होगा, अतः 'गयी' रूप में 'य' के साथ लिखना निरर्थक है और मात्र 'गई' लिखना पर्याप्त है। इसी प्रकार चल्+ए (चले), पढ्+ए (पढ़े) आदि की तरह ग+ए=गए आदि हैं, अतः 'गये' आदि रूपों में 'य' का समावेश भी निरर्थक है। हिंदी-भाषी 'गये' नहीं बोलते, 'गए' बोलते हैं। निष्कर्षतः ऐसे सारे रूपों में 'ई' और 'ए' स्वर पर्याप्त हैं, 'य' की आवश्यकता नहीं। मोटे रूप से, ऐसे ही 'चलेगा' (चल्+ए+गा), 'पढ़ेगा' (पढ़्+ए+गा) ठीक है तो 'आएगा' (आ+ए+गा) भी ठीक होगा, आवेगा या आयेगा या आयगा नहीं। निष्कर्षतः कहा जा सकता है कि य-व जहाँ भी निकल रो जाएँ, उन्हें लाने की आवश्यकता नहीं। केवल 'ई', 'ए' स्वयं पर्याप्त हैं। यह नियम, संज्ञा (मातायें-**माताएँ**, लतायें-**लताएँ**, कन्यायें-**कन्याएँ**, कौवा-**कौआ**), अव्यय (लिये-**लिए** : राम के लिए), विशेषण (नयी-**नई**, नये-**नए**) तथा क्रिया (जाये-जावे-**जाए**, आयेगा-आवेगा-**आएगा**-आयगा, चलिये-**चलिए**, गयी-**गई**, आयी-**आई**) सभी पर लागू होता है। इसीलिए कोष्ठक के भीतर के उदाहरणों में मोटे टाइप की वर्तनी ही ठीक है, य, व वाली नहीं।

इस प्रसंग में यह ध्यान देने की बात है कि जिन शब्दों की रचना में 'य' है उनमें 'यी' के स्थान पर 'ई' का प्रयोग नहीं हो सकता। उदाहरणार्थ न्यायी, अन्यायी, आततायी, अनुयायी, उत्तरदायी, फलदायी, वरदायी, विषपायी, विषयी जैसे शब्दों में 'यी' ही रहेगा, उसके स्थान पर 'ई' का प्रयोग नहीं किया जा सकता। हालांकि उच्चारण में 'य' नहीं आता।

द्वित्व व्यंजन

इनके प्रयोग के सम्बन्ध में भी हिंदी में विवाद है। हिंदी में सामान्य द्वित्वों (जैसे सत्तर, इक्का, गप्प) की बात छोड़ दें, तो द्वित्व तीन-चार प्रकार के हैं :

(क) एक तो वह है जो मात्र उच्चारण के स्तर पर मिलता है। उदाहरणार्थ 'अन्याय' को 'अन्न्याय', 'वाक्यांश' को 'वाक्क्यांश', 'उपन्यास' को 'उपन्न्यास' तथा 'द्वित्व'को 'द्वित्त्व' बोला जाता है। निश्चय ही ये द्वित्व उच्चारण के स्तर पर हैं, रचना-स्तर पर नहीं, अतः इन्हें वर्तनी में लाने की आवश्यकता नहीं। ऐसे ही सत्यार्थ, वाच्यार्य, राज्य, गद्य आदि में भी।

(ख) दूसरा द्वित्व वह है जो र्-युक्त व्यंजनों में, स्कृत में संविकल्प से लिखा जाता था। जैसे वर्तमान या वर्त्तमान, कर्म या कर्म्म, आर्य या आर्य्य, धर्म या धर्म्म तथा सूर्य या सूर्य्य आदि। वस्तुतः प्राचीन काल में कुछ लोग इनका उच्चारण द्वित्व करते थे, अतः विकल्प से यह वर्तनी भी चल पड़ी। रामचन्द्र वर्मा की पुस्तकों में प्रायः उनका अपना नाम 'वर्म्मा' रूप में मुद्रित मिलता है। उन्होंने अपनी कई पुस्तकें आशीर्वाद-स्वरूप भेंट में मुझे दी थीं और उन सभी पर उन्होंने अपने नाम में स्वयं 'वर्म्मा' लिखा 'वर्मा' नहीं। कहना न होगा कि संस्कृत में ही जिस बात को लेकर विकल्प था, उसे हिंदी में लाने की आवश्यकता नहीं। यों भी हिंदी में उच्चारण के स्तर पर यह द्वित्वता नहीं है।

(ग) तीसरे प्रकार के द्वित्व वे हैं जिनका शब्द-रचना से सम्बन्ध है : तत्+त्व=तत्त्व, महत्+त्व=महत्त्व, उत्+ज्वल=उज्ज्वल, उत्+लंघन=उल्लंघन, पश्चात्+ताप=पश्चात्ताप। मेरे विचार में इस तीसरे प्रकार के द्वित्व को हिंदी वर्तनी में स्थान देना चाहिए। किशोरीदास वाजपेयी तथा कुछ अन्य लोगों ने इस तीसरे प्रकार के द्वित्व को वर्तनी में देने का विरोध किया है, किन्तु मैं उनसे सहमत नहीं हूँ। ये द्वित्व रचना में हैं, अतः इन्हें नहीं छोड़ा जा सकता। हिंदी में 'पुंल्लिग' शब्द के लेखन में भी एकरूपता नहीं है। यह शब्द पुंस्+लिंग है, इसीलिए संस्कृत में 'पुंल्लिग' लिखते हैं। हिंदी में इसे पुंलिग (रामचन्द्र वर्मा) या पुल्लिग (किशोरीदास वाजपेयी) रूप में लिखते हैं। इसे 'पुलिंग' लिखना अशुद्ध है। यों अब हिंदी में इसकी मानक वर्तनी पुल्लिग है, इसलिए इसका हां प्रयोग होना चाहिए।

(घ) एक चौथे प्रकार का द्वित्व गय्या, नय्या, गवय्या, हव्वा, कव्वा आदि रूपों में कुछ लोगों के लेखन में मिलता है। कहना न होगा कि यह वर्तनी भी मानक नहीं है। इन्हें गैया, नैया, गवैया, हौवा,[1] (हौआ[2]) कौआ रूप ही लिखना

१. आदम की पत्नी

२. बच्चों को डराने वाली एक कल्पित वस्तु

चाहिए। हाँ, तत्सम शब्द 'शय्या' शुद्ध है। उसे 'शैया' रूप में लिखना उचित नहीं।

मिलाना-अलगाना

हिंदी लेखन में शिरोरेखा लगाते हैं, अतः वर्तनी की यह भी एक समस्या है कि किन शब्दों को मिलाकर लिखें और किन्हें अलगाकर लिखें। उदाहरण के लिए 'राम ने' लिखें अथवा 'रामने', 'राज भवन' लिखें या 'राजभवन'। ऐसे पदों अथवा शब्दों के लेखन में आज हिंदी-जगत् में एकरूपता नहीं है। इस समस्या को निम्नांकित वर्गों में रखा जा सकता है

(क) कारक चिह्न—कारक-चिह्नों को लिखने के सम्बन्ध में आजकल तीन पद्धतियाँ प्रचलित हैं : (अ) कुछ लोग (मुख्यतः बनारस में, तथा संस्कृत परंपरा के आधार पर अन्यत्र) संज्ञा तथा सर्वनाम, दोनों ही के साथ कारक-चिह्नों को मिलाकर लिखते हैं : रामने, मैंने; मोहनको; तुमको; सीतासे, इससे। (आ) कुछ लोग (किशोरीदास वाजपेयी आदि) दोनों ही स्थितियों में कारक-चिह्नों को अलग रखते रहे हैं : राम ने, मैं ने; मोहन को, तुम को; सीता से, इस से। (इ) सामान्यतः अधिकांश हिंदी-भाषी संज्ञा के साथ तो इन्हें मिलाकर नहीं लिखते, किन्तु सर्वनाम के साथ मिलाकर लिखते हैं : राम ने, मैंने, मोहन को, तुमको; सीता से, इससे।

वस्तुतः वैज्ञानिक दृष्टि से तो संज्ञा और सर्वनाम दोनों के साथ ने, को, से, का, के, में आदि को अलग लिखना ठीक है, क्योंकि ने, को आदि की शब्द के रूप में स्वतंत्र सत्ता है और स्वतंत्र शब्दों से ये विकसित भी हैं, किन्तु बहुत दिनों से परंपरा होने के कारण संज्ञा और सर्वनाम दोनों के साथ इन्हें अलग लिखने वाले बहुत कम लोग हैं। ऐसी स्थिति में यही उचित है कि इन्हें संज्ञा के साथ अलग तथा सर्वनाम के साथ मिलाकर लिखा जाए, जैसा कि अधिकांश हिंदी-भाषी लिखते हैं। इसके पक्ष में कई तर्क दिए जा सकते हैं : (१) हिंदी के अधिकांश प्रयोक्ता इन्हें इसी रूप में लिखते हैं। (२) संज्ञा तथा सर्वनाम दोनों के साथ मिलाकर लिखना तो उपर्युक्त तीनों पद्धतियों में सबसे अधिक अवैज्ञानिक है, अतः संज्ञा के साथ अलग तथा सर्वनाम के साथ मिलाकर लिखना कम-से-कम उतना अवैज्ञानिक न होकर मध्यम मार्ग का है। (३) यदि कई संज्ञा शब्द साथ आएँ तो केवल अन्तिम के साथ कारक-चिह्न लगता है, अतः संज्ञा शब्द के साथ कारक चिह्न अलग लिखना आवश्यक हो जाता है। जैसे राम, मोहन और सीता ने कहा···। यदि मिलाकर लिखें तो होगा : 'रामने, मोहनने और सीता ने कहा···।' कहना न होगा कि ऐसा प्रयोग अटपटा लगेगा। इसके विपरीत सर्वनाम में प्रायः सभी के साथ कारक-चिह्न लगते हैं। जैसे उसने, तुमने और मैंने चाहा था···, अतः मिलाकर लिखा जा सकता है। (४) संज्ञा के साथ कभी-कभी इकहरा अवतरण-चिह्न लगता है, अतः कारक-चिह्न मिलाकर नहीं लिखे जा सकते ('अज्ञेय' ने,

'हरिऔध' को, 'निराला' में, 'प्रसाद' से), किन्तु सर्वनाम के साथ प्रायः ऐसा नहीं किया जाता, अतः मिलाकर लिखा जा सकता है। (५) सर्वनाम के कुछ कारक-रूप संयुक्त भी मिलते हैं (मुझे, हमें, तुम्हें, तुझे, उसे, उन्हें, इसे, इन्हें, जिसे, जिन्हें आदि), अतः को, से, में, पर, का वाले रूपों को भी संयुक्त रखना, इन (मुझे, इन्हें आदि) रूपों के अनुरूप है। इसके विपरीत संज्ञा के ऐसे संयुक्त रूप नहीं मिलते, अतः इसके रूपों को असंयुक्त रखना सर्वथा उचित है।

निष्कषर्तः कारक-चिह्नों को संज्ञा के साथ अलगाकर तथा सर्वनाम के साथ मिलाकर लिखना चाहिए, किन्तु यदि वे एक से अधिक हों तो संज्ञा के साथ तो अलग लिखेंगे ही, सर्वनाम के साथ पहले को मिलाकर लिखेंगे तथा बाद वाले को अलग (इनमें से, उसके लिए)। यदि सर्वनाम तथा कारक-चिह्न के बीच 'ही', 'तक' हो, तब अलग ही लिखेंगे : उन्हीं (उन+ही) को, उसी (उस+ही) के लिए, उस तक ने। साथ ही यदि सर्वनाम के साथ एक से अधिक कारक चिह्न हैं तो पहला मिलाकर लिखा जाएगा और बाद वाला अलग : उसमें से। हाँ 'पर' को संज्ञा और सर्वनाम दोनों ही के साथ अलग लिखते हैं।

(ख) **समस्त पद**— समस्त पदों को अलग-अलग लिखना (गृह विज्ञान, देश भक्ति, जन्म दिन) मानक नहीं है, क्योंकि ये किसी 'लम्बी रचना' (गृह का विज्ञान, देश के प्रति भक्ति, जन्म का दिन) के संक्षिप्त रूप होते हैं। संक्षेप होने के कारण या तो लुप्त पद का प्रतीक योजक चिह्न(हाइफन)इनके बीच में दिया जाना चाहिए(गृह-विज्ञान, देश-भक्ति, जन्म-दिन)अथवा इन्हें मिलाकर लिखना चाहिए (गृहविज्ञान, देशभक्ति, जन्मदिन)। दो से अधिक शब्द हों (तन-मन-धन, ज़र-जोरू-ज़मीन), अथवा शब्द बड़े हों (राजनीति-विज्ञान, परिवार-नियोजन, निर्वाचन-सूचना, सरस्वती-वंदना) तो योजक चिह्न देना ही अधिक उपयुक्त होता है, क्योंकि मिलाने से शब्द बहुत बड़ा (परिवारनियोजन, राजनीतिविज्ञान) हो जाता है। संधि करने पर तो स्पष्ट ही शब्दों को मिलाने के अतिरिक्त कोई चारा नहीं रह जाता : शिरोरेखा, ज़िलाधीश, ग्रामोन्नति, वियोगावस्था, ग्रीष्मावकाश। दो अपवाद हैं : (१) द्वंद्व समास में केवल योजक चिह्न ही देना चाहिए (माता-पिता, भाई-बहन, हँसी-मज़ाक, हाथ-पैर), उन्हें मिलाना (मातापिता, भाईबहन, हँसीमज़ाक, हाथपैर) नहीं चाहिए। (२)मिलाने से यदि अर्थ में भ्रम की गुंजाइश हो तो भी शब्दों को नहीं मिलाना चाहिए। उदाहरण के लिए 'भू-तत्त्व' और 'भूतत्व' में अन्तर करने के लिए समास को 'भू-तत्त्व' रूप में लिखना ही उचित है। ऐसे ही 'सह-अनुभूति' और 'सहानुभूति' में अन्तर है।

(ग) **भी, तो, तक, भर, श्री, जी, श्रीमती**—ये सभी बिना मिलाए अलग लिखे जाने चाहिए : राम भी, रोटी तो रोटी पानी तक नहीं दिया, सेर भर आटा, श्री गुप्ता, गांधी जी, श्रीमती मिश्र।

(घ) **ही**—इसे संज्ञा के साथ अलग (राम ही, सीता ही) किन्तु सर्वनाम के साथ कुछ शब्दों के साथ मिलाकर (हमीं, मुझी, तुझी, तुम्हीं, उसी, उन्हीं, इसी, इन्हीं, जिन्हीं, किसी, किन्हीं आदि) तथा कुछ के साथ अलग (मैं ही, हम ही, वे ही, ये ही, जो ही) लिखते हैं। हम, मुझ, तुझ, उस, इस, जिस, किस में जब 'ही' जोड़ते हैं, तो (हमीं, मुझी, तुझी, उसी, इसी, किसी) 'ही' के 'ह' का लोप हो जाता है। बहुवचन में 'ही' का 'हीं' (हमीं, किन्हीं, तुम्हीं) हो जाता है।

(ङ) **कर, के**—पूर्वकालिक क्रिया में 'कर' अथवा 'के' को मिलाकर लिखना चाहिए : मैं खाकर आया हूँ, ऐसे ही रोकर, चलकर। किन्तु 'काम करके आएगा। यदि 'कर' तथा 'के' दोनों हों तो 'कर' मिलाकर लिखा जाएगा, तथा 'के' को अलग - मैं खाकर के आऊँगा। यदि दो क्रियारूप हों तो दोनों के बीच में योजक-चिह्न होगा और 'कर' अथवा 'के' को अन्तिम के साथ मिलाया जाएगा : खा-पीकर आना, रो-धोकर थक गया, रो-रोकर माँग रहा है।

(च) **क्रिया के सभी पद**—(जा रहा था, दिया करता है, कहा जा सकता है, ले लिया जा सकता था) अलग लिखे जाते हैं।

(छ) **वाला**—यह विशेषण-प्रत्यय है। अन्य प्रत्ययों की तरह इसे भी मिलाकर लिखना चाहिए : करनेवाला, दालवाला, कालेवाला, नीचेवाला।

योजक चिह्न

इसका प्रयोग निम्नांकित स्थितियों में होता है : (१) द्वन्द्व समास में—रात-दिन, हवा-पानी, माँ-बाप, राम-सीता। (२) अन्य समासों में विकल्प से—देशभक्ति अथवा देश-भक्ति। (३) सा, से, सी, जैसा, जैसे, जैसी के साथ—फूल-सा लड़का, ज़रा-सी जान, थोड़े-से लोग, तुम-जैसा धूर्त, उस-जैसा नेता, दुग्ध-सा श्वेत। यह ध्यान देने की बात है कि यह 'से', करण तथा सम्प्रदान कारक के चिह्न 'से' से भिन्न है। कारक चिह्न 'से' में वचन-लिंग के कारण परिवर्तन नहीं होता, किन्तु ये सा-से सी लिंग वचन के अनुसार परिवर्तित होते हैं : फूल-सा लड़का, फूल-सी लड़की, फूल-से लड़के (४) जहाँ सन्धि करने से अर्थ परिवर्तित हो जाए, वहाँ भी योजक चिह्न लगाना चाहिए : सह-अनुभूति—सहानुभूति, भू-तत्व—भूतत्व। (५) जहाँ सन्धि करने से शब्द उच्चारण की दृष्टि से अटपटा, बड़ा अथवा अस्पष्ट हो जाए, वहाँ भी : अल्पसंख्यक और बहु-अल्पसंख्यक, अति-आदर्शवादिता। यों इन्हें बहुअल्पसंख्यक तथा अतिआदर्शवादिता भी लिखा जा सकता है। (६) सामान्य पुनरुक्ति में : थोड़ा-थोड़ा, बार-बार, घर-घर, धीरे-धीरे, कौड़ी-कौड़ी; (७) समानार्थक शब्दों की पुनरुक्ति में : हँसी-मज़ाक, कूड़ा-कचरा, चिट्ठी-पत्री; (८) न-युक्त पुनरुक्ति में : कभी-न-कभी, कहीं-न-कहीं, किसी-न-किसी; (९) का-युक्त पुनरुक्ति में : सारे-का-सारा, पूरे-का-पूरा; (१०) व-युक्त समानार्थक

शब्दों की पुनरुक्ति में : शान-व-शौकत, ऐश-व-इशरत, कम-व-बेश (विकल्प से शानोशौकत, ऐशोइशरत, कमोबेश); (११) से-युक्त पुनरुक्ति में : कम-से-कम, अधिक-से-अधिक, ज़्यादा-से-ज़्यादा।

अनुनासिक (चन्द्रबिन्दु)-अनुस्वार-नासिक्य व्यंजन

इनके प्रयोग में भी कई प्रकार की अनेकरूपताएँ मिलती हैं : (क) कुछ लोग जहाँ अनुस्वार अपेक्षित होता है, वहाँ उसका प्रयोग करते हैं तथा जहाँ अनुनासिक अपेक्षित है, वहाँ अनुनासिक का। यहाँ तक कि वे 'हैं' को 'हैँ' 'मैं' को 'मैँ' तथा 'पढ़ीं' को 'पढ़ीँ' लिखते हैं। (ख)काफी लोग दोनों का यथास्थान प्रयोग करते हैं, किन्तु यदि शिरोरेखा के ऊपर मात्रा हो तो अनुनासिक के स्थान पर अनुस्वार का प्रयोग करते हैं, बिंधना, लिखीं, में, मैं, होंठ, सौंफ। (ग) कुछ लोग सर्वत्र केवल अनुस्वार का ही प्रयोग (सांस, ऊंट, हंसी) करते हैं। वस्तुतः टंकण यंत्र में अनुनासिक (चन्द्रबिन्दु) नहीं होता, अतः टंकित सामग्री में अनुनासिक के स्थान पर अनुस्वार का ही प्रयोग चलता है। उदाहरणार्थ 'साँस' के लिए 'सांस' या ऊँघना' के लिए 'ऊंघना'। कई पत्र-पत्रिकाओं (जैसे धर्मयुग, सारिका आदि) में भी प्रेस की सुविधा की दृष्टि से अनुनासिक के स्थान पर अनुस्वार का ही प्रयोग होता है। इन्हीं सबके प्रभावस्वरूप बहुत से लोग अनुनासिक का प्रयोग बिल्कुल न करके, अनुस्वार का प्रयोग ही सर्वत्र करते हैं, जो अमानक है। उदाहरण के लिए, 'हँस' (हँसना का आज्ञा रूप) तथा 'हंस' (एक पक्षी) या 'हँसी' और हंसी' में अंतर है। ऐसे ही 'बेदाँत'-'बेदांत' में भी। इसीलिए सर्वत्र अनुस्वार का प्रयोग नहीं किया जाना चाहिए। इन दोनों के प्रयोग के सम्बन्ध में निम्नांकित बातें ध्यान में रखने की हैं—

(क) अनुस्वार का प्रयोग जहाँ अपेक्षित है, वहाँ करना चाहिए। अर्थात् समस्थानीय पंचम अनुनासिक के स्थान पर तथा य, र, ल, व, स, श, ह के पूर्व (शंका, चंचल, पंडित, आनंद, पंप, संयंत्र, संरचना, संलाप, संवाद, संसार, संशय, संहार) या स्वयं, अहं, एवं आदि में अंत में (आगे इसे विस्तार से दिया गया है)।

(ख) अनुनासिक के प्रयोग के सम्बन्ध में अब ऐसी परंपरा चल पड़ी है कि इसका प्रयोग केवल वहीं किया जाता है, जहाँ शिरोरेखा के ऊपर कोई मात्रा न हो। अर्थात् अँ(हँसाना), आँ(आँख, साँस), उँ(उँगली, फुंकना), ऊँ(ऊँट, फूंकना), एँ (सेंकना)। इसके विपरीत यदि शिरोरेखा के ऊपर मात्रा है तो अनुनासिक के स्थान पर भी अनुस्वार का प्रयोग किया जाता है। इसका कारण यह है कि मात्रा के साथ अनुनासिक देने में (टंकण, प्रेस, लेखन — इन तीनों में ही) असुविधा होती है। इसीलिए 'बिंधना' को विंधना', ईँधन, को 'इंधन', 'सेँकना' को सेंकना', 'मैँ' को 'मैं', 'चोँच' को 'चोंच' तथा 'कौँधना' को 'कौंधना' लिखते हैं।

(ग) चाहिएँ—बहुत से लोग बहुवचन में चाहिएँ लिखते हैं। यह भी मानक नहीं है। एकवचन तथा बहुवचन दोनों में 'चाहिए' का ही प्रयोग मानक है मुझे एक रुपया चाहिए, मुझे बहुत से रुपए चाहिए।

(घ) इस प्रसंग में पंचम नासिक्य व्यंजन और अनुस्वार के प्रयोग की पूरी व्यवस्था भी देख लेनी चाहिए। काफी लोग इन दोनों में गड़बड़ी करते हैं और जहाँ जिसका प्रयोग होना चाहिए, वहाँ उसका प्रयोग नहीं करते। तात्पर्य यह है कि कुछ स्थितियों में तो इनके प्रयोग में विकल्प है किंतु कुछ स्थितियों में केवल नासिक्य व्यंजन का और कुछ में केवल अनुस्वार का प्रयोग होना चाहिए।

इनके प्रयोग को संक्षेप में यों रखा जा सकता है—

अनुस्वार तथा नासिक्य व्यंजन में विकल्प	केवल नासिक्य व्यंजन	केवल अनुस्वार
ङ्+क, ख, ग, घ	ङ्+म	+ह (संहार)
(पङ्क अथवा पंक या	(वाङ्मय, पराङ्मुख)	
गङ्गा अथवा गंगा आदि)		
ञ्+च, छ, ज, झ	—	+य (संयम), +श(वंश)
(पञ्च अथवा पंच आदि)	—	
	+ ण (अक्षुण्ण)	—
ण्+ट, ठ, ड, ढ	+ म (मृण्मय)	
(पण्डित अथवा पंडित या	+ य (पुण्य)	
डण्डा अथवा डंडा आदि)	+ व (कण्व)	
न्+त, थ, द, ध	+ न (अन्न)	+ स (संसार)
(अन्दर अथवा अंदर या	+ म (जन्म)	+ र (संरचना)
अन्त अथवा अंत आदि)	+ य (अन्य)	+ ल (संलग्न)
	+ व (अन्वेषण)	
	+ ह (कान्ह, किन्हें)	
म् + प, फ, ब, भ, व	+ न (निम्न)	
(दम्भ अथवा दंभ या पम्प	+ म (सम्मान्य)	
अथवा पंप या सम्वेदना	+ य (साम्य)	
अथवा संवेदना आदि)	+ र (विनम्र)	
	+ ल (अम्ल)	
	+ ह (तुम्हें)	

अँग्रेज़ी शब्दों में नासिक्य व्यंजन अथवा अनुस्वार

अँग्रेज़ी शब्दों में शब्द के बीच में संयुक्त व्यंजन के प्रथम सदस्य के रूप में नासिक्य ध्वनि के लेखन की आजकल कई पद्धतियाँ हिंदी में प्रचलित हैं—

(क) काफ़ी लोग ऐसी स्थिति में अनुस्वार का प्रयोग कर रहे हैं। जैसे इंक, इंजन, इंच, पेटेंट, पेंट, पैंट, अंडरवियर, बैंड, लैंप, ऐंबेसेडर (गाड़ी), लैंस आदि।

(ख) कुछ लोग इनके साथ संस्कृत परंपरा के अनुसार वर्ग के पंचम नासिक्य व्यंजन का प्रयोग कर रहे हैं। जैसे इङ्क, इञ्जन, इञ्च, पेटेण्ड, अण्डरवियर, पेण्ट, पैण्ट, बैण्ड, लैम्प, ऐम्बेसेडर (गाड़ी) आदि। स, श के पूर्व ऐसे लोग संस्कृत परंपरा के अनुसार अनुस्वार का ही प्रयोग करते हैं: लैंस, सेंसर; इंश्योरेंस।

(ग) कुछ लोग इनमें जिन शब्दों में अँग्रेज़ी वर्तनी में 'एन' का प्रयोग होता है, उसका अनुसरण करते हुए हिंदी में न् का प्रयोग कर रहे हैं। जैसे इन्क, इन्जन, इन्च, पेटेन्ट, पेन्ट, पैन्ट, अन्डरवियर, बैन्ड, लैन्स आदि। शिक्षा मंत्रालय ने अपने बृहत् पारिभाषिक शब्द-संग्रह मानविकी खण्ड (भूमिका, पृ० ६०) में भी लैन्स, पेटेन्ट को ही स्वीकृति दी है।

(घ) हिंदी में सब से अधिक लोग ऐसे हैं जो उपर्युक्त में से कभी 'क' पद्धति का, कभी 'ख' पद्धति का तथा कभी 'ग' पद्धति का मनमाने ढंग से प्रयोग करते हैं।

प्रश्न यह है कि इनमें कौन-सी वर्तनी ठीक है और क्यों? इस प्रसंग में पहले दो तथ्यों की ओर संकेत करना उपयोगी होगा—

(अ) आचार्य किशोरीदास वाजपेयी ने 'समालोचक' मासिक पत्र (संपादक डॉ० रामविलास शर्मा) में बहुत दिन पहले तत्सम, तद्भव, विदेशी—सभी प्रकार के शब्दों के प्रसंग में कहा था कि तत्सम शब्दों में तो सवर्गीय पंचम नासिक्य व्यंजन (अर्थात् गङ्गा, चम्बल, पण्डित, अन्त, कम्पन) तथा य, र, ल, व, स, श, ह के पूर्व अनुस्वार (जैसे संयम, संरचना, संलाप, संवाद, संसार, संशय, संहार) का प्रयोग होना चाहिए, किंतु तद्भव और विदेशी शब्दों में सर्वत्र अनुस्वार का। मैंने कभी उसी पत्र में उसके उत्तर में लिखा था, कि सामान्य पढ़ा-लिखा व्यक्ति हमेशा यह निर्णय नहीं कर सकता कि कौन-सा शब्द तत्सम है और कौन-सा तत्सम नहीं है, अतः इस प्रकार का नियम उसके लिए परेशानी पैदा करेगा। उसी प्रकार के शब्दों के लिए सीधा नियम यह होना चाहिए, कि जहाँ भी अनुस्वार और पंचम

नासिक्य में विकल्प है, अनुस्वार का प्रयोग किया जाए। लेखन मुद्रण, तथा टंकण सुविधा की दृष्टि से भी यह अच्छा रहेगा।

(आ) अँग्रेज़ी शब्दों के बारे में भी यही परेशानी है। यदि हम शिक्षा मंत्रालय की बात मानकर इन्जन, पेटेन्ट, लैन्स आदि लिखने लगें तो फिर यह जानना अनिवार्य हो जाएगा कि 'मंजन' हिंदी का है, अतः उसमें 'न' का प्रयोग न किया जाए तथा 'इन्जन' अँग्रेज़ी का है, अतः उसमें न् का प्रयोग किया जाए। ऐसे ही 'कंटक', 'किन्तु', 'पेटेन्ट' या 'संसार', 'किंतु', 'लैन्स'। यह ध्यान देने की बात है कि शब्दों का स्रोत सामान्य पढ़ा-लिखा व्यक्ति कहाँ तक याद रख पाएगा।

वस्तुतः सामान्य वर्तनी का नियम ऐसा होना चाहिए जो सभी प्रकार के शब्दों पर लागू हो, और लिखते समय हमेशा शब्द-स्रोत जानने की ज़रूरत न हो। यदि ऐसा नियम नहीं बना तो लोग पेटेन्ट और लैन्स के आधार पर कन्टक, पन्डित, सन्सार और सन्शय भी लिखने लगेंगे।

एक बात और। अँग्रेज़ी में च, ज, ट, ड, स, श के पूर्व 'एन' का प्रयोग इसलिए करना पड़ता है कि उनके पास लिपिचिह्न का अभाव है। हमारे पास जब अभाव नहीं है तो ऐसा क्यों किया जाए? साथ ही उच्चारण की दृष्टि से यह भी संकेत्य है कि न् का स्थान वर्त्स्य है जबकि इंजन, इंच आदि के उच्चारण में नासिक्य व्यंजन का स्थान तालव्य है और पेटेंट, बैंड आदि में पूर्वतालव्य या मूर्धन्य है। इस प्रकार जहाँ तक च, ज, ट, ड के पूर्व 'न्' के प्रयोग का प्रश्न है, वह उच्चारण की दृष्टि से भी अशुद्ध है।

निष्कर्षतः अँग्रेज़ी के शब्दों में च, ज, ट, ड, स, श के पूर्व 'न्' का प्रयोग हमारी वर्तनी में नहीं होना चाहिए, तथा जैसा कि तत्सम, तद्भव तथा अरबी-फ़ारसी आदि शब्दों के लिए काफ़ी लोग प्रयोग कर रहे हैं, अँग्रेज़ी के ऐसे शब्दों में भी अनुस्वार का ही प्रयोग होना चाहिए: इंच, इंजन, टैंट, सेंट, बैंड, लैंस, पेंशन आदि।

वस्तुतः हिंदी वर्तनी में जहाँ भी पंचम नासिक्य और अनुस्वार में विकल्प की गुंजाइश है, अनुस्वार का ही प्रयोग होना चाहिए, शब्द चाहे किसी भी भाषा का क्यों न हो।

द्विरुक्ति के लिए २ का प्रयोग

द्विरुक्ति के लिए २ के प्रयोग की पद्धति मध्यकाल में चली थी। उसी का अनुसरण करते हुए, आज भी कुछ लोग अच्छे-२, बड़े-२, कोना-२, नगर-२ जैसा प्रयोग करते हैं, किन्तु ऐसे प्रयोग आज हिंदी में मानक नहीं माने जाते, अतः इन्हें अच्छे-अच्छे, बड़े-बड़े, कोना-कोना, नगर-नगर, रूप में लिखना चाहिए।

मध्य अ-लोपी शब्द

बहुत से शब्दों के मध्य का अ लुप्त हो गया है अतः उच्चारण के अनुरूप उनको अ-विहीन लिखा जाने लगा है । इस तरह उनकी दो वर्तनियाँ चल रहीं हैं जैसे गरम-गर्म, गरमी-गर्मी, अँगरेज़-अंग्रेज़, अँगरेज़ी-अंग्रेज़ी, हलका-हल्का उलटा-उल्टा, उलटी-उल्टी, गरदन-गर्दन, शरबत-शर्बत, बरतन-बर्तन, बिलकुल-बिल्कुल, जुरमाना-जुर्माना, मुसलमान-मुसल्मान आदि । यहाँ तक कि एक ही व्यक्ति एक पंक्ति में एक वर्तनी लिखता है तो दूसरी में दूसरी वर्तनी । ऐसे शब्दों की पहली वर्तनी ही ठीक है, दूसरी नहीं, यद्यपि अक्षरांत 'अ' के लोप के कारण उच्चारण के अनुरूप दूसरी ही है । इस प्रसंग में यह भी उल्लेख्य है कि बर्फ़, शर्म, कुर्की, सर्द, सर्दी, आदि अनेक ऐसे शब्दों की यही वर्तनी शुद्ध, है इन्हें बरफ़, शरम, कुरकी, सरद, सरदी रूप में नहीं लिखना चाहिए । ऐसे ही स्वर्ग-नर्क ग़लत है, स्वरग-नरक भी; शुद्ध है स्वर्ग-नरक । यों इनमें जिन अशुद्ध वर्तनियों का बहुत अधिक प्रयोग है (जैसे गर्म, गर्मी) उनमें विकल्प की स्थिति भी मानी जा सकती है ।

आचार्य किशोरीदास वाजपेयी ने हिंदी वर्तनी पर विचार करते हुए कुछ ऐसे निर्णय दिए हैं, जिनसे सहमत होना कठिन है । यहाँ क्रमशः उन्हें ले लेना उपयुक्त होगा ।

(क) वाजपेयी जी (हिंदी वर्तनी तथा शब्द-विश्लेषण) ने दोपहर, दोपहरी, एकमुश्त को अशुद्ध तथा दुपहर, दुपहरी, इकमुश्त को शुद्ध कहा है । यह ध्यान देने की बात है कि हिंदी में समास दो प्रकार के हैं । एक तो वे जिनके दोनों सदस्य मिलकर एकीभूत हो जाते हैं, अतः उन में ध्वनि-परिवर्तन पूरी तरह हो जाता है, जैसे घुड़दौड़ (घोड़ा+दौड़), पनघट (पानी+घाट), इकतारा (एक+तारा), रतजगा (रात+जगा), दुधारी (दो+धारी), आदि । दूसरे वे, जो समास बने तो हैं किंतु जिनके एकीभूत होने की प्रक्रिया पूरी नहीं हुई है, अतः जिनमें सहज रूप से ध्वनि-परिवर्तन पूरी तरह नहीं हुए हैं, जैसे घोड़ागाड़ी, दोपहर, दोपहरी तथा एकमुश्त आदि । इनका प्रयोग हिंदी में खूब हो रहा है, ऐसी स्थिति में यह नहीं कहा जा सकता कि ये मानक नहीं हैं । जिन शब्दों का प्रयोग अच्छे-अच्छे लेखक करते आए हैं, और कर रहे हैं, उन्हें ठीक मानना ही होगा । हाँ यह अवश्य कहा जाएगा कि इनमें समासीकरण की प्रक्रिया पूरी नहीं हुई है अतः ये दुपलिया, दुधारी, दुमुहाँ, इकतरफ़ा आदि के वर्ग के पूर्णतः एकीभूत समास नहीं हैं ।

(ख) रामचन्द्र वर्मा ने अपनी पुस्तक 'अच्छी हिंदी' में 'ढंग' को शुद्ध तथा 'ढँग' को अशुद्ध माना है । वाजपेयी जी ने अपनी पुस्तक 'अच्छी हिंदी का नमूना' (पृष्ठ १५१) में इसका विरोध किया है तथा 'ढँग' और 'बेढँगापन' को शुद्ध माना है । वस्तुतः हिंदी में 'ढंग' और 'बेढंगापन' का ही प्रयोग अधिक क्षेत्रों में किया जाता है, अधिक लोग करते हैं, अतः ये ही शुद्ध हैं । वाजपेयी जी को छोड़कर

किसी अन्य अच्छे लेखक में मुझे 'ढँग' और 'बेढँगापन' नहीं मिला।

(ग) वाजपेयी जी ने अपनी सभी कृतियों में 'गा' को अलग लिखा है। जैसे जाएगा, चलेगा, पढ़ेगा। यह ठीक है कि 'गा' का विकास संस्कृत के स्वतन्त्र रूप 'गतः' से हुआ है, किंतु यह अलग लिखने का कोई पुष्ट आधार नहीं है। तेरा, मेरा आदि के 'रा' का विकास भी स्वतन्त्र रूप 'कृतकः' से हुआ है, किंतु उन्हें सभी लोग साथ ही लिखते हैं। वस्तुतः भाषा के नियम तर्क से ही नहीं परंपरा से भी बनते हैं और 'गा' को मिलाकर लिखने की परंपरा बन गई है; अतः मिलाकर ही लिखना उचित है।

विसर्ग

विसर्ग का प्रयोग हिंदी-लेखन में शब्द के बीच में तथा अंत में होता है। जहाँ तक बीच में विसर्ग के प्रयोग का प्रश्न है, संस्कृत परम्परा वाले यह कहते हैं कि संस्कृत के जिन शब्दों में बीच में विसर्ग है, उन्हें हिंदी में लिखते समय भी इसका प्रयोग होना चाहिए। किन्तु मेरे विचार में अंतःकरण, अंतःपुर आदि में तो विसर्ग आना चाहिए परन्तु 'दुख' में नहीं। 'दुख' से 'दुखिया', 'दुखियारी', 'दुखी' आदि हिंदी के अपने शब्द बनते हैं और इन्हें लिखने में कोई भी विसर्ग का प्रयोग नहीं करता। ऐसी स्थिति में 'दुख' में विसर्ग देने का कोई औचित्य नहीं। जहाँ तक शब्दों के अंत में विसर्ग के प्रयोग का प्रश्न है यह प्रायः संस्कृत के तत्सम शब्दों में ही आता है। ये शब्द सत्यतः, अन्ततः, वस्तुतः, अपवादतः, इतस्ततः, अतः, क्रमशः, बहुशः, अनेकशः, कोटिशः, शतशः, पुनः, प्रायः, शनैः-शनैः आदि हैं।

जहाँ तक तत्समेतर शब्दों का संबंध है, केवल दो शब्द 'छः' और 'छिः' में विसर्ग आता है। हिंदी प्रदेश में व्यापक रूप से 'छः' और 'छिः' रूप लिखे जाते हैं। भारतेन्दु हरिश्चन्द्र, आचार्य महावीर प्रसाद द्विवेदी, डा० श्यामसुंदर दास, आचार्य रामचन्द्र शुक्ल, जयशंकर प्रसाद, राहुल सांकृत्यायन, निराला, सुमित्रानंदन पंत, वीरेन्द्र वर्मा, हजारी प्रसाद द्विवेदी, महादेवी वर्मा, तथा बाबूराम सक्सेना आदि हिंदी के मूर्धन्य विद्वानों के लेखन में, इन दोनों शब्दों की यही वर्तनी मिलती है। दूसरी ओर आचार्य किशोरीदास वाजपेयी 'छः', 'छिः' को अशुद्ध मानते रहे हैं। वे इन्हें 'छह' तथा 'छि' लिखने के पक्ष में रहे हैं। उनके साथ पश्चिमी हिंदी क्षेत्र के बहुत से लोग भी इन्हीं दोनों वर्तनियों का प्रयोग करते हैं। वस्तुतः अब हिंदी प्रदेश में 'छः' और 'छह' तथा 'छिः' और 'छि' का दो अलग-अलग क्षेत्रों में इतना अधिक प्रयोग हो रहा है, कि किसी के भी पक्ष तर्क देकर दूसरे को प्रयोग से निकालना कठिन है। ऐसी स्थिति में अच्छा यही है कि इन दोनों शब्दों की दोनों वर्तनियों को मानक मान लें। आचार्य वाजपेयी यह तर्क देते रहे हैं कि तद्भव शब्दों में विसर्ग का प्रयोग नहीं होना चाहिए। यह तर्क अपने स्थान

पर ठीक हो सकता है, किन्तु भाषा में किसी बहुप्रचलित वर्तनी या रूप को, अशुद्ध होने पर भी, निकाला नहीं जा सकता। 'इन्द्रिय' का बहुवचन हिंदी नियम के अनुसार 'इन्द्रियें' (जैसे 'गाय' का गायें) होना चाहिए, किन्तु चलता है 'इंद्रियाँ'। ऐसे ही 'स्त्रियोपयोगी' सन्धि-नियम से गलत है। 'राजनीतिक' और 'राजनैतिक' में एक ही सही हो सकता है, किन्तु चलते दोनों हैं। 'महान्' और 'पृथक्' से 'महान्ता' और 'पृथक्ता' बनेगा किन्तु प्रयोग में 'महानता' (महत्ता का अर्थ कुछ और है), और 'पृथकता' चलते हैं। ऐसे ही 'पारलौकिक' को या तो 'परलौकिक' या 'पारलोकिक' होना चाहिए, क्योंकि दो स्थानों पर वृद्धि नहीं हो सकती। इस प्रकार बहुप्रचलित हो जाने पर भाषा को बहुत सारी अशुद्धियों को भी शुद्ध मान लेना पड़ता है। 'विश्वामित्र' और 'दीनानाथ' भी इसी प्रकार के अशुद्ध शब्द हैं, किन्तु बहु-प्रचलन ने उन्हें संस्कृत भाषा को स्वीकार करने पर मजबूर कर दिया। इसी प्रकार 'छः', 'छह' के बहुवचन के लिए 'छओं' (पूर्वी क्षेत्र में प्रयुक्त), 'छहों' (पश्चिमी क्षेत्र में प्रयुक्त) दोनों को स्वीकार किया जा सकता है। एक सज्जन ने कहा, 'छः', से 'छओं' बहुवचन कैसे बनेगा? उत्तर में कहना पड़ेगा कि भाषा में 'कैसे' का प्रश्न भला कहाँ-कहाँ उठाया जा सकता है? 'जा' धातु से 'जाया' तो ठीक है, किंतु 'गया' कैसे बन गया? तत्त्वतः 'जा' का सम्बन्ध तो संस्कृत 'या' धातु से है और 'गया' का 'गम्' से—अर्थात् दोनों (जा और गया) दो धातुओं से निकले हैं, अतः आपस में असंबद्ध हैं। यही स्थिति 'छओं' की भी है। छह+ओं= छहों, छः+ओं=छओं। घोड़ा+ओं='घोड़ों' में 'आ' के लोप की तरह छः+ओं='छओं' में विसर्ग का लोप हो गया।

४.८. हल्-चिह्न अथवा हलंत (्) का प्रयोग

हिंदी लेखन में हल्-चिह्न (्) का प्रयोग दो स्थितियों में होता है: (क) शब्दों के मध्य में, (ख) शब्द के अन्त में। मध्य के उदाहरण हैं: धनाढ्य, वाङ्मय, पराङ्मुख, सुपाठ्य, अकाट्य, आह्लाद, विह्वल दादि। के अन्त में हल् चिह्न का प्रयोग अपवादों की बात छोड़ दें तो हिंदी में केवल प्रायः ऐसे तत्सम शब्दों में होता है, जिनमें संस्कृत लेखन में भी इसका प्रयोग होता रहा है। जहाँ तक मध्य में इसके प्रयोग का प्रश्न है वह तो नागरी लिपि की आवश्यकतावश होता है। यह प्रयोग केवल ऐसे अक्षरों (ट, ठ, ड, ढ, ह) के साथ प्रायः होता है जिनका अन्य अक्षरों (जैसे 'म' का 'म्' या 'न' या 'न्' या 'ख' का 'ख्') की तरह आधा रूप सरलतापूर्वक नहीं बनाया जा सकता। किन्तु जहाँ तक शब्दांत में उनके प्रयोग का प्रश्न है वह किसी आवश्यकतावश नहीं होता, अपितु संस्कृत के अनुकरण पर मात्र परंपरा के निर्वाह के लिए होता है।

शब्द के मध्य में हल्-चिह्न के अपर्युक्त प्रकार के प्रयोग के सम्बन्ध में कोई

भी विवाद नहीं है। सभी लोग इस बात से सहमत हैं कि उसका प्रयोग हिंदी वर्तनी में होना चाहिए। किंतु जहां तक शब्दांत में संस्कृत के अनुकरण पर हल् के प्रयोग का प्रश्न है, इस सम्बन्ध में तीन मत हैं—

(१) संस्कृत परंपरा के लोगों का कहना है कि उन सभी शब्दों के अन्त में हल्-चिह्न का प्रयोग होना चाहिए जिनके लेखन में संस्कृत में होता रहा है। जैसे महान्, साक्षात्, अकस्मात्, भगवान्, श्रीमन्, श्रीमान्, वाक्, जगत्, विद्वान्, ईषत्, कदाचित्, किंचित्, पश्चात्, पृथक्, बलात्, सत्, संवत्, सम्यक्, अर्थात्, चित्, आत्मसात्, विधिवत्, मातृवत्, आदि।

(२) बहुत से लोग उपर्युक्त के अतिरिक्त विदेशी शब्दों में भी इसका प्रयोग करते हैं : एम्० ए०, एम्० कॉम०, एम्० एस्-सी० डी० लिट्०, डी० फ़िल्०, सन् आदि। मुख्यतः हिंदी के पूर्वी क्षेत्र में।

(३) कुछ लोगों का कहना यह है कि सभी शब्दों के साथ इस चिह्न के प्रयोग की आवश्यकता नहीं। हाँ, जिन शब्दों के साथ इसका प्रयोग हिंदी में प्रायः किया जाता रहा है (जैसे श्रीमान्, महान्, साक्षात्, जगत् आदि) उनके साथ ही इनका प्रयोग होना चाहिए।

(४) आज के काफ़ी लोगों की मान्यता इस संबंध में उपर्युक्त मतों से सर्वथा भिन्न है। उनके अनुसार : (क) संस्कृत में कुछ थोड़े से शब्द व्यंजनांत होते हैं और (अन्यस्वरांत छोड़कर) शेष बहुत सारे अकारांत हैं। इसीलिए थोड़े से व्यंजनांत शब्दों के साथ हल्-चिह्न का प्रयोग किया जाता है। इसके विपरीत हिंदी में यदि अन्यस्वरांत शब्दों की बात छोड़ दें तो 'व' (राम व मोहन), 'न' (चलोगे न) जैसे दो-एक शब्दों को छोड़कर शेष हज़ारों शब्द व्यंजनांत हैं। बात और अकस्मात्, नाक और वाक्, समान और महान् आदि शब्दों के उच्चारण में अंत की दृष्टि से कोई अन्तर नहीं है। ऐसी स्थिति में इसमें कोई औचित्य नहीं है, कि सामान्य लेखन में बात, नाक, समान में हल् का प्रयोग न करें और अकस्मात्, वाक्, महान् में करें। (ख) कुछ शब्दों के साथ तो बड़ी अजीब स्थिति है। अकेले लिखने में तो हल्-चिह्न लगाते हैं, किन्तु जब उन शब्दों से अन्य शब्दों की रचना करते हैं तो उस चिह्न को हटा देते हैं। उदाहरण के लिए 'महान्' में 'न्' है किंतु 'महानता', 'महानतम' में 'न' है। ऐसे ही 'पृथक्' किंतु 'पृथकतावादी'। यह स्थिति बड़ी ही हास्यास्पद है। अच्छा हो कि हम यदि 'महानतम' और 'महानता' में 'न' रखते हैं तो 'महान' में भी 'न' ही रखें, 'न्' नहीं। (ग) यों संस्कृत के अध्ययन-अध्यापन की जो स्थिति है, लगता है कि धीरे-धीरे लोगों के लिए यह याद रखना भी कठिन हो जाएगा कि किन शब्दों के साथा अंत में, हल्-चिह्न लगना चाहिए और किनके साथ नहीं। आज भी बहुत से लोग प्रथम्, पंचम्, सप्तम्, अष्टम्, नवम् जैसे प्रयोग करते पाए जाते हैं, जो उसी अज्ञान का प्रसाद है, और यह अज्ञान दिनों-

दिन बढ़ता जा रहा है। ऐसी स्थिति में सामान्य लेखन में यदि अन्त्य हलंत के चिह्न का प्रयोग हिंदी वर्तनी से निकाल दिया जाए तो कोई हानि नहीं होगी। उलटे इस बोझ से हिंदी-भाषी बच जाएगा कि वह याद करे कि कहाँ हल् लगाए और कहाँ न लगाए और साथ ही बहुत से लोग, जो इन शब्दों के प्रभाव से ग़लत स्थान पर ही हल्-चिह्न लगा देते हैं, उस ग़लती से बच जाएँगे। हाँ वैसी स्थिति में स्वयं, अहं, एवं जैसे शब्दों को अंत में अनुस्वार से लिखना ही उचित होगा 'स्वयम्', 'अहम्', 'एवम्' रूप में नहीं।

इस संबंध में यह ध्यान देने की बात है कि व्याकरण तथा भाषाविज्ञान आदि में अंत्य हल्-चिह्न का प्रयोग नहीं छोड़ा जा सकता, क्योंकि हल-हल्, सम-सम्, अन्तर-अन्तर् एक नहीं हैं, तथा शब्द-रचना में इस अन्तर का ध्यान रखना (समतुल्य-सम्वाद) आवश्यक है।

४. ९. अधोबिंदु (क़, ख़, ग़, ज़, फ़)

इसके प्रयोग के विषय में भी एकरूपता नहीं है। कुछ लोग क़ानून, ख़बर, ग़रीब, ज़ोर, फ़ैसला आदि रूपों में क़, ख़, ग़, ज़, फ़ का प्रयोग करते हैं, किन्तु बहुत सारे लोग इनके स्थान पर क्रमशः बिंदी हटाकर क, ख, ग, ज, फ का प्रयोग करते हैं। इस संबंध में निम्नांकित बातें ध्यान देने की हैं—

(१) कुछ लोगों का कहना है कि मध्यकाल में कबीर, सूर, तुलसी, बिहारी आदि ने ऐसे शब्दों को बिना बिंदी के अपनाया, अतः हमें भी यही करना चाहिए। किंतु स्थिति इतनी सरल नहीं है वस्तुतः आज की हिंदी वर्तनी ने मध्यकाल की वर्तनी का अनुसरण बिल्कुल नहीं किया है। मध्यकाल में तुलसी ने 'अस्नान' का प्रयोग किया किन्तु हम 'स्नान' का करते हैं, सूर ने 'इन्द्री' का प्रयोग किया तो आज हम 'इन्द्रिय' का प्रयोग करते हैं, कबीर ने 'पाथर' और 'खुदाय' का प्रयोग किया तो हम 'पत्थर' और 'ख़ुदा' का करते हैं। इस प्रकार क्या तत्सम, क्या तद्भव, क्या विदेशी—हमने मध्यकाल की वर्तनी का बिल्कुल ही अनुसरण नहीं किया। ऐसा लगता है कि मध्यकाल के शब्दों को हमने यथासाध्य शुद्ध करके (अस्नान-स्नान, इन्द्री-इन्द्रिय, खुदाय-ख़ुदा, सहर-शहर) कर लिया है, अतः उसी शुद्धि की प्रक्रिया में अधोबिंदु का प्रयोग भी अपेक्षित है।

(२) हिंदी में काफ़ी बिंदुयुक्त और बिंदुरहित शब्दों में अर्थभेद है। जैसे ताक (देख)—ताक़ (आला), खुदा (खुदा हुआ)—ख़ुदा (भगवान), खैर (कत्था)—ख़ैर (कुशल, कोई बात नहीं), खाना (भोजन)—ख़ाना (अलमारी आदि का ख़ाना), खान (कोयला आदि की)—ख़ान (अफ़ग़ानी), बाग (बागडोर),—बाग़ (उपवन), बेगम (रानी)—बेग़म (बिना ग़म का), गौर (गौरा)—ग़ौर (ध्यान), गुल (फूल)—ग़ुल (शोर-ग़ुल), राज (राज्य)—राज़ (रहस्य), जरा

(बुढ़ापा)—ज़रा (थोड़ा), गज (हाथी)—ग़ज (एक नाप), जीना जीवित रहना—ज़ीना (सीढ़ी), सजा (सजा हुआ)—सज़ा (दंड), फन (साँप का)—फ़न (हुनर) आदि।

(३) उर्दू का काफ़ी साहित्य नागराक्षर में प्रकाशित होने लगा है। उसे शुद्ध रूप में हिंदी में रखने के लिए भी अधोबिंदु का प्रयोग अपेक्षित है। उर्दू की कोई भी कविता यदि क़ को क, ख़ को ख, ग़ को ग, ज़ को ज तथा फ़ को फ करके पढ़ी जाय तो उसका सारा सौंदर्य जाता रहेगा। सच पूछा जाए तो उर्दू की मिठास और उसका आकर्षण बहुत कुछ इन्हीं ध्वनियों पर है।

(४) इनमें से जहाँ तक ज़, फ़ का प्रश्न है, इनका प्रयोग तो अंग्रेज़ी में भी है और अंग्रेज़ी हम पढ़ रहे हैं अतः अँग्रेज़ी शब्दों में हम ज़, फ़ का उच्चारण ज़, फ़ हो करना चाहते हैं। ऐसा नहीं हो सकता कि हिंदी बोलने में तो 'सेफ्टीरेजर' बोलें और अंग्रेज़ी बोलने में 'सेफ़्टीरेज़र'। ऐसी स्थिति में, यदि हमारे पास इन ध्वनियों को ठीक लिखने का साधन भी है तथा परंपरा भी है, तो क्यों न फ़, ज़ का प्रयोग किया जाए?

(५) यह ठीक है कि हर भाषा की नई ध्वनियों के लिए हम नए चिह्न नहीं बना सकते, किंतु फ़ारसी और अँग्रेज़ी हर भाषा में नहीं आतीं। इन दोनों भाषाओं से हमारा घनिष्ठ संबंध रहा है, और इन दोनों से हमने लगभग दस हज़ार शब्द हिंदी में ग्रहण किए हैं।

(६) हिंदी के ऐसे विद्वानों की एक सुदीर्घ परंपरा है, जो इन बिंदुओं के प्रयोग के पक्ष में रहे हैं। उदाहरणार्थ भारतेंदु हरिश्चंद्र, महावीर प्रसाद द्विवेदी, श्याम-सुन्दर दास, आचार्य रामचन्द्र शुक्ल, हजारी प्रसाद द्विवेदी, बाबूराम सक्सेना तथा धीरेन्द्र वर्मा, नगेन्द्र आदि। यह ध्यान देने की बात है कि इन बिंदुओं के प्रयोग को सबसे पहले संस्था के स्तर पर नागरी प्रचारिणी सभा ने ही मान्यता दी थी, जैसा कि पीछे तीसरे अध्याय में हम देख चुके हैं।

कुछ लोगों ने यह सुझाव दिया है कि जिन शब्दों में अर्थ का अंतर है, उनमें अधोबिंदु का प्रयोग किया जाए (जैसे राज-राज़) किंतु अन्यों में नहीं। कहना न होगा कि नियम सार्वत्रिक होना चाहिए। यह नहीं कि कहीं प्रयोग किया जाए और कहीं प्रयोग न किया जाए।

इस तरह मेरे विचार में हिंदी की मानक वर्तनी में अधोबिंदु का प्रयोग अनपेक्षित नहीं माना जा सकता।

हाँ, एक समस्या अवश्य है कि हिंदी पुस्तकों में प्रायः बिंदु का प्रयोग यथा-स्थान होता नहीं। कहीं है तो है और नहीं तो नहीं। यही नहीं, ऐसा भी देखने में आता है कि जहाँ चाहिए वहाँ नहीं है और जहाँ नहीं चाहिए वहाँ है। ऐसी स्थिति में कोई ऐसा समान आवश्यक है जिससे जाना जा सके कि किन-किन शब्दों में

कहाँ-कहाँ अधोबिंदु होने चाहिए। सुविधा के लिए हिंदी में प्रयुक्त ऐसे शब्दों की एक सूची यहाँ देखी जा सकती है :

क़-युक्त शब्द

अक़ीदा, अक़्ल, अक़्लमंद, अक़्लमंदी, अर्क़, आक़बत, आक़ा, आदमक़द, आशिक़, आशिक़मिज़ाज, आशिक़ाना, आशिक़ी, इंतक़ाम, इंतक़ाल, इक़बाल, इक़बाली, इक़रारनामा, इत्तफ़ाक़, इत्तफ़ाक़न, इत्तफ़ाक़िया, इनक़लाब, इनक़लाबी, इलाक़ा, इलाक़ेदार, इश्क़, इश्क़बाज़, इश्क़बाज़ी, इश्क़े-मजाज़ी, इश्क़े-हक़ीक़ी, उक़ाब, क़तरा, क़ता, क़तार, क़त्ल, क़द, क़दम, क़दीम, क़दीमी, क़द्दावर, क़द्र, क़द्रदाँ, क़द्रदान, क़द्रदानी, क़नात, क़बूल, क़ब्ज़, क़ब्ज़ा, क़ब्ज़ियत, क़ब्ज़ी, क़ब्र, क़ब्रिस्तान, क़ब्ल, कमअक़्ल, क़याम, क़यामत, क़यास, क़रार, क़रीना, क़रीब, क़रीबन, क़रीबी, क़लई, क़लईगर, क़लईदार, क़लम, क़लमदान, क़वायद, क़व्वाली, क़सबा, क़सम, क़समिया, क़साई, क़साईख़ाना, क़सीदा, क़सूर, क़सूरवार, क़स्दन, क़स्साब, क़स्साबख़ाना, क़हक़हा, क़हत, क़हवा, क़हवाख़ाना, क़ाज़ी, क़ातिल, क़ानून, क़ानूनन, क़ानूनगो, क़ाफ़िया, क़ाफ़िला, क़ाबिलीयत, क़ाबिज़, क़ाबिल, क़ायदा, क़ायम, क़ायम-मुक़ाम, क़ायल, क़िला, क़िलाबन्दी, क़िलेदार, क़िलेदारी, क़िल्लत, क़िस्त, क़िस्तवार, क़िस्म, क़िस्मत, क़िस्सा, क़ीमत, क़ीमती, क़ीमा, क़ुदरत, क़ुदरती, क़ुरान, क़ुर्क़, कुर्क़अमीन, क़ुर्क़ी, क़ुर्बान, क़ुर्बानी, क़ुसूर, क़ुसूरमंद, क़ुसूरवार, क़ै, क़ैदी, क़ौम, क़ौमपरस्त, क़ौमपरस्ती, क़ौमियत, क़ौल, ख़ालिक़, ग़ैरक़ानूनी, ग़ैरमनक़ूला, चहलक़दमी, चाक़-चौबंद, चाक़ू, ज़ायक़ा, ज़ायक़ेदार, तक़दीर, तक़रीरी, तक़रीब, तक़रीबन, तक़रीर, तक़लीफ़, तक़ाज़ा, तनक़ीद, तपेदिक़, तबक़ा, तरक़्क़ी, तरक़्क़ीपसन्द, तरीक़ा, तस्दीक़, तहक़ीक़ात, ताक़, ताक़त, ताक़तवर, ताक़ीद, तौर-तरीक़ा, दक़ियानूस, दक़ियानूसी, दक़ियानूसीपन, दरहक़ीक़त, दहक़ानियत, दहक़ानी, दिक़, दिक़्क़त, दिक़्क़ततलब, देहक़ान, देहाक़ानियत, देहक़ानी, नक़द, नक़दी, नक़ब, नक़बज़न, नक़बज़नी, नक़ल, नक़लची, नक़लनवीस, नक़लवीसी, नक़ली, नक़शा, नक़शानवीस, नक़शानवीसी, नक़्शेबाज़, नक़्शेबाज़ी, नक़ाब, नक़ाबपोश, नक़्क़ारख़ाना, नक़्क़ारची, नक़्क़ारा, नक़्क़ाल, नक़्क़ाश, नक़्क़ाशी, नक़्क़ाशीदार, नक़्द, नक़्दी, नक़्शेदार, नक़्शा, नक़्शानवीस, नक़्शानवीसी, नाक़दरा, नाक़ाबिल, नामाक़ूल, नाक़-नक़्श नालयक़, नालायक़ी, नाहक़, नुक़्ता, नुक़सान, नुक़्स नुक़्सदार, पहलक़दमी, फ़क़त, फ़क़ीर, फ़रीक़, फ़रीक़ैन, फ़र्क़, फ़ाक़ा, फ़ाक़ाकश, फ़ाक़ाकशी, फ़ाक़ामस्त, फ़ाक़ेमस्त, फ़ाक़ेमस्ती, फ़ातिहा, फ़िरक़ा, फ़िरक़ापरस्त, फ़िरक़ापरस्ती, फ़िरक़ावाराना, फ़िराक़, फ़िलहक़ीक़त, फ़ुरक़त, बक़रईद, बक़ाया, बक़ौल, बदक़िस्मत, बदक़िस्मती, बदसलीक़ा, बमुक़ाबला, बरक़रार, बर्क़ंदाज, बर्क़,

बाक़ायदा, बाक़ी, बाक़ीदार, बुरक़ा, बेअक़्ल, बेअक़्ली, बेक़द्र, बेक़द्री, बेक़रार, बेक़रारी, बेक़ाबू, बेक़ायदा, बेक़ायदगी, बेक़सूर, बेतरीक़ा, बेबाक़, बेबाक़ी, बेमौक़ा, बेरौनक़, बेसलीक़ा, बेशक़ीमत, बेशक़ीमती, बैरक़, मक़ता, मक़बरा, मक़बूल, मक़बूलियत, मक़सद, मज़ाक़, मज़ाक़पसन्द, मज़ाक़न, मज़ाक़िया, मशक़्क़त, मशक़्क़ती, मशरिक़, मशरिक़ी, मश्क़, माक़ूल, माक़ूलियत, माफ़िक़, माफ़िक़त, माशूक़, माशूक़ा, माशूक़ाना, माशूक़ी, मुआफ़िक़, मुक़दमा, मुक़दमेबाज़, मुक़दमेबाज़ी, मुक़द्दर, मुक़द्दस, मुक़र्रर, मुक़र्ररी, मुक़ाबला, मुक़ाम, मुक़ामी, मुतअल्लिक़, मुतफ़र्रिक़, मुतफ़र्रिक़ात, मुतलक़, मुताबिक़, मुलाक़ात, मुलाक़ाती, मुस्तक़बिल, मुस्तक़िल, मौक़ा, यक़ीन, रक़म, रक़ाबत, रक़ीब, रुक़्क़ा, रोकड़बाक़ी, रौनक़, रौनक़दार, लक़दक, लक़ब, लक़लक़, लक़वा, लायक़, लायक़ियत, लायक़ी, लियाक़त, लुक़मान, वरक़, वरक़साज, वाक़ई, वाक़िफ़, वाक़िफ़ीयत, वाक़िया, वाक़ियात, वाक़े, शानो-शौक़त, शीन-क़ाफ़, शौक़, शौक़िया, शौक़ीन, शौक़ीनी, सदक़ा, सदाक़त, सबक़, सलीक़ा, सलीक़ेदार, सलीक़ेमंद, साक़ी, साबिक़ा, हक़, हक़तलफ़ी, हक़दार, हक़दारी, हक़परस्त, हक़परस्ती, हक़ारत, हक़ीक़त, हक़ीक़तन, हक़ीक़ी, हक़ीर हलक़, हिक़ारत, हिमाक़त, हुक़ूक़, हुक़्क़ा, हुक़्क़ाबरदार।

ख़-युक्त शब्द

अख़बार, अख़बारनवीस, अख़बारनवीसी, अख़बारी, अख़लाक़, अख़्ख़ाह, अख़्तियार, अच्छा-ख़ासा, अजायबख़ाना, आख़िर, आख़िरकार, आख़िरी, आज़ादख़याल, आदमख़ोर आलूबुख़ारा, इंतख़ाब, इख़राजात, इख़्तियार, इख़्तियारी, इबादतख़ाना, कबाड़ख़ाना, कबूतरख़ाना, कमख़र्च, कमख़र्ची, कमख़्वाब, कमबख़्त, कमबख़्ती, क़साईख़ाना, क़स्साबख़ाना, क़हवाख़ाना, कारख़ाना, कारख़ानेदार, कूड़ाख़ाना, क़ैदख़ाना, ख़च्चर, ख़ज़ांची, ख़ज़ाना, ख़त, ख़तोकिताबत, ख़तरनाक, ख़तरा, ख़ता, ख़तावार, ख़त्म, ख़फ़गी, ख़फ़ीफ़, ख़फ़ीफ़ा, ख़बर, ख़बरदार, ख़बरदारी, ख़बीस, ख़ब्त, ख़ब्ती, ख़ब्तुलहवास, ख़म, ख़मदार, ख़मियाज़ा, ख़मीर, ख़यानत, ख़रगोश, ख़रदिमाग़, ख़रदिमाग़ी, ख़रबूज़ा, ख़राद, ख़रादना, ख़राब, ख़राबी, ख़रामा-ख़रामा, ख़राश, ख़रीता, ख़रीद, ख़रीदना, ख़रीदार, ख़रीदारी, ख़रीफ़, ख़र्च, ख़र्चा, ख़र्चीला, ख़लल, ख़लास, ख़लासी, ख़लीफ़ा, ख़ल्क़, ख़स, ख़सम, ख़सरा, ख़सख़स, ख़सलत, ख़सी, ख़स्ता, ख़स्ताहाल, ख़ाक, ख़ाकसार, ख़ाक़ा, ख़ाकी, ख़ातिर, ख़ातिरदार, ख़ातिरदारी, ख़ातिरी, ख़ान, ख़ानदान, ख़ानदानी, ख़ानसामा, ख़ाना, ख़ानातलाशी, ख़ानाबदोश, ख़ानाबदोशी, ख़ामी, ख़ामोश, ख़ामोशी, ख़ार, ख़ारिज, ख़ारिश, ख़ालसा, ख़ाला, ख़ालिक़, ख़ालिस, ख़ाली, ख़ाविंद, ख़ास, ख़ासगी, ख़ासियत,

ख़ासुलख़ास, ख़ासा, ख़ासियत, ख़िज़ाँ, ख़िज़ाब, ख़िताब, ख़िता, ख़िदमत, ख़िदमतगार, ख़िदमतगारी ख़िराज, ख़िलाफ़, ख़िलाफ़त, ख़ुद, ख़ुदइख़्तियार, ख़ुदकाश्त, ख़ुदकुशी, ख़ुदमुख़्तार, ख़ुदमुख़्तारी, ख़ुदग़रज़, ख़ुदग़रज़ी, ख़ुदा, ख़ुदाई, ख़ुदापरस्त, ख़ुदापरस्ती, ख़ुदावन्द, ख़ुदी, ख़ुद्दार, ख़ुद्दारी, ख़ुनकी, ख़ुफ़िया, ख़ुबानी, ख़ुमार, ख़ुरमा, ख़ुराक, ख़ुराफ़ात, ख़ुराफ़ाती, ख़ुर्द, ख़ुर्दबीन, ख़ुलासा, ख़ुश, ख़ुशख़त, ख़ुशक़िस्मत, ख़ुशक़िस्मती, ख़ुशख़त, ख़ुशख़बरी, ख़ुशगवार, ख़ुशनसीब, ख़ुशनसीबी, ख़ुशबू, ख़ुशबूदार, ख़ुशमिज़ाज, ख़ुशहाल, ख़ुशहाली, ख़ुशामद, ख़ुशामदी, ख़ुशी, ख़ुश्क, ख़ुश्की, ख़ुसूसियत, ख़ूंख़्वार, ख़ून, ख़ूनख़राबा, ख़ूनी, ख़ूबसूरत, ख़ूबसूरती, ख़ूबी, ख़ेमा, ख़ैर, ख़ैरख़्वाह, ख़ैरसल्ला, ख़ैरात, ख़ैराती, ख़ैरियत, ख़ोजा, ख़ोमचा, ख़ौफ़, ख़ौफ़नाक, ख़याल, ख़याली, ख़्वाब, ख़्वाबी, ख़्वाहमख़्वाह, ख़्वाहिश, ख़्वाहिशमंद, ग़मख़ोर, ग़मख़ोरी, ग़रीबख़ाना, गर्दख़ोर, ग़ुसलख़ाना, ग़ुस्ताख़, ग़ुस्ताख़ी, गोताख़ोर, गोश्तख़ोर, घूसख़ोर, घूसख़ोरी, चंडूख़ाना, चख़, चर्ख़, चर्ख़ा, चारख़ाना, चिड़ियाख़ाना, चीख़, चीख़ना, चुग़लख़ोर, चुग़लख़ोरी, छापाख़ाना, छेड़ख़ानी, ज़ख़ीरा, ज़ख़ीरेबाज़, ज़ख़ीरेबाज़ी, ज़ख़्म, ज़ख़्मी, ज़च्चाख़ाना, ज़नख़ा, ज़नानख़ाना, ज़रख़ेज़, ज़रख़ेज़ी, जुआख़ाना, जेबख़र्च, जेलख़ाना, जोशो-ख़रोश, टुकड़ख़ोर, डाकख़ाना, डाकख़र्च, ढलाईख़ाना, तख़मीना, तख़लिया, तख़्त, तख़्तनशीन, तख़्तनशीनी, तख़्ता, तख़्ती, तनख़्वाह, तनख़्वाहदार, तलख़ी, तल्ख़, तल्ख़ी, तवारीख़, तसल्लीबख़्श, तहख़ाना, तारीख़, तारीख़, तारीख़वार, तारीख़ी, तुख़्म, तोपख़ाना, दख़ल, दख़लकार, दख़लकारी, दम-ख़म, दरख़्त, दरख़्वास्त, दर्ज़ीख़ाना, दवाख़ाना, दस्तख़त, दस्तख़ती, दस्तरख़्वान, दाख़िल, दाख़िला, दिलख़ुश, दीवानख़ाना, दोरुख़ा, दोज़ख़ी, दौलतख़ाना, नक़्क़ारख़ाना, नख़रा, नख़रेबाज़, नख़रेबाज़ी, नख़ास, नशाख़ोर, नाख़ुश, नाख़ुशी, नाख़्वांदा, नाख़ुदा, नाख़ुन, निख़, निशाख़ातिर, नुसख़ा, नेकबख़्त, नेकबख़्ती, नौबतख़ाना, पख़, पटाख़ा, परीख़ाना, पागलख़ाना, पुख़्ता, पुख़्तगी, पेशाबख़ाना, फ़ख़्र, फ़िज़ूलख़र्ची, फ़रोख़्त, फ़ाख़्ता, फ़ाख़्तई, बख़िया, बख़ियागर, बख़ियाना, बख़ील, बख़ीली, बख़ुद, बख़ूबी, बख़ैर, बख़ैरियत, बख़्तावर, बख़्श, बख़्शना, बख़्शिश, बख़्शीश, बाख़, बदअख़लाक़, बदख़त, बदख़ती, बदख़्वाह, बदख़्वाही, बदबख़्त, बदबख़्ती, बमचख़, बरख़ास्त, बरख़ास्तगी, बरख़िलाफ़, बरख़ुरदार, बाइख़्तियार, बाख़ुदा, बारूदख़ाना, बालाख़ाना, बिसातख़ाना, बुख़ार, बुतख़ाना, बूचड़ख़ाना, बेख़ता, बेख़बर, बेख़बरी, बेख़ुदी, बेख़ौफ़, बेदख़ल, बेदख़ली, बैठकख़ाना, ब्याजख़ोर, ब्याजख़ोरी, भटियारख़ाना, मंसूख़, मंसूख़ी, मख़तून, मख़मल, मख़मली, मख़ौल, मनसूख़ी, मयख़ाना, मर्दुमख़ोर, मर्दुमख़ोरी, मवेशीख़ाना, मसख़रा, मसख़री, मालख़ाना, मुंतख़ब, मुख़न्नस, मुख़फ़्फ़फ़, मुख़बिर, मुख़ातिब, मुख़ालफ़त, मुख़ालिफ़त, मुख़ालिफ़,

मुख़्तलिफ़, मुख़्तसर, मुख़्तार, मुख़्तारनामा, मुदाख़लत, मुनाफ़ाख़ोर, मुनाफ़ाख़ोरी, मुफ़्तख़ोर, मुफ़्तख़ोरा, मुफ़्तख़ोरी, मुरदाख़ोर, मुसाफ़िरख़ाना, मेहमानख़ाना, मैलख़ोर, मैलख़ोरा, मोटरख़ाना, मोहताजख़ाना, यख़नी, यतीमख़ाना, राहख़र्च, रिश्वतख़ोर, रिश्वतख़ोरी, रुख़, रुख़सत, रुख़सती, लख़लख़ा, लतख़ोर, लतख़ोरा, लुहारख़ाना, लोहारख़ाना, शख़्स, शख़्सियत, शख़्सी, शनाख़्त, शफ़ाख़ाना, शराबख़ाना, शराबख़ोर, शराबख़ोरी, शाख़, शाख़ा, शाहख़र्च, शाहख़र्ची, शिनाख़्त, शेख़, शेख़चिल्ली, शेख़ी, शेख़ीख़ोर, शेख़ीख़ोरा, शोख़, शोख़ी, सख़ावत, सख़ी, सख़ुन, सख़्त, सख़्तज़बान, सख़्तदिल, सख़्तलगाम, सख़्ती, सनसनीख़ेज़, सिलहख़ाना, सीख़, सुख़न, सुख़नतकिया, सुख़नफ़हम, सुख़न-फ़हमी, सुराख़, सुर्ख़, सुर्ख़पोश, सुर्ख़रू, सुर्ख़ाब, सुर्ख़ी, सुर्ख़ीमायल, सूदख़ोर, सूदख़ोरी, सूराख़, सूराख़दार, सोख़्ता, हरामख़ोर, हरामख़ोरी, हलालख़ोर, हलालख़ोरी, हवाख़ोरी, हाथीख़ाना।

ग़-युक्त शब्द

अग़ल-बग़ल, अजग़ैबी, अजीबोग़रीब, अलग़रज़, अलग़रज़ी, इस्तग़ासा, ऐरा-ग़ैरा, काग़ज़, काग़ज़ात, काग़ज़ी, ख़रदिमाग़, ख़रदिमाग़ी, ख़ुदग़र्ज़, ख़ुदग़र्ज़ी, ग़ज़ब, ग़ज़ल, ग़ज़लगो, ग़दर, ग़नीमत, ग़फ़लत, ग़बन, ग़म, ग़मख़ोर, ग़मख़ोरी, ग़मगीन, ग़मज़दा, ग़मनाक, ग़मी, ग़रज़, ग़रज़मंद, ग़रज़मंदी, ग़रारा, ग़रीब, ग़रीबख़ाना, ग़रीब; ग़ुरबा, ग़रीबपरवर, ग़रीबाना, ग़रीबी, ग़रूर, ग़र्ज़, गर्दो-ग़ुबार, ग़लत, ग़लतफ़हमी, ग़लतबयानी, ग़लती, ग़लतुल-आम, ग़लतुल-आम-फ़सीहे, ग़लीचा, ग़लीज़, ग़ल्ला, ग़श, ग़ायब, ग़ार, ग़ारत, ग़ालिबन, ग़ुबार, ग़ुलाम, ग़ुलामी, ग़ुसल, ग़ुसलख़ाना, ग़ुस्सा, ग़ुस्सेबाज़, ग़ुस्सैल, ग़ैबी, ग़ैर, ग़ैर-अदायगी, ग़ैरइंसाफ़ी, ग़ैरक़ानूनी, ग़ैरज़रूरी, ग़ैरज़िम्मेदार, ग़ैरमनक़ूला, ग़ैर-मामूली, ग़ैरमुनासिब, ग़ैरमुमकिन, ग़ैरमौरूसी, ग़ैरसरकारी, ग़ैरहाज़िर, ग़ैरहाज़िरी, ग़ैरत, ग़ैरतमंद, ग़ोताख़ोर, ग़ोतामार, ग़ौर, चिराग़, चुग़द, चोग़ा, तमग़ा, दग़ा, दग़ाबाज़, दग़ाबाज़ी, दरोग़हलफ़ी, दाग़, दाग़दार, दाग़बेल, दाग़ी, दारोग़ा, दिमाग़, दिमाग़दार, दिमाग़दारी, दिमाग़ी, नग़मा, नाबालिग़, नाग़ा, नाज़ुक-दिमाग़, पैग़म्बर, पैग़ाम, फ़राग़त, फ़ारिग़, बग़ल, बग़लगीर, बग़ावत, बग़ैर, बददिमाग़, बददिमाग़ी बलग़म, बलग़मी, बाग़, बाग़बान, बाग़बानी; बाग़ी, बाग़ीचा, बालिग़, बुग़चा, बुग़ची, बेचिराग़, बेदाग़, मक़्ता-ग़ज़ल, मग़ज़, मग़ज़ी, मग़रिब, मग़रिबी, मशग़ूल, मुग़ल, मुग़लई, मुग़लिया, मुग़ालता, मुबलिग़, मुरग़ा, मुरग़ाबी, मुरग़ी, मुर्ग़, मुर्ग़ा, मुर्ग़ाबी, मुर्ग़ी, रोग़न, रोग़नदार, रोग़नी, रौग़नी, लुग़त, लुग़वी, लुग़ात, वग़ैरह, वग़ैरा, शग़ल, शलग़म, शुग़ल, शुतुरमुर्ग़, सरग़ना, सरग़ोशी, साग़, सुराग़, सौग़ात, सौग़ाती।

ज़-युक्त शब्द

अँगरेज़, अँगरेज़ियत, अँगरेज़ी (अंग्रेज़ी), अंटीबाज़, अंदाज़, अंदाज़न, अंदाज़ा, अकड़बाज़, अकड़बाज़ी, अज़दहा, अज़मत, अज़ान, अज़ीज़, अटकलबाज़, अटकलबाज़ी, अदालतबाज़, अदालतबाज़ी, अमीरज़ादा, अर्ज़हाल, अर्ज़ी, अर्ज़ीदार, अर्ज़ीदावा, अर्ज़ीनवीस, अलग़रज़ अलग़रज़ी, अलग़ोज़ा, आइनासाज़, आगज़नी, आज़माइश, आज़माइशी, आज़माना, आज़मूदा, आज़ाद, आज़ादख्याल, आज़ादी, आजिज़, आजिज़ी, आतिशबाज़, आतिशबाज़ी, आदमज़ाद, आमेज़, आवाज़, आशिकमिज़ाज, इंतज़ाम, इंतज़ार, इज़हार, इजाज़त, इज़ाफ़ा, इज़ारबंद, इज़्ज़तदार, इत्रसाज़, इन्फ़्लुएंज़ा, इलज़ाम, इशारेबाज़ी, इश्कबाज़, इश्कबाज़ी, एकमंज़िला, एतराज़, एवज़, एवज़ी, औज़ार, कज़ा, कनीज़, कबूतरबाज़, कबूतरबाज़ी, क़ब्ज़, कब्ज़ा, कब्ज़ियत, क़ब्ज़ी, कमज़ोर, कमज़ोरी, क़मीज़, क़र्ज़, क़र्ज़दार, क़र्ज़ा, क़लाबाज़, क़लाबाज़ी, काग़ज़, क़ाबिज़, क़ायममिज़ाज, कारगुज़ारी, कारसाज़, कारसाज़ी, कुंदज़ेहन, कूढ़मग्ज़, कैंडाबाज़, कोकीनबाज़, ख़ज़ांची, ख़ज़ाना, खमियाज़ा, ख़रबूज़ा, ख़िज़ा, ख़िज़ाब, ख़िल्लीबाज़, ख़ुदगरज़ा, ख़ुद-ग़रज़ी, ख़ुदाहाफ़िज़, ख़ुशज़ायक़ा, ख़ुशमिज़ाज, गज़, गज़क, ग़ज़ट, ग़ज़ब, ग़ज़ल, ग़ज़लगो, गपबाज़ी, ग़रज़, ग़रज़मंद, ग़रज़मंदी, गरमबाज़ारी, गरममिज़ाज, गलेबाज़, गपबाज़ी, ग़लीज़, गिरहबाज़, गुज़र, गुज़र-बसर, गुज़रना, गुज़ारना, गुज़ारा, गुज़ारिश, गुटबाज़, गुटबाज़ी, गुर्ज़, ग़ुस्सेबाज़, ग़ैरज़रूरी, ग़ैरज़िम्मेदार, ग़ैरहाज़िर, ग़ैरहाज़िरी, गोलंदाज़, गोलंदाज़ी, घड़ीसाज़, घड़ीसाज़ी, घूंसेबाज़, घूंसेबाज़ी, चंदरोज़ा, चकमेबाज़, चकल्लसबाज़ी, चचाज़ाद, चलता-पुरज़ा, चालबाज़, चालबाज़ी, चिलग़ोज़ा, चीज़, चुटकुलेबाज़, चुटकुलेबाज़ी, चुहलबाज़ी, चूज़ा, चोंचलेबाज़, चोंचलेबाज़ी, चोरबाज़ार, चोरबाज़ारिया, चोरबाज़ारी, चौमंज़िला, छुरेबाज़ी, ज़ंजीर, ज़ईफ़, ज़ईफ़ी, ज़ख़ीरा, ज़ख़ीरेबाज़, ज़ख़ीरे-बाज़ी ज़ख़्मी, ज़च्चा, ज़ज़ीरा, जज़्ब, जज़्बा, जज़्बाती, ज़द, ज़न, ज़नख़ा, जनाज़ा, ज़नानख़ाना, ज़नाना, ज़नानापन, ज़नानी, ज़बर, ज़बरदस्त, ज़बरदस्ती, ज़बरन, ज़बह, ज़बान, ज़बानदराज़, ज़बानदराज़ी, ज़बांदराज़ी, ज़बानी, ज़ब्त, ज़ब्ती, ज़मानत, ज़मानतदार, ज़मानतनामा, ज़मानती, ज़माना, ज़मानासाज़, ज़मानासाज़ी, ज़मीं, ज़मींकन्द, ज़मींदार, ज़मींदारी, ज़मींदोज़, ज़मीन, ज़मीर, ज़मीरफ़रोश, ज़रखेज़, ज़रखेज़ी, ज़रदोज़, ज़रदोज़ी, ज़रदा, ज़रब, ज़रा, ज़रिया (ज़रीया), ज़री, ज़रूर, ज़रूरत, ज़रूरि-यात, ज़रूरी, ज़र्क़-बर्क़, ज़र्द, ज़र्दा, ज़र्दी, ज़र्रा, ज़लज़ला, ज़लाक़त, ज़लील, जल्दबाज़, जल्दबाज़ी, ज़हमत, ज़हर, ज़हरदार, ज़हरबाद ज़हरमोहरा, ज़हरीला, जहाज़, जहाज़रानी, जहाज़ी, ज़हीन, जहेज़, जाँबाज़, जाजिम, ज़ात, ज़ाती, ज़ाफ़रान, ज़ाफ़रानी, ज़ाब्ता, ज़ामिन, ज़ायक़ा, ज़ायक़ेदार, जायज़, ज़ायद,

ज़ाया, जालसाज़, जालसाज़ी, ज़ालिम, ज़ालिमाना, ज़ाहिर, ज़ाहिरा, ज़िंदगानी, ज़िंदगी, ज़िंदादिल, ज़िंदादिली, ज़िंदादिली, ज़िंदाबाद, ज़िक्र, ज़िच, ज़िद, ज़िना, ज़िनाकारी, ज़िनाबिलजब्र, ज़िम्मा, ज़िम्मेदारी, ज़िम्मेवार, ज़िम्मेवारी, ज़ियाफ़त, ज़ियारत, ज़ियारती, ज़िरहबख़्तर, ज़िला, ज़िलाधीश, ज़िल्दसाज़, ज़िल्दसाज़ी ज़िल्लत, ज़ीट, ज़ीन, ज़ीनसाज़, ज़ीनसाज़ी, ज़ीना, ज़ुज़, ज़ुज़बन्दी, ज़ुल्फ़, ज़ुल्म, ज़ुल्मी, जेब्रा, ज़ेर, ज़ेर-तजवीज़, ज़ेरबार, ज़ेरसाया, ज़ेवर, ज़ेवरात, ज़ेहन, ज़ेहनदार, ज़ैतून, ज़ैलदार, ज़ोर, ज़ोरदार, ज़ोरावर, ज़्यादती, ज़्यादा, झाँसेबाज़, झाँसेबाज़ी, टंटेबाज़, टंटेबाज़ी, टेलीविज़न, ठट्ठेबाज़, ठट्ठेबाज़ी, डाकाज़नी, डिज़ाइन, डीज़ल, ढकोसलेबाज़, ढकोसलेबाज़ी, ढोंगबाज़, ढोंगबाज़ी, तक़ाज़ा, तजवीज़, तड़ीबाज़, तड़ीबाज़ी, तनज़ेब, तनज़्ज़ुली, तमीज़, तरबूज़, तराज़ू, तर्ज़, तलफ़्फ़ुज़, तवाज़ो, तहज़ीब, तहज़ीबयाफ़्ता, ताज़गी, ताज़ा, ताज़िया, ताज़ीरात, तानेबाज़, तानेबाज़ी, तावीज़, तिड़ीबाज़, तिड़ीबाज़ी, तीरंदाज़, तीरंदाज़ी, तुनुकमिज़ाज, तुनुकमिज़ाजी, तूलो-अर्ज़, तेज़, तेज़ाबी, तेज़ी, दंगेबाज़, दंगेबाज़ी, दंदानसाज़, दग़ाबाज़, दग़ाबाज़ी, दबीज़, दमबाज़, दमसाज़, दरवाज़ा, दराज़, दर्ज़ी, दर्ज़ीगीरी, दस्तंदाज़, दस्तंदाज़ी, दस्तावेज़, दहलीज़, दिल्लगीबाज़, दिल्लगीबाज़ी, दुमंज़िला, दुनियासाज़, दुनियासाज़ी, दोज़ख़, दोज़ख़ी, दोस्त-नवाज़, धुप्पलबाज़, धुप्पलबाज़ी, धोखेबाज़, धोखेबाज़ी, मादरज़ाद, नक़बज़न, नक़बज़नी, नक्शेबाज़, नक़्शेबाज़ी, नख़रेबाज़, नख़रेबाज़ी, नगीनासाज़, नज़दीक, नज़दीकी, नज़रबन्द, नज़रबन्दी, नज़राना, नज़ला, नज़ाकत, नज़ारा, नज़ीर, नज़्म, नफ़रतअंगेज़, नफ़ीरीबाज़, नब्ज़, नमाज़, नमाज़गाह, नमाज़ी, नवाज़िश, नवाबज़ादा, नवाबज़ादी, नशेबाज़, नशेबाज़ी, नाचीज़, नाजायज़, नामंज़ूर, नामौज़ूं, नासाज़, नासाज़ी, नाज़, नाज़नी, नाज़नीन, नाज़बरदार, नाज़बरदारी, नाज़िर, नाज़िल, नाज़ुक, नाज़ुकख़याल, नाज़ुकदिमाग़, नाज़ुकबदन, नाज़ुक-मिज़ाज, नामज़द, नामज़दगी, नारेबाज़, नारेबाज़ी, नाराज़, नाराज़गी, नाराज़ी, निज़ाम, निशानेबाज़, निशानेबाज़ी, नीमरज़ा, नेज़ा, नौरोज़, पटेबाज़, पटेबाज़ी, पतंगबाज़, पतंगबाज़ी, पत्थरवाज़, पन्नीसाज़, पन्नीसाज़ी, परहेज़, परीज़ाद, पाज़ेब, पायंदाज़, पायज़ेब, पुरज़ा(पुर्ज़ा), पुर्ज़ी, पैंतरेबाज़, पैंतरेबाज़ी, पैज़ार, प्याज़, प्याज़ी, प्याज़ू, फ़ज़र, फ़ज़ल, फ़ज़ूल, फ़ज़ूलखर्ची, फ़ज़्ल, फ़ज़ीता, फ़ज़ीहत, फ़ज़ूलख़र्च, फ़ज़ूलख़र्ची, फ़रज़ंद, फ़रज़, फ़रज़ी, फ़र्ज़, फ़ाज़िल, फ़ासिज़्म, फ़िरोज़ी, फ़ुज़ूल, फ़ुज़ूलख़र्ची, फ़ैयाज़ फ़ैयाज़ी, बंदानवाज़, बंदानवाज़ी, बज़रिया, बज़रिये, बज़ाज़, बज़ाज़ा, बज़ुज़, बटेरबाज़, बटेरबाज़ी, बदइंतज़ाम, बदइंतज़ामी, बद-ज़बान, बदज़बानी, बदज़ात, बदज़ायक़ा, बदतमीज़, बदतमीज़ी, बदतहज़ीब, बद-तहज़ीबी, बदनज़र, बदपरहेज़, बदपरहेज़ी, बदमज़गी बदमज़ा, बदमिज़ाज, बद-मिज़ाजी, बदहज़मी, बमबाज़, बमबाज़ी, बरज़बान, बरज़ोर, बरज़ोरी, बर्क़ंदाज़,

बल्लेबाज़, बल्लेबाज, बहानेबाज़, बहानेबाज़ी, बागरज़, बाज़ाब्ता, बामज़ा, बामज़ाक़, बाज़, बाज़ार,बाज़ारू, बाज़ी, बाज़ीगर, बाज़ीगरी, बाज़ू, बाज़ूबंद, बिलफ़र्ज़ बुज़दिल, बुज़दिली बुज़ुर्ग, बुज़ुर्गवार, बुज़ुर्गाना, बुलंदआवाज़, बेइज़्ज़त, बेइज़्ज़ती, बेज़बान, बेज़र, बेज़ार, बेज़ारी, बेनज़ीर, बेनियाज़, बेमज़ा, बेरोजगार, बेरोज़गारी, बेलज़्ज़त, बेइज़्ज़त, बेइज़्ज़ती, बेज़ा, बैठक-बाज़, बैठकबाज़ी, बैतबाज़, बैतबाज़ी, ब्लाउज़, मंज़िल, मंज़ूर, मंज़ूरशुदा, मंज़ूरी, मक्खनबाज़, मक्खनबाज़ी, मग़ज़, मग़ज़चट, मग़ज़पच्ची, मग़ज़ी, मज़कूर, मज़दूर, मज़दूरी, मज़बूत, मज़बूती, मज़मूआ, मज़मून, मज़हब, मज़ा, मज़ाक़, मज़ाक़न, मज़ाक़िया, मज़ाज़ी, मज़ार, मज़ेदार, मरकज़, मरीज़, मर्ज़, मर्ज़ी, महज़, महफ़ूज़, मादरज़ाद, मालगुज़ार, मालगुज़ारी, मिज़राब, मिज़ाज, मिज़ाजदार, मिज़ाजपुरसी, मिरज़ई, मिरज़ा, मीज़ान, मीनाबाज़ार, मुंतज़िम, मुंतज़िर, मुँहज़बानी, मुँहज़ोर, मुँहज़ोरी, मुअज़्ज़म, मुआवज़ा, मुक़दमे-बाज़, मुक़दमेबाज़ी, मुक्केबाज़, मुक्केबाज़ी, मुज़क्कर, मुज़ायका, मुज़िर, मुलज़िम, मुलम्मासाज़, मुलाज़मत, मुलाज़िम, मुलाहिज़ा, मुसीबतज़दा, मुस्तक़िलमिज़ाज, मूज़ी, मेज़, मेज़पोश, मेज़बान, मेहमाननवाज़, मेहमाननवाज़ी, मैगज़ीन, मोज़ा, मौज़ा, रंगसाज़, रंगसाज़ी रंगरेज़, रंगरेज़ी, रंगीनमिज़ाज, रंगीनमिज़ाजी, रंडीबाज़, रंडीबाज़ी, रईसज़ादा, रईसज़ादी, रज़ा, रज़ामंद, रज़ामंदी, रज़ाई, रमज़ान, रमज़ानी, राज़, राज़दां, राज़ी, राज़ीनामा, राहज़न, राहज़नी, रिज़र्व, रिज़र्वेशन, रियाज़, रियाज़ी, रूहअफ़ज़ा, रेज़गारी, रेज़गी, रेज़ा, रेज़र, रेज़ा-कारी, रोज़, रोज़मर्रा, रोज़गार, रोज़नामचा, रोज़ा, रोज़ाना, रोज़ी, रोज़ीना, रोडवेज़, रौज़ा, लज़ीज़, लज़्ज़त, लज़्ज़तदार, लटकेबाज़, लटकेबाज़ी, लट्ठबाज़, लट्ठबाज़ी, लतीफ़ेबाज़, लतीफ़ेबाज़ी, लफ़ंगेबाज़ी, लफ़्ज़, लफ़्ज़ी, लफ़्फ़ाज़, लफ़्फ़ाज़ी, लबरेज़, लवाज़िम, लवाज़िमात, लाज़मी, लाज़िम लाज़िमी, लामज़हब, लामज़हबी, लावनीबाज़, लिहाज़, लिहाज़ा, लेज़म (लेज़िम), लेहाज़ा, वज़न, वज़नदार, वज़नी, वज़ारत, वज़ीर, वरक़साज़, वरज़िश, वाज़ेह, विज़िटिंग कार्ड, शरीफ़ज़ादा, शरीफ़ज़ादी, शहज़ादा, शहज़ादी, शहज़ोर, शहज़ोरी' शामतज़दा, शाहज़ादा, शाहज़ादी, शीराज़ा, शुक्रगुज़ार, शुक्रगुज़ारी, शेख़ीबाज़, शेख़ीबाज़ी, सख़्तज़बान, सख़्तज़बानी, सख़्तमिज़ाज, सज़ा, सज़ायाफ़्ता, सज़ावल, सज़ावली, सट्टेबाज़, सट्टेबाज़ी, सबडिवीज़न, सब्ज़, सब्ज़ीमंडी, सब्ज़ीवाला, सरज़मीन, सरज़ोर, सरफ़राज़, सरसब्ज़, सर्दबाज़ारी, सर्दमिज़ाज, साइज़, साज़ साज़गार, साज़बाज़, साज़िंदा, साज़िश, साहबज़ादा, साहबज़ादी, सितमज़दा, सीनाज़ोर, सीनाज़ोरी, सुपरबाज़ार, सुपरवाइज़र, सुलफ़ेबाज़, सुज़ाक, सोशलिज़्म, हज़म, हज़रत, हज़ार, हज़ारहा, हज़ारा, हतके-इज़्ज़त, हममज़हब, हरगिज़, हरमज़दगी. हरामज़ादा, हरामज़ादी, हर्ज़ा,

हवाबाज़, हवाबाज़ी, हाज़मा, हाज़िम, हाज़िर, हाज़िरजवाब, हाज़िरजवाबी, हाज़िरी, हिफ़ाज़त, हिफ़ाज़ती, हीलेबाज़, हीलेबाज़ी, हुज़ूर, हुज़ूरी, हुल्लड़बाज़ी, हैज़ा, हैरतज़दा, हौज़।

फ़-युक्त शब्द

अफ़रातफ़री, अफ़लातून, अफ़वाह, अफ़सर, अफ़सरी, अफ़साना, अफ़सानानवीस, अफ़सानानिगार, अफ़ीम, अफ़ीमची, अलफ़, अशर्फ़ी, असमतफ़रोश, आननफ़ानन, आफ़त, आफ़ताबी, ऑफ़िस, ऑफ़िसर, आमफ़हम, आमदरफ़्त, इंसाफ़, इंसाफ़पसंद, इकतरफ़ा, इज़ाफ़ा, इत्तफ़ाक़, इत्तफ़ाक़न, इत्तफ़ाक़िया, इत्रफ़रोश, इन्फ़्लूएंज़ा, इफ़रात, इस्तीफ़ा, इस्मे-शरीफ़, उफ़, उर्फ़, उलफ़त, एकतरफ़ा (इकतरफ़ा), एफ़िडेविट, एहसान-फ़रामोश, ओफ़, कफ़, कफ़न, कलफ़, कलफ़दार, कान्फ़्रेंस, काफ़िया, काफ़िर, काफ़िला, काफ़ी, काफ़ूर, किफ़ायत, किफ़ायतशार, किफ़ायतधारी, किफ़ायती, कुलफ़ी, कैफ़ियत, कोफ़्त, कोफ़्ता, ख़फ़गी, ख़फ़ा, ख़फ़ीफ़, ख़फ़ीफ़ा, ख़रीद-फ़रोख़्त, ख़रीफ़, ख़लीफ़ा, ख़िलाफ़वर्ज़ी, ख़िलाफ़त, ख़ुदाहाफ़िज़, ख़ुफ़िया, ख़ुराफ़ात, ख़ुराफ़ाती, ख़ौफ़, ख़ौफ़नाक, ख़ौफ़ज़दा, गंजिफ़ा, गफ़, ग़फ़लत, ग़लतफ़हमी, ग़ाफ़िल, गिरफ़्तार, गिरफ़्तारी, गिलाफ़, गुफ़्तगू, ग़ैरइंसाफ़ी गोल्फ़, ज़ईफ़, ज़ईफ़ी, जफ़ा, ज़ाफ़रान, ज़ाफ़री, जिराफ़, ज़ुल्फ़, टेलीफ़ोन, डफ़, डफ़ली, तकलीफ़, तकल्लुफ़, तफ़तीश, तफ़रीह, तफ़रीहन, तफ़सील, तरफ़, तरफ़दार, तरफ़दारी, तलफ़्फ़ुज़, तवायफ़, तशरीफ़, तहज़ीबयाफ़्ता ताफ़्ता, तारीफ़, तुफ़ैल, तूफ़ान, तूफ़ानी, तोहफ़ा, थुक्का-फ़ज़ीहत, थोकफ़रोश, दफ़न, दफ़नाना, दफ़ा, दफ़ादार, वफ़ादारी, दफ़्तर, दफ़्तरी, दफ़्ती, दरियाफ़्त, दुफ़सली, दोफ़सली, नफ़रत, नफ़री, नफ़ा, नफ़ासत, नफ़ासत-पसन्द, नफ़ीरी, नफ़ीस, नफ़्स, नफ़्सपरस्त, नफ़्सपरस्ती, नाइत्तफ़ाकी, नाइंसाफ़, नाइंसाफ़ी, नाफ़रमाँ, नाफ़रमानी, नामुआफ़िक, नावाक़िफ़ीयत, नावाक़िफ़, नेफ़ा, पंचफ़ैसला, परदाफ़ाश, पाक-साफ़, पेंशनयाफ़्ता, पेज प्रूफ़, पैराग्राफ़, पोस्टआफ़िस, प्रूफ़, प्रूफ़रीडर, प्रूफ़शोधन, प्रोफ़ेसर, प्रोफ़ेसरी, प्लेटफ़ार्म, फ़क़त, फ़क़ीर, फ़क़ीरनी, फ़क़ीराना, फ़क़ीरी, फ़ख्र, फ़ज़ीता, फ़ज़ीहत, फ़ज़ल, फ़ज़्ल, फ़तह, फ़तहयाब, फ़तूर, फ़तेह, फ़न, फ़नकार, फ़ना, फ़र्क, फ़रज़ंद, फ़रमाइश, फ़रमाइशी, फ़रमान, फ़रमाना, फ़रमाबरदार, फ़रमाबरदारी, फ़र्लांग, फ़रलो, फ़रवरी, फ़रहंग, फ़रहाद, फ़राख़, फ़राग़त, फ़रामोश, फ़रामोशी, फ़रार, फ़रारी, फ़राहम, फ़रियाद, फ़रियादी, फ़रिश्ता, फ़रीक़, फ़रीक़ैन, फ़रेब, फ़रेबी, फ़रोश, फ़र्क़, फ़र्ज़, फ़र्ज़ी, फ़र्द, फ़र्दन-फ़र्दन, फ़र्नीचर, फ़र्म, फ़र्मा, फ़र्माइश, फ़र्माना, फ़र्राश, फ़र्राशी, फ़र्लांग, फ़र्श, फ़र्शी, फ़लक, फ़लसफ़ा, फ़लसफ़ी, फ़लाँ, फ़लालैन, फ़व्वारा, फ़सल, फ़सली, फ़साद, फ़सादी, फ़साना, फ़साहत, फ़सील, फ़सीह,

फ़स्द, फ़हम, फ़ाइन, फ़ाइल, फ़ाउंटेनपेन, फ़ाक़ा, फ़ाक़ाकश, फ़ाक़ाकशी, फ़ाक़ामस्त, फ़ाक़ेमस्त, फ़ाक़ेमस्ती, फ़ाख़्ता, फ़ाख़्तई, फ़ाज़िल, फ़ाज़िल-बाक़ी, फ़ातिहा, फ़ानी, फ़ानूस, फ़ायदा, फ़ायदेमन्द, फ़ायर-ब्रिगेड, फ़ायरमैन, फ़ारम, फ़ारस, फ़ारसी, फ़ारसीदाँ, फ़ारिग, फ़ारनहाइट, फ़ार्म, फ़ाल, फ़ालतू, फ़ालसई, फ़ालसा, फ़ालिज, फ़ालिजज़दा, फ़ालूदा, फ़ाश, फ़ासला, फ़ासिज़्म, फ़ासिला, फ़ासिस्ट, फ़ासिस्टवाद, फ़ाहा, फ़ाहिशा, फ़िकरा, फ़िक्र, फ़िक्रमंद, फ़िक्रमंदी, फ़िटन, फ़िटिन, फ़िटर, फ़ितना, फ़ितरत, फ़ितरती, फ़ितर, फ़ितूर फ़िदवी, फ़िदा, फ़िनायल, फ़िरंग, फ़िरंगी, फ़िरंट, फ़िरक़ा, फ़िरक़ापरस्त, फ़िरक़ापरस्ती, फ़िरक़ावार, फ़िरक़ावाराना, फ़िरदौस, फ़िरनी, फ़िराक़, फ़िर्क़ा, फ़िलहक़ीक़त, फ़िलहाल, फ़िल्म, फ़िल्मी, फ़िल्माना, फ़िहरिस्त, फ़ी, फ़ी-सदी, फ़ीता, फ़ीरोज़ा, फ़ीरोज़ी, फ़ील, फ़ीलख़ाना, फ़ीलपाँव, फ़ीलपा, फ़ीलवान, फ़ीस, फ़ुज़ूल, फ़ुट, फ़ुटनोट, फ़ुटबाल, फ़ुतूर, फ़ुरक़त, फ़ुर्सत, फ़ुलस्केप, फ़ेल, फ़ेहरिस्त, फ़ैंसी, फ़ैक्टरी, फ़ैयाज़, फ़ैयाज़ी फ़ैशन, फ़ैशनपरस्त, फ़ैशनपरस्ती, फ़ैशनेबल, फ़ैसला, फ़ोटो, फ़ोटोग्राफ़, फ़ोटोग्राफ़ी, फ़ोटोग्राफ़र, फ़ोता, फ़ोनोग्राफ़, फ़ोरमैन, फ़ौज, फ़ौजदार, फ़ौजदारी, फ़ौजी, फ़ौत, फ़ौरन, फ़ौरी, फ़ौलाद, फ़ौलादी, फ़्रांस, फ़्रांसीसी, बदफ़ेल, बदफ़ेली, बनफ़्शा, बनफ़्शई, बरख़िलाफ़, बरतरफ़, बर्फ़, बर्फ़ानी, बर्फ़िस्तान, बर्फ़ी, बर्फ़ीला, बावफ़ा, बालसफ़ा, बिलफ़र्ज़, बिला तकल्लुफ़, बेइंसाफ़, बेइंसाफ़ी, बेख़ौफ़, बेतकल्लुफ़, बेतकल्लुफ़ी, बेफ़सल, बेफ़ायदा, बेफ़िक्र, बेफ़िक्री, बेमसर्रफ़, बेलुत्फ़, बेवफ़ा, बेवफ़ाई, मयफ़रोश, मख़्फ़ि, मसरूफ़, महफ़िल, महफ़ूज़, माफ़, माफ़िक, माफ़ी माफ़ीदार, माफ़ीनामा, मारफ़त, मुंसिफ़, मुंसिफ़ी, मुआफ़, मुआफ़िक, मुख़फ़्फ़फ़, मुख़ालफ़त, मुख़ालिफ़, मुख़्तलिफ़, मुतफ़न्नी, मुतफ़र्रिक, मुतफ़र्रिक़ात, मुनाफ़ा, मुनाफ़ाख़ोर, मुनाफ़ाख़ोरी, मुफ़लिस, मुफ़लिसी, मुफ़स्सल, मुफ़स्सिल, मुफ़ीद, मुफ़्त, मुफ़्तख़ोर, मुफ़्तख़ोरी, मुफ़्ती मुरब्बाफ़रोश, मुसन्निफ़, मुसाफ़िर, मुसाफ़िरख़ाना, यकतरफ़ा, याफ़्ता, यूनिफ़ार्म, रफ़, रफ़ा, रफ़ादफ़ा, रफ़ू, रफ़ूगर, रफ़ूगरी, रफ़ूचक्कर, रफ़्तार, रफ़्ता-रफ़्ता, राइफ़ल, रूहअफ़ज़ा, लताफ़त, लतीफ़ा, लतीफ़ेबाज़, लतीफ़ेबाज़ी, लफ़ंगा, लफ़ंगेबाज़, लफ़ंगेबाज़ी, लफ़्ज़, लफ़्फ़ाज़, लफ़्फ़ाज़ी, लिफ़ाफ़ा, लिफ़ाफ़िया, लिहाफ़, लुत्फ़, लेफ़्टिनेंट, वक़्तन-फ़-वक़्तन, वक़्फ़, वज़ीफ़ा, वफ़ा, वफ़ादार, वफ़ादारी, वफ़ात, वाक़िफ़, वाक़िफ़दार, वाक़िफ़कारी, वाक़िफ़ीयत, वाटरप्रूफ़; वायदा-ख़िलाफ़ी, शगूफ़ा, शफ़्तालू, शफ़री, शफ़ा, शफ़ाख़ाना, शराफ़त, शरीफ़, शरीफ़ज़ादा, शरीफ़ज़ादी, शरीफ़ा, शिगुफ़्ता, शिगुफ़्तगी, शिगूफ़ा, शिफ़्ट, संजाफ़, सज़ायाफ़्ता, सनदयाफ़्ता, सफ़, सफ़तालू, सफ़र, सफ़ाईनामा, सफ़रमैना, सफ़री, सफ़ा, सफ़ाचट, सफ़ाया, सफ़ाई, सफ़ीना, सफ़ीर, सफ़्फ़, सफ़ेद, सफ़ेदपोश, सफ़ेदपोशी, सफ़ेदा, सफ़ेदी, सफ़्तालू, सरफ़राज, सरफ़रोश, सरफ़रोशी, सर्टिफ़िकेट, सर्फ़, सर्राफ़, सर्राफ़ा,

सर्राफ़ी, साफ़, साफ़गो, साफ़गोई, साफ़-जवाब, साफ़दिल, साफ़ा, साफ़ी, सिफ़्त, सिफ़र, सिफ़ारत, सिफ़ारतख़ाना, सिफ़ारिश, सिफ़ारिशी, सिर्फ़, सुलफ़ा, सुलफ़े-बाज़, सूफ़ियाना, सूफ़ी, सेफ़, सौंफ़, सोफ़ियाना, सौंफ़, सौदा-सुलफ़ (सुलुफ़), स्टाफ़, स्टाफ़रूम, हक़तलफ़ी, हक़शफ़ा, हफ़्ता, हफ़्तेवार, हफ़्तेवाराना, हमसफ़र, हर्फ़, हलफ़, हलफ़नामा, हलफ़न, हलफ़ी, हाइफ़न, हाफ़िज़, हिफ़ाज़त, हिफ़ाज़ती, हिफ़्ज़, हेडआफ़िस ।

वृत्तमुखी ऑ

अँग्रेजी से आए, कुछ शब्दों का उच्चारण करते समय ओष्ठों को वृत्तमुखी या गोलाकार करके 'ऑ' बोलते हैं। इसके लिए लिखने में ऑ का प्रयोग किया जाता है : कॉफ़ी, हॉल, डॉक्टर, ऑफ़िस, कॉलिज। बनारस तथा कुछ अन्य स्थानों के कुछ लोग इन शब्दों में से कइयों में औ (Law लौ, College कौलिज, Cofee कौफ़ी) का प्रयोग करते हैं, तथा कुछ लोग इन्हें सामान्य आ (डाक्टर, आफ़िस, कालिज) से लिखते हैं, किंतु कुछ लोग 'ऑ' का प्रयोग करते हैं। जहाँ तक 'औ' के प्रयोग का प्रश्न है वह तो अशुद्ध है तथा उसका प्रयोग नहीं होना चाहिए। जहाँ तक आ या ऑ के प्रयोग का प्रश्न है, चूँकि कुछ शब्दों में इस अंतर के कारण अर्थ-भेद हो जाता है (काफ़ी-कॉफ़ी, काल-कॉल, बाल-बॉल, हाल-हॉल), इसलिए जहाँ पर्याप्त के अर्थ में 'काफ़ी' का प्रश्न है, उसे 'आ' से तथा जहाँ एक पेय के रूप में 'कॉफ़ी' का प्रश्न है, उसे ऑ से लिखना चाहिए। ऐसे ही बॉल, हॉल, कॉल आदि। अब जब इन शब्दों में अर्थ-भेद के लिए ऑ का प्रयोग युक्तिसंगत है तो फिर डॉक्टर, ऑफ़िस, ऑर्डर, टॉफ़ी, चॉप, कॉल, कॉपी, पॉलिसी, हॉकी, फ़ार्म, कॉलिज आदि उन सभी शब्दों में ऑ का प्रयोग करना चाहिए, जिनमें यह ध्वनि आती है।

ऋ-र—मेरठ तथा आसपास के कई अन्य पश्चिमी हिंदी क्षेत्र के लोग ऋ-र में बोलने में गड़बड़ी करते हैं और लिखने में भी। इस अमानकता के मूल में कृ-क्र में भ्रम है। कदाचित् दोनों में अंतर न कर पाने के कारण लोग 'कृष्ण' को 'क्रष्ण', 'कृपया' को 'क्रपया', 'कृपा' को 'क्रपा', 'पृष्ठ' को 'प्रष्ठ', 'सृष्टि' को 'स्रष्टि', 'वृष्टि' को 'व्रष्टि' आदि लिखते भी हैं और बोलते भी हैं। स्रष्टि में शायद यह मानसिकता भी काम कर रही होती है कि यह शब्द स्रष्टा से बना है।

ऐसे ही संस्कृत व्याकरण के नियमानुसार कुछ शब्दों से ईत जोड़कर नए शब्द बनने पर 'र' का ऋ' हो जाता है जैसे ग्रहण से 'गृहीत'। किन्तु काफ़ी लोग इस परिवर्तन के नियम से कदाचित अपरिचित होने के कारण 'ग्रहीत' ही लिखते और बोलते भी हैं। इसी प्रकार 'अनुग्रह' से 'अनुगृहीत' होता है किन्तु बहुत से लो

'अनुग्रहीत' लिखते हैं और बोलते हैं। यहाँ यह ध्यान देने योग्य है कि 'गृहीत' 'अनुगृहीत' तो होता है किन्तु 'क्रय' से 'क्रृत' न होकर 'क्रीत' होता है। इसमें भी कभी-कभी अशुद्धि देखने में आती है।

ए-ऐ, ओ-औ—इन स्वरों को लेकर भी हिंदी वर्तनी में हिंदी प्रदेश में काफ़ी बहुरूपताएँ हैं। पहले ए-ऐ की समस्या लें। हिंदी प्रदेश में वर्तनी में इनके प्रयोग की दृष्टि से तीन प्रकार के लोग हैं। बहुत से शब्दों में हिंदी प्रदेश के पूर्वी भाग के लोग 'ए' का प्रयोग करते हैं। जैसे पेन, कालेज, सेट, चेसिस, प्रेस, चेक, स्पेशल, सफेद, सफेदी, मेस, सेल, बेल, नेट, लेड आदि। पश्चिमी भाग के लोग इसके स्थान पर 'ऐ' का प्रयोग करते पाये जाते हैं। जैसे—पैन, चैसिस, सैट, प्रैस, चैक, स्पैशल, सफैद, सफैदी, मैस, सैल, बैल, नैट, लैड आदि। 'कालेज' जैसे शब्दों को कुछ लोग अँग्रेज़ी के ठीक उच्चारण के अनुकरण पर 'कॉलिज' लिखते हैं। अर्थात ऊपर एक तरह द्विरूपता ए-ऐ में है तो इसमें द्विरूपता ए-इ में हैं। भाषाविज्ञान के कुछ विद्वान ह्रस्वताबोधक चिह्न लगाकर ऍ भी लिखते हैं। जैसे—पॆन, सॆट, प्रॆस, चॆक, सॆल आदि। डॉ० धीरेन्द्र वर्मा इसका प्रयोग करते थे। इस तरह ए-ऐ-इ ऍ के प्रयोग को लेकर हिंदी प्रदेश में कुछ शब्दों में अनेकरूपताएँ हैं, जिनसे हिंदी के मानक रूप को क्षति पहुँचती है। तुलनात्मक ढंग से देखना चाहें तो उपर्युक्त शब्द इस रूप में दिखाए जा सकते हैं—

पूर्वी प्रदेश	पश्चिमी प्रदेश	कुछ भाषाशास्त्री	अन्य
प्रेस	प्रैस	प्रॆस	
स्पेशल	स्पैशल	स्पॆशल	
चेसिस	चैसिस	चॆसिस	
पेन	पैन	पॆन	
चेक	चैक	चॆक	
मेस	मैस	मॆस	
लेड	लैड	लॆड	
सफेद	सफैद	×	
बेल	बैल	बॆल	
सेट	सैट	सॆट	
कालेज	कालैज	कॉलॆज	कॉलिज

आचार्य सीताराम चतुर्वेदी वाराणसी के हैं, वे 'कॉलिज' को 'कौलैज' लिखते रहे हैं। बनारस के कुछ अन्य विद्वान् भी ऑ को 'ओॅ' तथा ऍ को 'ऐॅ' लिखते रहे हैं।

जहाँ तक उच्चारण का प्रश्न है इन शब्दों में न तो 'ए' और न 'ऐ'। हैं तो

ह्रस्व ए, किंतु इस रूप में इसका प्रयोग कम ही लोग करते हैं। वस्तुतः कुछ शब्दों के लिए भाषा में कोई नया ध्वनिचिह्न लाना बहुत उचित भी नहीं है। हालांकि वृत्तमुखी ऑ काफी चल पड़ा है।

उपर्युक्त शब्दों में 'ए' आदि को ठीक से समझने के लिए कुछ शब्द लें—

बे॑ल (घंटी)—बेल (गाँठ, जमानत)—बैल (गोजातीय नर)

पे॑न (कलम)—पेट (आमाशय)—पैट (थपथपाना)

अब यदि सावधानी से उच्चारण करके देखें तो पाएँगे कि पहले दिए गए 'बे॑ल' और 'पे॑न' में 'एॅ' का उच्चारण बेल, पेट के 'ए' और बैल, पैट के 'ऐ' दोनों ही से सर्वथा भिन्न है। इस स्थिति में न तो ऐसे शब्दों को 'ए' से लिखना उचित है और न 'ऐ' से। तो क्या 'एॅ' को हिंदी स्वीकार कर लें। मुरलीधर श्रीवास्तव ने अपनी पुस्तिका 'शुद्ध अक्षरी कैसे सीखें' में यही सुझाव दिया है। जैसा पीछे संकेत किया गया और भी कई भाषाविज्ञानी और वैयाकरण इसके पक्ष में हैं। किंतु मेरे विचार में ऐसा करना उचित नहीं है। इसका कारण यह है कि ह्रस्व ए वाले शब्द हिंदी के अपने भी हैं जिनमें 'ए' ही लिखते हैं। जैसे सेहरा, सेहत, मेहनत, नेहरू, एहसान, गेहुवाँ, भेदिया, मेहमान, एहतियात, तेज़ाब, घेराव। इसलिए 'ए' से भी काम चल सकता है किंतु 'ऐ' का प्रयोग बहुत उपयुक्त नहीं माना जा सकता। मैं स्वयं भी कभी एॅ के पक्ष में था किंतु अब मेरे विचार में 'ए' का प्रयोग ही होना चाहिए, क्योंकि हिंदी अपने शब्दों में भी 'ए' का प्रयोग ऐसे उच्चारण के लिए कर रही है। किंतु यह बात सिद्धांततः जितनी भी ठीक हो, लगता है कि पूरब में 'ए' और पश्चिम में 'ऐ' का प्रयोग ऐसे शब्दों में चलता रहेगा। हाँ 'एॅ' के चलने की संभावना नहीं है।

जहाँ तक ओ—औ का प्रश्न है, कई शब्दों में कई ध्वनियों के साथ इनके विकल्प हिंदी प्रदेश में लिखे जाते हैं—

	पूर्वी प्रदेश	**पश्चिमी प्रदेश**
(१) ओ—औ :		
	मोलवी	मौलवी
	रोशन	रौशन
	रोशनी	रौशनी
	मोका	मौका
	नोकर	नौकर
	नोकरी	नौकरी
(२) ओ—उ :		
	लोहार	लुहार
	सोनार	सुनार

मोहम्मद	मुहम्मद
मोकाम	मुकाम
मोहब्बत	मुहब्बत

(३) ओं—ऊँ :

यों	यूँ (कुछ लोग)
क्यों	क्यूँ (कुछ लोग)
ज्यों	ज्यूँ (कुछ लोग)

यूँ आदि कुछ उर्दू वालों में भी प्रचलित हैं। ये स्पष्टतः क्षेत्रानुसार नहीं हैं।

(४) औ—ऑ—आ :

कौलेज कॉलिज कालेज कॉलेज

(५) औ—ओ—ऊँ :

भोंकना भूँकना भौंकना

उपर्युक्त में '१' में दोनों ही क्षेत्रानुसार मानक हैं, '२' में 'उ' वाले मानक हैं, '३' में 'ओं' वाले मानक हैं, '४' में कॉलिज या कॉलेज तथा '५' में पूरब में 'चाकू' के साथ भोंकना, 'कुत्ते' के साथ भूँकना और पश्चिम में दोनों अर्थों में 'भौंकना'।

'द्ध' तथा 'ध' में विकल्प

संस्कृत में इन दोनों में विकल्प है। हिंदी में कुछ लोग एक का प्रयोग करते हैं तो कुछ दूसरे का। जैसे अर्द्ध-अर्ध, वर्द्धमान-वर्धमान, संवर्द्धन-संवर्धन, संवर्धित-संवर्धित, विवर्द्धित-विवर्धित आदि। इन दोनों में 'द्ध' को छोड़कर 'ध' वाले रूपों का ही हिंदी में प्रयोग होना चाहिए, क्योंकि एक ओर तो 'ध' भी शुद्ध हैं, संस्कृत में भी इनमें विकल्प है, दूसरे लेखन-टंकण-मुद्रण की दृष्टि से 'ध' सुविधाजनक है, और तीसरे हिंदी में इन शब्दों में उच्चारण भी 'ध' का ही होता है, 'द्ध' का नहीं।

ऊपर वर्तनी संबंधी जो बातें कही गई हैं वे सामान्य हैं। अब हम हिंदी के विभिन्न क्षेत्रों की वर्तनी को देखते हैं तो वर्तनी-संबंधी कुछ ऐसे व्यतिक्रम मिलते हैं जो क्षेत्र-विशेष में अधिक पाए जाते हैं। इनमें से कुछ मुख्य बोली-क्षेत्रों के अनुसार यहाँ देखे जा सकते हैं।

खड़ी बोली (कौरवी)

स्वर-संबंधी—(क) भस्म का भसम ('अ' का आगम)
'शर्म का शरम
खुश्क का खुशक
अंतर्गत का अंतरगत

अंतर्गत का अंतरगत

(ख) महाराज का महराज ('आ' के स्थान पर 'अ')

बाज़ार का बज़ार

आलमारी का अलमारी

पायजामा का पजामा

(ग) दवाइयों का दवाईयों ('इ' के स्थान पर 'ई')

कई का कईयों

लड़कियाँ का लड़कीयाँ

हाथियों का हाथीयों

पक्षियों का पक्षीयों

यह अमानकता प्रायः लोगों में संधि के नियमों की जानकारी न होने के कारण मिलती है। नियमतः शब्दांत 'ई' के बाद कोई प्रत्यय जुड़ने पर 'ई' का 'इ' हो जाना चाहिए।

'इ' के 'ई' हो जाने की अशुद्धि कुछ अन्य प्रकार की भी मिलती है—

(क) टाइम का टाईम

टाइल का टाईल

(ख) सिविल का सीविल

साइंस का साईंस

खिड़की का खीड़की

साइकल का साईकल

लाइट का लाईट

डाइवर का ड्राईवर

(ग) कवि का कवी

भक्ति का भक्ती

शक्ति का शक्ती

रवि का रवी

यह अंतिम व्यतिक्रम तत्सम शब्दों में शब्दांत के 'इ' में मिलता है। इसका कारण यह है कि हिंदी के अपने (तद्भव और देशज) शब्दों में अंत का 'इ' नहीं है, इसीलिए इस अंत्य 'इ' का उच्चारण कठिन है और इसीलिए लेखन भी इससे प्रभावित होता है। यही बात 'अंत्य' 'उ' को 'ऊ' भी कर देती है, जैसा कि आगे हम देखेंगे। 'ई' के स्थान पर 'इ' की अमानकता भी मिलती है—

(क) जीवन का जिवन (ई के स्थान पर 'इ')

परीक्षा का परिक्षा

सीधा का सिधा

ढीला का ढिला
प्रतीक्षा का प्रतिक्षा

(ख) रुपया का रुपया ('उ' के स्थान पर 'ऊ')
टाउन का टाऊन
गाउन का गाऊन

(ग) डाकुओं का डाकूओं
भालुओं का भालूओं
साधुओं का साधूओं
आलुओं का आलूओं

ऊपर अंत्य 'ई' के विषय में जो कहा गया है वही बात यहाँ भी है। हिंदी में अंत्य 'ऊ' किसी प्रत्यय को जोड़ने पर 'उ' हो जाता है।

(क) दूध का दुध ('ऊ' के स्थान पर 'उ')
पूरा का पुरा
भूखा का भुखा
दूसरा का दुसरा

(ख) हिंदू का हिंदु
उर्दू का उर्दु
जादू का जादु
लड़ाकू का लड़ाकु

(घ) सेना का सैना ('ए' का 'ऐ')
नेपाल का नैपाल

(ग) अंग्रेज़ी और फ़ारसी के पेन, प्रोजेक्ट, सेट, शेख़, इनसेट, बालपेन, प्रेस, हैड (जैसे कार की हैडलाइट में) तथा शेड आदि शब्दों को हिंदी के पश्चिमी क्षेत्र में 'ऐ' से लिखते हैं। जैसे पैन, प्रोजैक्ट, सैट, शैख़, इनसैट, बालपैन, प्रैस, हैड, शैड। उस क्षेत्र में इन शब्दों का उच्चारण भी कुछ ऐसा ही विवृत करते हैं। इसीलिए लिखते भी इसी प्रकार हैं। इसके विपरीत हिंदी प्रदेश के पूर्वी क्षेत्र में इनमें 'ए' बोलते तथा लिखते हैं। यही कारण है कि पश्चिमी क्षेत्र के लोगों को इन शब्दों को 'ए' से लिखना अमानक लगता है तो पूर्वी क्षेत्र के लोगों को 'ऐ' से लिखना। वस्तुतः इन शब्दों में ह्रस्व ऍ है। हिंदी में इसके लिए कोई अक्षर न होने से ही एक क्षेत्र के लोग इसकी निकटवर्ती ध्वनि 'ए' का और दूसरे क्षेत्र के लोग इसकी निकटवर्ती ध्वनि 'ऐ' का प्रयोग करते हैं। ऐसी स्थिति में दोनों क्षेत्रों के दो मानक स्वीकार करते हुए इन पंक्तियों का लेखक ऐसी वर्तनी को अमानक मानने के पक्ष में नहीं है। मेरे मित्र डॉ० रमेशचंद्र महरोत्रा ने अपनी पुस्तक 'हिंदी में अशुद्धियाँ' (पृष्ठ २७) 'प्रोजेक्ट' को ठीक और 'प्रोजैक्ट' को जो व्यतिक्रम माना

है, इससे मेरी विनम्र असहमति है।

औरत का ओरत ('औ' का 'ओ')

और का ओर

बौना का बोना

बौर का बोर

वस्तुतः इस क्षेत्र में 'औ' का उच्चारण कुछ संवृत अर्थात् काफ़ी कुछ 'ओ' जैसा होता है, इसीलिए यह अशुद्धि बोलने में भी हो जाती है और लिखने में भी।

भोंकना का भौंकना ('ओ' का 'औ')

इस प्रकार के उदाहरणों में भी वही पूरब-पश्चिम का झगड़ा है। पूर्व में 'छुरा भोंका जाता है' पर पश्चिम में 'छुरी भौंका जाता है'। यही नहीं, पश्चिम में 'कुत्ता भौंकता है' किंतु पूर्व में 'कुत्ता भूंकता है'। इस तरह पूरब-पश्चिम की स्थिति परस्पर काफ़ी भिन्न है—

पूरब	**पश्चिम**
भूंकना (कुत्ता)	भौंकना (कुत्ता)
भोंकना (छुरा)	भौंकना (कुत्ता, छुरी)

इसीलिए जब पश्चिम में लोग भौंकना (कुत्ता, छुरी) लिखते हैं तो पूरब के लोग अमानक कहते हैं और जब पूरब के लोग भोंकना (छुरा) तथा भूंकना (कुत्ता) लिखते हैं तो पश्चिम के लोग नाक-भौं सिकोड़ते हैं। ए-ऐ की तरह इन दोनों को भी दो मानक स्वीकार करना कदाचित अधिक व्यावहारिक होगा।

कुछ शब्द तो ऐसे भी हैं जिनमें स्वरों की पूरब-पश्चिम में एकाधिक दृष्टि से एकाधिक वर्तनियाँ प्रयुक्त हो रही हैं। जैसे—

त्योहार-त्यौहार

पिट्रोल-पेट्रोल-पैट्रोल-पेट्रौल

पड़ोस-पड़ौस

पड़ोसी-पड़ौसी

व्यंजन-संबंधी: (क) बत्तीस का वत्तीस ('ब' का व)

बचपन का वचपन

बहन का वहन

बाहरी का वाहरी

(ख) 'घोड़ा का घोडा' ('ड़' का 'ड')

पड़ोसी का पडोसी

खोपड़ी का खोपडी

(ग) बुढ़िया का बुढिया ('ढ़' का 'ढ')
चढ़ाई का चढाई
बढ़ना का बढना

(घ) ज्ञान का ग्यान ('ज्ञ' का 'ग्य)
ज्ञानी का ग्यानी
यज्ञ का यग्य

(ङ) बेटा का बेट्टा ('मूल व्यंजन' का 'द्वित्व')
कोठा का कोट्ठा
राजा का राज्जा

(च) 'उन्हें' का 'उने' ('ह्' का लोप या 'आ')
सहानुभति का सानुभूति
सहायता का सायता
वगैरह का वगैरा
बारह का वारा
चौदह का चौदा
तेरह का तेरा, आदि

व्यंजन-संबंधी ये कुछ मुख्य अमानकताएँ थीं। 'क़' का 'क', 'ख़' का 'ख', 'ग़' का 'ग', 'ज़' का 'ज', 'फ़' का 'फ' तथा 'ण' का 'न' आदि अमानकताएँ जो हिंदी की प्रायः सभी बोलियों में मिलती हैं, खड़ी बोली (बोली) में भी प्राप्त होती हैं।

हरियानी (बाँगरू)

स्वर-संबंधी : (क) 'जाति' का जाती ('इ' का 'ई')
हानि का हानी
पति का पती

(ख) 'विद्यार्थियों' का 'विद्यार्थीयों'
लड़कियों का लड़कीयों
हड्डियों का हड्डीयों
खिड़कियाँ का खिड़कीयाँ

पीछे खड़ी बोली के प्रसंग में उपर्युक्त 'क' और 'ख' दोवों अमानकताओं के कारण दिए गए हैं।

(ग) चलिए का चलीए ('इ' का 'ई')
आइए का आईए
इसके विपरीत ('ई' का 'इ' भी—पढ़ाई का पढ़ाइ
ढाई का ढाइ

ऐसे ही 'उ' का ऊ—

(घ) प्रभु का प्रभू ('उ' का 'ऊ')

वस्तु का वस्तू

कटु का कटू

पीछे खड़ी बोली के प्रसंग में इसके कारण पर विचार किया गया है।

(ङ) 'ऊ' का 'उ' भी—चलूंगा का चलुंगा ('ऊ' का 'उ')

आऊँगा का आउँगा

करूँगा का करुँगा

व्यंजन-संबंधी : (क) शायद का सायद ('श' का 'स')

शेर का सैर

शहर का सहर

शाल का साल

(ख) बहुत का बहुत ('ब' का 'व')

बहता का वहता

बहन का वहन (ऐसे में अर्थ का अनर्थ हो जाता है)

(ग) कहना का कहणा ('न' का 'ण')

सुनना का सुणना

(घ) घोड़ा का 'घोडा' ('ड़' का 'ड')

गाड़ी का गाडी

पढ़ाई का पढाई ('ढ़' का 'ढ')

बढ़ाता का बढाता

गढ़ का गढ

'कुतिया' का कुत्तिया (मूल का द्वित्व)

इसके पीछे शायद कारण यह है कि 'कुत्ता' का स्त्रीलिंग मानक हिंदी में 'कुतिया' होता है किंतु कई बोलियों में 'कुत्ती' होता है। इस 'कुत्ती' के प्रभाव से ही कदाचित् यह 'कुत्तिया' हो गया है।

स्वर-व्यंजन संबंधी : इसमें अनुनासिक (चंद्रबिंदु) और अनुस्वार संबंधी व्यतिक्रम मिलते हैं। जैसे अनुस्वार (व्यंजन) के स्थान पर चंद्रबिंदु, चंद्रबिंदु के स्थान पर अनुस्वार या चंद्रबिंदु के स्थान पर कुछ नहीं। उदाहरण के लिए—

शांति का शाँति

पंचम का पँचम

स्वयं का स्वयँ

वहाँ का वहां

पाँचवाँ का पांचवां

झोंपड़ी का झोपड़ी
इन्होंने का इन्होने

हरियानी-भाषी तथा पास के राजस्थानी बोलियों के बोलने वाले 'शाम' को प्रायः 'श्याम' बोलते हैं और यह बात वर्तनी भी उच्चारण के प्रभाव से मिलती है। इसके अतिरिक्त क़, ख़, ग़, ज़, फ़ संबंधी व्यतिक्रम भी मिलते हैं। ऊपर 'श' के 'स' होने का उल्लेख है। इसके विपरीत कभी-कभी 'स' के स्थान पर 'श' भी मिल जाता है। जैसे 'नमस्कार' का 'नमश्कार', 'प्रसाद' का 'प्रशाद'। कहीं-कहीं 'दोसा' या 'डोसा' का 'दोशा' या 'डोशा' भी सुनने तथा देखने में आता है।

ऊपर पश्चिमी क्षेत्र की दो बोलियों के कुछ मुख्य व्यतिक्रमों को सूचीबद्ध किया गया। **ब्रजभाषा, बुंदेली, कनोजी** आदि में भी बहुत कुछ इसी प्रकार की अमानकताएँ मिलती हैं। यों कुछ बोली विशेष की विशिष्ट मानकताएँ भी हैं। जैसे ब्रज, हरियानी में 'ऐ' का 'ए' (मटमैला-मटमेला); 'औ' का 'ओ' (खिलौना-खिलोना, औरत-ओरत), दिल्ली की बोली, हरियानी, खड़ी बोली तथा ब्रज आदि में अँग्रेज़ी से आए शब्दों में 'ड़' (रेडियो-रेड़ियो, रोड-रोड़, सोडा-सोड़ा)। यह 'ड' का प्रयोग हिंदी के सामान्य नियम के अनुरूप है—दो स्वरों के बीच में या शब्दांत में स्वर के बाद हिंदी में 'ड़' का ही प्रयोग होता है 'ड' का नहीं। इसी नियम को लागू करते हुए 'घोड़ा' जैसे शब्दों की तरह 'सोडा' का 'सोड़ा तथा 'मोड़' जैसे शब्दों की तरह 'रोड' आदि का रोड़ कर देते हैं। लोग यह बात भूल जाते हैं कि अँग्रेज़ी से आए शब्दों पर यह नियम लागू नहीं होता। बुंदेली-भाषी महाप्राण (वर्गों के दो, चार और ढ़) के स्थान पर अल्पप्राण (वर्गों के एक, तीन और ड़) का प्रयोग करते पाए जाते हैं। जैसे 'भूख' का 'भूक', 'पढ़ाई' का 'पड़ाई', 'हाथ' का 'हात' आदि।

दक्खिनी हिंदी का विवरण पीछे बोलियों के प्रसंग में दिया गया है। यह भी पश्चिमी हिंदी वर्ग में है किंतु इस क्षेत्र की वर्तनी की कुछ अपनी अलग अमानकताएँ भी हैं। जैसे 'अ' का 'आ' (अधीन-आधीन, सम्वत्-साम्वत), अल्पप्राणीकरण (भूखा-भूका, धोखा-धोका, मेंढक-मेंडक, हाथ-हात, छाछ-छाच), महाप्राणीकरण (मौक़ा-मौखा, बाक़ी-बाखी, हक़ीकत-हखीकत, क़मीज-खमिज। इनमें 'क़' का 'क' होते महाप्राण 'ख' हुआ है), संयुक्त व्यंजन को स्वरागम से तोड़ना (मास्टर-मासटर, मुल्क-मुलक, कुम्हार-कुमहार, उर्दू-उरदू, प्यास-पियासा, सिर्फ़-सिरफ़, कीर्ति-कीरती, ड्राइंग-डिराइंग, हर्षवर्धन-हरशवरधन आदि), स्वरलोप करके असंयुक्त व्यंजन का संयुक्त व्यंजन (सामने-साम्ने, कमरा-कम्रा, उनका-उन्का, राजकीय-राज्कीय) तथा ड़ का ड (कन्नड़-कनडा, घोड़ा-घोडा, पहाड़-पहाड आदि।

अवधी

स्वर-संबंधी : (क) भक्ति का भक्ती ('इ' का 'ई')
कीर्ति का कीर्ती
कवि का कवी
(ख) आई का आइ ('ई' का 'इ')
परीक्षा का परिक्षा

व्यंजन-संबंधी : (क) प्राण का प्रान ('ण' का 'न')
कण का कन
प्रणाम का प्रनाम
(ख) क्षत्रिय का छत्रिय ('क्ष' का 'छ')
क्षमा का छमा
क्षण का छन
(ग) कक्षा का कच्छा ('क्ष' का 'च्छ')
शिक्षा का शिच्छा
(घ) शहर का सहर ('श' का 'सह')
शोर का सोर
विश्व का विस्व
शायद का सायद

उपर्युक्त क्षेत्रों की तरह क़, ख़, ग़, ज़, फ़ के स्थान पर क, ख, ग, ज, फ, चंद्रबिंदु के स्थान पर अनुस्वार या चंद्रबिंदु और अनुस्वार का प्रयोग करना या ड़ के स्थान पर 'ड' की ग़लती तो सामान्य है ही। **बघेली** क्षेत्र में भी प्रायः ये ही व्यतिक्रम मिलते हैं। 'व' का ब (विश्व-बिश्व, विद्यार्थी-बिद्यार्थी (और ब का व (बहादुर-वहादुर, बाकी-वाकी) यों तो सभी क्षेत्रों में मिलते हैं किंतु **बघेली** क्षेत्र में कुछ ज्यादा ही वेखने में आते हैं। **छत्तीसगढ़ी** क्षेत्र के लोगों में **अवधी-बघेली** में प्राप्त अमानकताओं के अतिरिक्त एक बात जो मुख्यतः उल्लेख्य है, वह है उनका निरनुनासिक स्वर का अनुनासिक उच्चारण और इस उच्चारण का प्रभाव उनकी वर्तनी पर भी पड़ता है। उदाहण के लिए—

हाथ का हाँथ
हाथी का हाँथी
घास का घाँस
चावल का चाँवल

कुछ शब्दों में ऐसा भी है कि उच्चारण में न, म आदि के प्रभाव से अनुनासिकता है किंतु लिखने की परंपरा नहीं है। इस दृष्टि से भी व्यतिक्रम मिलता है। जैसे—

प्राण का प्रांण

नाक का नांक

नाम का नांम

अन्य बातें प्रायः वे ही हैं जो ऊपर अवधी-बघेली में दी गई हैं।

भोजपुरी-मगही-मैथिली पूर्वी क्षेत्र की बोलियाँ हैं। इनमें काफ़ी कुछ बातें तो वे ही हैं जिनका उल्लेख अवधी-बघेली में हुआ है। कुछ मुख्य व्यतिक्रम इस प्रकार हैं—

(क) चंद्रबिंदु का अमानक प्रयोग—

कापी का कांपी

डाक्टर का डांक्टर

आटा का आंटा

वस्तुतः इस बृहत् क्षेत्र के लोग इन शब्दों का उच्चारण भी यही करते हैं, जिसके प्रभाव-स्वरूप अमानक वर्तनी प्रयुक्त होती है।

(ख) भोजपुरी और मगही-भाषी प्रायः 'श' को 'स' बोलते हैं, इसी कारण उनकी वर्तनी में भी प्रायः 'श' के स्थान पर 'स' का प्रयोग मिलता है। जैसे—

विश्वविद्यालय का विस्वविद्यालय

शरीफ़ा का सरीफा

शाल का साल

शहर का सहर

शराब का सराब

इसके विपरीत मैथिली-भाषी प्रायः 'स' का भी श कर देते हैं—

विकास का विकाश

अनुसरण का अनुशरण

शासन का शाशन

संतान का शंतान

वस्तुतः मैथिली की पड़ोसी भाषा बंगला में उच्चारण में 'स' नहीं है, 'श' और 'स' दोनों को 'श' बोलते हैं, वही प्रवृत्ति मैथिली-भाषियों मुख्यतः पूर्वी क्षेत्र के मैथिली-भाषियों में भी मिलती है, और वर्तनी में यह अमानकता उसी कारण है।

व का ब भी पूर्वी क्षेत्र का बोलियों में सामान्य है। जैसे बिद्या, बिद्यार्थी, बंदना आदि।

(ग) मैथिली-भाषी 'ड़' के स्थान पर 'र' बोलते प्रायः सुने जाते हैं। इसका प्रभाव उनकी वर्तनी पर भी मिलता है—

घोड़ा का घोरा

बाड़ी का बारी

घड़ी का घरी

(घ) ण का न उच्चारण तथा वर्तनी-विषयक अमानकता यों तो हिंदी प्रदेश के कई भागों में मिलती है किंतु पश्चिम से जैसे-जैसे हम पूरब में जाते हैं, यह और भी अधिक मिलती है। इसके अतिरिक्त उच्चारण में तो नहीं किंतु लेखन में ड़ के स्थान पर ण तथा रि के स्थान पर ऋ का व्यतिक्रम भी मिलता है—

गरुड़ का गरुण

द्रविड़ का द्रविण

क्रिया का कृया

(ङ) कभी-कभी ऋ का रि भी—

कृपा का क्रिपा

(च) राजस्थानी की बोलियों के बोलने वाले भी प्रायः ऊपर संकेतित भूलें ही करते हैं, किंतु 'औ' का 'ओ'—

औसत का ओसत

औरत का ओरत

मौजूद का मोजूद

लौटना का लोटना

(छ) 'ऐ' का 'ए'

फैलना का फेलना

तैरना का तेरना

पैर का पेर

पैसा का पेसा

(ज) 'ड़' का 'ड'—

पेड़ का पेड

बाड़ा का बाडा

करोड़ का करोड

(झ) 'ढ़' का 'ढ'—

पढ़ना का पढना

सीढ़ी का सीढी

मुख्य हैं।

पर्वतीय क्षेत्र के **कुमायूँनी, गढ़वाली** तथा **हिमाचल** की बोलियों के बोलने वाले भी प्रायः ऊपर उल्लिखित अशुद्धियाँ ही करते हैं, जिनमें मुख्य—

(क) अनुस्वार को छोड़ देना—

मेंढ़क का मेढक

चलेंगे का चलेगे

उन्हें का उन्हे

में का मे

(ख) 'ब' का 'व'—

अब का अव

बड़ा का वड़ा

(ग) 'ढ़' का 'ड़'—

सीढ़ी का सीड़ी

पढ़ाई का पड़ाई

आदि हैं।

पूरे हिंदी प्रदेश में संयुक्त व्यंजन को तोड़कर मूल व्यंजनों से परिवर्तन की प्रवृत्ति प्रायः देखने में आती है। जैसे—

राजेन्द्र का राजेन्दर या रजिन्दर

महेन्द्र का महेन्दर या महिन्दर

विश्वास का विशवास

आश्चर्य का आशचर्य

पीछे भी इस प्रवृत्ति का उल्लेख हो चुका है। ऐसे ही श, स के पूर्व अनुस्वार आता है पर काफ़ी लोग न का प्रयोग करने की अशुद्धि करते हैं—

इंसान का इन्सान

संसार का सन्सार

मुंशी का मुन्शी

अँग्रेज़ी शब्दों में च, ज, ट, ड के साथ भी यह ग़लती मिलती है—

इंच का इन्च

इंजन का इन्जन

इंटर का इन्टर

अंडरवियर का अन्डरवियर।

यों तो भारत सरकार ने भी अँग्रेज़ी शब्दों में इसे मानक माना है कि यह अँग्रेज़ी वर्तनी का अंधानुकरण है। मेरे विचार में इनमें अनुस्वार (इंच, इंजन, इंटर आदि) ही उचित है।

छः

हिंदी के संख्यावाचक शब्दों की मानक वर्तनी

हिंदी के संख्यावाचक शब्दों की वर्तनी के हिंदी प्रदेश में अनेक प्रकार के विकल्प मिलते हैं। इन पर विचार हुआ है केवल केन्द्रीय हिंदी निदेशालय द्वारा बनाई गई एक समिति में, जिसमें प्रायः पूरे देश के प्रतिनिधि मौजूद थे। इन पंक्तियों का लेखक भी इन पर विचार करने वाली समिति का सदस्य था। यहाँ संख्यावाचक शब्दों की हिंदी में प्रचलित मुख्य सभी वर्तनियाँ दी जा रही हैं। कोष्ठक के बाहर या अकेले वे रूप दिए गए हैं जो उक्त समिति द्वारा मानक माने गए। अन्य रूप, जो प्रचलित हैं किंतु मानक नहीं माने गए, कोष्ठक के भीतर हैं।

एक
दो
तीन
चार
पाँच
छह (छः, छ)
सात
आठ
नौ (नव)
दस
ग्यारह (इगारह, गेरह, ग्यारा)
बारह (बारा)
तेरह (तेरा)
चौदह (चौदा)
पंद्रह (पन्दरह, पनरह, पन्द्रा)
सोलह (सोला)
सत्रह (सत्तरह, सत्ररह, सत्रा)
अठारह (अट्ठारह, अठारा)
उन्नीस (ओनइस, गुन्निस, उनइस, उनईस)
बीस
इक्कीस (एकइस, इकइस, इकईस, एकईस)
बाईस (बाइस)
तेईस (तेइस, तेवीस, तेविस)
चौबीस (चउविस, चौबिस)
पच्चीस (पच्चिस, पचीस)
छब्बीस (छब्बिस)
सत्ताईस (सत्ताइस, सताइस, सताईस)
अट्ठाईस (अट्ठाइस, अठाईस, अठाइस)

उनतीस (उनत्तीस, ओनतिस, उनतिस, गुनतीस	तीस
इकतीस (इकत्तीस, एकतिस, एकतीस)	बत्तीस (बत्तिस)
तैंतीस (तैंतिस, तयंतिस)	चौंतीस (चौंतिस)
पैंतीस (पैंतिस, पयँतिस)	छत्तीस (छत्तिस)
सैंतीस (सैंतिस, सैंतीस)	अड़तीस (अड़तिस, अरतिस, अठत्ति अठत्तीस)
उनतालीस (उनतालिस, ओनतालिस, गुनतालिस, गुनचालिस, उनचालिस, उनचालीस)	चालीस (चालिस)
इकतालीस (एकतालिस, इकतालिस)	बयालीस (बयालिस, ब्यालिस, ब्यालीस)
तैंतालीस (तैंतालिस, तिरालिस, तिरालीस, तितालिस, तितालीस)	चवालीस (चौवालीस, चौवालिस)
पैंतालीस (पैंतालिस, पंतालिस, पयँतालिस, पितालीस)	छियालीस (छियालिस, छयालिस, छयालीस, छ्यालिस)
सैंतालीस (सैंतालिस, संतालिस, सयँतालिस)	अड़तालीस (अड़तालिस, अरतालिस, अठतालिस)
उनचास (उनचस, उननचास, उंचास, गुनपचास, उणनचस)	पचास
इक्यावन (क्यावन, एकावन, इक्कावन)	बावन
तिरपन (त्रेपन, तिरेपन, तरेपन)	चौवन (चौअन)
पचपन (पंचावन, पच्चावन, पिच्चावन)	छप्पन
सतावन (सत्तावन, संतावन)	अठावन (अट्ठावन, अंठावन)
उनसठ (ओनसठ, गुन्सठ)	साठ
इकसठ (एकसठ, इक्सठ)	बासठ
तिरसठ (त्रेसठ, तिरेसठ)	चौंसठ
पैंसठ (पपँयसठ)	छियासठ (छाछठ, छ्यासठ, छयासठ)
सड़सठ (सरसठ)	अड़सठ (अरसठ)
उनहत्तर (ओनहत्तर)	सत्तर
इकहत्तर (एकहत्तर, खत्तर)	बहत्तर
तिहत्तर	चौहत्तर (चवहत्तर)

पचहत्तर (पिचहत्तर, पिछत्तर)
छिहत्तर
सतहत्तर (सतत्तर)
अठहत्तर (अठत्तर)
उनासी (उन्यासी, गुन्यासी)
अस्सी
इक्यासी (इक्कासी)
बयासी
तिरासी
चौरासी
पचासी (पिच्चासी, पच्चासी)
छियासी (छ्यासी)
सतासी (सत्तासी)
अठासी (अट्ठासी)
नवासी
नब्बे (नव्वे, नब्भे)
इक्यानवे (इक्यानवे, इक्कानबे)
बानवे (बानबे)
तिरानवे (तिरानबे)
चौरानवे (चौरानबे)
पचानवे (पच्चानवे, पंचानबे, पिच्चानवे, पिच्चानबे)
छियानवे (छियानबे, छानबे, छानवे)
सतानवे (सतानबे, संतानबे)
आठनवे (अट्ठानवे, अठानबे, अंठानवे, अंठानबे)
निन्यानवे (निन्नानबे, निनानबे, निणनवे, निन्नाँनवे)
सौ

यों मानक-अमानक रूप में संख्यावाचकों के निश्चयन के बाद भी हिंदी क्षेत्र में छः, सत्तरह, अट्ठारह, बाइस, तेइस, चौबिस, पच्चिस, छब्बिस, सत्ताइस, अट्ठाइस, उनतिस, इकत्तीस, बत्तिस, तैंतिस, चौंतिस, पैंतिस, छत्तिस, सैंतिस, अड़तिस, उन्तालिस, चालिस, इकतालिस, बयालिस, तैंतालिस, चौवालीस, पैंतालिस, छियालिस, सैंतालिस, अड़तालिस, उननचास, उंचास, त्रैपन, सत्तावन, अट्ठावन, त्रैसठ, छ्यासठ, उन्यासी, पिच्चासी, छ्यासी, सत्तासी, अट्ठासी, पच्चानवे, पिच्चानवे, छ्यानवे, सत्तानवे, अट्ठानवे, निन्नानवे काफ़ी प्रयुक्त हो रहे हैं। इसका अर्थ हुआ कि इन्हें अमानक मानकर भी नहीं माना जा रहा है। लगता है कि उपर्युक्त मानकों के साथ-साथ इन्हें भी मानकता का दर्जा देना पड़ेगा।

सात

हिंदी का मानक उच्चारण[1]

किसी भी भाषा के क्षेत्र में उसके मानक उच्चारण का ही प्रयोग हो, यह तभी जबकि उस भाषा का क्षेत्र बहुत ही छोटा हो। जिस भाषा का क्षेत्र ...। ही बड़ा होगा उसके पूरे क्षेत्र में एक मानक उच्चारण की संभावना उतनी ही कम होगी। काफ़ी बड़े क्षेत्र में बोली जाने वाली अँग्रेज़ी, फ्रांसीसी, स्पेनी, चीनी आदि विश्व में ऐसी भाषाएँ हैं जिनका एक मानक उच्चारण उनके पूरे क्षेत्र में नहीं है। अँग्रेज़ी के तो एकाधिक मानक उच्चारण स्वीकृत-से हो गए हैं। इंगलैंड की अँग्रेज़ी का 'उच्चारण कोश' और अमरीका की अँग्रेज़ी का 'उच्चारण कोश' उठाकर तुलना करें तो यह बात स्पष्ट हो जाएगी।

हिंदी का क्षेत्र भी काफ़ी बड़ा है। इसी की ओर संकेत करने के लिए पीछे हिंदी भाषा के क्षेत्र और उसकी बोलियों का परिचय दिया गया है। हिंदी का क्षेत्र बड़ा होने तथा उसके अनेकानेक बोलियोंवाला होने के कारण ही हिंदी प्रदेश में हिंदी के अनेकानेक प्रकार के उच्चारण प्रचलित हैं। यहाँ तक कि हमारी वर्णमाला के अक्षरों का भी एक उच्चारण नहीं है। दिल्ली में तथा आस-पास क, ख, ग, घ को कै, खै, गै, घै कहते हैं तो कहीं के, खे, गे, घे कहते हैं तो इलाहाबाद के पास क ख ग घ कहते हैं और, पूरब में बनारस-पटना में तथा आस-पास कॅ, खॅ, गॅ, घॅ अर्थात कुछ वृत्तमुखता के साथ उच्चारण करते हैं। यों इन विविधताओं के बावजूद हिंदी का एक मानक उच्चारण है और कुछ मतभेदों के होते हुए भी काफी बड़े शिक्षित वर्ग की उसे स्वीकृति प्राप्त है।

यहां मानक उच्चारण की मुख्य बातें विभिन्न क्षेत्रों के विचलित या अमानक प्रयोगों के साथ देखी जा सकती है। विभिन्न क्षेत्रों के अमानक उच्चारण देने का उद्देश्य यह है कि यदि उस क्षेत्र का कोई व्यक्ति चाहे तो अपने उच्चारण को

---

१. इसमें कुछ ध्वनियों से युक्त मानक शब्दों की सूची दा गई है। कुछ अन्य सूचियाँ वर्तनी वाले पिछले अध्याय मे है।

मानक या उसके काफ़ी-कुछ अनुरूप कर सकता है।

हिंदी में लेखन के स्तर पर अ, आ, इ, ई, उ, ऊ, ऋ, ए, ऐ, ओ, औ स्वरों का प्रयोग किया जाता है। जहाँ तक मानक उच्चारण का प्रश्न है निम्नांकित बातें उल्लेख्य हैं—

(१) 'व' (और) 'न' (नहीं) जैसे कुछ शब्दों की बात छोड़ दें तो हिंदी में किसी भी शब्द के अंत में 'अ' का उच्चारण अब नहीं किया जाता। अर्थात् हम, आप, रोग, रोब, तीज या रोक जैसे शब्दों के लेखन में तो अन्त में 'अ' है किंतु इनका उच्चारण क्रमशः हम्, आप्, रोग्, रोब्, तीज्, रोक् होता है। यों चूंकि मराठी, गुजराती आदि में यह 'अ' प्रायः उच्चरित होता है, इसलिए मराठी-भाषी तथा गुजराती-भाषी क्षेत्रों से लगे हुए हिंदी-भाषी क्षेत्रों के लोग भी इस अंत्य 'अ' का उच्चारण करते हुए पाये जाते हैं। तमिल, तेलुगु, कन्नड़, मलयालम-भाषी लोग भी हिंदी बोलते समय 'अ' बोलते हैं। मुख्यतः ये सभी लोग संयुक्त व्यंजनों के बाद आने वाले शब्दांत 'अ' का उच्चारण अवश्य करते हैं। उदाहरणतः वाक्य, भक्त, दम्भ जैसे शब्दों में। यह ध्यान देने की बात है कि मानक हिंदी में ऐसे शब्दों में भी अंत्य 'अ' नहीं है। हाँ, संयुक्त व्यंजन के बाद प्रायः स्पर्श (क, ख, ग, घ, ट, ठ, ड, ढ, त, थ, द, ध, प, फ, ब, भ), स्पर्शसंघर्षी (च, छ, ज, झ) तथा य, र, ल, स, व, श, ह के बाद एक 'अ'-जैसी ध्वनि सुनाई पड़ती है जो वस्तुतः 'अ' न होकर हवा निकलने की ध्वनि मात्र होती है जिसे ग़लती से लोग 'अ' समझ और मान लेते हैं।

(२) इ, उ स्वर शब्द के अंत में हिंदी में केवल ऐसे शब्दों में ही हैं जो या तो संस्कृत से आए हैं जैसे कवि, रवि, भक्ति, शक्ति, मुक्ति, अति, पति या कटु, पटु, ऋतु, शत्रु, पशु आदि या फिर फ़ारसी से जैसे कि, बल्कि आदि। अर्थात् हिंदी के अपने शब्दों में अन्त में ई, उ नहीं आते। इसीलिए हिंदी-भाषी आदतन शब्दांत में इनका ठीक उच्चारण नहीं कर पाते और वे इन्हें प्रायः दीर्घ करके बोलते हैं। जैसे 'शत्रु' का 'शत्रू' या 'भक्ति' का 'भक्ती'। यों यह ध्यान देने योग्य है कि हिंदी में थोड़े ही शब्द ऐसे हैं जिनसे अंत में ये ध्वनियाँ आती हैं और उन्हें बड़ी सरलता से सूचीबद्ध किया जा सकता है। इस प्रसंग में यह भी उल्लेख्य है कि हिंदी-भाषी पश्चिमी क्षेत्र में अंत्य इ, उ का उच्चारण शिक्षित लोगों में भी अपेक्षाकृत कुछ दीर्घ किया जाता है जो हिंदी-भाषी पूर्वी क्षेत्र के शिक्षित लोगों को प्रायः दीर्घ ई, ऊ जैसा सुनाई पड़ता है और दूसरी तरफ जब पूर्वी क्षेत्र का व्यक्ति इनका उच्चारण करता है तो पश्चिमी क्षेत्र के व्यक्ति को उस उच्चारण में अंत्य इ, उ इतने ह्रस्व रूप में सुनाई पड़ते हैं कि वह बहुत कुछ लुप्त-से लगते हैं। इनमें एक-रूपता लाना संभव नहीं लगता और इस दृष्टि से पश्चिमी मानक अलग मानना पड़ेगा और पूर्वी मानक अलग।

इस प्रसंग में पश्चिमी-पूर्वी क्षेत्र के उच्चारण में एक और अंतर भी उल्लेख्य है। सरिता, कविता, सविता, वनिता जैसे शब्दों में ह्रस्व इ पश्चिमी क्षेत्र मुख्यतः ब्रज क्षेत्र में उच्चारण में इतनी ह्रस्व हो गई है कि पूर्वी क्षेत्र के व्यक्ति को लगता है कि जैसे उसका लोप करके बोला जा रहा है। यमुना या जमुना जैसे शब्दों में 'उ' की भी यही स्थिति है। मेरे मित्र डॉ० कैलाशचन्द्र भाटिया मुझसे बात करते समय जब भी कविता, सरिता, जमुना जैसे शब्दों का उच्चारण करते हैं तो कम-से-कम मुझे यही लगता है कि वे कव्ता, सर्ता, जम्ना कह रहे हैं, बल्कि ये शब्द उनके उच्चारण में बहुत कुछ कव्ता सर्ता, जम्ना-जैसे लगते हैं। हिंदी के पूर्वी क्षेत्र में अभी भी इनका इ, उ की [illegible] से मूल उच्चारण सरिता, कविता, जमुना या यमुना चल रहा है।

(३) 'ऋ' के मानक उच्चारण की समस्या कुछ और ही तरह की है। इसके कई पक्ष हैं: (क) हिंदी में लेखन में तो ऋ स्वर और उसकी मात्रा का प्रयोग होता है किंतु इसका उच्चारण 'रि' किया जाता है। अर्थात् ऋतु का मानक हिंदी उच्चारण 'रितु' है। ऐसे ही ऋषि-रिशि, ऋण-रिँड़। (ख) 'ऋ' का प्रयोग केवल उन्हीं शब्दों में होता है जो संस्कृत से हिंदी में लिए गए हैं, हिंदी के अपने शब्दों में ऋ का प्रयोग नहीं होता। (ग) संस्कृत काल में कदाचित् ऋ के अलग-अलग क्षेत्रों में तीन उच्चारण प्रचलित थे। आज के गुजरात, महाराष्ट्र तथा दक्षिणी भारत में इसका उच्चारण बहुत कुछ 'रु'-जैसा था। आज भी इन प्रदेशों में 'अमृत' को 'अम्रुत', 'ऋषि' को 'रुषि', 'कृपा', को 'क्रुपा', बोलते हैं। 'अम्रुतांजन' बाम उधर का ही बना है इसीलिए उस पर हिंदी में तो अमृतांजन लिखा होता है किंतु अंग्रेज़ी में AMURTANJAN। यह अंतर ध्यान देने योग्य है। जो हिंदी-भाषी प्रदेश इन क्षेत्रों से लगे हुए हैं, वहाँ भी कुछ इस प्रकार का ही उच्चारण मिलता है। दूसरा क्षेत्र मेरठ तथा आस-पास का था जहाँ 'ऋ' का उच्चारण 'ई' से काफ़ी मिलता-जुलता था। मेरठ-दिल्ली के काफ़ी लोगों के हिंदी उच्चारण में इसका अवशेष है और वे शब्द के आरम्भ के 'ऋ' को तो 'रि' बोलते हैं, किंतु व्यंजन के बाद के बीच में आने वाली ऋ को 'र' बोलते हैं जैसे 'कृपा' का 'क्रपा', 'कृष्ण' का 'क्रश्ड़ँ', 'सृष्टि' का 'स्रष्टि', 'पृष्ठ' का 'प्रष्ठ', 'नृप' का 'न्रप' आदि। शेष हिंदी प्रदेश 'ऋ' का उच्चारण, चाहे वह शब्द में कहीं भी आए 'रि' करता है और आज यही मानक हिंदी उच्चारण है। अर्थात् हिंदी क्षेत्र के दक्खिनी भाग और कुछ उत्तरी भाग के लोग क्रमशः 'रु' और 'र' के रूप में अमानक उच्चारण करते हैं। (घ) कई शब्दों में 'ऋ' और 'र' में भ्रम के कारण भी लोगों का उच्चारण अमानक हो जाता है। यह भ्रम कभी-कभी र के रूप ्र (जैसे प्रेम में) और ऋ की मात्रा ृ में समानता के कारण भी होता है। मुझे कुछ अमानक उच्चारणकर्ताओं ने 'कृपा' को 'क्रपा' लिखने और बोलने का कारण यही बतलाया कि उनके विचार में ्र और ृ एक ही

हैं। (ङ) कुछ शब्दों की रचना दूसरे ऐसे शब्दों से हुई लगती है जिनमें 'ऋ' होती है अतः लोग उनमें ऋ का उच्चारण 'र' करते हैं। उदाहरण के लिए 'स्रष्टा', 'द्रष्टा' को काफ़ी लोग 'सृष्टा', 'दृष्टा' बोलते भी हैं और लिखते भी हैं। वे सोचते हैं कि 'सृष्टि' और 'दृष्टि' से ये शब्द बने हैं, अतः इनमें 'ऋ' ही होगी 'र' नहीं। किंतु वस्तुतः 'स्रष्टा', 'द्रष्टा' में 'र' ही है, 'ऋ' नहीं। इस तरह, एक तरफ़ तो 'र' को 'ऋ' कर देने के कारण अमानकता आ जाती है, दूसरी तरफ़ 'ऋ' का 'र' कर देने के कारण। यह ध्यान देने योग्य है कि हिंदी में ऐसे शब्द कई हैं जिनसे दूसरा शब्द बनाने में र का ऋ या ऋ का र में परिवर्तन हो जाता है। जैसे अनुग्रह-अनुगृहीत, ग्रहण-गृहीत, दृष्टि-द्रष्टा, सृष्टि-स्रष्टा।

(४) ए-ऐ को लेकर भी अमानकता मिलती है, जैसे कि पीछे लेखन के प्रसंग में भी संकेत किया गया, हिंदी-भाषी क्षेत्र के पूर्वी भाग में जहाँ बहुत से शब्दों में 'ए' बोला और लिखा जाता है पश्चिमी भाग में ऐ बोला और लिखा जाता है। वस्तुतः ऐसे शब्दों में मानक उच्चारण न तो 'ए' है और न 'ऐ', वरन् वह 'एँ' अर्थात् 'ह्रस्व ए' है। इस प्रकार के कुछ शब्द हैं—प्रेस, मेस, एक्सप्रेस, पेन, चेक, नेट, सेट, जेट, चेस। यों कुछ लोग बोलते तो ठीक हैं केवल लिखने में ही गड़बड़ी करते हैं।

(५) ए-ऐ वाली स्थिति ओ-औ के उच्चारण में भी है। उदाहरण के लिए हिंदी-भाषी क्षेत्र के पश्चिमी भाग में चाहे कुत्ते का बोलना हो या छुरी मारना हो, 'भौंकना' बोलते हैं किंतु पूर्वी भाग में कुत्ते के लिए 'भूँकना' बोला जाता है और 'छुरा भोंका' जाता है; न तो 'भूँका जाता है' और न 'भौंका जाता है'।

ये ए-ऐ तथा ओ-औ-अ की जो उच्चारण-विषयक बहुरूपताएँ हैं इनमें किसी एक को मानक और दूसरे को अमानक कहना कठिन है। पश्चिम वालों ने अपने उच्चारण को मानक मान लिया है और पूरब वालों ने अपने उच्चारण को। इस तरह दो मानक हो गए हैं।

अब व्यंजनों की बात लें।

(१) व्यंजनों में 'ष' लेखन में तो है किंतु उच्चारण में उसकी सत्ता हिंदी में प्रायः कोई भी भाषाशास्त्री नहीं मानता। अर्थात् 'शेष' का उच्चारण सभी लोग 'शेश' करते हैं। ऐसे ही 'ऋषि' का 'रिशि', 'विष' का 'विश', 'विषय' का 'विशय', 'कोष' का 'कोश' आदि। मैं स्वयं भी इसी मत का रहा हूँ किंतु अब मुझे लगता है, काफ़ी लोगों के उच्चारण में 'क' के बाद जब संयुक्त व्यंजन के सदस्य के रूप में 'ष' आकर 'क्ष' का निर्माण करता है तो वह 'श' न होकर प्रायः 'ष'-जैसा ही होता है। जैसे 'कक्षा' को लोग 'कक्शा' न बोलकर 'कक्षा' बोलते हैं। ऐसे ही ट, ठ के पहले आने पर भी 'ष' बहुत कुछ 'ष' ही रह जाता है 'श' नहीं हो पाता। अर्थात् 'नष्ट' का उच्चारण पूरी तरह 'नश्ट' नहीं होता और न 'श्रेष्ठ' का 'श्रेश्ठ'।

वस्तुतः अलग से यदि 'ष' कहें तब तो उसका मानक उच्चारण हिंदी में 'श' होता है किंतु क और ट-ठ का उच्चारण-स्थान 'श' के पास न होकर काफ़ी पीछे की ओर—'क' का कोमल तालव्य तथा ट-ठ का पूर्व तालव्य—है, इसलिए उनके संसर्ग से 'श' पीछे खिचकर यदि 'ष' नहीं तो काफ़ी कुछ 'ष' हो जाता है।

(२) 'क्ष' संयुक्त व्यंजन चूँकि हिंदी की बोलियों में नहीं है, इसलिए हिंदी बोलियों के काफ़ी भाषी इसका मानक उच्चारण न करके 'छ' रूप में अमानक उच्चारण कर जाते हैं या करते हैं। 'क्षत्रिय' का 'छत्रिय', 'क्षीर' का 'छीर', 'क्षय' का 'छय'। यह तो वह स्थिति है जब 'क्ष' शब्द के आरम्भ में हो। यदि वह बीच में हो तो प्रायः लोग इसके मानक उच्चारण के स्थान पर 'च्छ' रूप में इसका अमानक उच्चारण कर जाते हैं। जैसे 'कक्षा' का 'कच्छा', 'रक्षा' का 'रच्छा', 'दीक्षा' का 'दीच्छा', 'शिक्षा' का 'शिच्छा'। हिंदी प्रदेश के पूर्वी लोगों के उच्चारण में यह अमानकता विशेष रूप से दिखाई पड़ती है। एक तीसरी अमानकता इसके उलटी भी मिलती है। कुछ शिक्षित हिंदी-भाषी उच्चारण-विषयक इन बारीकियों से परिचित होते हैं फिर भी 'स्वच्छ' को 'स्वक्ष' बोलते हैं या बोल जाते हैं। यह वस्तुतः अतिशोधन (हाइपरकरेक्शन) का परिणाम है। हिंदी में प्रयुक्त क्ष-युक्त मुख्य शब्द ये हैं—

अंगरक्षक, अंगरक्षा, अंगविक्षेप, अंतरिक्ष, अंताक्षरी, अंत्याक्षरी, अक्ष, अक्षत, अक्षम, अक्षम्य, अक्षय, अक्षय्य, अक्षर, अक्षरशः, अक्षरी, अक्षांश, अक्षि, अक्षुण्ण, अक्षोभ, अग्निपरीक्षा, अचाक्षुष, अणुवीक्षण, अदक्ष, अधीक्षक, अध्यक्ष, अनपेक्षित, अनुरक्षक, अनुरक्षण, अनुरक्षी, अन्वीक्षण, अन्वीक्षा, अपक्षय, अपरीक्षित, अपेक्षा, अपेक्षित, अभक्ष, अभिरक्षक, अभिरक्षा, अभिसाक्ष्य, अरक्षित, अलक्षित, अलक्ष्य, अशिक्षित, अहस्तक्षेप, आकांक्षा, आकांक्षी, आकांक्षित, आक्षेप, आत्म-निरीक्षण, आत्मसाक्षात्कार, आद्यक्षर, आपेक्षिक, आरक्षण, आरक्षक, आरक्षी, उच्चाकांक्षा, उत्क्षिप्त, उत्क्षेपण, उत्प्रेक्षा, उपलक्ष्य, उपशिक्षक, उपाध्यक्ष, उपेक्षणीय, उपेक्षाकारी, उपेक्षित, कक्ष, कक्षा, कटाक्ष, कार्यक्षम, कुक्षि, कुलक्षणी, कुलाध्यक्ष, कृपाकांक्षी, कृष्णपक्ष, कोषाध्यक्ष, क्षण, क्षणिक, क्षत, विक्षत, क्षति, क्षतिपूर्ति, क्षत्रिय, क्षमता, क्षमा, क्षम्य, क्षय, क्षयी, क्षात्र, क्षार, क्षालन, क्षिति, क्षितिज, क्षीण, क्षीणता, क्षीयमाण, क्षुद्र, क्षुद्रता, क्षुधा, क्षुब्ध, क्षेत्र, क्षेत्रफल, क्षेत्राधिकार, क्षेत्रीय, क्षेपक, क्षेपण, क्षेम, क्षैतिज, क्षोभ, क्षौर, गवाक्ष, गृहलक्ष्मी, गोरक्षा, घुणाक्षरन्याय, चक्षु, चाक्षुष, चित्राक्षर, चित्राक्षरी, चिरकांक्षित, चुनाव-क्षेत्र, जयलक्ष्मी, तत्क्षण, तितिक्षा, तितिक्षु, तीक्ष्णता, त्रिपक्षीय, दक्ष, दक्षिण, दक्षिणा, दक्षिणाभिमुख, दक्षिणायन, दक्षिणावर्त, दक्षिणी, दशंककक्ष, दाक्षिणात्य, दाक्षिण्य, दीक्षक, दीक्षण, दीक्षांत, दीक्षा, दीक्षित, दुर्भिक्ष, दूरवीक्षण, दृष्टिक्षीणता, द्विपक्ष, द्विपक्षीय, धर्मनिरपेक्ष, धर्मरक्षक, धर्मरक्षा, धातुक्षय, नक्षत्र, नरभक्षी, नवशिक्षित,

नागराक्षर, निष्पक्ष, निक्षेप, निरक्षर, निरपेक्ष, निरीक्षक, निरीक्षण, निरीक्षित, निष्पक्ष, पक्षपात, पक्षांतर, पक्षांतरण, पक्षाघात, पक्षी, पक्षीय, पक्ष्म, पटाक्षेप, परमुखापेक्षी, परिकक्ष, परिक्षालन, परिरक्षण, परिरक्षक, परिरक्षी, परिवीक्षण, परिवीक्षा, परीक्षक, परीक्षण, परीक्षा, परीक्षार्थी, परीक्षित, परीक्ष्य, परोक्ष, परोक्षार्थ, पाक्षपातिक, पाक्षिक, पितृपक्ष, पुंडरीकाक्ष, पुनरीक्षण, पुनरीक्षित, पुस्तकालयाध्यक्ष, पूर्वाकांक्षित, पोताध्यक्ष, प्रक्षालन, प्रक्षिप्त, प्रक्षेप, प्रज्ञाचक्षु, प्रतिक्षेप, प्रतिक्षेपण, प्रतिक्षिप्त, प्रतिपक्ष, प्रतिपक्षी, प्रतिरक्षा, प्रतिरक्षात्मक, प्रतिहस्ताक्षर, प्रतीक्षा, प्रतीक्षित, प्रतीक्षालय, प्रत्यक्ष, प्रत्यक्षीकरण, प्रत्यक्षीकृत, प्रदक्षिणा, प्रशिक्षण, प्रशिक्षक, प्रशिक्षार्थी, प्रशिक्षित, प्राक्षेपिक, प्रेक्षक, प्रेक्षण, प्रेक्षणीय, प्रेक्षा, फलापेक्षी, बलाध्यक्ष, बिडालाक्ष, बीजाक्षर, बुभुक्षा, बुभुक्षित, बुभुक्षु, भक्षक, भक्षण, भक्षी, भक्ष्य, भक्ष्याभक्ष्य, अभक्ष्य, भिक्षा, भिक्षाटन, भिक्षार्थी, भिक्षुक, भ्रूविक्षेप मक्षिका, मधुमक्षिका, मनश्चक्षु, महत्त्वाकांक्षी, मुमुक्षा, मुमुक्षु, मृगाक्षी, मोक्ष, यक्ष्मा, रक्षक, रक्षण, रक्षा, रक्षात्मक, रक्षित, रक्षी, रक्ष्य, राक्षस, राक्षसी, राज्याध्यक्ष, रुक्ष, रुद्राक्ष, लक्ष, लक्षण, लक्षणा, लक्षणी, लक्षित, लक्ष्मण, लक्ष्मी, लक्ष्य, लक्ष्यार्थ, लाक्षणिक, लाक्षा, वक्ष, विक्षत, विक्षिप्त, विक्षुब्ध, विक्षेप, विक्षेपण, विक्षोभ, विचक्षण, विडालाक्ष, विडालाक्षी, विपक्ष, विपक्षी, विरूपाक्ष, विलक्षण, विवक्षा, वीक्षण, वृक्ष, वृक्षाकार, वृक्षाभ, शिक्षक, शिक्षण, शिक्षा, शिक्षार्थी, शिक्षालय, शिक्षित, शिक्षु, शुभाकांक्षी, शैक्षिक, संक्षिप्त, संक्षिप्तीकरण, संक्षुब्ध, संक्षेप, संक्षेपण, संरक्षक, संरक्षण, संरक्षित, संरक्षा, संक्षिप्त, सक्षम, सपक्ष, समकक्ष, समक्ष, समीक्षक, सर्वेक्षक, सर्वेक्षण, सर्वभक्षी, साकांक्ष, साक्षर, साक्षात, साक्षी, साक्ष्य, सापेक्ष, सुतीक्ष्ण, सुरक्षण, सुरक्षा, सुरक्षित, सुलक्षण, सुलक्षणा, सुलक्षणी, सुशिक्षित, सूक्ष्म, सूक्ष्माणु, सेनाध्यक्ष, हस्तक्षेप, हस्ताक्षर।

(२) 'ण' का हिंदी में मानक उच्चारण परिवेश के अनुसार अब दो प्रकार का होने लगा है। ट, ठ, ड, ढ के पूर्व संयुक्त व्यंजन के सदस्य के रूप में आने पर तो यह 'ण' ही होता है जिसमें जीभ पूर्वतालु के स्थान पर स्पर्श करती है। जैसे टण्टा, कण्ठ पण्डित आदि में। किंतु म के पूर्व (मृण्मय), दो स्वरों के बीच (प्रणाम), शब्दांत में स्वर के बाद (प्रण, प्राण) तथा अंत में 'ण' के बाद (अक्षुण्ण, विषण्ण) आने पर यह 'ड़ँ' की तरह उच्चरित होता है। अंतर यह होता है कि 'ड़' नासिक्य नहीं है किंतु इन स्थितियों में यह व्यंजन अनुनासिकता-युक्त होकर नासिक्य सा प्रभाव देता है। ऐसी ध्वनि के लिए हिंदी में कोई अक्षर न होने के कारण इसे 'ड़ँ' कह सकते हैं। यह तो मानक उच्चारण की स्थिति है, किंतु यह उच्चारण सभी लोग कर लेते हैं और इन दो प्रकार के उच्चारणों के कारण उच्चारण में किसी प्रकार की अमानकता नहीं आने पाती। हाँ, पूरे हिंदी प्रदेश में काफ़ी लोग 'ण' के स्थान पर 'न' बोलने की गलती करते हैं। 'वीणा' का

'बीना', 'कण' का 'कन', 'प्राण' का 'प्रान', 'प्रणाम' का 'प्रनाम' जैसी अमानकताएँ प्रायः सुनाई पड़ती हैं। जिसका प्रभाव लेखन पर भी पड़ता है। हिंदी में प्रयुक्त ण-युक्त मुख्य शब्द ये हैं—

अंकगणित, अंगक्षाण, अंडाणु, अन्तःप्रेरणा, अंतरण, अंतर्राष्ट्रीयकरण, अंधानुकरण, अकर्मण्य, अकल्याण, अकारण, अक्षुण्ण, अगणनीय, अगणित, अगुण, अग्रगण्य, अग्रणी, अजीर्ण, अणिमा, अणुवीक्षण, अतिक्रमण, अधिकरण, अध्यारोपण, अनाक्रमण, अनाचरण, अनावरण, अनिपुण, अनिर्णय, अनुकरण, अनुकरणीय, अनुक्रमण, अनुक्रमणिका, अनुत्तीर्ण, अनुरणन, अनुरणित, अनुसरण, अन्यायपूर्ण अन्वीक्षण, अन्वेषण, अपकर्षण, अपघर्षण, अपमिश्रण, अपसरण, अपहरण, अपूर्ण, अपोषण, अप्रामाणिक, अभिभाषण, अरण्य, अरुण, अरुणाभ, अरुणोदय, अर्णव, अलंकरण, अल्पप्राण, अवगुण, अवतीर्ण, अवधारणा, अवरोहण, अवर्णनीय, अष्टकोण, असवर्ण, असहिष्णु, असाधारण, अस्वीकरण, आकर्ण, आकर्षक, आकर्षण, आक्रमण, आचरण, आचरणीय, आणविक, आत्मनियंत्रण, आत्म-निरीक्षण, आत्मनिर्णय, आत्मीकरण, आदरणीय, आमरण, आभूषण, आमरण, आरक्षण, आरोपण, आरोहण, आवरण, उच्चारण, उत्कीर्ण, उत्क्षेपण, उत्तरायण, उदाहरण, उदाहरणार्ण, उद्घोषणा, उद्धरण, उद्योगीकरण, उपकरण, उपलक्षण, उपलक्षणा, उपेक्षणीय, उष्ण, ऊर्णनाभ, ऋण, ऋणात्मक, ऋणी, एकान्तरण, एकीकरण, एषणा, एषणीय, औद्योगीकरण, कंकण, कण, कणिका, करण, करणीय, करुण, करुणा, कर्ण, कर्णफूल, कर्तव्यपरायण, कर्मणा, कर्मण्य, कल्याण, कारण, कार्यविवरण, किरण, कीटाणु, कुपोषण, कुलक्षणी, कृपण, कृपाण, कृष्ण, केन्द्रीकरण, कोंकण, कोंकणी, कोण, कोणीय, क्रियमाण, क्रियाविशेषण, क्षण, क्षणिक, क्षत्राणी, क्षीण, क्षीयमाण, क्षेपण, गण, गणचिह्न, गणतंत्र, गणना, गणनीय, गणपूर्ति, गणराज्य, गणिका, गणित, गणेश, गण्य, गर्भिणी, गर्हणा, गर्हणीय, गवेषणा, गुण, गुणन, गुणा, गुणातीत, गुणात्मक, गुणानुवाद, गुणी, गुरुत्वाकर्षण, गोचारण, गौण, घर्षण, घुणाक्षरन्याय, घूर्ण, घूर्णन, घृणा, घृणास्पद, घृणित, घोषणा, चन्द्रग्रहण, चतुरंगणी, चतुरवर्ण, चतुष्कोण, चरण, चरणामृत, चरणोदक, चरित्रचित्रण, चर्वण, चर्वणा, चर्वितचर्वण, चारण, चिंतामणि, चित्रण, चिरस्मरणीय, चूर्ण, चूर्णित, चौपटचरण, छिद्रान्वेषण, जनगणना, जनाकीर्ण, जराजीर्ण, जागरण, जीर्ण, जीर्णोद्धार, जीवाणु, टंकण, टिप्पणी, तमोगुण, तमोगुणी, तरुण, तरुणाई, तरुणिमा, तारुण्य, तीक्ष्ण, तीक्ष्णता, तुणीर, तृण, तृणावर्त, तृष्णा, तोरण, त्राण, त्रिकोण, त्रिगुणातीत, त्रिगुणात्मक, त्रिगुणित, त्रिवेणी, दक्षिण, दक्षिणा, दक्षिणाभिमुख, दक्षिणायन, दक्षिणावर्त, दक्षिणी, दर्पण, दाक्षिणात्य, दारुण, दीक्षण, दुराचरण, दुर्गुण, दूषण, दृष्टिकोण, देववाणी, देशान्तरण, दोषपूर्ण, द्रवण, द्रावण, द्विगुण, द्विगुणित, धरण, धरणि, धरणी, धर्मधुरीण, धर्मपरायण, धर्माचरण,

धारण, धारणा, धारोष्ण, ध्वजारोपण, ध्वजारोहण, नगण्य, नभोमणि, नवीकरण, नागरीकरण, नामकरण, नारायण, निपुण, निमंत्रण, नियंत्रण, निरस्त्रीकरण, निराकरण, निराकरणीय, निरावरण, निरीक्षण, निरूपण, निर्गुण, निर्गुणिया, निर्झरिणी, निर्णय, निर्णयात्मक, निर्णायक, निर्णीत, निर्धारण, निर्धारणीय, निर्माण, निर्वाण, निवारण. निष्क्रमण, निष्णात, नैपुण्य, पंजीकरण, पक्षांतरण, पण, पण्य, पदत्राण, पदार्पण, परमाणु, परायण, परायणता, परिगणन, परिगणित, परिगणनीय, परिगणना, परिग्रहण, परिणत, परिणति, परिणय, परिणाम, परिणामी, परिणीत, परित्राण, परिपूर्ण, परिमाण, परिरंभण, परिरक्षण, परीक्षण, पर्ण, पाणिग्रहण, पाणिनि, पारण, परायण, पालन-पोषण, पाषाण, पितृऋण, पिष्टपेषण, पुण्य, पुण्यात्मा, पुण्यार्थ, पुण्योदय, पुनरीक्षण, पुनर्जागरण, पुनर्निर्माण, पुनर्वर्गीकरण, पुरश्चरण, पुराण, पुष्करणी, पुष्पबाण, पूरणीय, पूर्ण, पूर्णतः, पूर्णता, पूर्णमासी, पूर्णावतार, पूर्णांश, पूर्णाहुति, पूर्णिमा, पूर्णेन्दु, पृथक्करण, पेषण, पोषण, पौराणिक, प्रकटीकरण, प्रकरण, प्रकीर्ण, प्रक्षेपण, प्रण, प्रणत, प्रणति, प्रणम्य, प्रणय, प्रणयन, प्रणयी, प्रणव, प्रणाम, प्रणाली, प्रणिधान, प्रणिधि, प्रणीत, प्रणेता, प्रत्यक्षीकरण, प्रत्यर्पण, प्रत्यर्पणीय, प्रदक्षिणा, प्रभुविष्णु, प्रमाण, प्रमाणतः, प्रमाणित, प्रमाणीकरण, प्रमाण, प्रवण, प्रवीण, प्रशिक्षण, प्रवण, प्रसरण, प्रसारण, प्रस्फुरण, प्रांगण, प्राण, प्राणवत्ता, प्राणवान, प्राणांत, प्राणाधार, प्राणाधिक, प्राणायाम, प्राणाहुति, प्राणि, प्राणी, प्राणेश, प्राणोत्सर्ग, प्रातःस्मरणीय, प्रामाणिक, प्रामाण्य, प्रेक्षण, प्रेक्षणीय, प्रेरण, प्रेरणा, प्रेषण, फणीन्द्र, फणी, बणिक, बहिष्करण, बाण, बाणाभ्यास, बीजगणित, बेणी, ब्राह्मण, ब्राह्मणी, भक्षण, भणिति, भरण-पोषण, भविष्यवाणी, भारतीयकरण, भावप्रवण, भावप्रवणता, भाषण, भिक्षुणी, भिखारिणी, भीषण, भूषण, भ्रमण, भ्रूण, मंगलाचरण, मंत्रणा, मणि, मतगणना, मत्कुण, मनहरण, मनोविश्लेषण, मरणांतक, मरण, मरणोन्माद, मरणोन्मुख, मसृण, महत्त्वपूर्ण, महाप्रयाण, महाब्राह्मण, महाराणा, माणिक, मानकीकरण, मारण, मितभाषण, मिश्रण, मुद्रण, मुद्रणालय, मूर्खतापूर्ण, मृगतृष्णा, मृणाल, मृणालिनी, मृण्मय, मृण्मूर्ति, म्रियमाण, यंत्रणा, यंत्रीकरण, युक्तिपूर्ण, युद्धोपकरण, येन केन प्रकारेण, रक्तक्षीणता, रक्षण, रजकण, रजोगुण, रण, रमण, रमणी, रमणीक, रमणीय, रहस्यपूर्ण, राज्यारोहण, राणा, रात्रिजागरण, रामबाण, रावण, राष्ट्रीयकरण, रिंगण, रुग्ण, रेखागणित, रेखाचित्रण, रेणु, रेणुका, रोपण, रोहण, लक्षण, लक्षणा, लक्षणी, लक्ष्मण, लघुकोण, लवण, लाक्षणिक, लावण्य, लिप्यंतरण, लोक-कल्याण, लोकवाणी, वंशानुक्रमण, वणिक, वणिज, वरण, वरुण, वरुणालय, वर्गीकरण, वर्ण, वर्णन, वर्णनातीत, वर्णनीय, वर्णागम, वर्णाश्रम, वर्णित, वर्ण्य, वस्त्राभूषण, वाक्यविश्लेषण, वागाडंबरपूर्ण, वाजीकरण, वाणिज्य, वाणी, वातावरण, वारण,

वारणीय, वाराणसी, वारुणी, वाष्पण, वाष्पीकरण, विकर्ण, विकर्षण, विकिरण, विक्षेपण, विगर्हणा, विचक्षण, विचरण, विचारणा, विचारणीय, वितरण, वितीर्ण, वितृष्णा, वित्तैषणा, विदारण, विदीर्ण, विद्युतीकरण, विपण, विपणन, विपणि, विपण्य, विभीषण, विरहिणी, विलक्षण, विवरण, विवरणिका, विवरणी, विवर्ण, विशेषण, विश्लेषण, विषण्ण, विषयानुक्रमणिका, विषयानुक्रमणी, विषाण, विषाणु, विषादपूर्ण, विष्ण, विस्तरण, विस्तीर्ण, विस्मरण, वीक्षण, वीक्षणीय, वीणा, वीणापाणि, वृक्षारोपण, वेणी, वैतरणी, वैयाकरण, वैष्णव, व्यभिचारिणी, व्याकरण, व्रण, शब्दानुक्रमणी, शरण, शरणागत, शरणार्थी, शरीरार्पण, शस्त्रीकरण, शासनप्रणाली, शिक्षण, शिक्षा-प्रणाली, शिरोमणि, शीतोष्ण, शीर्ण, शुक्राणु, शुद्धीकरण, शोषित, शोषण, शोषणीय श्रमण, श्रवण, श्रवणीय, श्रोणि, संकटपूर्ण, संकीर्ण, संक्रमण, संक्षिप्तिकरण, संक्षेपण, संग्रहणी, संग्रहणीय, संघर्षण, संचरणी, संचारण, संतरण, संपूर्ण, संप्रदाय, संप्रेषण, संप्रेषणीय, संप्रेषणीयता, संभरण, संभाषण, संरक्षण, संवरण, संश्लेषण, संस्करण, संस्मरण, सगुण, सगुणी, सगुणोपासना, सतोगुण, सतोगुणी, सत्यपरायण, सत्यनारायण, सदाचरण, सदाचारणी, सद्‌गुण, सद्‌गुणी, सर्पिणी, सप्रमाण, समयसारिणी, समरांगण, समर्पण, समशीतोष्ण, समकोण, समकोणीक, सम्मिश्रण, सरणि, सरलीकरण, समाहरण, समीकरण, समीक्षण, सर्वेक्षण, सवर्ण, सर्वसाधारण, सर्वांगपूर्ण, सर्वांगीण, सहिष्णु, सहधर्मिणी, साधारण, साधारणतः, साधारणतया, साधाराणीकरण, सामंजस्यपूर्ण, साभान्यीकरण, सारंगपाणि, सारिणी, सिरस्त्राण, सुतीक्ष्ण, सुलक्षणी, सुवर्ण, सूक्ष्माणु, सूर्यग्रहण, सोदाहरण, स्तरण, स्तरणीय, स्त्रैण, स्थाणु, स्थिरीकरण, स्थूण, स्पष्टीकरण, स्पृहणीय, स्फुटीकरण, स्फुरण, स्मरण, स्वयंवरण, स्वर्गारोहण, स्वर्ण, स्वर्णाक्षर, स्वर्णिम, स्वार्थपरायण, स्वीकरण, स्वेदकण, हरण, हरिस्मरण, हरिण, हरिणी, हस्तांतरण, हितैषणा, हिमकण, हिरण, हिरण्यमय, हिरण्य।

कौरवी, हरियानी, राजस्थानी के काफ़ी लोग न को भी 'ण' बोलने की अशुद्धि करते हैं। जैसे पानी-पाणी, रानी-राणी, जाना-जाणी, मैंने-मणें।

(४) फ और फ़ हिंदी में दो अलग-अलग ध्वनियाँ हैं। 'फ' द्वयोष्ठ्य अघोष महाप्राण स्पर्श ध्वनि है जबकि 'फ़' द्वयोष्ठ्य अघोष संघर्षी ध्वनि है। 'फ' का प्रयोग हिंदी के अपने शब्दों में होता है, किंतु 'फ़' का प्रयोग ऐसे शब्दों में होता है जो अरबी-फ़ारसी, पुर्तगाली और अंग्रेजी आदि से हिंदी में आए हैं।[1] उन शब्दों के उच्चारण में 'फ़' के स्थान पर 'फ' बोलने से उच्चारण अशुद्ध हो जाता है। ऐसी अशुद्धि दिल्ली आदि शहरों के लोग तो कम करते हैं, किंतु ग्रामीण इलाकों के लोग—पश्चिमी तथा पूर्वी दोनों क्षेत्रों के—काफ़ी करते हैं। इन दोनों में पूर्वी

१. सौंफ अपवाद है जो यद्यपि तद्‌भव है पर उसमें फ़ का प्रयोग करने लगे हैं।

लोगों में यह अमानकता और भी अधिक मिलती है। पश्चिमी क्षेत्र में नई पीढ़ी में फ-फ़ को लेकर एक और प्रकार की अमानकता विकसित हो गई है। काफ़ी ऐसे शब्दों में जिनमें 'फ' है लोग 'फ़' बोलने लगे हैं। अर्थात् 'स्पर्श अघोष महाप्राण द्वयोष्ठ्य फ' के स्थान पर 'संघर्षी अघोष दंतोष्ठ्य फ़' का प्रयोग। दिल्ली में नई पीढ़ी में 'फूल' का 'फ़ूल', 'फल' का 'फ़ल', 'सफल' का 'सफ़ल' और 'सफलता' का 'सफ़लता' प्रायः सुनने में आता है। इस अमानकता का क्षेत्र धीरे-धीरे बढ़ता जा रहा है। पीछे वर्तनी वाले अध्याय में हिंदी में फ़-युक्त शब्दों की सूची दी जा चुकी है, हिंदी में प्रयुक्त अन्य प्रायः सारे शब्दों में 'फ' ही आता है।

(५) क़, ख़, ग़, ज़, फ़ ध्वनियों का प्रयोग हिंदी में भारत के बाहर की भाषाओं से आने वाले शब्दों में होता है। इनमें क़, ख़, ग़, ध्वनियाँ तो अरबी-फ़ारसी, तुर्की स्रोत के शब्दों में हैं, किंतु ज़, फ़ इन भाषाओं से आए शब्दों में भी हैं और यूरोप की अँग्रेज़ी, पुर्तगाली तथा फ्रांसीसी भाषाओं से हिंदी में आए शब्दों में भी हैं। इन पाँचों व्यंजनों से संबद्ध मानकता-विषयक समस्याएँ हिंदी में पनप आई हैं। पहली समस्या तो यही है कि हिंदी ध्वनियों में उनको स्थान देकर मानक उच्चारण का इन्हें अनिवार्य अंग माना जाए या जैसी कि अनेक लोगों द्वारा वकालत की जाती रही है—'बिंदी हटाओ, हिंदी बनाओ' अर्थात् मानक हिंदी में क, ख, ग, ज, फ का ही प्रयोग करें। इस बात को लेकर हिंदी विद्वान कई वर्गों में बँटे हुए हैं। डॉ० श्यामसुंदर दास, आचार्य रामचंद्र शुक्ल, आचार्य महावीरप्रसाद द्विवेदी, तथा डॉ० धीरेन्द्र वर्मा आदि दिवंगत विद्वान् उच्चारण में क़, ख़, ग़, ज़, फ़ का समुचित ध्यान रखने के पक्ष में रहे हैं। सच पूछा जाए तो हिंदी की प्रसिद्ध संस्था नागरी प्रचारिणी सभा की एक बैठक में ही बीसवीं सदी के प्रारंभिक वर्षों में लेखक तथा उच्चारण में इनके शुद्ध प्रयोग का नियम बनाया गया था जिसे तत्कालीन सभी हिंदी विद्वानों का पूर्ण समर्थन प्राप्त था। आज भी डॉ० बाबूराम सक्सेना, डॉ० नगेन्द्र आदि विद्वान् क़, ख़, ग़, ज़, फ़ के प्रयोग के पक्षधर हैं। हिंदी की उर्दू शैली के पक्षधर तो इन ध्वनियों के प्रयोग के और भी कट्टर समर्थक हैं। दूसरे वर्ग के लोग ऐसा नहीं चाहते। स्वर्गीय आचार्य किशोरीदास वाजपेयी उच्चारण या लेखन में इनके प्रयोग के कट्टर विरोधी थे। बीच का एक तीसरा वर्ग ऐसे लोगों का भी है जो क़, ख़, ग़ का प्रयोग करने के पक्ष में नहीं हैं, किंतु ज़, फ़ का प्रयोग करना चाहते हैं। उनका तर्क यह है कि अँग्रेज़ी की शिक्षा आज भी देश में दी जा रही है और यह चलती रहेगी, और अँग्रेज़ी में इनमें ज़, फ़ ध्वनियाँ हैं, इसलिए हिंदी बोलने में इन दोनों ध्वनियों का ध्यान रखना आवश्यक है। मेरा अपना विचार यह है कि जब लगभग अस्सी वर्षों से इनका प्रयोग हिंदी कर रही है; प्रेस में इसकी सुविधा है; उर्दू का काफ़ी साहित्य नागरी में आकर हिंदी वालों द्वारा पढ़ा जाता है; ताक़ (आला)—ताक (देख), ख़ैर (ख़ैरियत)—खैर

(कत्था), ख़ुदा (ईश्वर)—खुदा (खुदा हुआ), खाना (भोजन)—ख़ाना (दराज़), बाग़ (बगीचा)—बाग (बागडोर, लगाम), बेग़म (रानी)—बेगम (जिसे गम न हो), गुल (फूल)—ग़ुल (शोर), राज़ (रहस्य)—राज (राज्य), ज़रा (थोड़ा)—जरा (बुढ़ापा), फ़न (गुण)—फन (साँप का) आदि हिंदी में प्रयुक्त शब्दों में इनके आधार पर अर्थभेद किया जाता है तो मानक हिंदी में इनके उच्चारण को अनिवार्यतः नहीं तो विकल्पतः तो अवश्य ही स्थान मिलना चाहिए। बल्कि शायद ज़्यादा अच्छा यह हो कि क़, ख़, ग़ का प्रयोग किया तो जाए किंतु ज़ और फ़ का प्रयोग अनिवार्य हो। इस अनिवार्यता के लिए कई कारण हैं: (क) अँग्रेज़ी के लगातार संपर्क के कारण इनका प्रयोग हमारे लिए आवश्यक है, (ख) इनके प्रयोग के पक्ष में काफ़ी शिक्षित हिंदी-भाषी हैं, (ग) हमारी ध्वनि-व्यवस्था में ये दो रिक्तियाँ हैं। हमारे यहाँ घोष-अघोष के जोड़े हैं, जब कि इनके बिना दंतोष्ठ्य व जो घोष है का अघोष नहीं है और अघोष स का घोष रूप नहीं है। इन्हें हिंदी में ले लेने से इस रिक्ति की पूर्ति हो जाएगी फ़-व, स-ज़।

लोप

(१) हिंदी लेखन और उच्चारण में अनेक स्तरों पर अंतर है। इसीलिए बहुत से शब्दों में बहुत-सी स्थितियों में उच्चारण में बहुत-सी ध्वनियों का लोप कर देना पड़ता है। इसमें सबसे महत्त्वपूर्ण है अ-लोप। उदाहरण के लिए लिखते हैं 'अँगरेज़' किंतु उच्चारण करते हैं 'अंग्रेज़'। इसीलिए अब तो लिखने में भी 'अ' का लोप करके अँग्रेज़ लिखने लगे हैं, किंतु अँगरेज़ नहीं लिखते। यों इस प्रकार भी सभी शब्दों में लिखने में लोप नहीं करते। मात्र बोलने में करते हैं। जैसे लिखते हैं 'अपना' किंतु बोलते हैं 'अप्ना'। ऐसे ही लिखते हैं चलता, करता, रुकना, चखती, पढ़ता, जमना, अगली, बचती, बजते आदि किंतु बोलते हैं चल्ता, कर्ता, रुक्ना, चख्ती, पढ़्ता, जम्ना, अग्ली, बच्ती, बज्ते आदि। अ-लोप के विस्तृत नियम ये हैं:

(२) यदि 'य' के बाद ई, ई ए स्वर हों तो 'य' का लोप हो जाता है, वह उच्चरित नहीं होता। अर्थात् 'गयी', 'गयी', 'गये' या इसी तरह नयी, नये, आयी, आये, पायी, पाये, लिये आदि में भी 'य' का उच्चारण नहीं होता। भले ही इन्हें लिखा क्यों न जाए।

आगम

कभी-कभी उच्चारण में कुछ ऐसी ध्वनियाँ बीच में जोड़ ली जाती हैं जो मूलतः शब्द में या वर्तनी में नहीं होतीं। जैसे 'अन्याय' का शुद्ध हिंदी उच्चारण 'अन्न्याय' होगा न कि 'अन्याय'। ऐसे ही व्याख्यान का 'व्याक्ख्यान' होगा न कि 'व्याख्यान'। इसका अर्थ यह हुआ कि 'य' या 'व' के पूर्व शब्द के मध्य में कोई

अल्पप्राण व्यंजन हो तो उसका द्वित्व हो जाता है, जैसे उपन्यास-उपन्न्यास, अन्वय-अन्न्वय, वाक्यांश-वाक्क्यांश, विग्यान (विज्ञान)-विग्ग्यान, पक्वाशय-पक्क्वाशै। जो लोग इसका ध्यान नहीं रखते वे उपन्न्यास को उपन्यास, या अन्याय को अन्न्याय बोलते हैं। पंजाबी-भाषियों में यह प्रवृत्ति विशेष रूप से मिलती है। यदि य, व के पूर्व कोई महाप्राण व्यंजक हो तो उसके पूर्व उसी के अल्पप्राण व्यंजन का आगम हो जाता है। जैसे 'आख्यान' का 'आक्ख्यान', 'कथ्यात्मक' का 'कत्थ्यात्मक', 'व्याख्यान' का 'व्याक्ख्यान', 'अध्यापक' का 'अद्ध्यापक', 'अध्याय' का 'अद्ध्याय', 'अभ्यास' का 'अब्भ्यास'।

ध्यान न रखने से ऐसे शब्दों का उच्चारण भी अमानक हो जाता है। जैसे 'अध्यापक' का 'अद्ध्यापक' होना चाहिए किंतु 'अ-ध्या-पक' हो जाता है।

परिवर्तन

(१) शब्दांत में यदि 'अय' हो जैसे 'अभिनय', तो प्रायः इसका उच्चारण 'ऐ' करते हैं अर्थात् लिखते हैं 'अभिनय' किंतु बोलते हैं 'अभिनै'। ऐसे ही 'जय' का 'जै', 'शय' का 'शै', 'लय' का 'लै', 'अतिशय' का 'अतिशै', 'भय' का 'भै' या 'हय' का 'है' आदि।

(२) यदि शब्दांत में 'अव' हो तो इसका उच्चारण 'औ' होता है। जैसे 'अभिनव' का 'अभिनौ', 'लव' का 'लौ', 'शव' का 'शौ', 'अनुभव' का 'अनुभौ', 'संभव' का 'संभौ', 'असंभव' का 'असंभौ', 'पराभव' का 'पराभौ' या 'रव' का 'रौ' आदि।

अब मानक उच्चारण यही हो गया है। कुछ संस्कृत के लोग अय, अव का पूरा उच्चारण करने का जो प्रयास करते हैं, उसे अब मानक मानना कठिन है।

कुछ फुटकर बातें

(१) ए-इ—ऐसे शब्द हिंदी में बहुत से हैं जिनमें पूर्वी क्षेत्रों में 'ए' बोलते हैं और पश्चिमी क्षेत्र में इ। जैसे पेॅशाब-पिशाब, गेॅज़ा-गिज़ा, खेॅज़ाब-खिज़ाब, एकाई-इकाई, एकट्ठा-इकट्ठा, ऍक्कीस-इक्कीस, ऍकतालीस-इकतालीस, ऍक्यौवन-इक्यावन, ऍकसठ-इकसठ, ऍकहत्तर-इकहत्तर, ऍयासी-इकयासी, ऍक्यानवे-इक्यानवे, ऍकबारगी-इकबारगी, ऍकट्ठा-इकट्ठा, ऍकतारा-इकतारा, ऍक्का-दुक्का, इक्का-दुक्का। यों इनमें मानक पश्चिमी क्षेत्र का ही उच्चारण है।

(२) ओ-उ—काफ़ी शब्दों में पूरब में 'ओ' बोलते हैं और पश्चिम में 'उ' जैसे सोनार-सुनार, लोहार-लुहार, ख़ोराक-खुराक, बोख़ार-बुख़ार, दोहाई-दुहाई, दोबारा-दुबारा, दोगुना-दुगुना, दोचित्ता-दुचित्ता, दोहरा-दुहरा, मनमोटाव-मनमुटाव, मोहर-मुहर। इनमें भी 'उ' वाला उच्चारण ही मानक है।

(३) **श-ष**—प्रायः पूरे हिंदी प्रदेश में काफ़ी लोग श और ष का उच्चारण स करते हैं। जैसे 'शेर' का 'सेर', 'कोष' का 'कोस' आदि। शहरों में तथा शिक्षित लोगों में यह प्रवृत्ति कम मिलती है। पश्चिमी क्षेत्र की तुलना में यह अमानकता पूर्वी क्षेत्र में ज्यादा मिलती है।

(४) हरियानी तथा खड़ी बोली क्षेत्र में लोग शब्दों में दो स्वरों के बीच में आने वाले 'ल' का उच्चारण 'ळ' करते हैं: काला-काळा, माला-माळा, सोलह-सोळा। ऐसा मुख्यतः अशिक्षितों में मिलता है। यह भी उच्चारण की अमानकता है।

(५) 'व' का 'ब' तथा 'य' का 'ज' उच्चारण करने की अमानकता भी कुछ हिंदी क्षेत्रों में है। जैसे 'विद्या' का 'बिद्या', 'वैभव' का 'बैभव' या 'यज्ञ' का 'जग्य', 'यश' का 'जश' आदि।

(६) 'ड़' का 'र' कर देने की प्रवृत्ति पूर्वी उत्तर प्रदेश तथा बिहार में है। इसी क्षेत्र मे ढ़ का 'र्ह' भी कुछ लोग कर देते हैं। जैसे बाड़ी-बारी, खेती-बाड़ी-खेती-बारी, काढ़ा-कार्हा।

(७) **आ**—यह ध्वनि केवल अँग्रेज़ी शब्दों में आती है। जैसे डाक्टर, कॉलिज, कॉफ़ी, हाल आदि। सामान्यतः लोग इसके स्थान पर 'आ' बोलते हैं। इसीलिए काफ़ी लोगों की यह राय है कि हिंदी में 'ऑ' को स्वीकारने की आवश्यकता नहीं और न लिखने में चंद्रचिह्न द्वारा अलग (ऑ) संकेतित करने की ही। हाँ, वे लोग जिन्हें अँग्रेज़ी की अच्छी शिक्षा मिली है, इसका प्रयोग अवश्य करते हैं। इसीलिए उनकी भाषा में यह स्वनिम भी है तथा इसके विरोधी युग्म (मिनिमल पेयर) भी हैं—काफ़ी-कॉफ़ी, हाल-हॉल, बाल-बॉल। वस्तुतः यह विवाद का विषय है तथा अभी तक हिंदी-भाषी जनता मानकता के प्रसंग में इस पर निर्णय नहीं कर सकी है। हाँ, शिक्षित लोग इस ऑ को ही उच्चारण में मानक मानते हैं।

(८) **ऐ, ओ**—विवाद इन दोनों की सत्ता के विषय में नहीं है, अपितु विवाद है तो इनके मान्य हिंदी उच्चारण के बारे में। वास्तविक स्थिति यह है कि ऊपर संकेतित पूरे हिंदी क्षेत्र के सर्वेक्षण से मैं इस निष्कर्ष पर पहुँचा हूँ कि इस समय हिंदी में इनके निम्नांकित प्रकार के उच्चारण किए जा रहे हैं—

(क) **मूल स्वर** (Monophthong)—दिल्ली तथा आस-पास के लोग इन दोनों का उच्चारण मूल स्वर के रूप में कर रहे हैं। अर्थात उनके उच्चारण में 'ऐ' अग्र अर्धविवृत (Front-half open) स्वर है तथा 'औ' पश्च अर्ध विवृत (Back half open) स्वर। अनेक भाषाशास्त्री इन्हीं उच्चारणों को हिंदी के मानक उच्चारण मानते हैं।

(ख) **संयुक्त स्वर** (Diphthong)—बिहार, मेरठ-गाज़ियाबाद आदि कुछ पश्चिमी ज़िले छोड़कर प्रायः पूरा उत्तर प्रदेश, मध्यप्रदेश, राजस्थान एवं दिल्ली

से लगे भाग को छोड़कर हरियाना और हिमाचल प्रदेश के लोग इनका उच्चारण संयुक्त स्वर के रूप में करते हैं। और यह संयुक्त स्वर क्रमशः अए (ऐ) तथा अओ (ओ) रूप में है। अर्थात् 'ऐ' का उच्चारण 'अए' ('अ' से जीभ चलकर ह्रस्व 'ए' का उच्चारण करती है) तथा 'औ' का उच्चारण 'अओ' ('अ' से जीभ चलकर ह्रस्व 'ओ' का उच्चारण करती है) होता है। इन विभिन्न क्षेत्रों के लोग यही उच्चारण मानक मानना चाहते हैं, किंतु प्रायः भाषाशास्त्री (डॉ० उदयनारायण तिवारी, डॉ० रवीन्द्रनाथ श्रीवास्तव, डॉ० भोलानाथ तिवारी, डॉ० कैलाशचन्द्र भाटिया आदि) इसे नहीं स्वीकारते और वे दिल्ली और आस-पास के उच्चारण को ही मानक मानते हैं। विदेशी विद्वान भी इसी पक्ष में हैं।

(ग) संयुक्त परंपरा के लोग और उसी प्रभाव से काफ़ी सारे शिक्षित आर्य-समाजी 'ऐ' का उच्चारण 'अइ' तथा 'औ' का उच्चारण 'अउ' रूप में करते हैं— सैनिक-सइनिक, गौरव-गउरव।

(घ) 'य' के पहले 'ऐ' का उच्चारण सभी लोग प्रायः 'अइ' करते हैं जैसे वैयाकरण-वइयाकरण या 'नैया' का 'नइया'। ऐसे ही 'व' के पहले 'औ' का उच्चारण 'अउ' होता है। जैसे पौवा-पउवा, हौवा-हउवा।

हिंदी में मानक उच्चारण 'क' और 'घ' ही हैं। ख, ग नहीं।

(९) **व**—'व' की स्थिति कुछ विचित्र-सी है। कुछ लोग, मुख्यतः सामान्य जनता इसे द्वयोष्ठ्य संघर्षहीन सप्रवाह अर्थात अर्धस्वर के रूप में बोलती है। दूसरी ओर पश्चिमी हिंदी प्रदेश की नई पीढ़ी 'व' को प्रायः दंतोष्ठ्य संघर्षी के रूप में बोलती है जिसे भाषाविज्ञान की पुस्तकों में कुछ लोग व के नीचे बिंदु लगाकर अलग (व़) संकेतित करने के पक्ष में रहे हैं। मैं स्वयं भी इस पद्धति का प्रयोग कम-से-कम अपनी भाषावैज्ञानिक पुस्तकों-लेखों में करता रहा हूँ। मुझे कुछ लोग ऐसे भी मिले हैं जो कभी तो व के एक रूप का कभी दूसरे रूप का उच्चारण करते हैं। उदाहरण के लिए, ये लोग स्वामी में द्वयोष्ठ्य व बोलते हैं तो 'चावल' में दंतोष्ठ्य व़ का प्रयोग करते हैं। ऐसी स्थिति में इसके किसी एक मानक रूप का निर्णय आज की स्थिति में कठिन है। यदि आज की बात लें तो अधिक लोग 'व' अर्धस्वर का प्रयोग कर रहे हैं किंतु प्रवृत्ति 'व़' (संघर्षी) की है। इसीलिए इस विवाद में न पड़कर प्रस्तुत प्रसंग में मानकता का प्रश्न न उठाना ही श्रेयस्कर है। भविष्य ही इसका निर्णय कर सकेगा।

(१०) **ष**—इसकी सत्ता आधुनिक भाषाशास्त्री प्रायः नहीं मानते (मैं भी नहीं मानता रहा हूँ, किंतु जैसा कि आगे संयुक्त व्यंजनों में 'क्ष' के प्रसंग में दिया गया है, 'क्ष' में इसकी सत्ता मैं स्वीकार करता हूँ। हाँ, हिंदी का यह क्ष का दूसरा सदस्य 'ष' संस्कृत 'ष' से इस बात से भिन्न है कि संस्कृत का 'ष' प्रतिवेष्टित (Retroflex) था, उसके उच्चारण में जीभ उलट जाती थी, किंतु हिंदी में यह

मूर्धन्य के थोड़ा पूर्व और अप्रतिवेष्टित है। जीभ बिना उलटे मूर्धा के पास जाकर हवा को संघर्ष के साथ बाहर निकलने को अवसर देती है।

(११) **क्ष**—मूलतः यह संयुक्त व्यंजन क्+ष रहा है। अब हिंदी प्रदेश में यह क्या है इसे लेकर लोगों में विवाद है। पुराने खेवे के संस्कृतज्ञ इसे अब भी क्+ष् का ही संयोग मानते हैं किंतु नए भाषाशास्त्री यह मानते हैं कि चूंकि हिंदी में अब उच्चारण के स्तर पर 'ष' नहीं है, वह भले ही लेखन में हो, इसकी सत्ता 'क्ष' में भी नहीं है। मैं स्वयं भी यही मानता रहा हूँ किंतु इस संबंध में हिंदी प्रदेश का सर्वेक्षण करने पर तथा क्ष के उच्चारण के समय जीभ की स्थिति का अध्ययन करने पर इधर मैं कुछ और निष्कर्ष पर पहुँचा हूँ। वह यह कि 'क्ष' में 'श' नहीं है, वह 'ष' या 'ष' से ही मिलती-जुलती ध्वनि है। इसका कारण शायद यह है कि प्रयत्न में तो 'श' 'ष' में अंतर है नहीं, दोनों ही संघर्षी हैं, अंतर केवल स्थान का है। 'श' तालव्य है किंतु 'ष' मूर्धन्य है। ऐसी स्थिति में जब हम 'क' के बाद 'क्ष' में उपस्थित संघर्षी अघोष व्यंजन का उच्चारण करते हैं तो 'क' के कोमल तालव्य होने के कारण जीभ 'श' के स्थान कठोर तालु के पास नहीं जा पाती और उसके काफ़ी ऊपर कोमल तालु के पास मूर्द्धा के पास ही संघर्ष करके 'क्ष' की उच्चारश प्रक्रिया को पूरा कर देती है।

(१२) **ज्ञ**—ज्ञ ध्वनि मूलतः ज्+ञ् है। अब भारत में इसके कई उच्चारण प्रचलित हैं। पूर्वी हिंदी-प्रदेश में इसे 'ग्यँ' कहते हैं तथा पश्चिमी हिंदी प्रदेश में 'ग्य'। संस्कृत परंपरा में, और उसी के प्रभाव से आर्यसमाजी प्रायः इसे 'ज्यँ' बोलते हैं। मराठी लोग तथा उसी के प्रभाव से महाराष्ट्र के हिंदी-भाषी तथा पास के इलाके के लोग भी इसे 'द्न्यँ' जैसा बोलते हैं। तो ठेठ हिंदी प्रदेश में इसके तीन उच्चारण मिले: ग्यँ, ग्य, ज्यँ। विभिन्न शब्दों में प्रायः इन तीनों का प्रयोग मिलता है। 'ज्यँ' तो कुछ लोगों तक सीमित है, किंतु 'ग्य', 'ग्यँ' अपेक्षाकृत अधिक प्रचलित है। यों 'यज्ञ' को काफ़ी सारे लोग 'यग्य' बोलते हैं ('यज्यँ' वालों को छोड़कर), किंतु 'ज्ञान' को 'ग्यान' भी बोलते हैं, 'ग्यांन' भी।

(१३) 'ह' के पहले 'अ' का उच्चारण मानक हिंदी में 'ऍ' जैसा होता है। जैसे कहना-कॅहना, शहर-शॅहर, नहर-नॅहर, जहर-जॅहर, क़हर-क़ॅहर, पहर-पॅहर, सहन-सॅहन, रहना-रॅहना तथा कहना-कॅहना आदि। किंतु 'ह' के बाद 'अ' को छोड़कर और कोई भी स्वर हो तो ऐसा नहीं होता। जैसे कहा, कहो, कहिए, कहा आदि। हिंदी प्रदेश के पश्चिमी प्रदेश के लोग प्रायः ऐसा ही उच्चारण करते हैं, किंतु पूर्वी प्रदेश के लोग ऍ के स्थान पर 'अ' ही उच्चरित करते हैं। यह समस्या है कि दो मानक स्वीकार करें या मात्र 'ऍ' वाले उच्चारण को मानक मानें।

आठ

विराम-चिह्नों और उनका प्रयोग : मानकता का प्रश्न

जब किसी भाषा के उच्चरित और लिखित रूप की मानकता का प्रश्न सभी स्तरों पर उठाया जाता है तो स्वभावतः विराम-चिह्नों के स्वरूप का भी प्रश्न उठता है और उनके प्रयोग का भी। यहां इन दोनों बातों को अलग-अलग लिया जा रहा है।

विराम-चिह्नों का स्वरूप

हिंदी लेखन में जिन विराम-चिह्नों का प्रयोग होता है, इन्हें ऐतिहासिक या स्रोत-दृष्टि से दो वर्गों में रखा जा सकता है—

(क) भारतीय परंपरा के

(ख) यूरोपीय परंपरा के

भारतीय परंपरा का केवल एक ही विराम-चिह्न आज हिंदी में है और वह है खड़ी पाई (।)। वाक्यांत, छंदांत या कविता में पंक्त्यांत में पूर्णविराम के स्थान पर खड़ी पाई (एक या दो) लगाने की परंपरा पूर्णतः भारतीय है। पुरानी पांडुलिपियों में भी छंदांत में या कृत्यंत में इनके प्रयोग की परंपरा मिलती है। आधुनिक काल में इसी परंपरा से हिंदी में यह चिह्न आया है और हिंदी लेखन, टंकण और मुद्रण में इसका प्रयोग प्रायः सर्वत्र ही हो रहा है।

विराम-चिह्नों की दूसरी परंपरा यूरोपीय है जो हिंदी में अठारहवीं सदी के अंत और उन्नीसवीं सदी में आई है। पूर्णविराम को छोड़कर हिंदी में प्रयुक्त अन्य सभी विराम-चिह्न इसी परंपरा से हिंदी में आए हैं। इसीलिए इनके चिह्नों में प्रायः बहुरूपता नहीं मिलती।

जहाँ तक पूर्णविराम का प्रश्न है। खड़ी पाई का प्रयोग हिंदी में पहले से ही होता रहा है। किंतु इस सदी में प्रेस और टंकण की सुविधा की दृष्टि से तथा कुछ अँग्रेज़ी-मराठी आदि के प्रभाव से अँग्रेज़ी के पूर्णविराम द्योतक बिंदु (फुलस्टाप)

को भी कुछ पत्र-पत्रिकाओं और समाचार-पत्रों ने अपना लिया और इन्हीं की देखा-देखी कुछ लोग लेखन में भी इसका प्रयोग करने लगे हैं। इस तरह पूर्णविराम के चिह्न में एकरूपता न होकर दोरूपता है। ज़्यादातर लोग तो इसे खड़ी पाई से ही चिह्नित करते हैं किंतु कुछ लोग बिंदु से भी द्योतित करते हैं। प्रयोग को देखते हुए लगता है कि इन दोनों में एक को मानक चिह्न मानकर दूसरे को निकालना प्रायः संभव नहीं दीखता। इसका अर्थ यह हुआ कि इन दोनों को ही मानक मानना पड़ेगा। कभी-कभी भाषा में एकरूपता का आग्रह छोड़कर एकाधिक को मानक मानना भी पड़ता है। यों बिंदु के पक्ष में एक बात अवश्य है कि चूंकि राजभाषा हिंदी के लिए अंतर्राष्ट्रीय अंकों को स्वीकार कर लिया गया है इसलिए एक के लिए '1' और पूर्णविराम के लिए '।' में कभी-कभी भ्रम हो जाता है। वाक्यांत में दोनों आएँ तो और भी कठिनाई होती है। जैसे 'वह कौन-सी संख्या है जिसमें तीन अंक होते हैं किंतु तीनों का योग दो होता है।' इसका उत्तर है 101। यहाँ अंत में हिंदी का पूर्णविराम (खड़ी पाई) है, किंतु इसे '101' अर्थात् एक हजार ग्यारह पढ़ने की ग़लती हो सकती है यद्यपि अर्थ पर ध्यान देने पर वह भ्रम दूर हो जाता है।

इस तरह का दूसरा विराम-चिह्न उद्धरण-चिह्न (इनवर्टिड कॉमा) है। अंग्रेज़ी लेखन में इसके दो रूप रहे हैं। एक में एक-एक 'उल्टा कामा' दो तरफ़ लगाते हैं, जैसे '...' और दूसरे में दो-दो "..."। हिंदी में पहले तो प्रायः दो-दो का प्रयोग ही होता था, अब कुछ लोग शब्द हो तो एक-एक लगाते हैं ('मानक') और वाक्य हो तो दो-दो (मोहन ने कहा, "वह जाएगा")। इस संबंध में बहुत नियमबद्धता या एकरूपता नहीं है। वाक्य को भी कुछ लोग एक-एक के भीतर रखते हैं और दूसरी ओर शब्द को भी दो-दो के भीतर। यों कम लिखने में सुविधा होती है, इसीलिए दो-दो को छोड़कर एक-एक के प्रयोग की प्रवृत्ति कुछ बढ़ती जा रही है। असंभव नहीं कि धीरे-धीरे एक-एक ही शेष रह जाए और फिर वही मानक हो जाए। इस तरह इकहरे और दुहरे अवतरण चिह्नों की दृष्टि से भी अभी तक दोरूपता है अर्थात् मानकता की स्थिति नहीं है।

ऐसे ही 'कोलन', 'कोलन-डैश' और 'डैश' को भी निर्देश-चिह्न के रूप में अनेक स्थितियों में लोग समचिह्न-सा मानने लगे हैं—

राम—मैं जा रहा हूँ।
राम : मैं जा रहा हूँ।
राम :—मैं जा रहा हूँ।

या

उदाहरणार्थ—
उदाहरणार्थ :
उदाहरणार्थ :—

इस प्रकार इनके चिह्नों में तो प्रायः एकरूपता है किंतु प्रयोग स्तर पर द्विरूपता ही नहीं बल्कि त्रिरूपता भी है। यों उपर्युक्त तीनों में पहली बहुरूपता की प्रकृति अलग है, दूसरी की अलग है और तीसरी की अलग।

प्रयोग

अब विराम-चिह्नों के प्रयोग का प्रश्न लें। प्रयोग में तो और भी एकरूपता नहीं है, बल्कि बिल्कुल ही एकरूपता नहीं है।

सबसे पहले पूर्णविराम के प्रयोग की बात लें। सामान्यतः वाक्यांत में, कविता में छंदांत में या पंक्ति के अंत में पूर्णविराम लगाते हैं, किंतु वाक्यांत की संकल्पना सभी के लिए एक नहीं है। यही कारण है कि एक ही बात के कहने में विभिन्न लेखकों में या एक ही लेखक की अलग-अलग समय पर लिखी गई सामग्री में या एक ही सामग्री में अलग-अलग जगहों पर पूर्णविराम के प्रयोग में एकरूपता नहीं मिलती—

(१) (क) मोहन जा रहा है, और राम भी।

(ख) मोहन जा रहा है। और राम भी।

(२) (क) पिताजी ने मुझे वहाँ जाने के लिए मना किया, किंतु क्या मैं उनकी बात मानूँ और न जाऊँ?

(ख) पिता जी ने मुझे वहाँ जाने के लिए मना किया है। किंतु क्या मैं उनकी बात मानूँ और न जाऊँ।

वस्तुतः बहुत से लोग और, किंतु, परंतु, इसीलिए आदि से वाक्य का प्रारंभ नहीं करते, वे उसे पिछले वाक्य का ही भाग मानते हैं, इसीलिए उनके पूर्व अल्प-विराम या अर्धविराम देते हैं, पूर्णविराम नहीं। दूसरी ओर कुछ लोग दोनों को दो वाक्य मानते हैं, इसीलिए और, आदि के पूर्व कुछ स्थितियों में वे पूर्णविराम का प्रयोग करते हैं। वाक्य के स्वरूप के विषय में इस मतभेद के कारण ही पूर्ण-विराम के प्रयोग में हिंदी में एकरूपता नहीं मिलती।

अर्धविराम (सेमिकोलन) के प्रयोग में भी हिंदी में एकरूपता नहीं है। काफ़ी लोग तो पूर्णविराम और अल्पविराम (कॉमा) से ही अपना काम चला लेते हैं और अर्धविराम का प्रयोग प्रायः करते ही नहीं। यों अँग्रेज़ी में भी पुस्तकों में अर्धविराम के प्रयोग के नियम अवश्य दिए होते हैं किंतु इसके प्रयोग में एकरूपता नहीं मिलती। हिंदी में प्रयोग की यह अनेकरूपता और भी अधिक मिलती है।

अल्पविराम (कॉमा) के प्रयोग में इस दृष्टि से एकरूपता नहीं है कि कुछ लोग तो इसका नियमित प्रयोग करते हैं और कुछ लोग नहीं। अंग्रेज़ी में Ram, Mohan and Shyam are going (राम, मोहन और श्याम जा रहे हैं) जैसे वाक्यों में and (और) के पहले भी कुछ लोग अल्पविराम लगाते हैं। इसके प्रभाव-

स्वरूप हिंदी में भी कुछ लोग ऐसा करते हैं। मेरे कई हिंदी टाइपिस्ट मेरी सामग्री टाइप करने में भी मूलतः ऐसा न होने के बावजूद ऐसे स्थानों पर अल्पविराम का प्रयोग कर देते हैं, जिसे मुझे काटना पड़ता है। यों अँग्रेजी में जो भी हो किंतु हिंदी में ऐसी स्थितियों में 'और' के पहले अल्पविराम लगाने का नियम कदाचित् है नहीं।

कुछ लोगों के अनुसार अंग्रेज़ी में नियमतः 'ऐंड' (और) के पहले अल्पविराम का प्रयोग होता है : He lost land, money, reputation, and friends. इसी आधार पर हिंदी में कुछ लोग और के पहले अल्पविराम का प्रयोग करते हैं किंतु काफ़ी लोग 'और' के पहले विराम नहीं लगाते। यों हिंदी के सारे टाइपिस्ट चूंकि अँग्रेज़ी-विराम-व्यवस्था की परंपरा में ही प्रशिक्षित होते हैं, इसी कारण वे प्रायः और के पहले अल्पविराम लगाते ही हैं। नई पीढ़ी के लोग अब अँग्रेज़ी में भी और के पहले अल्पविराम नहीं लगाते। हिंदी में दोनों ही प्रकार के प्रयोग चल रहे हैं। मेरे विचार में और के पहले अल्पविराम का प्रयोग न करके केवल उससे पूर्व के समवर्गी शब्दों के बीच ही उसका प्रयोग करना चाहिए।

संबोधन के लिए कुछ लोग विस्मयसूचक विराम चिह्न का प्रयोग करते हैं—

राम ! सुनो।

तो कुछ लोग अल्पविराम का—

राम, सुनो।

यों अब दूसरे की प्रवृत्ति ही अधिक है।

ऐसे ही विस्मयादिबोधक शब्दों के बाद भी कुछ लोग विस्मयादिबोधक शब्द का प्रयोग करते हैं तो कुछ लोग अल्पविराम का—

अरे ! तुम आ गए।

अरे, तुम आ गए।

मुख्यतः इन्हीं विराम-चिह्नों के प्रयोग में एकरूपता का अभाव मिलता है।

नौ

हिंदी के कारकीय रूप और उनमें मिलने वाली अमानकताएँ

(क) संज्ञा

व्यंजनांत पुल्लिग — बालक

	एकवचन	बहुवचन
कर्त्ता	बालक	बालक
	बालक ने	बालकों ने
कर्म	बालक को	बालकों को
करण	बालक से/के द्वारा	बालकों से/के द्वारा
सम्प्रदान	बालक को/के लिए	बालकों को/के लिए
अपादान	बालक से	बालकों से
संबंध	बालक का/की/के	बालकों का/की/के
अधिकरण	बालक में/पर	बालकों में/पर
संबोधन	ऐ/हे बालक !	ऐ/हे बालको !

मित्र, मकान, घर, फूल, फल, खेत आदि सभी पुल्लिग व्यंजनांत शब्दों के रूप बालक के समान ही होते हैं। संबोधन बहुवचन का रूप ध्यान देने योग्य है। यह 'बालको', 'मित्रो', 'दोस्तो' होता है। बहुत से लोग गलती से बालकों, मित्रों, दोस्तों आदि कहते हैं। आगे के सभी रूपों में भी यह बात ध्यान देने की है कि संबोधन के रूप ओकारांत होते हैं, ओंकारांत नहीं।

आकारांत पुल्लिग—लड़का

	एकवचन	बहुवचन
कर्त्ता	लड़का	लड़के
	लड़के ने	लड़कों ने

कर्म	लड़के को	लड़कों को
करण	लड़के से/के द्वारा	लड़कों से/के द्वारा
सम्प्रदान	लड़के को/के लिए	लड़कों को/के लिए
अपादान	लड़के से	लड़कों से
संबंध	लड़के का/की/के	लड़कों का/की/के
अधिकरण	लड़के में/पर	लड़कों में/पर
संबोधन	हे लड़के !	हे लड़को !

घोड़ा, बेटा, गधा, बच्चा, भतीजा आदि अन्य अकारांत शब्द के रूप लड़का की तरह ही बनते हैं, किंतु कुछ आकारांत शब्द अपवाद भी हैं। उदाहरण के लिए राजा का एकवचन में 'राजा' ही रहता है, 'लड़के' की तरह 'रोजे' नहीं होता : 'लड़के का घोड़ा' किंतु 'राजा का घोड़ा' न कि 'राजे का घोड़ा'। बहुवचन में 'राजे' का प्रयोग कुछ लोग करते तो हैं किंतु मानक रूप 'राजा' ही है—'बहुत से 'राजा आए हैं', अथवा 'राजा लोग आए हैं।' बहुवचन का ओंकारांत रूप 'राजों' न होकर 'राजाओं' होता है। इसी तरह देवता का 'देवताओं' होता है न कि 'देवतों'। लाला, दादा, मामा, बाबा, काका, चाचा, पिता, योद्धा, नेता, कर्त्ता, दाता, भ्राता, अभिनेता, दारोगा, मुखिया, अगुआ आदि भी अपवाद हैं। इनमें किसी के भी एकवचन एकारांत रूप नहीं बनते। बहुवचन में अलग से 'ओं' अभिनेताओं, नेताओं), गण (नेतागण) आदि जोड़ते हैं।

यहाँ अपवादों की पूरी सूची देखी जा सकती है—

(१) **तत्सम शब्द**—पिता, विधाता, राजा, योद्धा, महात्मा, वक्ता, अधिवक्ता, नेता, अभिनेता, श्रोता, कर्ता, अभिकर्ता, केता, विक्रेता, विजेता, दाता, आदाता, त्राता, भ्राता, युवा, परमात्मा, ब्रह्म।

(२) **पुनरुक्ति वाले तद्भव शब्द**—(क) नाना, दादा, मामा, बाबा, चाचा, काका, पापा, लाला, (ख) फूफा, जीजा।

(३) **वांत, यांत तद्भव शब्द**—अगुवा, अँखुवा, मनुवा, हिया, जिया, मुखिया, रसिया।

(४) **कुछ सामान्य विदेशी शब्द**—दारोग़ा, अब्बा, अल्ला, मुल्ला, मौला, मियाँ, आक़ा, आग़ा।

(५) **पारिभाषिक शब्द**—दादरा, गामा, अल्फ़ा, गुणा।

(६) **स्थानवाचक शब्द**—(क) **महाद्वीप** : अमरीका, एशिया, अफ्रीका।

(ख) **देश** : कनाडा, अमरीका, गाइना, अर्जेनटाइना।

(ग) **नगर** : गया, अयोध्या, मथुरा।

(७) **फुटफर** : मौसा, मौसिया।

विशेष

आकारांत पुल्लिग शब्द के बाद यदि कोई कारक-चिह्न आए तो 'आ' का 'ए' हो जाता है : लड़के ने, घोड़े को, बच्चे से। यह जातिवाचक संज्ञा का नियम स्थान-नाम व्यक्तिवाचक संज्ञा पर भी लागू होता है। आगरे का पेठा, कलकत्ते से आया सामान, पटने की बाढ़। यों कुछ लोग ऐसे प्रयोगों में आगरा, कलकत्ता, पटना को अपरिवर्तित रखते हैं, किंतु ऐसे प्रयोग मानक नहीं हैं। 'आ' का 'ए' किया जाना चाहिए। दो अपवाद हैं :

(१) अन्य देशों के नामों में ऐसा नहीं होता : अमरीका का, कनाडा से, उगांडा को; न कि अमरीके के, कनाडे से, तथा उगांडे को।

(२) यदि द्वयाक्षरी शब्द के अंत में 'या' अथवा 'वा' हो तब भी यह परिवर्तन नहीं होता : गोवा का, गया से; न कि गोवे का, गये से।

(३) अयोध्या, मथुरा का उल्लेख ऊपर हो चुका है। यों अयोध्या, मथुरा नगर न होकर नगरी हैं, इस कारण भी पुल्लिग आकारांत के नियम इन पर लागू नहीं होते।

इकारांत पुल्लिग—कवि

	एकवचन	**बहुवचन**
कर्त्ता	कवि	कवि
	कवि ने	कवियों ने
कर्म	कवि को	कवियों को
करण	कवि से/के द्वारा	कवियों से/के द्वारा
सम्प्रदान	कवि को/के लिए	कवियों को/के लिए
अपादान	कवि से	कवियों से
संबंध	कवि का/की/के	कवियों का/की/के
अधिकरण	कवि में/पर	कवियों में/पर
संबोधन	हे कवि !	हे कवियो !

व्यक्ति, रवि, मुनि आदि अन्य इकारांत पुल्लिग शब्दों के रूप भी ऐसे ही बनते हैं।

ईकारान्त पुल्लिग—भाई

	एकवचन	**बहुवचन**
कर्त्ता	भाई	भाई
	भाई ने	भाइयों ने
कर्म	भाई को	भाइयों को

करण	भाई से/के द्वारा	भाइयों से/के द्वारा
सम्प्रदान	भाई को/के लिए	भाइयों को/के लिए
अपादान	भाई से	भाइयों से
संबंध	भाई का/की/के	भाइयों का/की/के
अधिकरण	भाई में/पर	भाइयों में/पर
संबोधन	हे भाई !	ऐ भाइयो !

साथी, माली, हाथी, मोती, धोबी, ज्ञानी, धनी आदि अन्य ईकारांत शब्दों के रूप भी ऐसे ही बनते हैं। इन ईकारांत रूपों में बहुवचन में 'यों' अथवा 'यो' जोड़ते' हैं तो 'ई' का 'इ' हो जाता है : हाथी—हाथियों, माली—मालियों। अर्थात् 'विद्यार्थीयों', 'भाईयों', 'हाथीयों', 'साथीयों' जैसे रूप अमानक हैं।

उकारांत पुंल्लिग—गुरु

	एकवचन	**बहुवचन**
कर्त्ता	गुरु	गुरु
	गुरु ने	गुरुओं ने
कर्म	गुरु को	गुरुओं को
करण	गुरु से/के द्वारा	गुरुओं से/के द्वारा
सम्प्रदान	गुरु को/के लिए	गुरुओं को/के लिए
अपादान	गुरु से	गुरुओं से
संबंध	गुरु का/की/के	गुरुओं का/की/के
अधिकरण	गुरु में/पर	गुरुओं में/पर
संबोधन	हे गुरु !	हे गुरुओ !

साधु, शत्रु, रिपु आदि के रूप भी इसी प्रकार के होते हैं।

ऊकारांत पुंल्लिग—डाकू

	एकवचन	**बहुवचन**
कर्त्ता	डाकू	डाकू
	डाकू ने	डाकुओं ने
कर्म	डाकू को	डाकुओं को
करण	डाकू से/के द्वारा	डाकुओं से/के द्वारा
सम्प्रदान	डाकू को/के लिए	डाकुओं को/के लिए
अपादान	डाकू से	डाकुओं से
संबंध	डाकू का/की/के	डाकुओं का/की/के

अधिकरण	डाकू में/पर	डाकुओं में/पर
संबोधन	ऐ डाकू !	ऐ डाकुओ !

साधू, बाबू, भालू आदि अन्य अकारांत पुल्लिग के रूप भी इसी प्रकार बनते हैं। बहुवचन के रूपों से स्पष्ट है कि 'ओं' अथवा 'ओ' जोड़ने पर दीर्घ ऊ का ह्रस्व 'उ' हो जाता है : भालू—भालुओ, साधू—साधुओ। अर्थात् 'डाकूओं', 'डाकूओ' जैसे रूप मानक नहीं हैं।

व्यंजनांत स्त्रीलिंग—बहिन (बहन)

	एकवचन	बहुवचन
कर्त्ता	बहिन	बहिनें
	बहिन ने	बहिनों ने
कर्म	बहिनों को	बहिनों को
करण	बहिन से/के द्वारा	बहिनों से/के द्वारा
सम्प्रदान	बहिन को/के लिए	बहिनों को/के लिए
अपादान	बहिन से	बहिनों से
संबंध	बहिन का/की/के	बहिनों का/की/के
अधिकरण	बहिन में/पर	बहिनों में/पर
संबोधन	हे बहिन !	हे बहिनो !

बात, मेज़, पुस्तक, किताब, रात, आँख, गाय आदि अन्य स्त्रीलिंग व्यंजनांत शब्दों के रूप भी ऐसे ही बनते हैं।

स्त्री० आकारांत (माता—माताएँ, माताओं, माताओ), स्त्री० उकारांत (वस्तु—वस्तुएँ, वस्तुओं), स्त्री० ऊकारांत (बहू—बहुएँ, बहुओं, बहुओ; ध्यान देने की बात है कि अंतिम दीर्घ 'ऊ' 'उ' में परिवर्तित हो जाता है), स्त्री० ओकारांत (गौ—गौएँ, गौओं, गौओ) के रूप भी इसी प्रकार बनते हैं।

बहिनें, गौएं, गायें आदि की तरह 'इंद्रिय' का इंद्रियें रूप बनना चाहिए। पहले हिंदी में यही रूप चलता भी था। किंतु अब 'इंद्रियें' न होकर 'इंद्रियाँ' होता है और यही मानक है। यह मूलतः 'इंद्री' का रूप है जो मध्यकाल में चलता रहा है। अब गलती से यह 'इंद्रिय' मान किया गया है।

इकारांत स्त्रीलिंग—जाति

	एकवचन	बहुवचन
कर्त्ता	जाति	जातियाँ
	जाति ने	जातियों ने
कर्म	जाति को	जातियों को

करण	जाति से/के द्वारा	जातियों से/के द्वारा
सम्प्रदान	जाति को/के लिए	जातियों को/के लिए
अपादान	जाति से	जातियों से
संबंध	जाति का	जातियों का/की/के
अधिकरण	जाति में/पर	जातियों में/पर
संबोधन	हे जाति !	हे जातियो !

शक्ति, आकृति, मति, नीति आदि के रूप भी इसी प्रकार के होते हैं।

इयांत (गुड़िया—गुड़ियाँ, गुड़ियों, गुड़ियो) तथा ईकारांत (रानी—रानियाँ, रानियों, रानियो; दीर्घ 'ई' ह्रस्व में परिवर्तित हो जाती है) स्त्रीलिंग संज्ञा शब्दों के रूप भी 'जाति' की तरह ही बनते हैं। कुछ लोग चिड़ियें, गुड़ियें, जैसे रूपों का प्रयोग करते हैं, जो मानक नहीं हैं। मानक रूप चिड़ियाँ, गुड़ियाँ आदि हैं।

यहाँ लिंगानुसार कुछ संज्ञा शब्द दिये जा रहे हैं—

निम्नांकित शब्द हिंदी में पुल्लिग हैं किंतु जिन्हें कुछ क्षेत्रों के लोग स्त्रीलिंग में प्रयोग करने की ग़लती कर जाते हैं—तकिया, कॉलर, स्टेशन, अबीर, म्यान, धावा, तावीज, कायाकल्प, कोट, तंबाकू, लेनदेन, चाबुक, मचान, नफा, तारा, रिवाज, फेन, यातायात, होश, राज्य, सिल्क, नयन, चौपाल, फाटक, व्यय, मजाक तार, खजूर, जंजाल, बटन, मेवा, बिल, लाइसेन्स, ढोल, वाष्प, आयात, सेब, इन्तजार, ठूँठ, गुंजार, पतंग, हिल्लोल, हुलिया, चंपक, ठौर, जुलाब, अचकन, टिकट, रबड़, झंझावात, मटर, व्यक्ति, तंतु, आलू, प्रलय, टमटम, तलाक, आसन, साया, गिरगिट, ताल, चौसर, प्याज, अदरक, सीप, भोर, हाशिया, प्रात, स्वर्ग, ग्रीष्म, बेर, खूँट, ढेर, धनिया, तराजू, वित्त, ताव, हुंकार, मान, जेब, चंद्रमणि, मवाद, धड़, कलह, मोम, डौल, घात, औसत, हठ, लालच, श्वास, सोच, मरहम, पहिया, जलवायु, गोदाम, पिस्तौल, चम्मच, तोल, किवाड़, सन, बाजार, घूँट, कोदों, लटकन, पराग, डग, ठेका, कल्लोल, तौलिया, फाग, थूक, चंचु, कनस्तर, भेड़िया, बखिया, कीचड़, समाज, विष, समीर, कुटीर, शरबत, गेंद, कुठार, शतरंज, डकार, इस्तीफा, कछार, संखिया, ऊन, रूमाल, मल, फर्श, जोड़-तोड़, भस्म, पनीर, कुदाल, पुलक, कोटर, संदूक, छोर, शहद, छेद, रूमाल, खराद, पुल, गठन, मौसम, गुलाब, दही, गुस्सा, नेत्र, दाँव, सेतु इत्यादि।

निम्नांकित शब्द मानक हिंदी में स्त्रीलिंग हैं जिन्हें अनेक क्षेत्रों के लोग पुल्लिग में भी बोलते हैं या बोल जाते हैं—लालटेन, शरण, होड़, मूंग, लगाम, ससुराल, खस, उलझन, कुशल, आयु, कलम, ओझल, ओट, खोह, कोर-कसर, खोज, ऊख, विजय, नींव, वायु, नकेल, सिगरेट, गड़बड़, शक्कर, तलछट, राह, बूँद, सुगंध, कील, समझ, तलाश, फिक्र, विनय, सौगन्ध, बटेर, मखमल, हींग, चर्चा खाज, घिन, सौंफ, सुरंग, झाड़, नाक, टकसाल, ढाल, माप, खड़ाऊँ, मोहर,

मरोड़, नोक-झोंक, बकवास, चौखट, चोंच, कटार, घास, देह, धरोहर, जिच, गंध, उड़ान, शपथ, नाप, जेब, आय, शराब, बाँह, रोकड़, तह, बगल, पतझड़, घूस, तौल, चेचक, साँस, छाप, अकड़, पेचिश, डाढ़, चपत, जय, तरफ, भौंह, बारूद, तरह, छत, अरहर, छाछ, थाह, ओस, ईंट, ठण्ड इत्यादि।

इस तरह की सूची काफ़ी बड़ी बन सकती है।

चिह्न कभी-कभी लिंग-वचन-निरपेक्ष होते हैं—

मोहन के एक बेटा है।
मोहन के दो बेटे हैं।
मोहन के एक बेटी है।
मोहन के दो बेटियाँ हैं।

इस लिंग-वचन-निरपेक्षता 'के' के स्थान पर लिंग-वचन-सापेक्ष का, के, की प्रयोग की गलती प्रायः पूरे हिंदी प्रदेश में मिलती है। हरियाणा भी इसका अपवाद नहीं है। यूँ हिंदी प्रदेश के पूर्वी भाग में यह प्रयोग विशेष रूप से प्रचलित है। हाथी की एक सूंड़ होती है (होना चाहिए—हाथी के एक सूंड़ होती है)

इस प्रसंग में एक व्याकरण अमानकता और भी उल्लेख्य है। इस मानक 'के' के स्थान पर लिंग-वचन-सापेक्ष 'का', 'के', 'की' के प्रयोग की अमानकता तो मिलती ही है, हिंदी प्रदेश के पूर्वी भाग में 'को' का प्रयोग भी सुनने में आता है। यह अमानक प्रयोग भारतेन्दु काल से मिलने लगता है। उदाहरणार्थ—

राम को एक पुत्र है।
(मानक—राम के एक पुत्र है।)
राम को एक पुत्री है।
(मानक—राम के एक पुत्री है।)
राग को एक पुत्र हुआ।
(मानक—राम के एक पुत्र हुआ।)

(ख) सर्वनाम

उत्तम पुरुष

कारक	एकवचन	बहुवचन
कर्त्ता	मैं, मैंने	हम, हमने
कर्म	मुझे, मुझको	हमें, हमको
करण	मुझसे, मेरे द्वारा	हमसे, हमारे द्वारा
सम्प्रदान	मुझे, मेरे लिए, मुझको	हमें, हमारे लिए, हमको
अपादान	मुझसे	हमसे

संबंध	मेरा/रे/री	हमारा/रे/री
अधिकरण	मुझमें/पर	हममें/पर

एकवचन में कभी-कभी लोग 'मैं' तथा उसके रूपों के स्थान पर 'हम' तथा उसके रूपों का प्रयोग करते हैं। उस स्थिति में बहुवचन में 'हम सब' या 'हम लोग' (कारक-चिह्न रहित रूप में) तथा 'हम सब', 'हम लोगों' (कारक-चिह्न सहित रूप में, अर्थात् ने, को, से, का, की, के, में पर के साथ) का प्रयोग होता है। वैसे भी अब बहुवचन में प्रायः 'हम लोग' 'हम लोगों', का ही प्रयोग ज्यादा होता है। 'हम' के एकवचन में भी प्रयुक्त होने के कारण बहुवचन को स्पष्टतः व्यक्त करने के लिए हिंदी-भाषी ऐसा करने लगे हैं।

प्रायः लेखक, सम्पादक, संस्था, प्रदेश या राष्ट्र आदि के प्रतिनिधि आदि 'मैं' का प्रयोग न करके 'हम' का ही प्रयोग करते हैं :

हमारा विचार है……

हम आगे……करना चाहते हैं।

उपर्युक्त अपवादों को छोड़कर हिंदी में एकवचन में 'हम', 'हमसे', 'हमको' आदि का प्रयोग होता तो है किंतु मानक नहीं माना जा सकता। उदाहरण के लिए कहे कि 'अब हम पानी पीना चाहते हैं' तो इसे मानक नहीं माना जा सकता।

कुछ लोग को, से, में, पर के साथ 'मुझे' तथा 'हम' का प्रयोग न करके 'मेरे' तथा 'हमारे' का प्रयोग करते हैं। जैसे — 'मुझको' की जगह 'मेरे को', 'हमसे' की जगह 'हमारे से', 'मुझमें' की जगह 'मेरे में', 'हममें' की जगह 'हमारे में' या 'हम पर' की जगह 'हमारे पर' आदि किंतु ये प्रयोग भी ठीक नहीं माने जाते हैं।

उत्तम पुरुष सर्वनाम सामान्यतः विशेषण की तरह संज्ञा के पूर्व नहीं आते, जबकि यह, वह आदि अन्य सर्वनाम (वह लड़का, यह आदमी) आते हैं। 'हम भारतीय क्या नहीं कर सकते ?' 'हम औरतों को तो मर्द मूली-गाजर समझते हैं।' जैसे प्रयोग अपवाद हैं।

हम या उससे बने रूपों का प्रयोग प्रयोग एकवचन में भी होता है, तो क्रिया बहुवचन की ही आती है : हम जा रहे हैं।

अब महिलाएँ प्रायः अपेक्षाकृत अधिक प्रयोग हम का ही करने लगी हैं—

कमला—रमा, अब हम चलें।

मध्यम पुरुष

कारक	एकवचन	बहुवचन
कर्त्ता	तू, तूने	तुम, तुमने
कर्म	तुझे, तुझको	तुम्हें, तुमको
करण	तुझसे, तेरे द्वारा	तुमसे, तुम्हारे द्वारा

सम्प्रदान	तुझे, तेरे लिए, तुझको	तुम्हें, तुम्हारे लिए, तुमको
अपादान	तुझसे	तुमसे
संबंध	तेरा/रे/री	तुम्हारा/रे/री
अधिकरण	तुमसे/पर	तुममें/पर

ऐतिहासिक दृष्टि से मूलतः बहुवचन होने के बावजूद अब 'तुम' तथा उससे बनने वाले रूपों का प्रयोग एकवचन में ही होता है। बहुवचन में 'तुम सब', 'तुम लोग' (कारक चिह्न-रहित होने पर) 'तुम सब', 'तुम लोगों' (कारक चिह्न-सहित होने पर) का प्रयोग होता है। जैसे—'तुम सब कहाँ जा रहे हो', 'तुम लोगों को क्या चाहिए ?' आदि। 'सब' को 'तुम' के साथ प्रायः छोटे या समान और घनिष्ठ लोगों को संकेतित करने में जोड़ते हैं। 'लोग', 'लोगों' सभी के लिए प्रयुक्त होते हैं।

तुझको, तुझसे, तुमको, तुमसे आदि के स्थान पर कुछ लोग तेरे को, तेरे से, तुम्हारे को, तुम्हारे से जैसे रूपों का प्रयोग करते हैं, जो ठीक नहीं हैं यद्यपि इनका प्रचार बढ़ता जा रहा है।

उपर्युक्त अमानकताओं को समवेत रूप से यहाँ देखा जा सकता है—

उत्तम पुरुष

	मानक रूप	अमानक रूप
एक०	मुझे, मुझको	मेरे को
	मुझसे	मेरे से
	मुझमें, मुझ पर	मेरे में, मेरे पर
बहु०	हममें, हमको	हमारे को
	हमसे	हमारे से
	हममें, हम पर	हमारे पर

मध्यम पुरुष

	मानक रूप	अमानक रूप
एक०	तुझे, तुझको	तेरे को
	तुझसे	तेरे से
	तुझमें, तुझ पर	तेरे से, तेरे पर
बहु०	तुम्हें, तुमको	तुम्हारे को
	तुमसे	तुम्हारे से
	तुमसे, तुम पर	तुम्हारे में, तुम्हारे पर

मध्यम पुरुष में 'तू', 'तुम', 'आप' तीन शब्द इस समय हिंदी में चल रहे हैं।

'तू' बहुत नज़दीक के, छोटे या समान स्तर के व्यक्ति, माँ (माँ ! तू भी रूठ गई ।) भगवान (हे भगवान ! तू बड़ा दयालु है ।) बच्चे या नौकर आदि के लिए प्रयुक्त होता है । इसमें आदर का प्रायः अभाव रहता है (तू भाग यहाँ से) । माँ के लिए नैकट्य के कारण यह प्रयुक्त होता है और भगवान के लिए नैकट्य की आकांक्षा के कारण । 'तुम' उसकी तुलना में कम अनादरसूचक है । 'आप' आदरसूचक तथा औपचारिक है । आपके रूप नीचे दिए जा रहे हैं :

कारक	एकवचन	बहुवचन
कर्त्ता	आप, आपने	आप लोग, आप लोगों ने
कर्म	आपको	आप लोगों को
करण	आपसे	आप लोगों से
सम्प्रदान	आपको	आप लोगों को
अपादान	आपस	आप लोगों से
संबंध	आपका/की/के	आप लोगों का/की/के
अधिकरण	आप में/पर	आप लोगों में/पर

मध्यम पुरुष सर्वनाम संज्ञा के पूर्व विश्लेषण की तरह प्रायः नहीं आते । 'तुम मजदूरों को तो आज के मालिक कुछ समझते ही नहीं' या 'आप व्यवसायियों की स्थिति तो अब खस्ता होती जा रही है' जैसे प्रयोग अपवाद ही हैं ।

'आप' का प्रयोग कभी-कभी अन्य पुरुष के लिए भी होता है । जैसे—मैं किसी से बात कर रहा हूँ, और बग़ल में कोई और व्यक्ति खड़ा है, जो मेरा आदरणीय है या जिससे मेरे संबंध औपचारिक हैं । मैं जिससे बात कर रहा हूँ, उससे कह सकता हूँ कि 'आपका (तीसरे व्यक्ति की ओर संकेत करते हुए) कुछ काम है, आप (मध्यम पुरुष) उसे कर दें तो बड़ी कृपा होगी ।' 'आप' के साथ आज्ञा में इए (बैठिए), जिए (दीजिए), इएगा (बैठिएगा), जिएगा (दीजिएगा)-युक्त क्रिया रूप आते हैं । आदर और नैकट्य दोनों ही बातें हों तो कुछ अन्य क्षेत्रों में लोग 'तुम' के साथ प्रयुक्त होने वाली क्रियाएँ ही 'आप' के साथ प्रयुक्त करते हैं—'आप चलो, मैं अभी आया ।' 'आप उसे दे देना ।' किंतु ऐसे प्रयोग मानक नहीं हैं ।

अन्य पुरुष अथवा दूरवर्ती निश्चयवाचक

	एकवचन	बहुवचन
कर्त्ता	वह, उसने	वे, उन्होंने/उन लोगों ने
कर्म	उसे/उसको	उन्हें/उनको/उन लोगों को
करण	उससे/उसके द्वारा	उनसे,/उनके द्वारा/उन लोगों से/के द्वारा

सम्प्रदान	उसे, उसके लिए, उसको	उन्हें, उनके लिए, उसको/उन लोगों को
अपादान	उससे	उनसे/उन लोगों से
संबंध	उसका/के/की	उनका/के/की/उन लोगों का
अधिकरण	उसमें/पर	उनमें/पर/उन लोगों में/पर

आदर के लिए बहुवचन के रूपों का प्रयोग एकवचन में होता है: वे आ रहे हैं। उस स्थिति में इनके साथ क्रिया भी बहुवचन की ही आती है, एकवचन की नहीं। बहुवचन के रूपों का एकवचन के लिए प्रयोग से उत्पन्न अस्पष्टता बचाने के लिए बहुवचन में 'वे सब', 'वे लोग' (कारक चिह्न-रहित) तथा 'उन सबों', 'उन लोगों' (कारक चिह्न-सहित) का प्रयोग होता है। ये आदरसूचक भी हैं अनादरसूचक भी। इनमें 'वे सब' तथा 'उन सबों' का प्रयोग कुछ अनादर, नैकट्य या अनौपचारिकता व्यक्त करता है। भोजपुरी प्रदेश में 'उन सबों' के स्थान पर प्रायः 'उन सभों' का प्रयोग चलता है जो अमानक है।

'वह', 'उस', 'वे', 'उन' का प्रयोग विश्लेषण के रूप में संज्ञा के पूर्व भी खूब होता है। जैसे—वह आदमी, उस आदमी को, वे लोग, उन लोगों को। अर्थात् 'उस', 'उन' का प्रयोग केवल कारक चिह्न-सहित संज्ञा के साथ होता है, तथा 'वह' 'वे' का कारक चिह्न-रहित संज्ञा के साथ।

निकटवर्ती निश्चयवाचक

समीप के व्यक्ति अथवा समीप की वस्तु की ओर संकेत करने वाले सर्वनाम को निकटवर्ती निश्चयवाचक कहते हैं। जैसे—'यह रही तुम्हारी किताब।' 'यह' के कारकीय रूप हैं :

	एकवचन	बहुवचन
कर्त्ता	यह, इसने	ये, इन्होंने/इन लोगों ने
कर्म	इसे/इसको	इन्हें/इनको/इन लोगों को
करण	इससे/इसके द्वारा	इनसे/इनके द्वारा/इन लोगों से/इन लोगों के द्वारा
सम्प्रदान	इसे, इसके लिए, इसको	इन्हें/इनको, इनके लिए/इन लोगों के लिए
अपादान	इससे	इनसे, इन लोगों से
संबंध	इसका/के/की	इनका/के/की/इन लोगों का/के/की
अधिकरण	इसमें/पर	इनमें/पर, इन लोगों में/पर

आदर के लिए बहुवचन के रूप एकवचन में आते हैं: ये कल जाएँगे। इसलिए अस्पष्टता न आने देने के लिए अब बहुवचन में प्रायः 'ये', 'इन' से अधिक 'कारक

चिह्न-रहित' रूप में 'ये सब' (अनादरवाची), 'ये लोग' (आदरवाची) तथा 'कारक चिह्न-सहित' रूप में 'इन सबों' (अनादरवाची), 'इन लोगों' (आदरवाची) का प्रयोग होता है। विशेषण के रूप में संज्ञा के पूर्व यह, इस, ये, इन आते हैं। यह काम, ये आम, इन बातों में/दोनों ही लिंगों की संज्ञाओं के लिए यह के इन रूपों का प्रयोग होता है।

अनिश्चयवाचक सर्वनाम

वह सर्वनाम जो किसी निश्चित व्यक्ति या वस्तु का बोध न कराए अनिश्चयवाचक सर्वनाम कहलाता है। जैसे – कोई, कुछ। 'कोई' का प्रयोग प्रायः मनुष्य तथा बड़े जानवरों आदि के लिए होता है, इसके विपरीत 'कुछ' का प्रयोग निर्जीव पदार्थ तथा छोटे जंतुओं या कीड़ों आदि के लिए होता है। कभी-कभी इसके विरोधी प्रयोग भी मिल जाते हैं : 'इन चीज़ों में कोई भी उठा लो', 'कुछ कहते हैं कि सूरदास जन्मान्ध नहीं थे।' कोई के कारकीय रूप हैं—

	एकवचन	बहुवचन
कर्त्ता	कोई, किसी ने	कोई, कोई-कोई, किन्हीं ने/ कुछ लोगों ने
कर्म	किसी को	किन्हीं को/कुछ लोगों को
करण	किसी से	किन्हीं से/कुछ लोगों से
सम्प्रदान	किसी को, के लिए	किन्हीं को, के लिए, कुछ लोगों को, के लिए
अपादान	किसी से	किन्हीं से/कुछ लोगों से
संबंध	किसी का/के/की	किन्हीं का/के/की/कुछ लोगों का/के/की
अधिकरण	किसी में/पर	किन्हीं में/पर, कुछ लोगों में/पर

'कुछ' सर्वदा अपरिवर्तित रहता है। आवश्यकता पड़ने पर इसी में कारक चिह्न जोड़ दिए जाते हैं। जैसे—'इन मशीनों में कुछ के नट ढीले हैं।' 'कुछ' के प्रयोग के विषय में कुछ बातें याद रखने की हैं। जैसे—कर्त्ता तथा कर्म के रूप में 'कुछ' का प्रयोग दोनों वचनों में होता है :

कर्त्ता : वहाँ कुछ था (एक०)।
कुछ कहते हैं। (बहु०)

कर्म : अब कुछ सोचो। (एक०)
कुछ को यहाँ बुला लो (बहु०)

ध्यान देने की बात है कि एकवचन में तो 'कुछ' अनिश्चयवाचक सर्वनाम है, किंतु बहुवचन में वह मूलतः अनिश्चित संख्यावाचक विशेषण है। 'कुछ कहते हैं' का अर्थ है 'कुछ लोग कहते हैं।' ऐसे ही 'कुछ को यहाँ बुला लो' में 'कुछ'—कुछ

लोग, कुछ छात्र, कुछ सिपाही आदि हो सकता है। अर्थात् बहुवचन का 'कुछ' विशेषण के लोप से सर्वनाम-सा दीखता है। 'बड़े लड़कों को बुला लो' तथा 'छोटों को जाने दो' वाक्य में जो स्थिति 'छोटों' की है, उपर्युक्त बहुवचन के वाक्यों में ठीक वही स्थिति 'कुछ' की भी है।

'किन्हीं' बहुवचन है, किंतु आदर के लिए एकवचन में भी आता है। बहुवचन में 'किन्हीं' और 'कोई-कोई' के अतिरिक्त 'किन्हीं लोगों' (कारक चिह्न-सहित) का प्रयोग भी होता है।

संबंधवाचक सर्वनाम

संबंध व्यक्त करने के लिए संबंधवाचक सर्वनाम का प्रयोग होता है। हिंदी में 'जो' संबंधवाचक सर्वनाम है—

	एकवचन	**बहुवचन**
कर्त्ता	जो, जिसने	जो, जो-जो, जिन्होंने/जिन लोगों ने
कर्म	जिसे/जिसको	जिन्हें/जिनको/जिन लोगों को
करण	जिससे, जिसके द्वारा	जिनसे, जिनके द्वारा, जिन लोगों के द्वारा
सम्प्रदान	जिसको, जिसके लिए	जिनको, जिनके लिए, जिन लोगों को/के लिए
अपादान	जिससे	जिनसे जिन लोगों से
संबंध	जिसका/के/की	जिनका/के/की, जिन लोगों का/के/की
अधिकरण	जिसमें/पर	जिनमें/पर/जिन लोगों में/पर

पहले 'जो' के साथ 'सो' का प्रयोग भी होता था। जैसे—जो जाएगा, सो पाएगा', किंतु ऐसे वाक्यों में अब 'वह' का प्रयोग होता है। जैसे—'जो जाएगा, वह पाएगा।' 'सो' प्रायः मानक नहीं माना जाता और केवल लोकोक्तियों में ही प्रयुक्त होता है।

प्रश्नवाचक सर्वनाम

किसी व्यक्ति अथवा वस्तु के बारे में प्रश्न करने लिए प्रयुक्त होने वाला सर्वनाम प्रश्नवाचक कहलाता है। बाहर कौन आया है? इन चीजों में तुम क्या लोगे? इन दोनों प्रयोगों से स्पष्ट है कि 'कौन' का प्रयोग प्राणिवाचक के लिए तथा 'क्या' का अप्राणिवाचक के लिए होता है। किंतु 'कौन' के इसके विरोधी प्रयोग भी मिल जाते हैं: कौन स्कूल? प्रायः 'कौन-सा' का प्रयोग सभी के लिए होता है। कौन-सा आदमी, कौन-सी औरत, कौन-सा साँप, कौन-सी दवात, कौन-सी पुस्तक आदि।

	एकवचन	बहुवचन
कर्त्ता	कौन, किसने	कौन/कौन-कौन, किन्होंने/किन लोगों ने
कर्म	किसे, किसको	किन्हें/किनको, किन लोगों को
करण	किससे	किनसे/किन लोगों से
सम्प्रदान	किसको, के लिए	किनको, के लिए, किन लोगों को, किन लोगों के लिए
अपादान	किससे	किनसे/किन लोगों से
संबंध	किसका/के/की	किनका/के/की, किन लोगों का/के/की
अधिकरण	किसमें, पर	किनमें/पर, किन लोगों में/पर

'क्या' अकेले हो तो 'क्या' रूप में ही आता है। इसमें जब कारक-चिह्न जोड़ने होते हैं तो एकवचन में 'किस' तथा बहुवचन में 'किन' का प्रयोग होता है। 'कौन' तथा 'क्या' के कुछ विशेष प्रयोग भी मिलते हैं। जैसे—वही कौन आपका कहना मानेगा = वह आपका कहना नहीं मानेगा; वह भी क्या आदमी है = वह आदमी नहीं है। विशेष अनुतान (Intonation) में बोले गए इन वाक्यों में 'कौन', 'क्या' से 'नहीं' का अर्थ द्योतित होता है। इसी प्रकार, अब वह क्या आएगा = अब वह नहीं आएगा; वह कौन जा रहा है = वह नहीं जा रहा है। अन्य रूपों के भी ऐसे प्रयोग खूब मिलते हैं। जैसे—किसने कहा = किसी ने नहीं कहा।

दस

हिंदी विशेषणों में रूपांतरण और मानकता

हिंदी विशेषणों में रूपांतरण और मानकता

हिंदी विशेषणों के प्रयोग में भी अमानकताओं के दर्शन होते हैं, मुख्यतः रूपांतरण की दृष्टि से हिंदी विशेषण रूपान्तरण की दृष्टि से दो प्रकार के होते हैं : आकारांत और अन्यांत। आकारांत भी दो प्रकार के होते हैं—

(अ) परिवर्तनीय विशेषण—जैसे अच्छा।

(आ) अपरिवर्तनीय विशेषण—जैसे बढ़िया।

अन्यांत विशेषण—जैसे लाल, सुन्दर (व्यंजनांत); अति (इकारांत); भारी (ईकारांत); दयालु (उकारांत); चालू (ऊकारांत) आदि।

जैसा कि नाम से स्पष्ट है इनमें केवल परिवर्तनीय आकारांत विशेषणों में ही रूपांतरण होता है—अच्छा लड़का, अच्छे लड़के, अच्छी लड़की। शेष विशेषण अपरिवर्तित रहते हैं। जैसे बढ़िया इमारत, बढ़िया आदमी; उमदा मकान, उमदा तसवीर; बढ़िया घोड़े, लाल कपड़ा, लाल कपड़े, लाल स्याही।

रूपांतर वाले आकारांत विशेषणों के प्रयोग की स्थिति यह है—

पुल्लिंग

	एकवचन	**बहुवचन**
अधिकारी	आ+संज्ञा	ए+संज्ञा
विकारी	ए+संज्ञा	ए+संज्ञा
सम्बोधन	ए+संज्ञा	ए+संज्ञा

उदाहरण हैं— **लम्बा लड़का** गया, **लम्बे लड़के** गए, **लम्बे लड़के** को बुलाओ, **लम्बे लड़कों** को बुलाओ, **ऐ लम्बे लड़के, ऐ** लम्बे लड़को !

स्त्री लिंग

	एकवचन	**बहुवचन**
अधिकारी	ई+संज्ञा	ई+संज्ञा
विकारी	ई+संज्ञा	ई+संज्ञा
सम्बोधन रूप	ई+संज्ञा	ई+संज्ञा

उदाहरण हैं—**अच्छी लड़की** गई, **अच्छी लड़कियाँ** गईं, **अच्छी लड़की** को बुलाओ, ऐ **अच्छी लड़की**, ऐ **अच्छी लड़कियो** !

यह ध्यान देने की बात है कि आकारांत संज्ञा की तरह ये आकारांत विशेषण विकारी रूप बहुवचन में ओकारांत नहीं बनते। हाँ, अकेले विशेषण ओकारांत हो जाते हैं किन्तु तब वे विशेषण न होकर संज्ञा का काम करते हैं। जैसे मैंने अच्छों-अच्छों को देखा है इतने बुरों से कभी पाला नहीं पड़ा होगा, लंबों को जाने दो नाटों को रोक लो।

परिवर्तनीय आकारांत विशेषण में बड़ा, छोटा, अच्छा, बुरा, लम्बा, पीला, कच्चा, काला, हरा आदि सभी सामान्य आकारांत विशेषण आते हैं। इन्हीं में उपर्युक्त प्रकार से रूपांतरण होता है।

अपवाद

(क) 'आकारांत' विशेषणों में 'वे अपवाद आकारांत' विशेषण हैं, जिनमें ई, ए वाले परिवर्तन नहीं होते। अर्थात् ये अरूपांतरित रहते हैं। इन्हें पाँच वर्गों में रखा जा सकता है—

(१) यांत—सींकिया, टुट(टट) पूंजिया, पुरबिया, रसिया, घटिया, बढ़िया, लफाड़िया, झंझटिया, कानपुरिया, बम्बइया, ननिया, ममिया, चचिया, बखेड़िया, तइया, ददिया, फुफिया, मौसिया, दिवालिया, काइयाँ, दूधिया, केसरिया, मखनिया, दुखिया, चूतिया, सवाया आदि।

(२) वांत—महँकौवा, जुड़वाँ, सवा, भगवा, ढलवाँ, गेरुवा, गेहुवाँ।

(३) संस्कृत (तत्सम)—महा।

(४) वे फ़ारसी-अरबी विशेषण जिनमें मूलतः अन्त में 'आ' न होकर 'अः' होता है तथा जो हिन्दी में आकर 'आ' हो गया है। जैसे खुलासा, सोफ़ियाना, सालाना, शायरनामा, आवारा, संजीदा, मौजूदा, शर्तिया, शौकिया, दुतरफ़ा, एकतरफ़ा, नाकारा, लापता, बचकाना, माहाना, क़ातिलाना, सूफ़ियाना, वहशियाना, अहमक़ाना, ज़नाना, मरदाना, खुफ़िया, ज़िन्दा, मुर्दा, मज़ाकिया। 'ताज़ा' भी इसी वर्ग में है। इसमें भी परिवर्तन नहीं होता (ताज़ा फल, ताज़ा सब्जी, ताज़ा

खबर), किन्तु कुछ लोग ताज़ा-ताज़ी-ताज़े बोलते हैं, जो मानक नहीं है। सुप्रसिद्ध फ़िल्मी गाना है : 'आज की ताज़ा ख़बर।' इसमें ख़बर स्त्रीलिंग है किंतु 'ताज़ा' का 'ताज़ी' नहीं हुआ है।

(५) अन्य—(१) तद्भव—आगबबूला, चौकन्ना, छुट्टा, पोंगा, इकट्ठा।

(२) विदेशी—तनहा, आला।

(ख) ऊपर कहा गया है कि सामान्यतः व्यंजनांत विशेषणों में परिवर्तन नहीं होता, किंतु कुछ तत्सम विशेषण अपवाद हैं, जिनके स्त्रीलिंग रूप संस्कृत में अलग होते हैं, और हिंदी में भी उनका प्रयोग होता है : श्रीमान-श्रीमती, विद्वान्-विदुषी, महान्-महती, रूपवान-रूपवती, गुणवान-गुणवती, सुन्दर-सुन्दरी, शीलवान-शीलवती, कुरूप-कुरूपा आदि।

(ग) प्रायः लोग खारा-खारी तथासुन हरा-सुनहरी-सुनहरे विशेषणों का प्रयोग करते हैं, किंतु ये दोनों ही विशेषण मात्र 'खारी' और 'सुनहरी' हैं : 'खारी पानी', 'सुनहरी मौक़ा'। 'खारी' शब्द में 'ई' प्रत्यय लिंग-वचन का न होकर विशेषण का है : खार (क्षार) + ई। 'संस्कृत' 'क्षारीय' से इसका विकास हुआ है। इसीलिए 'जापानी' (जापानी + ई) का जैसे 'जापाना' या 'जापाने' नहीं हो सकता उसी प्रकार 'खारा' और 'खारे' भी नहीं बन सकता। 'सुनहरी' के पक्ष में इस प्रकार का कोई कारण नहीं दिया जा सकता। किंतु पुल्लिग संज्ञाओं के साथ भी इसका 'सुनहरी' ही रहता है। यह सुशिक्षित लोगों के मानक प्रयोग पर आधारित है। बहुत से पंजाबी-भाषी 'भारी' का 'भारा' (जैसे भारा बदन) बोलते हैं। यह भी 'खारा' की तरह ही अशुद्ध है। इसमें भी 'ई' लिंग-वचन का प्रत्यय नहीं है जिसे 'आ', 'ए' किया जा सके। यह विशेषण का प्रत्यय (भार + ई) है, और विशेषण का प्रत्यय परिवर्तित नहीं होता। 'बासी' को पुल्लिग में 'बासा' कर देना भी इसी तरह अशुद्ध अमानक है।

ग्यारह

हिंदी क्रिया और उसके मानक रूप

यहाँ मात्र कुछ मुख्य बातें ही ली जा रही हैं।

धातु

(क) **नामधातु :** नामधातु उन्हें कहते हैं जो क्रिया या धातु के अतिरिक्त किसी अन्य प्रकार के शब्द के आधार पर बनी होती हैं। हिंदी में नामधातुएँ मुख्य रूप से संज्ञा, सर्वनाम, विशेषण तथा क्रियाविशेषण से बनती हैं—

संज्ञा से—

हाथ	हथियाना (इया जोड़कर)
लाज	लजाना (आ जोड़कर)
दु:ख	दुखाना (आ जोड़कर)
झूठ	झुठलाना (ला जोड़कर)
शर्म	शर्माना (आ जोड़कर)
रंग	रँगना (शून्य जोड़कर, अर्थात् बिना कुछ जोड़े)
फटकार	फटकारना (शून्य जोड़कर)
धिक्कार	धिक्कारना (शून्य जोड़कर)

सर्वनाम से—

अपना	अपनाना (शून्य जोड़कर)

विशेषण से—

गर्म	गर्माना (आ जोड़कर)
आधा	अधियाना (इया जोड़कर)

क्रियाविशेषण से—

ऊपर	उपराना (आ जोड़कर)

ऊपर के उदाहरणों से स्पष्ट है कि नामधातु बनाने के लिए अग्रलिखित पद्धतियाँ हिंदी में प्रयुक्त होती हैं—

	मूल	योग	परिवर्तन	नामधातु
१.	खर्च	शून्य	—	खर्चना
२.	गर्म	आ	—	गर्माना
३.	लाज	आ	आ→अ	लजाना
४.	हाथ	इया	आ→अ	हथियाना
५.	आधा	इया	आ→अ	अधियाना
६.	हरा	इया	आ→शून्य	हरियाना
७.	झूठ	ला	ऊ→उ	झुठलाना
८.	सीख	आ	ई→ई	सिखाना

(ख) अकर्मक से सकर्मक : अकर्मक से सकर्मक बनाने में निम्नांकित परिवर्तन तथा योग या केवल परिवर्तन की प्रक्रियाएँ होती हैं—

(व—व्यंजन, स—ह्रस्व स्वर, स:—दीर्घ स्वर)

एकाक्षरी : (१) वस:—वस+ला (जी-जिला)

(२) वस:—वस+आ (चू-चुआ-चुवा)

(३) सव—सव+आ (उड़-उड़ा)

(४) वसव—वसव+आ (गिर-गिरा)

(५) वस:व—वसव+आ (घूम-घुमा, भाग-भगा, खेल-खिला)

(६) वसव—वस:व—(रुक-रोक)

द्वयक्षरी : (१) वसवस:—वसव+ला (नहा-नहला)

(२) वसवसव—वसवव+आ (चमक-चमका)

(३) वसवसव—वसवस:व (निकल-निकाल)

अर्थात् पहले अक्षर का स्वर दीर्घ हो तो उसे ह्रस्व कर देते हैं (चू-चुआ), तथा अंत में या तो 'आ' अथवा ला या ओ (भीग-भिगो) देते हैं, या फिर बीच के ह्रस्व स्वर को दीर्घ (निकल-निकाल) कर देते हैं।

प्रेरणार्थक

हिंदी में प्रेरणार्थक धातुएँ दो प्रकार की (प्रथम प्रेरणार्थक, द्वितीय प्रेरणार्थक) होती हैं। उन दोनों के लिए कुछ प्रत्यय जोड़े जाते हैं तथा कुछ ध्वन्यात्मक परिवर्तन किए जाते हैं—

मूल धातु	प्रथम प्रेरणार्थक प्रत्यय	प्रथम प्रेरणार्थक धातु
चल	+आ	चला
पी	+ला	पिला

(क) बच्चा चलता है।

(ख) नौकर बच्चे को चलाता है।

(ग) पिता नौकर से बच्चे को चलवाता है।

(क) बच्ची दूध पीती है।

(ख) आया बच्ची को दूध पिलाती है।

(ग) माँ आया से बच्ची को दूध पिलवाती है।

प्रेरणार्थक धातु बनाने के लिए निम्नांकित प्रक्रियाएँ की जाती हैं—

(१) **प्रत्यय-योग**—प्रत्यय हैं 'शून्य', 'ओ', 'वा', 'ला', 'लवा'। इनमें प्रथम प्रेरणार्थक के हैं 'आ', 'ला', 'शून्य' तथा द्वितीय के 'वा', 'लवा'। यथा—

लिख	लिखा	लिखवा
देख	दिखला	दिखलवा

(२) **प्रत्यय-योग तथा ध्वनि-परिवर्तन**—इसके दो भेद हैं—

(क) स्वर-परिवर्तन

घूम	घुमा	घुमवा
भीग	भिगा	भिगवा
जी	जिला	जिलवा
पी	पिला	पिलवा
रुक	रोक	रुकवा
तुल	तौल	तुलवा
खुल	खोल	खुलवा

अन्तिम तीन में प्रथम प्रेरणार्थक के लिए शून्य प्रत्यय जोड़ा गया है।

(ख) स्वर तथा व्यंजन-परिवर्तन

टूट	तोड़	तुड़वा
फूट	फोड़	फुड़वा
छूट	छोड़	छुड़वा
बिक	बेच	बिकवा

यों वास्तविक रूप में इस वर्ग में मूल धातु प्रथम प्रेरणार्थक है। उससे एक ओर टूट, फूट, छूट, बिक बने तो दूसरी ओर 'वा' वाले रूप।

कृदन्त

हिंदी क्रिया-रचना में कृदन्तों का महत्त्वपूर्ण स्थान है। कृदन्त दो शब्दों से मिलकर बना है: 'कृत्+अन्त'। अर्थात्, कृदन्त ऐसे शब्दों को कहते हैं जिनके अन्त में 'कृत' प्रत्यय हो। कृत उन प्रत्ययों को कहते हैं, जो धातु में जोड़े जाते हैं।

हिंदी में मुख्य कृदन्त निम्नलिखित हैं—

(१) **वर्तमानकालिक कृदन्त**—यह धातु में त् जोड़ने से बनता है। प्रयोग के लिए इस त् के बाद लिंग-वचन के प्रत्यय आ, ई, ए, ईं जोड़े जाते हैं। जैसे—

धातु	वर्त० प्रत्यय	लिंग-वचन
चल्	त्	आ-चलता
पढ़्	त्	ई-पढ़ती
आ	त्	ए-आते
रो	त्	ई-रोतीं

इसे अपूर्ण कृदन्त भी कहते हैं। इसका प्रयोग निम्नांकित रूपों में होता है—

संज्ञा—मरते को क्या मारना ?

विशेषण—मरते आदमी को क्या मारना ?

क्रिया—जाता तो मैं भी लाता।

क्रियाविशेषण—राम दौड़ता जा रहा है।

(२) **भूतकालिक कृदन्त**—इसके लिए धातु में शून्य (अर्थात् कुछ नहीं) जोड़ा जाता है, किन्तु साथ ही लिंग-वचन के प्रत्यय भी जोड़े जाते हैं। जैसे—

धातु	भूत० प्रत्यय	लिंग-वचन
चल्	शून्य	आ-चला
पढ़्	शून्य	ई-पढ़ी
दौड़्	शून्य	ए-दौड़े
लिख्	शून्य	ई-लिखी

'अ', 'आ', 'इ', 'ओ' के बाद लिंग-वचन का 'आ' जोड़ा जाता है, तो उसके पूर्व 'य्' आ जाता है—

ग+य्+आ—गया

खा+य्+आ—खाया (आया, पाया, लाया आदि भी)

पि+य्+आ—पिया (किया, लिया, दिया, सिया आदि भी)

सो+य्+आ—सोया (रोया, टोया, खोया, बिलोया, धोया आदि भी)

ई, ऊ के बाद 'आ' जोड़ते हैं तो 'ई' का 'इ' और 'उ' हो जाता है—

पी+आ—पिया

छू+आ—छुआ

अपवादस्वरूप कुछ धातुओं के रूप सामान्य से अलग बनते हैं—

धातु	पुंल्लिग एक०	पुंल्लिग बहु०	स्त्रीलिंग एक०	स्त्रीलिंग बहु०
कर्	किया	किए, किये	की	कीं
जा	गया	गए, गये	गई	गईं
ले	लिया	लिए, लिये	ली	लीं
दे	दिया	दिए, दिये	दी	दीं

पी	पिया	पिए, पिये	पी	पीं
सी	सिया	सिए, सिये	सी	सीं

इसे पूर्ण कृदन्त भी कहते हैं। कुछ लोग किया, किए, की की के स्थान पर करा, करे, करी, करीं बोलते हैं किंतु ये रूप मानक नहीं हैं।

इसका प्रयोग निम्नांकित रूपों में होता है—

संज्ञा—मरे को क्या मारना ?

विशेषण—मरे आदमी को क्या मारना ?

क्रिया—राम गया।

क्रियाविशेषण— राम दौड़ा आया है।

(३) **क्रियार्थक संज्ञा**—इसके लिए धातु में न् जोड़ते हैं। न् के बाद लिंग-वचन के प्रत्यय आ, ई, ए आते हैं। जैसे—

चल+न्+आ—चलना

कर+न्+ई—करनी

खा+न्+ए—खाने

क्रिया का यह रूप संज्ञा की तरह प्रयुक्त होता है, अतः यह नाम पड़ा है। आज्ञा के लिए भी इसका प्रयोग होता है, इसी कारण इसे विध्यर्थक कृदन्त भी कहते हैं। किंतु तब यह ना-अंत ही होता है 'नी' या 'ने' अंत नहीं।

संज्ञा—सवेरे टहलना अच्छा है।

क्रिया—तुम कल सवेरे आना।

उसे जाना पड़ा।

राम को आना चाहिए।

लखनऊ संप्रदाय उर्दू बोले 'मुझे चिट्ठी लिखना है', 'मुझे रोटी खाना है', आदि बोलते हैं। मानक हिंदी में कर्म के अनुसार क्रिया ईकारांत हो जाती है: 'चिट्ठी लिखनी है', 'रोटी खानी' है। अर्थात् क्रियार्थक संज्ञा में लिंग-वचन के अनुसार परिवर्तन न करना अमानक है।

(४) **पूर्वकालिक कृदन्त**—इसके लिए धातु में कर (वह खाकर आएगा) के (काम करके आएगा), करके (खा करके गया है), शून्य (वह देख आया है) जोड़े जाते हैं। 'कर' धातु के साथ 'कर' न जोड़कर 'के' जोड़ते हैं। (बात करके आना) अन्य धातुओं के साथ 'के' का प्रयोग मानक नहीं माना जाता है। जैसे 'खाके आओ' अमानक है, 'खाकर आओ' मानक है। यों उर्दू वाले प्रायः 'के' का प्रयोग करते हैं, और उसे मानक भी मानते हैं। जोर देने के लिए कभी-कभी 'कर' तथा 'के' दोनों का प्रयोग साथ-साथ करते हैं—

उसे देख करके तो आना।

शून्य का प्रयोग उसे देख आना प्रायः कम होता है।

पूर्वकालिक कृदन्त को पूर्वकालिक क्रिया भी कहते हैं। इसका प्रयोग मूल क्रिया से पूर्व होने वाली क्रिया बताने के लिए होता है। जैसे—

वह खाकर आएगा।
राम रोकर गया है।
मेरा सामान खरीदकर लाना।
वह काम करके गया है।

कभी-कभी पूर्वकालिक कृदन्त रीतिबोधक क्रियाविशेषण का भी काम करता है—

राम दौड़कर आया है।

ऐसे ही कारण बोधक के लिए यह प्रयुक्त होता है—

ज़हर खाकर मर गया।
दूध-घी खाकर मोटा हो गया।

सहायक क्रिया

हिंदी की सर्वाधिक प्रमुख सहायक क्रिया 'हो' है जिसके रूप कालद्योतन (राम जा रहा है, राम जा रहा था), अस्तित्वद्योतन (कमरे में है), सम्बन्ध द्योतन (राम डाक्टर है), तथा संभावनाद्योतन (वह होगा) आदि का काम करते हैं। इसके रूप निम्नांकित हैं—

वर्तमान

	एकवचन	बहुवचन
उत्तम पुरुष	हूँ	हैं
मध्यम पुरुष	है	हो
अन्य पुरुष	है	हैं

'हो' के उपर्युक्त रूपों में लिंग की दृष्टि से परिवर्तन नहीं होता।

भूत

	पुंल्लिग		स्त्रीलिंग	
	एकवचन	बहुवचन	एकवचन	बहुवचन
उ० पु०	था	थे	थी	थीं
म० पु०	था	थे	थी	थीं
अ० पु०	था	थे	थी	थीं

अकेले आने पर ये रूप में अस्तित्ववाचक क्रिया (राम घर में था) अथवा सम्बन्धद्योतक क्रिया (मोहन तब बीमार था) का काम करते हैं। पर साथ ही भूतकाल के द्योतन का भी।

'हो' के इन रूपों में पुरुष की दृष्टि से परिवर्तन नहीं होता।

संभावनार्थ (एक)

	पुल्लिग		स्त्रीलिंग	
	एकवचन	बहुवचन	एकवचन	बहुवचन
उ० पु०	होऊँगा	होगे	होऊँगी	होंगी
म० पु०	होगा	होगे	होगी	होंगी
अ० पु०	होगा	होगे	होगी	होंगी

'हूँगा' (होऊँगा के स्थान पर) तथा 'हूँगी' (होऊँगी के स्थान पर) पहले चलते थे। अब ये अमानक हैं।

ये रूप भी मुख्य क्रिया के साथ हों तो संभावना द्योतक सहायक क्रिया का काम करते हैं—राम गया होगा (भूत) किन्तु अकेले आने पर ये अस्तित्ववाची संभावना द्योतक क्रिया का काम करते हैं—राम इस समय घर में होगा (वर्तमान) या फिर योजक किया का – राम इस घटना के बारे में जब कल सुनेगा तो बहुत दुखी होगा (भविष्य)।

संभावनार्थ (दो)

		एकवचन	बहुवचन
उ० पु०		हूँ या होऊँ	हों
म० पु०		हो	हों
म० पु०	आदरार्थ		
	(आ)	हों	हों
अ० पु०		हो	हों

इसका भी प्रयोग उपर्युक्त रूपों में वर्तमान, भविष्य तथा भूत तीनों में होता है—यदि इस समय वे वहाँ बैठे हों तो बुला लाओ (वर्तमान); यदि वे कल वहाँ न हों। हुए तो तुम किससे पूछोगे? (भविष्य); यदि कल वे न रहे हों तो··· (भूत)।

संभावनार्थ (तीन)

	पुंल्लिग		स्त्रीलिंग	
	एकवचन	**बहुवचन**	**एकवचन**	**बहुवचन**
उ० पु०	होता	होते	होती	होतीं
म० पु०	होता	होते	होती	होतीं
अ० पु०	होता	होते	होती	होतीं

उपर्युक्त रूप सहायक क्रिया, अस्तित्ववाची क्रिया, तथा सम्बन्धद्योतक क्रिया रूप में भूत तथा वर्तमान में प्रयुक्त होते हैं—यदि कल मैं वहाँ रहा होता तो मज़ा चखा देता (भूत); यदि इस समय यहाँ वे होते तो मेरी यह दुर्दशा न होती (वर्तमान)।

आज्ञा

हिंदी में आज्ञा के रूप निम्नांकित प्रकार से बनाए जाते हैं—

धातु	प्रत्यय	आज्ञा रूप
चल्	शून्य	चल (तू चल)
चल	ओ	चलो (तुम चलो)
चल	इए	चलिए (आप चलिए)
चल	एं	चलें (आप चलें)
चल	ना	चलना (तुम कल चलना)
चल	इएगा	चलिएगा (आप चलिएगा)

'कर' के कीजिए, कीजिएगा रूप अनियमित हैं किंतु मानक हैं करिएगा नहीं, यद्यपि अब ये भी प्रयोग में काफ़ी हैं। ऐसे ही दीजिए, लीजिए भी। नियमित रूप देइए, लेइए, प्रायः हिंदी प्रदेश में प्रयुक्त नहीं होते, हाँ गलती से विदेशी लोग प्रयुक्त कर देते हैं।

हिंदी में धातुओं में 'ओ' जोड़कर तुम के साथ प्रयुक्त होने वाला आज्ञा रूप बनाते हैं :

तुम चलो (चल+ओ)
तुम आओ (आ+ओ)

ओकारांत धातुओं के साथ पूरे हिंदी क्षेत्र में काफी लोग 'ओ' को अलग से रखकर रूप बनाते हैं। जैसे—

तुम कपड़े धोओ।

तुम मत रोओ।

तुम अपनी चीजें यों ही मत खोओ। किंतु कुछ लोग 'ओ' को निरर्थक मानते हैं तथा तुम के साथ भी वे वही रूप रखते हैं जो 'तू' के साथ। अर्थात्—

तुम कपड़े धो।

तुम मत रो।

तुम अपनी चीजें यों ही मत खो।

कुछ यह भी कहते हैं कि ऐसे रूपों में 'ओ' स्वर संधि से पिछले 'ओ' में मिल जाएगा—

धो (ना)+ओ=धो+ओ=ओ

खो (ना)+ओ=खो+ओ=खो

मैं इन बातों से सहमत नहीं हूँ और मेरे विचार में खोओ, सोओ, धोओ आदि रूप मानक हैं।

विशेष—'चाहिए' एक अव्ययवत क्रिया है। उसमें लिंग-वचन के अनुसार कोई परिवर्तन नहीं होता—

मुझे एक किताब चाहिए।

मुझे कई किताबें चाहिए (न कि चाहिएँ)

मुझे एक ग्रंथ चाहिए।

मुझे कई ग्रंथ चाहिए।

बारह

क्रियाविशेषण : संरचना और अमानकताएँ

हिंदी में क्रियाविशेषण दो प्रकार के होते हैं : मूल और यौगिक। मूल की रचना का प्रश्न ही नहीं उठता। जहाँ तक यौगिक का प्रश्न है वे मुख्यतः निम्नांकित दस प्रकारों के होते हैं—

(१) सर्वनाम+प्रत्यय (हाँ, ब, धर, यों)

सर्वनाम	सर्वनाम अंश	स्थान	काल	दिशा	रीति
यह	य, अ, इ	यहाँ	अब	इधर	यों
वह	व, उ	वहाँ	—	उधर	—
जो	ज	जहाँ	जब	जिधर	ज्यों
कौन	क	कहाँ	कब	किधर	—
तिस	त	तहाँ	तब	—	त्यों

(२) संज्ञा+परसर्ग (घर में, मज़े में, रास्ते में, झूठ-मूठ में, आसमान पर, पोड़े पर, समय पर, मज़े से, जोर से, धीरे से, कमाल का, सवेरे का)।

(३) संज्ञा+प्रत्यय (तत्त्वतः, अन्ततः, अंशतः, अक्षरशः, श्रद्धापूर्वक, ध्यानपूर्वक, आखिरकार)।

(४) संज्ञा+निपात (अनन्तकाल तक, घर तक, रात तक, शहर तक, घड़ी भर, जीवन भर, दिन भर, जी भर, मृत्यु पर्यन्त, जीवन पर्यन्त)।

(५) संज्ञा+पूर्वकालिक कृदन्त (कृपा करके, मेहरबानी करके, समय पाकर, अवसर निकाल कर)।

(६) द्विरुक्त संज्ञा (अंगुल-अंगुल, जौ-जौ, क़दम-क़दम, घर-घर, नगर-नगर, गाँव-गाँव, रात-रात, सुबह-सवेरे, क्षण-क्षण)।

(७) विशेषण+परसर्ग (मुफ़्त में, बेकार में, व्यर्थ का, बेकार का)।

(८) विशेषण+प्रत्यय (अधिकतर, ज़्यादातर, अन्यत्र, सर्वत्र, एकत्र, मजबूरन, जबरन, धीमे, धीरे, मुख्यतः, संभवतः, प्रत्यक्षतः, प्रमुखतया)।

(९) क्रियाविशेषण+परसर्ग (कल को, आज को, कब का)।

(१०) पूर्वकालिक कृदन्त (खाकर, करके, कह करके)।

क्रियाविशेषण के प्रयोग में जो अमानकताएँ मिलती हैं वे मुख्यतः रूप-रचना संबंधी हैं—

मानक	अमानक
वह खाकर आया है।	वह खाके आया है।
मैं माम करके आऊँगा।	मैं काम कर आऊँगा।

व्यर्थ में प्रयोग

वह खा चुका है।	वह खाके चुका है।

वाक्य में क्रम

खंभे टेढ़े गड़े हैं।	टेढ़े खंभे गड़े हैं।

(दूसरे में 'टेढ़े' शब्दक्रम की गड़बड़ी से विशेषण हो गया है)

अर्थ की गड़बड़ी

जैसे इधर, उधर के लिए यहाँ, वहाँ का प्रयोग। ऐसे प्रयोग हरियाना, मेरठ, दिल्ली आदि में प्रायः मिलते हैं।

पुनरुक्ति

मैं जीवन भर आभारी रहूँगा।	मैं आजीवन भर आभारी रहूँगा।

आदि की होती है। इस प्रयोग के अनेक अन्य प्रकार के उदाहरण आगे दिए गए हैं।

तेरह

हिंदी वाक्य-रचना

वाक्य की रचना मूलतः पदों से होती है। ये पद संज्ञा, सर्वनाम, विशेषण, क्रिया तथा अव्यय होते हैं।

कभी-कभी पदों से पदबन्ध की रचना होती है, और वाक्य की रचना में ये पदबंध, संज्ञा, सर्वनाम, विशेषण, क्रियाविशेषण आदि के रूप में आते हैं।

उपर्युक्त बातें सरल वाक्य की रचना में मिलती हैं जिसमें एक उद्देश्य और एक विधेय होता है। संयुक्त और मिश्रित वाक्य की रचना विभिन्न प्रकार के सरल वाक्यों से होती है। मिश्रित वाक्य में दो या अधिक सरल वाक्य इस प्रकार जोड़े जाते हैं कि उनमें एक तो प्रधान उपवाक्य हो जाता है, और शेष आश्रित उपवाक्य रहते हैं। संयुक्त वाक्य में सरल वाक्य इस प्रकार जोड़े जाते हैं कि कोई भी उपवाक्य आश्रित नहीं होता।

पदों से वाक्य-रचना करने में—जिसमें पदों से पदबंध रचना तथा पदों या पदबंधों से उपवाक्य रचना भी सम्मिलित है—तीन बातें महत्त्वपूर्ण होती हैं: पदक्रम, अन्वय, लोप।

यहाँ तीनों को अलग-अलग लिया जा रहा है।

पदक्रम (Word Order)

'पदक्रम' का अर्थ है 'वाक्य में पदों के रखे जाने का क्रम'। 'पद' को 'शब्द' कहने के कारण कुछ लोग 'पदक्रम' को 'शब्दक्रम' भी कहते हैं। हर भाषा के वाक्य में पदों या शब्दों के अपने क्रम होते हैं। उदाहरण के लिए अँग्रेजी में कर्ता+क्रिया+कर्म (Ram killed Mohan) का क्रम है तो हिंदी में कर्ता+कर्म+क्रिया (राम ने मोहन को मार डाला)। यहाँ हिंदी वाक्यों में पदक्रम पर विचार किया जा रहा है। मुख्य बातें निम्नांकित हैं—

(१) कर्ता वाक्य में पहले और क्रिया प्रायः अन्त में होती है: मोहन गया, लड़का दौड़ा। यों बल देने के लिए क्रम उलट भी सकते हैं। गया वह लड़का।

पास हो चुके तुम।

(२) कर्ता का विस्तार उसके पहले तथा क्रिया का विस्तार कर्ता के बाद आता है : **राम का लड़का** मोहन **गाड़ी से अपने घर** गया।

(३) कर्म तथा पूरक कर्ता और क्रिया के बीच में आते हैं : राम ने **पुस्तक** ली। यदि दो कर्म हों तो गौण कर्म पहले तथा मुख्य कर्म बाद में आता है : राम ने **मोहन को पत्र** लिखा। कर्म तथा पूरक के विस्तार उनके पूर्व आते हैं : राम ने अपने **मित्र के बेटे** राजीव को **बधाई का** पत्र लिखा, मोहन **अच्छा** डाक्टर है। बल देने के लिए कर्म पहले भी आ सकता है : पुस्तक ले ली तुमने ?

(४) विशेषण प्रायः विशेष्य के पूर्व आते हैं : **तेज** घोड़े को इनाम मिला; **अकर्मण्य** विद्यार्थी फ़ेल हो गया। पूरक विशेषण विशेष्य के बाद आता है : राम **लम्बा** है। यह केवल तब होता है जब क्रिया 'है', 'था', 'होगा' आदि हो। कई विशेषण हों तो संख्यावाचक पहले आता है : मैंने **एक लम्बा काला** आदमी देखा। सामान्यतः विशेषण क्रिया के पहले अवश्य आ जाता है, किंतु कभी-कभी क्रिया के बाद में, अर्थात् वाक्यांत में भी आता है : चाहे कुछ भी कहो भाई, है वह सुंदर।

(५) क्रियाविशेषण प्रायः कर्ता और क्रिया के बीच में आते हैं : बच्चा **धीरे-धीरे** खा रहा है। कालबोधक क्रियाविशेषण कभी-कभी जोर देने के लिए कर्ता के पहले भी आता है : **अब** मैं जा रहा हूँ—मैं **अब** जा रहा हूँ। स्थानबोधक की भी प्रायः यही स्थिति है : **भारत के उत्तरी भाग में** कश्मीर है—कश्मीर **भारत के उत्तरी भाग में** है। दोनों साथ भी प्रारंभ में आ सकते हैं : **आज उस हाल में** कवि-सम्मेलन हो रहा है। क्रियाविशेषण कर्ता और कर्म के बीच में तो आता है (मैं धीरे-धीरे उसे **चुपके-चुपके** तैयारी कर रहा है), अपवादतः क्रियाविशेषण अन्यत्र भी आ सकता है : चलो चलें **अब**; आ गए फिर **यहीं**? **शीघ्र ही** मैं आऊँगा—मैं **शीघ्र ही** आऊंगा—मैं आऊँगा **शीघ्र ही**।

(६) सर्वनाम प्रायः संज्ञा के स्थान पर आता है किंतु दो बातें ध्यान देने की हैं : (क) सर्वनाम वाक्य में संबोधन के रूप में नहीं आता, (ख) विशेषण सर्वनाम के पहले न आकर प्रायः बाद में आता है : वह **अच्छा** है, तुम **मूर्ख** हो। यों बोल-चाल में बल देने के लिए कभी-कभी विशेषण को सर्वनाम से पहले भी ला देते हैं : **अच्छा** वह है मगर···; **मूर्ख** तुम हो वह नहीं। यहाँ दूसरे में बल 'तुम' पर है पर साथ ही 'मूर्ख' पर भी बल है। यों ऐसे प्रयोगों में मूल वाक्य 'वह अच्छा है' 'तुम मूर्ख हो' ही होता है, अर्थात् विशेषण पूरक या विधेय विशेषण ही रहता है।

(७) हिंदी में क्रिया सामान्यतः अन्त में आती है : मैं **चला**, मैं अब **चला**। किंतु बल देने के लिए वह आरंभ में भी आ सकती है : **चला** मैं; **चला** अब मैं। प्रश्न में तो क्रिया प्रायः आरंभ में आती है : **है** भी वह यहाँ; **गया** भी होगा वह। आज्ञा की क्रिया बल देने के लिए प्रायः आरंभ में आती है : **जाओ** तुम—तुम

जाओ। **बैठो** वहाँ—वहाँ **बैठो**, **लिखो** तो ज़रा—ज़रा लिखो तो—तो ज़रा लिखो—तो लिखो ज़रा। 'चाहिए' की भी प्रायः यही स्थिति है : **चाहिए** तो था कि मुझसे मिल लेते; **चाहिए** तो बहुत कुछ मगर करता कौन है ?

(८) प्रविशेषण तथा प्रक्रियाविशेषण प्रायः विशेषण और क्रियाविशेषण के पहले आते हैं : वह **बहुत** लम्बा है, घोड़ा **काफ़ी** तेज़ भाग रहा था।

(९) प्रश्नवाचक सर्वनाम तथा क्रियाविशेषण, वाक्य के प्रारंभ में (**कौन** आ रहा है ? **कहाँ** जा रहे हो ?), बीच में क्रिया के पूर्व (वहाँ **कौन** आ रहा है ? तुम **कहाँ** जा रहे हो ?), या **कभी-कभी** क्रिया के बीच (वहाँ आ **कौन** रहा है ? तुम जा कहाँ रहे हो ?) या अन्त में (जाएगा **कौन** ? वहाँ आएगा **कौन** ? जा रहे हो **कहाँ** ? रहोगे **कहाँ** ?) आता है। यों प्रश्नवाचक शब्द उस शब्द के ठीक पूर्व ही प्रायः आता है, जिसके बारे में प्रश्न पूछा जाता है : **कौन** आदमी आएगा ? **क्या** चीज़ चाहिए ? तुम **क्या** देख रहे हो ? वह **कैसे** जा रहा है ? इसका स्थान बदलने से काफ़ी अंतर पड़ जाता है, अतः प्रयोग में सावधानी बरतनी चाहिए : **क्या** तुम लिख रहे हो ?—तुम **क्या** लिख रहे हो ?—तुम लिख **क्या** रहे हो ?—तुम लिख रहे हो **क्या** ?

(१०) पूर्वकालिक क्रिया प्रायः मुख्य क्रिया के पहले आती है : मैं **खाकर** आया हूँ, वह **आकर** आराम कर रहा है। बल देने के लिए कर्ता के पहले भी आ सकती है : **चलकर** तुम देख लो। यदि कर्म हो तो प्रायः पूर्वकालिक क्रिया उसके पूर्व आती है : पंडितजी **नहाकर** पूजा करते हैं। यों बल देने के लिए इसका भी उल्लंघन कर लिया जाता है : **नहाकर** पंडितजी पूजा करते हैं—पंडितजी पूजा **नहाकर** करते हैं—पंडितजी पूजा करते हैं **नहाकर**।

(११) संबोधन प्रायः वाक्य के आरंभ में आता है : राम कहाँ चले ? **मित्र**, आओ यहीं बैठें। कभी-कभी अन्त में भी आता है : बैठो **मित्र** !, चलो **भाई** !, उठो **मोहन** ! कहाँ जा रहे हो **राजीव** ?

(१२) करण कारक वाक्य में प्रायः कर्ता-कर्म के बीच में आता है : शीला ने क़लम से पत्र लिखे। बल देने के लिए यों इसमें परिवर्तन भी संभव है : **क़लम से** शीला ने पत्र लिखे, मैंने पत्र तो लिखा था **क़लम से** और खो गई है पेंसिल।

(१३) संप्रदान बल के अनुसार कर्ता के बाद तथा करण से पहले (मोहन **अपनी बहन के लिए** डाक से साड़ी भेज रहा है) या करण के बाद (मोहन डाक से **अपनी बहन के लिए** साड़ी भेज रहा है) आता है।

(१४) अपादान कारक कर्ता क्रिया के बीच में (लड़का **छत से** गिरा) अथवा कर्ता और कर्म के बीच में (मैंने **आलमारी से** कपड़े निकाले) आता है। बल देने के लिए दूसरे प्रकार के प्रयोग भी किए जाते हैं : **आलमारी से** मैंने कपड़े निकाले —कपड़े निकाले **आलमारी से** और टूट गया संदूक, वाह यह भी कोई बात हुई।)

(१५) अधिकरण कारक प्रायः वाक्य के बीच में क्रिया के पहले आता है (कपड़े संदूक में हैं, डाकू घोड़े पर है) किंतु बल देने के लिए अन्यत्र भी आ सकता है : संदूक में कपड़े हैं, तुम्हें दूं कैसे ? घोड़े पर डाकू हैं, और आप पैदल उनका पीछा करना चाहते हैं।

(१६) आग्रहात्मक 'न' वाक्य के अंत में आता है : तो तुम शाम की चाय पर आओगे न ? वह मेरा काम कर देगा न ?

(१७) निषेधात्मक अव्यय प्रायः क्रिया से पहले आते हैं : मैं नहीं जा रहा हूँ। बल देने के लिए या कोई और उपवाक्य जोड़ने के लिए अन्यत्र भी इसे रखा जा सकता है : नहीं जाऊँगा मैं—नहीं मैं जाऊँगा, देखें क्या कर लेते हो—मैं जाऊँगा नहीं, तुम चाहे कुछ भी बको।

(१८) समुच्चयबोधक अव्यय दो पदों, पदबंधों आदि के बीच में आता है। यदि कई को जोड़ना हो तो प्रायः इसे अन्तिम दो के बीच में रखते हैं और पूर्ववर्ती के बीच में कॉमा देते हैं : सुरेश, राजीव और गिरीश आ रहे हैं; सिपाहियों ने उसे पकड़ा, मारा और हवालात में बन्द कर दिया।

(१९) ही, भी, तो, तक, भर जिस पर बल देना हो उसके बाद में आते हैं : राम ही, मैं भी, वह तो, मोहन तक नहीं आया, वह आ भर जाए।

(२०) 'केवल' पहले आता है : केवल राम जाएगा। 'राम केवल जाएगा' जैसे प्रयोग कम होते हैं।

(२१) 'मात्र' पहले भी आता है बाद में भी : मात्र दस रुपये चाहिए—दस रुपये मात्र चाहिए।

(२२) विस्मयादिबोधक प्रायः आरम्भ में आते हैं : हाय ! यह क्या किया; अरे ! तुम भी आ गए।

(२३) क्रम की दृष्टि से भाषा की विभिन्न इकाइयों में तर्कसंगत निकटता होनी चाहिए, नहीं तो वाक्य हास्यास्पद हो जाता है : मुझे गर्म भैंस का दूध चाहिए—मुझे भैंस का गर्म दूध चाहिए; मरीज़ को एक दूध का गिलास पीने को दो—मरीज़ को दूध का एक गिलास पीने को दो।

अन्वय

'अन्वय' का अर्थ है 'पीछे जाना', 'अनुरूप होना' अथवा 'समानता'। व्याकरण में इसका अर्थ है 'व्याकरणिक एकरूपता'। अर्थात् वाक्य में दो या अधिक शब्दों की आपसी व्याकरणिक एकरूपता को अन्वय कहते हैं। यह लिंग, वचन, पुरुष, तथा मूल और विकृत रूप की होती है :

(क) सीता घर गई। (दोनों स्त्रीलिंग एकवचन)

(ख) लड़का घर गया। (दोनों पुल्लिंग एकवचन)

(ग) वह नेता है। (दोनों अन्य पुरुष एकवचन)

(घ) सिपाही काले घोड़े पर बैठा है। (दोनों विकृत रूप)

आगे विभिन्न प्रकार के शब्दों के बीच अन्वय पर संक्षेप में विचार किया जा रहा है :

(क) कर्ता और क्रिया का अन्वय

(१) यदि कर्ता के साथ कारक-चिह्न न लगा हो तो क्रिया कर्ता के अनुसार होती है : **लड़की खाना खा रही है, लड़का रोटी खा रहा है।** यह ध्यान देने की बात है कि कर्म का प्रभाव क्रिया पर ऐसी स्थिति में नहीं पड़ता।

(२) इसके विपरीत यदि कर्ता के साथ ने, को, से आदि कारक-चिह्न लगे हों तो कर्ता और क्रिया का अन्वय नहीं होता : '**राम ने रोटी खाई, मोहन को जाना है, सीता को जाना है, लड़कों को जाना है, लड़कियों को जाना है, राम से चला नहीं जाता, सीता से चला नहीं जाता, लड़कों से चला नहीं जाता।**

(३) कर्ता के प्रति यदि आदर सूचित करना है, तो एकवचन कर्ता के साथ बहुवचन की क्रिया आती है : **भगवान बुद्ध** महान व्यक्ति थे, **महात्मा गांधी** मानवता के सच्चे नेता थे।

(४) वाक्य में यदि एक ही लिंग, वचन, पुरुष के कारक चिह्न-रहित कर्ता 'और', 'तथा' आदि से जुड़े हों तो क्रिया उसी लिंग में बहुवचन में होती है : **राम, मोहन और दिनेश** विदेश जा रहे हैं; **शीला, अलका तथा करुणा** कल आएंगी। किन्तु यदि ऐसे कई शब्द, मिलकर एक ही वस्तु का बोध करा रहे हो तो क्रिया एकवचन में होगी : यह रही उसकी **घोड़ा-गाड़ी।**

(५) अलग-अलग लिंगों के दो एकवचन कर्ता यदि कारक-चिह्न रहित हों तो क्रिया पुल्लिग-बहुवचन में होती है : **वर और वधू गए, माताजी और पिताजी आएंगे।**

(६) यदि अलग-अलग लिंगों और वचनों के कई कर्ता कारक चिह्न-रहित हों तो क्रिया वचन की दृष्टि से तो बहुवचन में होगी किन्तु लिंग की दृष्टि से अंतिम कर्ता के लिंग के अनुसार : **एक लड़का और कई लड़कियां जा रही हैं, एक लड़की और कई लड़के जा रहे हैं।**

(७) यदि कर्ता कई पुरुषों में हो तो पहले अन्य पुरुष को, उसके बाद मध्यम पुरुष को और सबसे अन्त में उत्तम पुरुष को रखना चाहिए। क्रिया अन्तिम के अनुसार होगी। आओ, **मोहन, तुम और हम पढ़ें; मोहन और तुम जाओ; श्याम, तुम और मैं चलूंगा।**

(८) दर्शन, आँसू, प्राण, होश, आदि के कर्ता रूप में आने पर क्रिया बहुवचन में होती है : बहुत दिनों बाद आपके **दर्शन हुए हैं,** शेर को देखते ही मेरे तो

प्राण ही सूख गए।

(९) कर्ता के लिंग का पता न हो तो क्रिया पुल्लिंग होती है : अभी-अभी **कौन** बाहर **गया है** ?

(ख) कर्म और क्रिया का अन्वय

कर्ता के साथ कारक-चिह्न हो तो क्रिया कर्म के अनुसार होती है : राम ने **रोटी खाई**, सीता ने एक **आम खाया**, लड़कों ने वह **प्रदर्शनी देखी**, मोहन को **रोटी खानी है**, सीता को अभी **अखबार पढ़ना है**, शीला से यह **खाना अब खाया नहीं जाता**, रामू से ये सूखी **रोटियाँ** नहीं **खाई जातीं**, बीमार को **रोटी खानी** चाहिए, बीमार को **दूध पीना** चाहिए। क्रिया के कर्म के अनुसार होने के लिए यह आवश्यक है कि कर्म के साथ कारक-चिह्न न हो। यदि कारक-चिह्न हुआ तो क्रिया उसका अनुसरण नहीं करेगी : सीता ने उस **चिट्ठी** को **पढ़ा**, राम ने उस **चिट्ठी** को **पढ़ा**। ऐसे ही कर्ता के साथ कारक-चिह्न न हुआ तब भी क्रिया कर्म का अनुसरण नहीं करेगी : राम **रोटी खा रहा है**, सीता **चावल खा रही है**।

(ग) कर्ता और कर्म से निरपेक्ष क्रिया

यदि कर्ता और कर्म दोनों के साथ कारक-चिह्न हों तो क्रिया सदा ही पुल्लिंग एकवचन होती है : छात्र ने छात्रा को **देखा**, छात्रा ने छात्र को **देखा**, छात्रों ने छात्रा को **देखा**, छात्राओं ने छात्रों को **देखा**, **मैंने** (पुरुष) उसे (स्त्री) **देखा**, उसने (स्त्री) मुझे (पुरुष) **देखा**।

(घ) विशेषण और विशेष्य का अन्वय

विशेषण के अन्वय का प्रश्न केवल उन्हीं विशेषणों के साथ उठता है जो आकारांत होते हैं। शेष सभी विशेषण, जैसा कि विशेषण के अध्याय में कहा जा चुका है, हमेशा एकरूप रहते हैं : **सुन्दर** फूल, **सुन्दर** पत्ती, **सुन्दर** फूलों को, **सुन्दर** पत्तियाँ।

(१) आकारांत विशेषण चाहे विशेष्य के पहले आए अथवा बाद में विधेय-विशेषण के रूप में, वह लिंग-वचन में विशेष्य के अनुसार ही रहता है : वह **पेड़** बहुत **लंबा** है, वह **लंबा पेड़** खूबसूरत है, वह **लंबी डाली** फूलों से लदी है, वह **डाली लंबी** है।

(२) यदि विशेष्य मूल रूप में है तो आकारांत विशेषण भी मूल रूप में आता है, किन्तु यदि वह विकृत रूप में है तो विशेषण भी विकृत रूप में आता है : **लंबा लड़का** गया, **लंबे लड़के** को बुलाओ। विशेष्य विकृत रूप में हो किंतु परिवर्तित न हो, तब भी विशेषण परिवर्तित हो जाएगा : **पीला फूल** खिला है, **पीले**

फूल को तोड़ लो।

(३) एक विशेषण के कई विशेष्य हों तब भी ये ही नियम लागू होते हैं : **यह बड़ा** और **हरा** मकान सुन्दर है, उस **बड़े** और **हरे** मकान में कौन रहता है ?

(४) अनेक समासरहित विशेष्यों का विशेषण निकटवर्ती विशेष्य के अनुरूप होता है : **भोले-भाले** बच्चे और बच्चियाँ, **भोली-भाली** बच्चियाँ और बच्चे।

(ङ) संबंध और संबंधी का अन्वय

संबंध के रूपों पर भी वही नियम लागू होते हैं, जो ऊपर विशेषण के बारे में दिए गये हैं। वस्तुतः संबंध के रूप विशेषण ही होते हैं तथा संबंधी विशेष्य होता है : यह **मेरी छड़ी** है, यह **छड़ी मेरी** है। **उसकी** माताजी तथा पिताजी गये, **उसके** पिताजी तथा माताजी गईं।

(च) सर्वनाम और संज्ञा का अन्वय

(१) सर्वनाम उसी संज्ञा के लिंग-वचन का अनुसरण करता है, जिसके स्थान पर आता है : **वह** (सीता) गई, **वह** (राम) गया, वे (लड़के) गए, **मेरे पिताजी** और **बड़े भाई** आए हैं, वे (लोग) कल जाएँगे।

(२) आदर के लिए एकवचन संज्ञा के लिए बहुवचन सर्वनाम का प्रयोग होता है : पिताजी आए हैं और **वे** एक-दो दिन रुकेंगे; उसके बाद **उन्हें** बम्बई जाना होगा।

(३) किसी वर्ग के प्रतिनिधि के रूप में 'मैं' के स्थान पर 'हम' का प्रयोग होता है। इसी प्रकार 'मेरा' के स्थान पर 'हमारा' आदि अन्य रूपों का भी। इसीलिए संपादक, प्रतिनिधि-मंडल का नेता, देश का प्रतिनिधि, देश की ओर से बोलनेवाला राष्ट्रपति, प्रधानमंत्री आदि हम, हमारा आदि का ही प्रयोग करते हैं, मैं, मेरा आदि का नहीं। यदि वे मैं, मेरा आदि का प्रयोग करें तो उसका अर्थ उनका व्यक्तिगत रूप आदि होता है।

(४) तू, तुम, आप तीनों ही मध्यम पुरुष हैं, किन्तु प्रयोग में वे संबंधित संज्ञा के अनुसार आते हैं। तीनों का अन्तर सर्वनाम के प्रसंग में बतलाया जा चुका है।

लोप

लोप का अर्थ है, वाक्यों में ऐसे शब्दों को छोड़ दिया जाना, जिनके न रहने पर भी उस प्रसंग में वाक्य को समझने में बाधा नहीं पड़ती। 'राम जा रहा है और मोहन भी' वाक्य मूलतः है 'राम जा रहा है और मोहन भी जा रहा है', किन्तु अन्तिम 'जा रहा है' का लोप करके वाक्य को यह संक्षिप्त रूप दे दिया गया

है। लोप कई प्रकार का होता है :

(क) **कर्ता का**—सुना है राजा साहब के घर चोरी हो गई, देखते हैं कि अपनी ही जान संकट में है, मैं आपकी सहायता क्या करूँ ?

(ख) **क्रिया का**—(१) लोकोक्तियों में : घर का जोगी जोगड़ा, आन गाँव का सिद्ध; घर की मुर्गी दाल बराबर; नया नौ दिन पुराना सौ दिन। (२) राम जा रहा है और मोहन। यहाँ 'जा रहा है' का लोप है। (३) 'राम नहीं जाता' वाक्य 'राम नहीं जाता है' का संक्षेप है। 'है', 'हूँ' आदि इस प्रकार के लोप हिन्दी में बहुत सामान्य हैं : राम नहीं जा रहा, मोहन नहीं जाने का, मैं अब नहीं लौटने का।

(ग) **वाक्यांश का**—(अ) प्रश्नोत्तर में :

प्रश्न—तुम्हारा नाम क्या है ?

उत्तर—राम ('मेरा नाम' तथा 'है' का लोप)

प्रश्न—कहाँ जा रहे हो ?

उत्तर—घर ('मैं' तथा 'जा रहा हूँ' का लोप)

चौदह

शब्द और अर्थ

शब्द और अर्थ के क्षेत्र में भी मानकता का प्रश्न उठता है और यह प्रश्न कई अन्यों की तुलना में अधिक जटिल भी है और महत्त्वपूर्ण भी।

मानक भाषा के शब्द-भंडार में एक अर्थ की अभिव्यक्ति एक शब्द द्वारा होने पर बल होता है। इसका आशय यह हुआ कि यदि उस एक अर्थ की अभिव्यक्ति एक से अधिक शब्दों द्वारा हो रही है तो उनमें प्रायः एक को ही मानक मानते हैं और अन्य शब्दों को अमानक। इसके विपरीत प्रत्येक शब्द का उस भाषा के पूरे क्षेत्र में एक ही अर्थ लिया जाता है। एक से अधिक नहीं। किंतु यह एक आदर्श स्थिति है। वास्तविक रूप में यह मिलना काफ़ी कठिन है। उदाहरण के लिए, अँग्रेज़ी विश्व की सर्वाधिक समुन्नत और मानक भाषा है किंतु उसकी मानकता भी इस दृष्टि से पूर्णतः आदर्श नहीं है। उसमें भी क्षेत्रीय भेद काफ़ी हैं। उदाहरण के लिए, एक तरफ़ इंग्लैंड में जिस ज्वलनशील द्रव पदार्थ को 'पिट्रोल' कहते हैं, उसे अमेरिका में 'गैसोलीन' कहते हैं, दूसरी तरफ़ अमेरिका में 'कॉर्न' का अर्थ 'मक्का' होता है तो इंग्लैंड में 'ग़ल्ला' होता है। वस्तुतः जिस भाषा का क्षेत्रीय विस्तार जितना अधिक होता है, उसमें इस प्रकार की अनेकरूपताएँ भी उतनी ही अधिक होती हैं। यही कारण है कि भारत की तमिल, मलयालम, उड़िया आदि भाषाओं में उनके क्षेत्र छोटे होने के कारण उपर्युक्त प्रकार की शब्द और अर्थ की अनेकरूपताएँ अपेक्षाकृत कम मिलती हैं किंतु दूसरी ओर हिंदी का क्षेत्र काफ़ी बड़ा (उत्तर प्रदेश, मध्य प्रदेश, बिहार, दिल्ली, राजस्थान, हरियाणा, हिमाचल प्रदेश) होने के कारण इन दोनों प्रकार की अनेकरूपताएँ काफ़ी मिलती हैं जिनके कारण उसके मानक रूप के निश्चयन में बाधा उपस्थित होती है। उदाहरण के लिए दिल्ली में जिस सब्ज़ी को 'तोरी' कहते हैं, मध्यवर्ती उत्तर प्रदेश में उसे 'तरोई' या 'तुरई' या 'तुरइया' कहते हैं और पूर्वी उत्तर प्रदेश में तथा पश्चिम बिहार में तेनुवाँ और पूर्वी और मध्यवर्ती बिहार के बहुत से भागों में 'घिवरा', 'घेंवड़ा' या 'घेउंड़ा'। यही नहीं नेपाल से लगे हिंदी प्रदेश के कुछ भागों

में 'घिरम्ला' भी कहते हैं।

दूसरी तरफ़ मध्यवर्ती उत्तर प्रदेश के कुछ भागों में 'तोरी' को ही 'तोरई' कहते हैं किंतु पूर्वी उत्तर प्रदेश के कुछ भागों में 'तोरई' एक दूसरी ही सब्ज़ी को कहते हैं जिसमें ऊपर की तरफ़ चारों ओर नसें होती हैं जिसे दिल्ली में तोरी कहते हैं। इस तरह यह एक ही शब्द के अर्थ में क्षेत्रीय भेद हैं। ऐसे ही मौसा-मौसी का अर्थ मेरठ में वही नहीं होता जो पूर्वी उत्तर प्रदेश में होता है। पूर्वी उत्तर प्रदेश में माँ की बहिन ही 'मौसी' कहलाती है और 'मौसी' का पति मौसा। इसके विपरीत मेरठ तथा पश्चिमी उत्तर प्रदेश के बहुत से क्षेत्रों में माँ की बहिन के अतिरिक्त भाई और बहिन की सास को भी 'मौसी' कहते हैं और इन तीनों के ही पतियों को 'मौसा'। इस तरह पश्चिम में इन शब्दों के अर्थ में विस्तार हो गया है जबकि पूरब में पुराना अर्थ ही चल रहा है जो पश्चिम के अर्थ की तुलना में संकुचित है।

इन दो समस्याओं के अतिरिक्त एक तीसरी समस्या भी है, जो एक क्षेत्र में किसी वस्तु या संकल्पना के लिए एक शब्द है किंतु दूसरे क्षेत्र में नहीं है। उदाहरण के लिए, पूर्वी उत्तर प्रदेश में मासिक धर्म बंद होने पर काफ़ी समय के बाद जो बच्चा पैदा होता है उसे 'लमेर' या 'लमेरा' कहते हैं। सभी जगह इस तरह के बच्चे पैदा होते हैं किंतु हिंदी प्रदेश के अन्य क्षेत्रों में ऐसे बच्चों के लिए कोई अलग संज्ञा नहीं है। प्रायः ऐसा होता रहा है कि कोई ऐसी चीज़ ख़रीदने जाएँ जो बहुत महँगी न हो तो दुकानदार तोलने के बाद वज़न से अतिरिक्त थोड़ी चीज़ अलग से उसमें डाल देता है। जैसे हरी मिर्च लें या सिंघाड़े लें या ऐसी ही अन्य चीज़ें। इस अतिरिक्त चीज़ को पूरब में 'घलुआ', 'घलुवा' या 'घेलुवा' कहते हैं। दिल्ली तथा हरियाना में इसे रूँगा कहते हैं किंतु हिंदी प्रदेश के कई क्षेत्रों में इस प्रकार की अतिरिक्त चीज़ देने की परंपरा तो है किंतु उसके लिए कोई अलग नाम नहीं है। उदाहरण के लिए, उत्तर प्रदेश के एटा जिले तथा नैनीताल जिले के कुछ लोगों से पूछने पर मुझे पता चला कि उनके यहाँ कोई नाम नहीं है। अनेकानेक अन्य संकल्पनाओं के संबंध में भी यही बात मिलती है।

प्रयोग की दृष्टि से शब्द दो प्रकार के होते हैं : पारिभाषिक और सामान्य। इन दोनों को लेकर यहाँ थोड़े विस्तार से विचार किया जा रहा है।

पारिभाषिक शब्द उन्हें कहते हैं जिनकी परिभाषा दी जा सकती हो। ये शब्द विज्ञान और कला, भौतिकी, रसायनशास्त्र, जीवविज्ञान, चित्रकला, मूर्ति-कला, संगीत तथा प्रशासन आदि विभिन्न विषयों में तकनीकी अर्थ में प्रयुक्त होते हैं। इसीलिए इन्हें तकनीकी शब्द भी कहते हैं। हिंदी में इस प्रकार के कुछ शब्द तो प्राचीन काल से चले आ रहे हैं किंतु आज़ादी के बाद अँग्रेज़ी के ऐसे शब्दों के प्रतिशब्द के रूप में काफ़ी नए शब्द हिंदी में आए हैं। इनमें कुछ तो बनाए गए हैं (जैसे मंत्रालय, महाविद्यालय) कुछ अँग्रेज़ी आदि से लिए गए हैं (जैसे एक्स-रे,

आक्सिजन, टेलीविज़न) और कुछ हिंदी ध्वनि-व्यवस्था के अनुरूप अनुकूलित कर के लिए गए हैं (जैसे इंटेरिम-अंतरिम, एकेडेमी-अकादमी, इंटोनेशन-अनुतान, ट्रेजेडी-त्रासदी, कॉमडी-कामदी)। इनमें वे पारिभाषिक शब्द जो प्रशासन के काम आते हैं, जनता द्वारा भी प्रयुक्त होते हैं तथा प्रशासन में प्रायः प्रत्येक स्तर पर उनकी आवश्यकता पड़ती है, इसीलिए जल्दी-जल्दी में कई हिंदी प्रदेशों ने अपनी-अपनी शब्दावली निर्धारित की जिसका परिणाम यह हुआ कि इन शब्दों में काफ़ी अनेकरूपताएँ आ गईं और इसका दुष्परिणाम यह हुआ कि पारिभाषिक शब्दावली के क्षेत्र में हिंदी के मानक रूप को क्षति पहुँची है और इस क्षेत्र में एकरूपता लाना कठिन ही नहीं प्रायः असंभव हो गया है। उदाहरण के लिए—

(१) **कवरिंग लेटर—केन्द्र सरकार** : प्रावरण-पत्र, **राजस्थान** : आवरण-पत्र **बिहार** : उपरि-पत्र।

(२) **फ़ेस वैल्यू—केन्द्र सरकार** : अंकित मूल्य, **राजस्थान** : प्रत्यक्ष मूल्य, **बिहार** : मुख्य मूल्य, **मध्य प्रदेश** : अंकित अर्हा।

(३) **एकेडेमिक ईयर—केन्द्र सरकार** : शैक्षणिक वर्ष, **उत्तर प्रदेश** : शिक्षा वर्ष, **मध्यप्रदेश** : अधिविद्य वर्ष।

(४) **प्रोक्योरमेंट—केन्द्र सरकार** : प्रापण, **राजस्थान** : वसूली, **उत्तर प्रदेश** : अधिप्राप्ति, **बिहार** : उपायन, **मध्यप्रदेश** : अध्याप्ति।

(५) **रेजिस्टरिंग अथारिटी— केन्द्र सरकार** : पंजीयन अधिकारी, **उत्तर प्रदेश** : निबंध अधिकारी।

ऊपर यह संकेत किया गया है कि मानक भाषा के लिए यह भी आवश्यक है कि एक संकल्पना के लिए एक ही शब्द हो। जहाँ तक इन प्रशासनिक शब्दों का प्रश्न है हिंदी प्रदेश में इनमें कइयों के लिए विभिन्न प्रदेशों में एकाधिक शब्द तो हैं ही, कुछ के लिए तो एक प्रदेश में भी एकाधिक शब्द चल रहे हैं। उदाहरण के लिए—

यूनिकेमेरल—मध्य प्रदेश : एकसदनी, एकसदनीय, एकसदनात्मक।

अनॉफिशिअल—केन्द्र सरकार : अशासनिक, अशासकीय, अनौपचारिक, ग़ैरसरकारी।

पेरिशेब्ल— बिहार : विनश्वर, नाशवान, विनाशवान, बिगड़नेवाला।

एकेडमी—उत्तर प्रदेश : अकादमी, ज्ञानपीठ, ज्ञानपरिषद्।

क्रास्ड चेक—राजस्थान : क्रास चेक, शाहजोग चेक, नामदेय चैक।

ऐसे 'रिकरिंग ग्रांट' के लिए 'आवर्ती अनुदान', 'आवर्त अनुदान' तथा 'आवर्तक अनुदान', 'आइडेंटिफिकेशन मार्क' के लिए 'पहचान चिह्न', 'शिनाख्त चिह्न' तथा 'शिनाख्त निशान', 'आइडेंटिटी' के लिए 'पहचान', 'अभिज्ञान' तथा 'शिनाख्त', 'हेयर' के लिए 'वारिस', 'दायाद', 'रिक्थभागी' तथा 'उत्तराधिकारी'

एवं 'फ़िक्सेशन' के लिए 'नियतन', 'निश्चयन' 'स्थिरीकरण' तथा 'निर्धारण' आदि चल रहे हैं।

इस तरह पारिभाषिक शब्दावली के क्षेत्र में हिंदी प्रदेश में काफ़ी अनेकरूपताएँ हैं और इन अनेकरूपताओं के होते हिंदी के शब्द-भंडार को कोई मानक रूप दे पाना असंभव-सा है।

उपर्युक्त बातों से यह स्पष्ट है कि पारिभाषिक शब्दों के क्षेत्र में हिंदी को मानक रूप देने के लिए किया यह जाना चाहिए कि पूरें हिंदी क्षेत्र में सभी प्रदेशों में एक अँग्रेज़ी शब्द के लिए केवल एक शब्द का प्रयोग करे और शेष को छोड़ दें। इसका सरलतम तरीका शायद यह होगा कि केन्द्र सरकार की सूची के सर्वाधिक प्रयुक्त शब्द को सभी प्रदेश स्वीकार करें और केन्द्र भी अपने अन्य शब्दों को छोड़कर उसी का प्रयोग करें। साथ ही अपनी प्रशासनिक शब्दावली पुस्तिका के अगले संस्करण में केन्द्र सरकार अर्थ या प्रयोग की दृष्टि से जहाँ आवश्यक न हो प्रत्येक शब्द के लिए एक-एक शब्द ही रखें। अन्य प्रादेशिक सरकारें केन्द्र की पुस्तिका का ही प्रयोग करें, अलग से अपनी शब्दावलियाँ न प्रकाशित करें।

जिस भाषा का क्षेत्र बड़ा होता है, उसके विभिन्न क्षेत्रीय रूपों में सांस्कृतिक और भाषिक दोनों प्रकार के अंतर होते हैं। यहाँ तक कि जीवन के सामान्य क्रिया-कलापों में प्रयुक्त शब्द भी एक नहीं होते। हिंदी में भी यह बात खूब मिलती है। यहाँ कुछ सब्जियों के नामों की सूची इस दृष्टि से देखी जा सकती है—

(१) दिल्ली तथा आस-पास—**तोरी**, मुरादाबाद—तुरई, रायबरेली—**घियहवा तोरई,** कन्नौज तथा आस-पास—**तुरँया,** बनारस तथा आस-पास—नेनुआँ, बिहार—**घेवड़ा**, **घेंउड़ा**, घिउरा, हरियाना—**घिया तोरी** या **गलगल तोरी**, कुछ अन्य हिंदी क्षेत्र—**गिलकी**।

(२) दिल्ली तथा आसपास पंजाबी प्रभाव से—**साबी तोरी**, बनारस या आस-पास—**तोरई**, रायबरेली—**नसहवा तोरई**, कन्नौज तथा आस-पास—**नसियारी** तुरँया, आगरा तथा आस-पास के ब्रज में—**विलायती तोरी**, हरियाना के कुछ क्षेत्र—देसी तोरी, कुछ अन्य क्षेत्र—सूता तुरई (सूतवाली)।

(३) दिल्ली तथा आस-पास—**घिया**, मुरादाबाद—**रामतुरई,** ब्रज के कुछ क्षेत्र—लौकिया, इलाहाबाद बनारस आदि—लौकी, गाजीपुर के आस-पास के कुछ मुसलमान—कद्दू।

(४) दिल्ली तथा आस-पास—**सीताफल**, मेरठ—**काशीफल**, **भेलिया सीताफल**, **कद्दू**, **कद्दूफल**, बदायूँ—**पीले फूल का कद्दू**, मुरादाबाद (हिंदू)—**कासीफल**, (मुसलमान)—**भिलिया कद्दू**, बिहार—**कदीमा**।

(५) दिल्ली तथा आस-पास—**लोबिया**, रायबरेली—**बोड़वा**, इलाहाबाद तथा आस-पास—**बोड़ा**, भोजपुरी प्रदेश तथा आस-पास—**लतरा**, भागलपुर—

बजरबट्टू।

(६) दिल्ली तथा पास-पास—**बैंगन**, कन्नौज तथा ब्रजप्रदेश—**भटा**, रायबरेली—**भांटा**, भोजपुरी प्रदेश—**भंटा**, कुछ अन्य हिंदी क्षेत्र—**मारू**।

(७) दिल्ली तथा आस-पास—**पेठा**, मेरठ—**पेठा, कद्दू**, रायबरेली—**भोरऊ कोंहड़ा**, कन्नौजी क्षेत्र तथा आस-पास—**कुम्हेड़ो**, भोजपुरी क्षेत्र—**भतुवा**, बिहार के कुछ क्षेत्र—**कोंहड़ा**। कुछ क्षेत्रों में **हेसमी** भी कहते हैं।

(८) दिल्ली तथा आसपास—**कचालू**, रायबरेली—**बंडा**, कन्नौजी प्रदेश—**मूढ़ा**, भोजपुरी क्षेत्र—**सुथनी**, बिहार में कुछ क्षेत्र—**कंदा**, कुछ हिंदी क्षेत्रों में **गंठा**।

(९) दिल्ली तथा आस-पास—**अरबी**, मेरठ तथा आस-पास—**अरबी, उरई, घुइयाँ**, भोजपुरी क्षेत्र—**अरुई**, कई अन्य स्थानों पर **गुहियाँ**, भागलपुर—**कच्चू**, पटना-मुज़फ्फरपुर—पेपची।

(१०) दिल्ली तथा आस-पास—**रतालू**, मेरठ—**रतालू**, मुरादाबाद—**कांटू, रतालू**, ब्रजप्रदेश—**बौड़ा**, रायबरेली—**बंडा**, कन्नौजी क्षेत्र—**बंगाली घुइयाँ**।

(११) दिल्ली तथा आस-पास—**जिमी कंद**, भोजपुरी प्रदेश—**सूरन**, बिहार में कई अन्य स्थानों पर **ओल**।

अन्य नामों में भी इसी प्रकार के विकल्प मिलते हैं। उदाहरण के लिए भुट्टा-भुंटा—कुकढ़ी, पातगोभी—बंदगोभी—करमकल्ला, टिंडा—ढेढस, कुलफा—नोनिया, अमरूद—बिटी—सफरी-सपरी—जामफल, पपीता-रेंड़मेवा—अंडककड़ी, तरबूज़—फलींदा—कदीमा सिंघाड़ा—पानी फल—बैंगन का भाई, सरीफ़ा-सीताफल, परवल-परोरा-पटल, शहतूत-तूत-जलेबा, कमलककड़ी-भसिंड-भसीडा, शकरकंद-कन्ना-कंदा-अलुवा-मिस्रीकंद, गीदड़-सियार-स्यार घौंदुआ (आगरा), भेड़िया-हुंड़ार, कुत्ता-कुक्कर-सोनहा, नीलगाय-घोड़रज-घड़रोज, त्रिठानी-गोतनी, भांजा-भगिना, कस्सी-फावड़ा-फरसा-फर्सा-फरुहा, चना-रहिला, मटर-केराव, उपला-गोसा-गोइंठा, गुस्सा-क्रोध-खुनुस और समोसा-तिकोना-सिंघाड़ा आदि।

इन सबका परिणाम यह होता है कि कभी-कभी एक क्षेत्र के व्यक्ति को किसी अन्य क्षेत्र में सामान ख़रीदने में परेशानी होती है। मेरे सामने की बात है। बनारस में मैं सब्जी ख़रीद रहा था। उसी दुकान पर एक अन्य सज्जन भी सब्ज़ी ख़रीदने आए और उन्होंने दुकानदार से एक किलो 'घीया' और एक किलो 'तोरी' तौलने के लिए कहा। दुकानदार थोड़ी देर तक उनके चेहरे की ओर देखने के बाद बोला—'बाबूजी ये तरकारियाँ तो मेरे पास नहीं हैं।' मैंने देखा कि दोनों ही चीज़ें उसकी दुकान पर हैं। मैं समस्या समझ गया और यह भी समझ गया कि

ख़रीदार महोदय कहीं दिल्ली की ओर के हैं। फिर मैंने दुकानदार को बतलाया कि ये एक किलो लौकी और एक किलो नेनुवां माँग रहे हैं। दुकानदार 'अच्छा' कहते हुए ज़ोर से हँसा और फिर दोनों चीज़ें तौल कर दे दीं। इसीलिए आवश्यकता इस बात की है कि ऐसे सभी नामों में एक को मानकर उसी के प्रयोग पर पूरे हिंदी प्रदेश में बल दें। इस तरह लिंग, वचन, वाक्य-रचना, रूप-रचना की अमानकता चाहे जितनी भी अकाम्य हो बोधगम्यता में बहुत बाधक नहीं होती और व्यक्ति एक-दूसरे को समझ-समझा लेते हैं, पारिभाषिक शब्दों में भी क्षेत्रीय प्रयोग होने पर भी मूल अँग्रेज़ी शब्द की सहायता से बात समझाई जा सकती है, किंतु सामान्य शब्दों में कोई एक मानक शब्द न होने से तो वाक्य ही निरर्थक और अबोधगम्य हो जाते हैं। इसीलिए इनमें मानकता पूरे हिंदी क्षेत्र में बोधगम्यता के लिए अनिवार्यतः आवश्यक है। हालांकि आवश्यक होने पर भी इसे ला पाना बहुत कठिन है।

बारहवीं तक की पाठ्य पुस्तकों में ऐसे सामान्य शब्दों में भी मात्र मानक रूप में स्वीकृत एक शब्द के प्रयोग से ही सभी को ऐसे मानक शब्दों का पता चल सकता है जो सर्वक्षेत्रीय हों और जिनके कारण अंतःक्षेत्रीय बातचीत संभव हो। अन्यथा इस स्तर पर हिंदी अंतःक्षेत्रीय होने पर भी अंतःक्षेत्रीय न होने के बराबर है।

इस प्रसंग में एक अलग प्रसंग ऐसी संकल्पनाओं का भी है, जिनके लिए मानक हिंदी में कोई शब्द नहीं है यद्यपि हिंदी की कुछ क्षेत्रीय बोलियों में है। हमें यह ध्यान रखना चाहिए कि जब हिंदी पूरे हिंदी प्रदेश की भाषा है तो हिंदी प्रदेश की सभी संकल्पनाओं के लिए उसमें शब्द भी होने चाहिए। उदाहरण के लिए दाँतों में कुछ अटक जाने पर सभी जगह किसी लड़की या धातु की बनी वस्तु का प्रयोग उसे निकालने के लिए किया जाता है। दिल्ली जैसे बड़े शहरों के सुशिक्षित लोगों की हिंदी में उसके लिए कोई शब्द नहीं है और वे आवश्यकता पड़ने पर अंग्रेज़ी शब्द 'टुथप्रिक' का प्रयोग करने को बाध्य होते हैं। भोजपुरी क्षेत्रों में नीम के उस पतले भाग को सुखा कर इसके लिए काम में लाते हैं जिसमें पत्तियाँ लगी होती हैं तथा इस सूखे भाग को 'खरिका' कहते हैं। मध्य उत्तर प्रदेश के कुछ भागों जैसे बदायूँ में यह वस्तु धातु की होती है और इसे 'दंतखोदनी' कहते हैं। अन्य क्षेत्रों में भा हिंदी की बोलियों में इसके लिए शब्द हैं। अच्छा हो कि मानक हिंदी इन्हीं शब्दों से जो कुछ अधिक प्रचलित हो, बड़े क्षेत्र में प्रयुक्त होता हो ले लें। अँग्रेज़ी 'टुथप्रिक' को लेना बहुत उचित नहीं होगा।

गाँवों की बोली में ऐसे अनेकानेक शब्द मिलते हैं। उदाहरण के लिए, घी रखने के मिट्टी के बर्तन को गंगा नदी के एक तरफ कुछ भोजपुरी क्षेत्रों में 'मेंटी' कहते हैं तो दूसरी तरफ़ उत्तर प्रदेश में और सासाराम—बक्सर के आस-पास

'बेहुँड़ी' कहते हैं। हरियानी बोली के कुछ क्षेत्रों में इसे 'झकरा' कहते हैं, और बुलंदशहर-मेरठ आदि की तरफ़ हँडली कहते हैं, किंतु मानक हिंदी में इसके लिए कोई शब्द नहीं है। यों अब तो धीरे-धीरे इस तरह के किसी बर्तन का प्रचार ही बंद हो रहा है।

गर्मी में शरीर पर जो लाल दाने निकल आते हैं। उनके लिए भी मानक हिंदी में कोई शब्द नहीं है। उसे भोजपुरी में 'अम्हौरी', ब्रज में 'मरोरी', छत्तीसगढ़ी में 'घमुरी' तथा कहीं 'मरोड़ी', कहीं 'अँधौरी', कहीं 'घमौरी' आदि कहते हैं। ऐसे ही छोटे-छोटे आम के लिए 'कैरी', 'अँबिया', 'टिकोरा', 'टिकोला', 'अमौरी' आदि कई नाम हैं किंतु कोई भी ऐसा नहीं है जो पूरे हिंदी प्रदेश में समझा जा सके। पेड़ के चारों ओर पानी-खाद देने के लिए एक घेरा-सा बनाते हैं जिसके लिए घेरा, थाला, थामला, थाँवला, घरुहा आदि क्षेत्रीय नाम हैं किंतु मानक हिंदी में कोई नाम नहीं है।

कहना न होगा कि ऐसे सभी विकल्पों में एक या अत्यावश्यक होने पर दो शब्द चुनकर मानक हिंदी में उसे स्वीकार करने की ज़रूरत है ताकि पूरे हिंदी क्षेत्र में उस संकल्पना के लिए एक नाम हमारे पास हो और हिंदी को सभी विषयों और सभी स्तरों पर बोधगम्य बनाया जा सके।

अर्थ-विषयक कुछ बातें तो ऊपर आ चुकी हैं किंतु इस विषय को अलग से लेने की ज़रूरत है। बहुत-से ऐसे शब्द हिंदी में हैं, जो प्रचलित तो प्रायः पूरे हिंदी क्षेत्र में हैं, किंतु उनके अर्थ सर्वत्र समान नहीं हैं। उदाहरण के लिए, एक शब्द है 'चलता-पुरज़ा'। दिल्ली में तथा आस-पास यह शब्द प्रशंसा का द्योतक नहीं है। 'तुम तो बड़े चलता-पुरज़ा निकले' का अर्थ होगा 'तुम चालाक' या 'मक्कार' हो किंतु पूर्वी उत्तर प्रदेश की हिंदी में यह शब्द प्रशंसा का सूचक है। वहाँ चलता-पुरज़ा का अर्थ है 'व्यावहारिक तथा अपना काम निकाल या बना लेने वाला' किंतु चालाकी या मक्कारी से नहीं।

इस तरह के हजारों शब्द हैं।

पन्द्रह

प्रयुक्ति

कोई भी भाषा अपने सभी प्रयोगों में हमेशा एक-सी नहीं होती। विषय तथा साम जिक परिस्थिति आदि के आधार पर भाषा के अनेकानेक रूप हमारे सामने आते हैं। उदाहरण के लिए, खेल के मैदान में हम एक प्रकार की हिंदी का प्रयोग करते हैं तो कार्यालय में दूसरी प्रकार की हिंदी का। ऐसे ही विज्ञापन, पत्रकारिता, कानून, साहित्य या किसी कारखाने में प्रयुक्त हिंदी एक नहीं होती। इस तरह खेल, कार्यालय, कानून, साहित्य, कारखाना आदि में प्रयुक्त हिंदी के विभिन्न रूप हिंदी की विभिन्न प्रकार या प्रयुक्तियाँ हैं।

किसी भाषा की विभिन्न प्रयुक्तियाँ पारिभाषिक शब्दावली की दृष्टि से तो अलग-अलग होती ही हैं, कभी-कभी अपनी भाषिक संरचना में भी अलग-अलग होती हैं। उदाहरण के लिए, कार्यालयी हिंदी में कार्यालयों में प्रयुक्त प्रशासनिक शब्दावली (जैसे प्रभाग, अनुभाग; संस्तुत, आवती, पावती) तो अन्य प्रयुक्तियों से अलग होती ही हैं, उसकी भाषिक संरचना की यह विशेषता भी होती है कि उनमें निवयक्तिक और कर्मवाच्य के वाक्य ही अपेक्षाकृत अधिक आते हैं। जैसे 'सर्व-साधारण को सूचित किया जाता है', न कि 'मैं सर्वसाधारण को सुचित करता हूँ।'

यदि गहराई से विचार करें तो किसी भाषा की विभिन्न प्रयुक्तियों के आधार तीन हैं—

(अ) विषय

किसी भाषा का जितने विषयों में प्रयोग होगा उसकी उतनी ही प्रयुक्तियाँ भी होंगी। उदाहरण के लिए, हिंदी की कार्यालयी हिंदी, पत्रकारिता की हिंदी, खेल-कूद की हिंदी, व्यापार की हिंदी, कल-कारखाने की हिंदी तथा क़ानून की हिंदी आदि प्रकुक्तियाँ 'बिषय' पर ही आधारित हैं। विषय के आधार पर विकसित प्रयुक्तियाँ पारिभाषिक शब्दावली तथा कभी-कभी भाषिक संरचना में एक-दूसरे से भिन्न होती हैं।

(आ) अभिव्यक्ति के रूप

किसी भी भाषा में अभिव्यक्ति दो रूपों में होती है : मौखिक रूप में और लिखित रूप में। भाषा के इन दोनों रूपों में काफ़ी अंतर होता है। इस तरह प्रत्येक भाषा की मौखिक तथा लिखित प्रयुक्तियाँ होती हैं। उदाहरण के लिए, बोलचाल की हिंदी या आकाशवाणी और दूरदर्शन में बिना लिखित आधार के प्रयुक्त हिंदी (जैसे प्रश्नोत्तर या परिचर्या आदि में) मौखिक प्रयुक्ति का उदाहरण है तो साहित्य, समाचार-पत्र या कार्यालय में प्रयुक्त हिंदी लिखित प्रयुक्ति का उदाहरण है। मौखिक तथा लिखित प्रयुक्तियों में मुख्यतः निम्नांकित अंतर होते हैं—

(क) मौखिक प्रयुक्ति के वाक्य प्रायः शब्दचयन, पदक्रम तथा संयोजन आदि की दृष्टि से लिखित प्रयुक्ति के वाक्य की तरह बहुत शुद्ध नहीं होते, क्योंकि मौखिक प्रयुक्ति में उसे सुधारने का अवसर नहीं मिलता।

(ख) मौखिक प्रयुक्ति के वाक्य प्रायः अधूरे होते हैं जिन्हें श्रोता प्रसंग के पूरे वाक्य में परिवर्तित करके समझ लेता है। लिखित प्रयुक्ति के वाक्यों में यह बात नहीं होती। नाटकों के संवाद या कथा साहित्य में प्रयुक्त कथोपकथन के वाक्य अपवाद हैं जो लिखित प्रयुक्ति में आकर भी एक सीमा तक मौखिक प्रयुक्ति का ही प्रतिनिधित्व करते हैं।

(ग) इस संबंध में यह बात भी उल्लेख्य है कि मौखिक प्रयुक्ति बोलने वाले की आंगिक चेष्टाओं के कारण बहुत प्रभावशाली हो जाती है जबकि लिखित प्रयुक्तियों में यह बात नहीं होती।

प्रयुक्ति के उपर्युक्त भेदों का आधार हमने अभिव्यक्ति के रूप बताया है।

(इ) शैली[1]

वक्ता-श्रोता या लेखक-पाठक के सामाजिक संबंध का जब उनके बीच की भाषा पर प्रभाव पड़ता है तो शैलीय प्रयुक्तियों का जन्म होता है। उदाहरण के लिए उनके बीच की भाषा की शैली कभी तो औपचारिक हो जाती है (कृपया उक्त अवसर पर आप भी पधारने का कष्ट करें), कभी अनौपचारिक (उक्त अवसर पर तुम भी आओ) और कभी-कभी अंतरंग (उक्त अवसर पर आना मत भूलना, आओगे न)। कभी-कभी कुछ और भी तरह की शैलियाँ मिलती हैं। यहाँ सभी को एक साथ देखा जा सकता है—

रूढ़िगत—मेरा विनम्र निवेदन है कि आप कृपया अपने यहाँ रिक्त स्थानों में एक पर मेरी नियुक्ति करने का कष्ट करें।

---

१. आगे के अध्याय में शैली का दूसरा अर्थ है।

बहुत औपचारिक—कृपया अपने यहाँ के रिक्त स्थानों में एक पर मेरी नियुक्ति करने का कष्ट करें।

औपचारिक—अपने यहाँ के रिक्त स्थानों में एक पर मेरी नियुक्ति करने की कृपा करें।

सामान्य—अपने यहाँ के रिक्त स्थानों में एक पर मेरी नियुक्ति कर दें।

अनौपचारिक—अपने यहाँ के रिक्त स्थानों में एक पर मेरी नियुक्ति कर दो।

अंतरंग—यार, अपने यहाँ के रिक्त स्थानों में एक पर मेरी नियुक्ति कर दो न।

मानक भाषा में इन अक्षरों का ध्यान रखना आवश्यक है, नहीं तो भाषा में अमानकता आ जाती है।

इसी प्रसंग में यह भी उल्लेख्य है कि विषयानुसार पारिभाषिक शब्दों के प्रयोग भी बदलते हैं जिनका उल्लेख ऊपर हो चुका है। मानक भाषा के लिए इसका ध्यान रखना भी अनिवार्य है। उदाहरणार्थ—

Alternative title—	पुस्तकालय विज्ञान :	वैकल्पिक आख्या
	आलोचना :	वैकल्पिक शीर्षक
	मनोविज्ञान :	फार्म
	रंगमंच :	कोरा फलक
	वाणिज्य :	अनाम
Cadence—	संचार :	श्रवण-संकेत
	भाषाविज्ञान :	लय
	आलोचना :	अवरोह
Communication—	प्रशासन :	संचार
	आलोचना :	संप्रेषण
	दर्शन :	संज्ञापन

इस तरह एक ही अँग्रेज़ी शब्द के लिए विषयानुसार अलग-अलग उपयुक्त शब्दों का प्रयुक्ति की दृष्टि से चयन भी प्रामाणिक हिंदी के लिए आवश्यक है।

सोलह

हिंदी की शैलियाँ

यदि किसी भाषा की एक शैली हो तो उसका मानक और अच्छा रूप एक होगा, किंतु यदि उसकी एकाधिक शैलियाँ हों तो उसके मानक रूप भी उतने ही होंगे। इसलिए 'मानक हिंदी' पर विचार करने में उसकी शैलियों पर विचार कर लेना आवश्यक है।

हिंदी भाषा की जितनी शैलियाँ हैं, उस रूप में, विश्व की शायद किसी भी भाषा की नहीं होंगी। प्रश्न उठता है कि इसका क्या कारण है? स्पष्ट ही इसका कारण हिंदी भाषा का इतिहास है। इसीलिए शैलियों पर विचार करने के पूर्व भूमिकास्वरूप संक्षेप में उसके इतिहास को देख लेना आवश्यक है।

पीछे हम देख चुके हैं कि हिंदी की जड़ें मूलतः संस्कृत में हैं। वहीं से पालि, प्राकृत, अपभ्रंश तक होते हुए उसका विकास हुआ है। इस प्रकार वह संस्कृत के सम्बद्ध है। इसके साथ-साथ जिस सांस्कृतिक परिवेश में हिंदी का निखार-सँवार हुआ है और हो रहा है, उसकी आधार-भाषा भी संस्कृत है। अन्य भारतीय आर्य भाषाओं की तरह ही हिंदी के लिए भी संस्कृत की स्थिति ठीक वही है जो यूरोपीय भाषाओं के लिए ग्रीक और लैटिन की है। अर्थात जैसे अंग्रेजी, जर्मन आदि यूरोपीय भाषाएँ आवश्यकता पड़ने पर ग्रीक से शब्द लेती हैं, अथवा उनके धातु-प्रत्यय-उपसर्ग की सहायता से नए शब्दों का निर्माण कर लेती हैं, ठीक वही काम हिंदी आदि भारतीय आर्य भाषाएँ (और कन्नड़, तेलुगु आदि आर्येतर भाषाएँ भी) भी करती हैं। इस प्रकार संस्कृत के हिंदी की दादी की दादी होने के कारण, उसका संस्कृत से रक्त-संबंध तो है ही, संस्कृत उसकी स्रोत-भाषा भी है। इस दुहरे घनिष्ठ संबंध ने हिंदी की उस शैली को जन्म दिया है जो संस्कृत बहुल है तथा जिसे उर्दू-हिंदुस्तानी से अलग 'हिंदी', 'उच्च हिंदी' अथवा 'संस्कृतनिष्ठ हिंदी' कहते हैं। इसमें संस्कृत के संज्ञा, विशेषण, सर्वनाम तथा क्रियाविशेषण तो प्रयुक्त होते ही हैं, बहुत से सस्कृत के कारकीय रूप (पदेन, येन-केन-प्रकारेण, मनसा-वाचा-कर्मणा, सामान्यतया, मुख्यतया, विशेषतया, हठात्, संयोगवशात् आदि) हिंदी के

अपने शब्दों की तरह व्यवहृत होते हैं।

हिंदी का जन्म १००० ई० के लगभग हुआ और उसी समय मुसलमानों का भारत पर आक्रमण शुरू हुआ, और शीघ्र ही उन्होंने हिंदी प्रदेश में और फिर धीरे-धीरे पूरे भारत में अपना साम्राज्य स्थापित कर लिया, जिसकी चरम परिणति मुग़ल साम्राज्य के रूप में दिखाई पड़ती है। यह ध्यान देने की बात है कि अपवादों की बात छोड़ दें तो इन नवागंतुक शासकों का केन्द्र हिंदी प्रदेश में ही रहा, जिसका परिणाम यह हुआ कि इनकी राजभाषा फ़ारसी से हिंदी बहुत अधिक प्रभावित हुई। यह बात चौंका देने वाली है कि इन मुसलमान शासकों के प्रभाव से भारत के दो छोरों पर — सुदूरपूर्व पूर्वी बंगाल में तथा धुर पश्चिम सिंध, उत्तरी-पश्चिमी सीमा प्रांत और पश्चिमी पंजाब में — भारत के अन्य क्षेत्रों की तुलना में ज़्यादा लोगों ने इस्लाम धर्म कबूल किया, किंतु बंगला, सिंधी, पंजाबी या मुल्तानी आदि इन क्षेत्रों की किसी भी भाषा की, उनके प्रभाव से कोई शैली विकसित नहीं हुई। इसके विपरीत हिंदी प्रदेश में अपेक्षाकृत कम लोगों ने इस्लाम धर्म स्वीकार किया किंतु यहाँ उनके प्रभाव से हिंदी की उर्दू शैली जनमी ही नहीं, पल्लवित और पुष्पित भी हुई। आख़िर इसका कारण क्या है? इस प्रश्न की ओर अभी तक कदाचित् किसी का ध्यान नहीं गया है। मेरे विचार में इसका उत्तर, मुसलमान शासकों का केन्द्र हिंदी प्रदेश में होना है। इनकी राजभाषा फ़ारसी थी, अत: इस क्षेत्र में फ़ारसी का प्रचार-प्रसार आर्थिक कारणों (नौकरी पाने के लिए) से अधिक हुआ और हिंदी फ़ारसी से बहुत अधिक प्रभावित हुई। यह प्रभाव शब्द-भांडार के क्षेत्र में तो पड़ा ही—और यह प्रभाव कमोबेश भारत की सभी भाषाओं पर पड़ा, फ़ारसी के शब्द-भांडार की तुलना में अधिक गहरा प्रभाव व्याकरण के क्षेत्र में पड़ा। व्याकरण के क्षेत्र से मेरा आशय उपसर्ग, प्रत्यय तथा वाक्य-रचना के क्षेत्र से हैं (विस्तार के लिए देखिए मेरी पुस्तक 'हिंदी भाषा' का 'हिंदी भाषा पर अन्य भाषाओं का प्रभाव' शीर्षक अध्याय)। एक ओर सांस्कृतिक परम्परा के माध्यम से संस्कृत प्रभाव का दबाव था, तो दूसरी ओर राजनीतिक और आर्थिक कारणों से फ़ारसी का दबाव था, परिणाम यह हुआ कि इन दोनों घनीभूत प्रभावों के टकराव में तीन शैलियाँ विकसित हुईं: हिंदी, उर्दू, हिंदुस्तानी। हिंदी संस्कृत की ओर झुकी थी तो उर्दू फ़ारसी की ओर। किंतु ये अतिवादी बिंदु सुशिक्षितों के लिए थे, अत: स्वभावत: दोनों शैलियों के समान तत्त्वों के आधार पर जनता में सहज रूप से एक शैली विकसित हो गई जिसे आगे चलकर हिंदुस्तानी कहा गया। वस्तुत: हुआ ऐसा कि बंगाल, पंजाब या सिंध आदि में स्थानीय भाषाओं ने फ़ारसी प्रभाव के साथ सामंजस्य स्थापित करके समन्वित रूप का विकास किया किंतु हिंदी क्षेत्र में टकराने वाले दोनों दबाव इतने बलशाली थे कि उस रूप में समन्वय तक सीमित रहना संभव नहीं हुआ और दो धाराएँ बह निकलीं (हिंदी और उर्दू) जिनके अंतर

और अतिवादी कठिन रूप ने सहज ही जनता में एक अनतिवादी सरल रूप को जन्म दिया जो पहले तो प्रायः अनामित रही किंतु आगे चलकर गांधी जी के सुझाव पर हिंदुस्तानी कहलाई। इसके पहले 'हिंदुस्तानी' शब्द का प्रयोग या तो उर्दू के लिए होता था, जैसा कि गार्सां द तासी द्वारा लिखे गए हिंदी-उर्दू साहित्य के इतिहास के नाम (इस्त्वार द ला लितेरात्यूर ऐंदुई एँ ऐंदुस्तानी) से प्रकट होता है, या फिर हिंदी और उर्दू दोनों को समाहित कर लेने वाले एक समुच्चयी नाम के रूप में जैसा कि यूरोपीय विद्वानों द्वारा सम्पादित कई कोशों तथा व्याकरण ग्रन्थों के नामों से स्पष्ट होता है। उदाहरण के लिए १८०० ई० से १६०० ई० के बीच तुरोनेसिस फ़र्ग्युसन, हैरिस, गिल-क्राइस्ट टेलर तथा शेक्सपियर आदि द्वारा संपादित हिंदी-उर्दू के दर्जनों कोशों के नाम में इनके लिए हिंदुस्तानी नाम आया है। इसी प्रकार डच विद्वान मिल, या अँग्रेज़ विद्वान गिलक्राइस्ट, स्टुअर्ट, प्राइस, फ़ाब्र्स, चेल्टनहम आदि ने अपने हिंदी-उर्दू व्याकरण को हिंदुस्तानी व्याकरण कहा है।

आजकल हिंदी भाषा की मुख्यतः तीन शैलियाँ प्रचलित हैं जो इस प्रकार हैं—

हिंदुस्तानी—यह हिंदी प्रदेश में बोलचाल की भाषा है तथा इसमें हिंदी-उर्दू में प्रचलित देशज और संस्कृत-विकसित तद्भव शब्द तो सारे-के-सारे प्रयुक्त होते हैं, किंतु संस्कृत या फ़ारसी के केवल वे ही तत्सम शब्द प्रयुक्त होते हैं जो जन-प्रचलित हैं तथा जिन्हें समझने में सामान्य जनता को कोई कठिनाई नहीं होती।

इस प्रसंग में केवल फ़ारसी शब्दों का उल्लेख किया गया। इस दृष्टि से एक स्पष्टीकरण अपेक्षित है। हिंदी-उर्दू-हिंदुस्तानी में अरबी शब्द भी काफ़ी हैं, उनकी संख्या दो हज़ार से कुछ ऊपर है, किंतु वे सारे-के-सारे फ़ारसी के माध्यम से ही आए हैं, सीधे अरबी से नहीं। इसीलिए हिंदी-उर्दू आदि में उन्हें अरबी शब्द न मानकर फ़ारसी शब्द ही मानना वैज्ञानिक है। हां, तुर्की भाषा के लगभग सवा सौ शब्द अवश्य आए हैं जो फ़ारसी में भी प्रचलित हैं, अतः उन्हें भी फ़ारसी में ही समाहित कर सकते हैं। या फिर चूंकि तुर्क सीधे भारत आए थे, और हमारे कई बादशाह तुर्क थे, अतः तुर्की शब्दों को सीधे तुर्की भाषा से आया भी माना जा सकता है।

हिंदुस्तानी शैली हिंदी और उर्दू दोनों का आधार है।

उर्दू—हिंदुस्तानी पर आधारित वह शैली है जिसका व्याकरण प्रायः पूरा-का-पूरा वही हिंदुस्तानी के समान है। अपवाद केवल तत्पुरुष के उल्टे रूप ('रियासत का सदर' के स्थान पर 'सदर-ए-रियासत') या अरबी-फ़ारसी के बहु-वचन (हुक्म-अहकाम, शेर-अशआर, ग़रीब-ग़ुरबा, किताब-कुतुब मसजिद-मजाजीद, ख़्याल-ख़्यालात) आदि हैं। हाँ, अपने शब्द-भंडार में उर्दू हिंदुस्तानी में प्रयुक्त शब्दों के अतिरिक्त फ़ारसी (अरबी, तुर्की, पश्तो भी) के उन शब्दों का भी प्रयोग करती है जो हिंदुस्तानी तथा हिंदी शैली में बिल्कुल प्रचलित नहीं हैं

तथा जिन्हें सामान्य जनता नहीं समझती। जैसे कुद्दूस (पवित्र), चहारशंबा (बुधवार), तथा नाफ़िर (नफ़रत करने वाला) आदि।

उर्दू की भी दो उपशैलियाँ हैं। उदाहरण के लिए दिल्ली उपशैली में कहेंगे 'ख़त लिखनी है', 'चिट्ठी लिखनी है', किंतु लखनऊ उपशैली में कहेंगे 'ख़त लिखना है', 'चिट्ठी लिखना है।' ऐसे ही कभी-कभी एक हैदराबादी उपशैली का भी उल्लेख किया जाता है जो इन दोनों से कुछ भिन्न है।

हिंदी—हिंदी भाषा की तीसरी शैली संस्कृतनिष्ठ हिंदी है जिसे प्रायः 'हिंदी' कहते हैं। इस शैली में उर्दू शैली के विशिष्ट तत्त्व नहीं होते और संस्कृत के तत्सम शब्दों का आधिक्य होता है। जयशंकर प्रसाद के नाटकों, निबंधों तथा उनकी कहानियों की शैली यही है। महादेवी वर्मा तथा अनेक अन्य लोगों की भी शैली यही है। जिस प्रकार उर्दू शैली में न केवल फ़ारसी-अरबी शब्दों का बाहुल्य होता है बल्कि फ़ारसी-अरबी व्याकरण के आधार पर बने रूप भी होते हैं, उसी प्रकार हिंदी की यह शैली संस्कृत के व्याकरणिक रूपों का भी प्रयोग करती है। उदाहरण के लिए जैसा ऊपर भी कहा गया येन-केन-प्रकारेण, कृपया, अनेकशः, संयोग-वशात्, हठात्, बहुजनसुखाय-बहुजनहिताय, मनसा-वाचा-कर्मणा आदि संस्कृत के ही रूप हैं जो हिंदी में धड़ल्ले से प्रयुक्त होते हैं।

इन तीन मुख्य शैलियों के अतिरिक्त अब हिंदी की एक चौथी शैली अँग्रेज़ी मिश्रित भी मिलती है जिसमें अँग्रेज़ी शब्दों के काफ़ी प्रयोग मिलते हैं। डाक्टरों, इंजीनियरों, अफ़सरों, वकीलों, बड़े व्यवसायियों की हिंदी इसी शैली की होती है। आज की फ़िल्मों, कहानियों, उपन्यासों में भी यह शैली मिलती है। उदाहरण के लिए प्रसिद्ध नाटककार लक्ष्मीनारायण लाल की तो एक पुस्तक ही है 'मिस्टर अभिमन्यु'। वस्तुतः व्यावहारिक रूप से तो उपर्युक्त तीनों शैलियों की तुलना में आज इसी शैली का सुशिक्षित लोगों में अधिक प्रयोग मिलता है।

स्वभावतः हिंदी की इन चारों शैलियों के मानक भी एक नहीं हो सकते। अतः इन शैलियों के प्रयोक्ताओं को इन शैलियों के प्रयोग में इनके मानक रूपों का ध्यान रखना चाहिए।

इन चारों शैलियों के उदाहरण यहाँ देखे जा सकते हैं—

१. हिंदी शैली—"कल सम्राट के समक्ष जो विद्रूप और व्यंग-बाण मुझ पर बरसाये गये हैं, वे अन्तस्तल में गड़े हुए हैं। उनके निकालने का प्रयत्न नहीं करूँगा, वे ही भावी विप्लव में सहायक होंगे। चुभ-चुभकर वे मुझे सचेत करेंगे। मैं उन पथ-प्रदर्शकों का अनुसरण करूँगा। बाहुबल से, वीरता से और अनेक प्रचंड पराक्रमों से ही मुझे मगध के महाबलाधिकृत का माननीय पद मिला है; मैं उस सम्मान की रक्षा करूँगा। महादेवी! आज मैंने अपने हृदय के मार्मिक रहस्य का अकस्मात् उद्घाटन कर दिया है, परन्तु वह भी जानबूझकर-समझकर।

मेरा हृदय शूलों के लौहफलक सहने के लिये है, क्षुद्र विषवाक्य-बाण के लिये नहीं।" (प्रसाद, स्कंदगुप्त)

२. हिंदुस्तानी शैली—"पर इस समय जाऊँ कहाँ? पद्मसिंह के घर का दरवाजा भी बंद हो गया होगा, कहार सो गये होंगे। बहुत चीखने-चिल्लाने पर किवाड़ तो खुल जायेंगे, लेकिन वकील साहब अपने मन में न जाने क्या समझें। नहीं, वहाँ जाना उचित नहीं, क्यों न यहीं बैठी रहूँ। एक बज ही गया है, तीन-चार घण्टे में सबेरा हो जायगा। यह सोचकर वह बैठ गयी, किंतु यह धड़का लगा हुआ था कि कोई मुझे इस तरह यहाँ बैठे देख ले तो क्या हो? समझेगा कि चोर है, घात में बैठा है।" (प्रेमचन्द, सेवासदन)

३. उर्दू शैली—"इस जरायम पेशा अक़वाम के लिए गवर्नमेंट ने शहरों में हिस्से अलेहदा कर दिये। उन पर पुलिस की निगरानी रहती है। मैं खुद अपने दौराने मुलाजिमत में उनकी नक्ल व हरकत की रिपोर्ट लिखा करता था। मगर मेरे ख्याल में किसी ज़िम्मेदार हिंदू ने गवर्नमेंट के इस तर्जे-अमल की मुख़ालिफ़त नहीं की। हालाँकि मेरी निगाह में सरका, कत्ल वग़ैरह इतने मकरूह फेल नहीं हैं जितनी असमतफ़रोशी। डोमनी भी जब असमतफ़रोशी करती है तो वह अपनी बिरादरी से खारिज कर दी जाती है। अगर किसी डोम या भर के पास काफी दौलत हो तो वह इस हुस्न से खुले हुए बाजार में मनमाना सौदा खरीद सकता है। खुदा वह दिन न लाये कि हम अपने पोलिटिकल मफाद के लिए इस हद तक जलील होने पर मजबूर हों। अगर इन तवायफ़ों की दीनदारी के तुफ़ैल में सारे इसलाम को खुदा जन्नत अता करे तो मैं दोजख में जाना पसन्द करूँगा। अगर उनकी तादाद की बिना पर हमको इस मुल्क की बादशाही भी मिलती हो तो मैं कबूल न करूँ। मेरी राय तो यह है कि इन्हें मरकज शहर ही से नहीं, हदूद शहर से खारिज कर देना चाहिए।" (प्रेमचन्द, सेवासदन)

४. अंग्रेजी मिश्रित शैली—बीसवीं सदी उत्तरार्ध और उसमें भी सत्तर के बाद के कथा-साहित्य, नाटक, तथा फिल्मों में अँग्रेजी मिश्रित हिंदी भाषा के प्रयोग बहुत अधिक मिलते हैं। उदाहरणार्थ उषा प्रियंवदा की पुस्तक 'मेरी प्रिय कहानियाँ' (१९७४) से कुछ अंश हैं: "(१) चैलेंज मुझे उत्साहित करते हैं, डेडलाइन्स मुझे प्रेरित करती है, (पृ० ८); (२) कमरे का सारा शेबीपन फ़ोकस में आ गया है। (पृ० २३); (३) यह मेंटल ब्लाक गहरे इमोशनल शाक के कारण है। (पृ० ५१); विभाग में कोई लेडी रहे तो अच्छा रहता है। टोनिंग अप हो जाती है। (पृ० ५४); (४) यह वर्षा का सीज़न ही ऐसा है, बहुत डिप्रेसिंग। (पृ० ५९); (५) मेरे पेरेंट्स यति को पसंद नहीं करते। वे कहते हैं कि हमारी बैकग्राउंड भिन्न है। (पृ० ८८); (६) मैं जिंदगी में फ़ेलियर हूँ, कम्प्लीट फ़ेलियर। ...जैसे मेरी ज़िंदगी में अब फुलस्टाप लग गया है।...तुम्हारे फ़ादर ने ठीक ही

किया।" (पृ० १३१)।

स्वभावतः यहाँ एक यह प्रश्न उठता है कि उपर्युक्त चार शैलियों में क्या सभी मानक हिंदी की हैं। निश्चय ही प्रथम तीन तो हैं किंतु इस चौथी शैली को मानक मानें या नहीं, इस प्रश्न का उत्तर देना आसान नहीं है। यों गहराई से देखें तो यह शैली एक प्रकार से आंचलिक कथा-साहित्य की तरह ही है। आंचलिक में अंचल विशेष के शब्द आते हैं, क्योंकि वे उस अंचल में बोले जाते हैं तो इस शैली में अँग्रेज़ी की वे अभिव्यक्तियाँ आती हैं जो उच्चवर्ग द्वारा प्रयुक्त होती हैं। स्वाभाविकता लाने के लिए यदि आंचलिक शब्दों का प्रयोग उचित है तो उच्चवर्ग की भाषा को स्वाभाविक बनाने के लिए अँग्रेज़ी शब्दों और वाक्यों का बीच-बीच में प्रयोग भी अनुचित नहीं कहा जा सकता।

यह चौथी शैली वस्तुतः कहीं तो संस्कृतनिष्ठ हो जाती है, कहीं हिंदुस्तानी और कहीं अँग्रेज़ी-युक्त। इस तरह इसमें कई तरह के उतार-चढ़ाव देखने में आते हैं।

परिशिष्ट

पीछे मानक हिंदी के स्वरूप के कुछ मुख्य बिंदुओं को लिया गया है। हिंदी प्रदेश में अलग-अलग क्षेत्रों में मानक हिंदी का अनेक दृष्टियों से उल्लंघन मिलता है। यहाँ कुछ मानक और अमानक शब्द, रूप, वाक्य, अर्थ आदि बिना किसी क्रम के दिए जा रहे हैं। इनमें कुछ तो लोगों के प्रयोगों से नोट किए गए हैं तथा कुछ उन पुस्तकों से लिए गए हैं जो इन विषयों पर लिखी गई हैं। मैं इस तरह की पुस्तकों के लेखकों विशेषत: आचार्य किशोरीदास वाजपेयी, रामचंद्र वर्मा, डॉ० हरदेव बाहरी, डॉ० रवीन्द्रनाथ श्रीवास्तव तथा डॉ० रमेशचंद्र महरोत्रा का हृदय से आभारी हूँ।

इनको देने का उद्देश्य है इस पुस्तक के पाठकों के लिए कुछ उदाहरण प्रस्तुत करना ताकि सिद्धांत को वे व्यवहार के स्तर पर हृदयंगम कर सकें।

यह ध्यातव्य है कि पहले मानक रूप दिए गए हैं और फिर अमानक।

मानक	अमानक
मैंने उनको बीस बार समझाया है।	मैं उनको बीस बार समझाया हूँ।
क्या तुमने श्याम को देखा है।	तुम श्याम को देखे हो।
तीन-चार दिनों में इस झगड़े का निर्णय हो जाना चाहिए।	इस झगड़े का निर्णय तीन-चार दिनों में हो जाना चाहिए।
तुम्हारा काम पाँच रुपए देकर कराया जा सकता है।	पाँच रुपए देकर तुम्हारा काम कराया जा सकता है।
वह तभी पास हो सकता है जब ठीक से पढ़े।	वह तो तभी पास हो सकता है यदि ठीक से पढ़े।
मेरी समझ में कुछ न आया।	मेरी कुछ समझ में न आया।
यह उचित नहीं है।	यह नहीं उचित है।
उस सभा में स्त्री-पुरुष भारी संख्या में आये।	उस सभा में पुरुष-स्त्री भारी संख्या में आये।

सीता-राम और लक्ष्मण वन को गये।	राम-सीता और लक्ष्मण वन को गये।
राधा-कृष्ण जी-भर होली खेले।	कृष्ण-राधा जी-भर होली खेले।
शिव-पार्वती समाधि में लीन थे।	पार्वती-शिव समाधि में लीन थे।
श्याम तुम्हें दस रुपये देगा।	श्याम तुम्हें दस रुपये देवेगा।
कल शाम को तुम वहाँ चलना।	तुम वहाँ कल शाम को चलियो।
घर चलकर भोजन करना।	घर जाकर भोजन खाइयो।
उन्हें (या उनको) राम को दस रुपये देने हैं।	उन्होंने राम को दस रुपये देने हैं।
सोहन ने आम खाया।	सोहन ने आम को खाया।
मैंने अभी-अभी रोटी खाई है।	मैं अभी-अभी रोटी खाया हूँ। (भोजपुरी, अवधी)
मैं सोचता हूँ, ऐसा कर लेना बहुत अच्छा होगा।	ऐसा कर लेना मैं सोचता हूँ बहुत अच्छा होगा।
एकलव्य का काला और भयानक शरीर देखकर कुत्ता भौंकने लगा।	कुत्ता एकलव्य का काला और भयानक शरीर देखकर भौंकने लगा।
रामू कलकत्ते में ड्राइवरी कर रहा है।	रामू ड्राइवरी कलकत्ते में कर रहा है।
क्या आपने विंध्याचल देखा है।	क्या आपने विंध्याचल पर्वत देखा है।
वह आदमी जो अभी-कभी आया था, चोर लग रहा था।	अभी-अभी जो आदमी आया था (वह) चोर लग रहा था।
कोई भी परवलय मार्गी धूमकेतु इसे एक ही धक्के में चूर्ण-विचूर्ण कर सकता था।	कोई भी परवलय मार्गी धूमकेतु इसे एक ही धक्के में चूर्ण-विचूर्ण कर दे सकता था।
दस रुपये देकर उनका मुँह बंद किया जा सकता है।	उनका मुँह दस रुपये देकर बंद हो सकता है।
कल हम सब घूमने जाएँगे।	कल घूमने हम सब जायेंगे।
स्कूल के कई विद्यार्थी ऐसा करते हैं।	कई स्कूल के विद्यार्थी ऐसा करते हैं।
उसके पास सोने-चाँदी के काफ़ी ज़ेवर थे।	उसके पास चाँदी-सोना के काफी जेवर थे।
दिल्ली में फीरोज़शाह कोटला बहुत लंबा-चौड़ा मैदान है।	फीरोज़शाह कोटला दिल्ली में बड़ा लंबा-चौड़ा मैदान है।
तुम देखना कि यह काम हो भी सकता है या नहीं।	तुम यह काम देखना कि हो भी सकता है, या नहीं।
गांधी जी ने महिलाओं की एक सभा में कहा था।	गांधी जी ने एक महिलाओं की सभा में कहा था।

बेले और चमेली के फूलों की एक माला लेते आना।

एक बेले और चमेली के फूलों की माला लेते आइयो।

मुझे फूलों की एक माला चाहिए।

मुझे एक फूलों की माला चाहिए।

मेरा एक किताबों का थैला खो गया।

मेरा किताबों का एक थैला खो गया।

मुझे पानी का एक गिलास चाहिए।

मुझे एक पानी का गिलास चाहिए।

मैं अभी अपनी बात स्पष्ट करता हूँ।

मैं अभी अपनी बात का स्पष्टीकरण करता हूँ।

हम डरते नहीं, घमासान युद्ध करने को तैयार हैं।

हम नहीं डरते, घमासान युद्ध लड़ने को तैयार हैं।

तुमने तो मुझे बहुत निराश किया।

तुमने तो मुझे बड़ी निराशा दी।

(हिंदी का प्रयोग 'निराशा देना' नहीं 'निराश करना' है।)

लड़कियाँ गाते हुए जा रही हैं।

लड़कियाँ गाती हुई जा रही हैं।

(वस्तुतः 'गाते हुए' क्रियाविशेषण है तथा 'गाती हुई' विशेषण है। ऐसी स्थिति में सामान्यतः 'गाते हुए' क्रिया के पूर्व आना चाहिए और दूसरा संज्ञा के पूर्व : 'गाती हुई लड़कियाँ'। यों अब दूसरा प्रयोग, जो अमानक है, अधिक प्रचलित होता जा रहा है।)

नौकर रोज़ कहता है कि मुझे छुट्टी चाहिए। (प्रत्यक्ष कथन)

नौकर रोज़ कहता है कि उसे छुट्टी चाहिए। (अप्रत्यक्ष कथन)

आखिर तुझे क्या हो गया है?

तेरे को आखिर क्या हो गया है?

सब्ज़ी अच्छी बनी है, जरा रसा और दो।

अच्छी सब्ज़ी बनी है, जरा रेशा और दो।

माँ ने राधा को पीट-पीटकर पक्का बना दिया।

पीट-पीटकर माँ ने राधा को पक्की कर दिया।

उसने एक हरा स्वेटर बुना।

उसने एक स्वेटर हरा बुना।

मालिक ने कहा कि मुझे कोई आपत्ति नहीं है। (प्रत्यक्ष कथन)

मालिक ने कहा कि उन्हें कोई आपत्ति नहीं है। (अप्रत्यक्ष कथन)

तब क्या तुम्हारे आँखें नहीं थीं?

अथवा

तब क्या तुम्हारी आँखें नहीं थीं?

तब क्या तुम्हें आँखें नहीं थीं?

भारतवासियों को इस बात का गर्व होना चाहिए कि भारत हमारा देश है। (प्रत्यक्ष कथन)

भारतवासियों को इस बात का गर्व होना चाहिए कि भारत उनका देश है। (अप्रत्यक्ष कथन)

आपने कच्ची रोटियाँ बनायी हैं, उन्हें आप ही खाइए?

आपने कच्ची रोटियाँ बनाई हैं, उन रोटियों को आप ही खाइए।

	अथवा आपने कच्ची रोटियाँ बनाई हैं, वे रोटियाँ आप ही खाइए।
उसने वायदा किया है कि मैं अब चोरी कभी भी नहीं करूँगा। (प्रत्यक्ष कथन)	उसने वायदा किया है कि वह अब चोरी कभी भी नहीं करेगा। (अप्रत्यक्ष कथन)
छोटों और बड़ों सबके हृदय में एक ही बात थी।	सब छोटे और बड़ों के हृदय में एक ही बात थी।
उन्होंने मेरी बात का बुरा माना।	उन्होंने मेरी बात का बुरा मनाया।
अच्छा, एक काम कीजिए।	अच्छा, एक काम करिए।
कृपया पत्रोत्तर शीघ्र दीजिएगा।	कृपया पत्रोत्तर शीघ्र देने की कृपा कीजिएगा।
रोग ने उसे केवल कंकाल बनाकर छोड़ा था।	रोग ने उसे केवल कंकाल मात्र बनाकर छोड़ा था।
राम से पूछो कि तुम क्या चाहते हो। (प्रत्यक्ष कथन)	राम से पूछो कि वह क्या चाहता है। (अप्रत्यक्ष कथन)
बेचारा असमय मर गया।	बेचारा असमय में मर गया।
छायावादी कवि मानवीकरण में बड़े पटु हैं।	छायावादी कवि मानवीकरण करने में बड़े पटु हैं।
तुम क्या केवल इस चीज़ के लिए यहाँ आए थे? अथवा तुम क्या इस चीज़ के लिए यहाँ आये थे?	तुम क्या केवल मात्र इस चीज़ के लिए ही यहाँ आए थे?
अधिकारी ने आज्ञा दी कि तुम अपने घर लौट जाओ। (प्रत्यक्ष कथन)	अधिकारी ने मुझे आज्ञा दी कि मैं अपने घर लौट जाऊँ। (अप्रत्यक्ष कथन)
अब पूरी पद्धति को सरल कर दिया गया है। अथवा अब पूरी पद्धति को सरल बना दिया गया है।	अब पूरी पद्धति का सरलीकरण कर दिया गया है।
कई सौ वर्षों तक भारत माँ के पैरों में पराधीनता की बेड़ियाँ पड़ी रहीं।	कई सौ वर्षों तक भारत माँ के गले में पराधीनता की बेड़ियाँ पड़ी रहीं।
वह गुस्से से उबल रहा था।	उसका गुस्सा उबल रहा था।
तुम जब चाहो, तब आ सकते हो।	तुम जब चाहो, जभी आ सकते हो।

बहुत दिनों से वे नहीं दिखे।	बहुत दिन से वे नहीं दिखे।
मैंने वह गुफा देखी है जहाँ राणा प्रताप छिपे थे।	मैंने जहाँ राणा प्रताप छिपे हुए थे वह गुफा देखी है।
पद्य के 'चौथाई भाग' या एक 'पद' को चरण कहते हैं।	पद्य के चौथे भाग को चरण कहते हैं।

(यदि चौथे भाग को चरण कहें तो इसका अर्थ यह हुआ कि पहले, दूसरे, तीसरे को कुछ और कहेंगे, जबकि वास्तविकता यह है कि पहला, दूसरा, तीसरा, चौथा ये चारों ही चरण कहे जाते हैं।)

चार बज चुके हैं, अब उसे दवा देनी चाहिए।	अब चार बज चुके हैं उसे दवा देना चाहिए।
सोच लो, ये सब काम करने होंगे।	सोच लो, ये सब काम करना होंगे।
मेरे लिए दो पूड़ियाँ तल दो।	मेरे लिए दो पूड़ियाँ सेंक दो।

(सेंकी जाती हैं 'रोटियाँ'; पूड़ियाँ तली जाती हैं।)

उसे हतोत्साह मत करो।	उसे हतोत्साहित मत करो।
मैं उस दिन शांति से सो रहा था।	मैं उस दिन शांति के साथ सो रहा था।
कोट का दाम पायजामे के दाम से अधिक होता है।	कोट का दाम पायजामे से अधिक होता है।
मेरे पास दो रुपये हैं।	मुझ पर दो रुपये हैं।
मैं आपके प्रति श्रद्धा रखता हूँ। अथवा आपके लिए मेरे मन में बड़ी श्रद्धा है।	मैं आपकी श्रद्धा करता हूँ।
छोटे और बड़े, सभी वहीं जा रहे थे।	सब छोटे और बड़े वहीं जा रहे थे।
'सिवाय आपके कोई ऐसी बातें नहीं करता। अथवा आपको छोड़कर कोई ऐसी बातें नहीं करता।	सिवाय आपको छोड़कर कोई ऐसी बातें नहीं करता।
यहाँ पीने का पानी बिना मूल्य मिलता है।	यहाँ बिना मूल्य पीने का पानी मिलता है।
वह दंत-चिकित्सक है। अथवा वह दाँतों का डॉक्टर है।	वह दाँत का चिकित्सक है। अथवा वह दंत का डॉक्टर है।
यह फोटो मेरे पूजनीय माता-पिता का है।	यह फोटो मेरे पूज्यनीय माता-पिता का है।

अथवा यह फोटो मेरे पूज्य माता-पिता का है।	
आप शिक्षक के रूप में इस प्रदेश की सेवा कर रहे हैं।	आप इस प्रदेश की शिक्षक के रूप में सेवा कर रहे हैं।
काव्यशास्त्र तो डॉ० चतुर्वेदी के पास है। अथवा काव्यशास्त्र तो डॉ० चतुर्वेदी पढ़ाते हैं।	काव्यशास्त्र तो डॉ० चतुर्वेदी पर है।
आपका पत्र मिला। धन्यवाद !	आपका पत्र धन्यवाद के साथ मिला।
हम देश की एकता और अखंडता भंग नहीं होने देंगे, यह एक अच्छी भावना है।	देश की एकता-अखंडता हम नहीं भंग होने देंगे, यह एक अच्छी सद्भावना है।
जो बच्चों के चरित्र-निर्माण में सहायक हो ऐसा साहित्य निश्चय ही उत्कृष्ट कहलायेगा।	बच्चों के चरित्र-निर्माण में जो सहायक हो ऐसा श्रेष्ठ साहित्य निश्चित ही उत्कृष्ट कहलाएगा।
तुम्हें (या तुमको) वहाँ जाना है।	तुमने वहाँ जाना है।
उसको यह काम करना ही है।	उसने यह काम करना ही है।
जी हाँ, यह हमारा मकान है।	जी हाँ, यह हमारा वाला मकान है।
श्याम का घर अच्छा है।	श्याम का घर अच्छा वाला है।
राम हमारे स्कूल का एक चरित्रवान छात्र है।	हमारे स्कूल का छात्र राम सच्चरित्रवान है।
न जाने क्यों वह भयभीत है।	वह न जाने क्यों सभीत है।
नेताओं में जो बातचीत चल रही है उसका निर्णय अगले तीन दिनों में हो जाएगा।	अगले तीन दिन में, नेताओं में जो बातचीत चल रही है उसका निर्णय हो जाएगा।
उसका घर इतना सुन्दर है कि देखते ही बनता है। अथवा उसके घर की शोभा देखते ही बनती है।	उसके घर की सुन्दर शोभा देखते ही बनती है।
कार्बन डाई-ऑक्साइड प्राणघातक है।	कार्बन डाई-ऑक्साइड प्राणों के लिए घातक विष है।

अथवा	
कार्बन डाई-ऑक्साइड प्राणों के लिए विष है।	
तुम्हें एक चिट्ठी लिखनी है।	तुम्हें एक चिट्ठी लिखना है।
मैं रुपया नहीं ले पाया।	मैं रुपया नहीं पा पाया।
वह बड़ी लड़ाका औरत है।	वह बड़ी लड़ाकी औरत है।
मुझे/मुझको यह काम करना ही है।	मैंने यह काम करना ही है।
साहित्य अकादमी ने श्री शमशेर सिंह को ५,००० रुपये का पुरस्कार प्रदान किया।	साहित्य अकादमी ने श्री शमशेरसिंह को ५,००० रुपए का पुरस्कार अर्पित किया।
भारत सरकार ने श्रीमती नर्गिस को 'पदम्श्री' की उपाधि प्रदान की।	भारत सरकार ने श्रीमति नर्गिस को 'पद्मश्री' की उपाधि अर्पित की।
हिंदुओं में बहुत-से लोग धर्मपरायण होते हैं।	हिंदू लोगों में बहुत-से लोग धर्मपरायण होते हैं।
इसके लिए जिन गुणों की आवश्यकता है।	इसके लिए जिन आवश्यक गुणों की आवश्यकता है···
श्याम से गोली अनजाने में चल गई।	श्याम द्वारा गोली अनजाने में चल गई।
सुमन को फूलों की एक माला खरीदनी है।	सुमन को एक फूलों की माला खरीदनी है।
यह गाय का असली दूध है।	यह असली गाय का दूध है।
तुझसे यह नहीं होने का।	तेरे से ये नहीं होने का।
मेरे पास पैसे नहीं हैं।	मुझ पर पैसे नहीं हैं।
अब तो मैंने इन लोगों का विरोध करने का इरादा कर रखा है।	अब तो मैंने इन लोगों का विरोध करने का संकल्प ले रखा है।

('संकल्प लेना' केवल धार्मिक अनुष्ठानों में होता हैं।)

पानी का एक गिलास लाओ।	एक पानी का गिलास लाओ।
गुप्ता जी ने अपने लड़कों को सारा उत्तरदायित्व सौंप दिया है।	गुप्ता जी ने अपना सारा उत्तरदायित्व अपने लड़कों को दे दिया।
मंत्री जी बड़ी लगन से देश-सेवा करते रहे।	मंत्री जी बड़ी लगन के साथ देश-सेवा करते रहे।
चोर श्याम के घर सेंध लगाते हुए पकड़ा गया।	चोर श्याम के घर में सेंध मारते हुए पकड़ा गया।
इन विषयों का ठीक तरह से वर्गीकरण हुआ है।	इन विषयों को ठीक तरह से वर्गीकरण किया गया है।

उसने धोखा करके मेरा मकान अपने नाम करा लिया।	उसने मेरा मकान ठगी करके अपने नाम करा लिया।
गणेश रोज शाम को कार से घूमने जाता है।	गणेश रोज शाम को कार पर टहलने जाता है।
कुत्ता दुम हिलाता हुआ दरवाज़े पर दरबान की तरह खड़ा रहता है।	कुत्ता दरबान की तरह दुम हिलाता हुआ दरवाज़े पर खड़ा रहता है।
भगवान करे, उसका घर धन-धान्य से भरा रहे।	भगवान करे, उसका घर धान्य-धन से भरा रहे।
इसमें कोई लाभ हो या न हो। अथवा इसमें कोई लाभ हो चाहे न हो।	इससे कोई लाभ हो भले न हो।
चाँदी के चमचमाते आभूषण बड़े आकर्षक थे।	चमचमाती चाँदी के आभूषण बड़े आकर्षक थे।
श्याम गाते हुए जा रहा है।	श्याम गाता हुआ जा रहा है।
हमें जौनपुर ही जाना है।	हमें जौन ही पुर जाना है।
तुम क्या काम करते हो?	तुम क्या काम करता है?
देखिए, तकल्लुफ न कीजिए।	देखिए, तकल्लुफ न करें।
निश्चय ही ऐसा होगा।	निश्चित ही ऐसा होवेगा।
क्या तुमने वास्तव में ऐसा किया?	क्या तुकने वास्तविकता में ऐसा करा।
मैं उसे सब कुछ समझा दूंगा।	मैं उसे सब कुछ समझा लूंगा।
राम के जाने पर दशरथ बहुत दुखी हुए।	राम के गए पर दशरथ बहुत दुख किये।
जैसी वर्षा इस वर्ष हुई वैसी पहले कभी नहीं हुई।	जैसी इस वर्ष वर्षा हुई वैसी कभी पहले नहीं हुई थी।
उसने पत्र पढ़ा है।	वह पत्र पढ़े हैं। (भोजपुरी, अवधी)
आप कुछ भी कहें, पर यह वांछनीय नहीं है।	आप कुछ भी कहें पर यह नहीं वांछनीय है।
मज़दूरों की किसी सभा में आपने कहा था कि आप उन्हें बोनस देंगे।	आपने किसी मज़दूरों की सभा में कहा था कि आप उन्हें बोनस देंगे।
किसी दूसरे आदमी को भेज दो।	किसी और दूसरे आदमी को भेज दो।
उसके पाँव बहुत कोमल हैं।	उसके पाँव बड़े सुकोमल हैं।
उसके साथ न्याय किया जाएगा।	उसके साथ उचित न्याय किया जाएगा।
राम के साथ न्याय किया जाएगा।	राम के साथ उचित न्याय किया जाएगा।

आपके-मेरे बीच जो वार्तालाप हुआ है, उसे गुप्त रखिएगा।	आपके-मेरे बीच जो वार्तालाप हुआ उसे गुप्त रहस्य रखिएगा।
अथवा	
हम दोनों के बीच क्या वार्तालाप हुआ वह एक रहस्य है।	
सब मंत्रियों में श्री नरेश श्रेष्ठ हैं।	सब मंत्रियों में श्री नरेश बहुत श्रेष्ठ हैं।
अरे, कांता ने जूठे हाथ से खाना छू दिया।	अरे, कांता ने झूठे हाथ से खाना छू दिया।

(कुछ लोग 'जूठा' को 'झूठा' कहते हैं। यह प्रयोग मानक नहीं है। क्योंकि 'झूठा' 'सच' का विलोम है।)

मोहन को बुलाओ जो राम का लड़का है।	मोहन जो राम का लड़का है, को बुलाओ।
अथवा	
राम के लड़के मोहन को बुलाओ।	
दानवीर कर्ण दान देने में बहुत अधिक प्रसिद्ध थे।	दानवीर कर्ण दान देने में विकट रूप से प्रसिद्ध थे।
वह अपनी भावी संतान के लिए पालने बनवा रही है।	वह अपने भावी पुत्र/पुत्री के लिए पालने बनवा रही है।

('भावी संतान' की बात ठीक है पर 'भावी पुत्र या पुत्री' की नहीं।)

लड़का इतनी तेज़ी से दौड़कर आ रहा है।	इतनी तेज़ी से लड़का दौड़कर आ रहा है।
एक दिन में दो जगह गोलियाँ चलीं।	दिन भर में दो जगह गोलियाँ चलीं।
ठीक है, कल शाम को आ जाना।	ठीक है, कल शाम को आ जाइयो।
चटनी कितनी स्वादिष्ट बनी है जरा चख के देखो।	चटनी कितनी अच्छी है, जरा चख के देखो।
नवीन बहुत सुन्दर लड़का है।	नवीन बड़ा सुन्दर लड़का है।
वे निःसंतान दंपती हैं।	वे निःसंतान माता-पिता हैं।

(संतान हुए बिना माता-पिता बनना संभव नहीं है।)

आज हमारे स्कूल में एक सांस्कृतिक तथा साहित्यिक गोष्ठी है।	आज हमारे स्कूल में एक संस्कृति तथा साहित्य-गोष्ठी है।
इसका सबसे अधिक प्रयोग किसकाम में होता है?	इसका प्रयोग सबसे अधिक किस काम में होता है?
जो लेखक बनना चाहें वे अपनी भाषा पर ध्यान दें।	जो लेखक बनना चाहते हैं वे अपनी भाषा पर ध्यान दें।

आपके कारण यह काम हो गया।	आपके चलते यह काम हो गया।

('चलते' का प्रयोग बिहार में होता है, किन्तु यह मानक नहीं है)।

यदि आप नहीं आएंगे तो मैं वहाँ नहीं जाऊँगा।	यदि आप नहीं आएँगे तो मैं वहाँ नहीं आऊँगा।
प्रत्येक नागरिक का कर्त्तव्य है कि देश की एकता-अखंडता बनाए रखने में सहायता करे।	प्रत्येक नागरिक का कर्त्तव्य है कि उसे देश की एकता-अखंडना को बनाए रखने में सहायता करनी चाहिए।
हमारा कर्त्तव्य है कि जहाँ तक हो सके दुखियों की सहायता करें।	हमारा कर्त्तव्य है कि जहाँ तक हो सके दुखियों की सहायता की जाए।
उधर क्या देख रहा है।	विधर क्या देख रहा है ?
उसने मुझे खाना खिलाया।	उसने मुझे भोजन खिलाया।
शीला ने स्वेटर बहुत ही गफ़ बुना है।	शीला ने बड़ा ही गफ़ स्वेटर बुना है।
जो आदमी कल गाँव से आया था, आज चला गया।	वह आदमी, जो कल गाँव से आया था आज चला गया।
आप तब तो कहते थे कि सब ठीक हो जाएगा।	आप जब तो कहते थे कि सब ठीक हो जाएगा।
घर में मेरे छोटे-छोटे दो बच्चे हैं।	घर में मुझे दो छोटे-छोटे बच्चे हैं।
उसे किसी ने चाकू मार दिया।	उसके किसी ने चक्कू मार दिया।
वह आगे बढ़ने का प्रयत्न करता है।	वह आगे बढ़ सकने का प्रयत्न करता है।
हमारे घर में डालडा का प्रयोग नहीं किया जाता।	हमारे घर में डालडा प्रयोग नहीं किया जाता।
कोलम्बस ने अमेरिका की खोज की।	कोलम्बस ने अमेरिका का आविष्कार किया।
अब घर में मेरा जी नहीं लगता।	अब घर के भीतर मेरा जी नहीं लगता।
बच्चो, मेरी बातें ध्यान से सुनो।	बच्चों, मेरी बातें ध्यान से सुनो।
आप हम पर कृपा करें।	आप हमारे पर कृपा करें। अथवा आप हमारे ऊपर कृपा करें।
आज शाम छः बजे मुझे कहीं जाना है।	अब छः बजे शाम मेरे को कहीं जाना है।
छात्रों ने अपने अध्यापक को अभिनन्दन-पत्र अर्पित किया।	छात्रों ने अपने अध्यापक को अभिनन्दन-पत्र प्रदान किया।

(सवाल के साथ 'करना' उत्तरदायित्व के साथ 'सौंपना', सेंध के साथ 'लगाना'

और योगदान के साथ 'करना' क्रिया का प्रयोग होता है।)

शीला ने एक के बाद एक मुझसे कई सवाल किए।	एक के बाद एक शीला ने मुझसे कई सवाल पूछे।
सुबह-शाम थोड़ी देर टहलना स्वास्थ्य के लिए अच्छा है।	सुबह-शाम थोड़ी दूर घूमना स्वास्थ्य के लिए अच्छा है।
रामायण बाँचना भी एक कला है।	रामायण पढ़ना भी एक कला है।
कविता करना भी एक कला है।	कविता गढ़ना भी एक कला है।
वह रोज़ाना सवेरे विज्ञान की पुस्तकें पढ़ता है।	वह रोज़ाना सवेरे विज्ञान की पुस्तकें बाँचता है।
कृपया मुझे छुट्टी प्रदान करें। अथवा मुझे छुट्टी प्रदान करने की कृपा करें।	कृपया मुझे छुट्टी प्रदान करने की कृपा करें।
मुझसे अनजाने में दूध बिखर गया।	मैंने अनजाने में दूध बिखेर दिया।
यह चित्र उस समय लिया गया था जब अध्यक्ष महोदय दिल्ली पधारे थे।	यह चित्र अध्यक्ष महोदय जब दिल्ली पधारे थे उस समय लिया गया था।
जिस रामदास को एक साल की सज़ा हुई थी, उसकी अपील मंजूर हो गयी है।	रामदास जिसे एक साल की सज़ा हुई थी, की अपील मंजूर हो गई है।
तुम्हारा घर काफ़ी पुराना है और उसमें बहुत सीलन है।	तुम्हारे घर में, जो काफ़ी पुराना है, बहुत सीलन है।
भगाई गई औरतों के प्रति मंत्री द्वारा सहानुभूति व्यक्त।	मंत्री द्वारा भगाई गई औरतों के प्रति सहानुभूति व्यक्त।
हम सब कश्मीर अवश्य जायेंगे।	हम सब कश्मीर अवश्य ही जाएँगे।
आप वहाँ न जाइए।	आप वहाँ मत जाना। अथवा आप वहाँ मत जाइए।
शब्द केवल संकेत हैं।	शब्द केवल संकेत मात्र हैं।
यह तो केवल श्याम पर निर्भर है।	यह तो केवल श्याम पर ही निर्भर है।
श्याम से पेन टूट गया।	श्याम के द्वारा पेन तोड़ दिया गया।
कृष्ण ने यह काम किया।	कृष्ण ने यह काम करा।
मोहन ने यह बात की।	मोहन ने यह बात करी।
वह कल वहाँ नहीं होगी।	वह कल वहाँ नहीं होवेगी।

	अथवा
	वह कल वहाँ नहीं होएगी।
यदि तुम श्याम को ये चीज़ें दे सकते तो बहुत अच्छा होता।	यदि तुम श्याम को ये चीज़ें दे सकते तो बहुत अच्छा हो।
जैसे-जैसे उनके राज़ खुलते गए उनकी कलई भी खुलती गई।	जैसे-जैसे उनके राज़ खुलते गए उनकी कलई भी खुल गई।
यह बात तो कांता से पूछो।	यह बात तो कांता को पूछो।
उससे यह बात मत कहो।	उसको यह बात मत बोलो।
ललिता की दो बेटियाँ हैं।	ललिता को दो बेटियाँ हैं।
श्याम कल बंबई गया है।	श्याम कल बंबई को गया है।
कुछ सहायता मैं भी करूँगा।	कुछ थोड़ी बहुत सहायता मैं भी करूँगा।
अथवा	
थोड़ी-बहुत सहायता मैं भी करूँगा।	
अथवा	
थोड़ी-सी सहायता मैं भी करूँगा।	
उनसे कहो कि वे चुप रहें।	उनको बोलो कि वे चुप रहें।
उनके साथ उनकी बेटी भी जा रही है।	उनके साथ उनकी लड़की भी जा रही है।

(Girl = लड़की, Daughter = बेटी)।

हम दोनों का घनिष्ठ संबंध है।	हम दोनों का घोर संबंध है।
हाथ के बने कपड़ों पर यह नियम लागू नहीं होगा।	हाथ के बने कपड़े इस नियम से वंचित होंगे।
रवीन्द्रनाथ टैगोर को नोबेल पुरस्कार मिला।	रवीन्द्रनाथ टैगोर ने नोबेल पुरस्कार जीता।

(प्रतियोगिता स्वयं भाग लेकर जीतते हैं, किंतु नोबेल या ज्ञानपीठ आदि पुरस्कारों में ऐसा नहीं होता। वे दिये जाते हैं। उनके लिए किसी को स्वयं प्रतियोगी नहीं बनना पड़ता।)

वे आज जाने वाले हैं।	वे आजकल जाने वाले हैं।
अथवा	
वे कल जाने वाले हैं।	
अथवा	
वे एक-दो दिन में जाने वाले हैं।	
'सीता से पूछो जो राधा की सहेली है।	सीता जो राधा की सहेली है, से पूछो।

अथवा राधा की सहेली से पूछो।	
आजकल चावल का बहुत अभाव है।	आजकल चावल का चिंतनीय अभाव है।
वह सबसे सुंदर है। अथवा वह सुंदरतम है।	वह सबसे सुंदरतम है।
किशन के दोस्त बिशन के लिए टिकट चाहिए।	किशन जो बिशन का दोस्त है, के लिए टिकट चाहिए।
मधुमक्खियाँ कोष से मधु निकालती हैं।	मधुमक्खियाँ मधु कोष से निकालती हैं।
मैं देखूंगा कि यह काम हो सकता है या नहीं।	मैं यह काम देखूंगा कि हो सकता है या नहीं।
सिलाई के विदेशी धागे उत्तम होते हैं।	विदेशी सिलाई के धागे उत्तम होते हैं।
प्रांतवाद के लिए लड़ना-झगड़ना फिजूल है।	प्रांतवाद के लिए झगड़ना-लड़ना बेफिजूल है।
मेरे माता-पिता अभी जीवित हैं।	मेरे पिता-माता अभी जीवित हैं।
श्याम हमेशा शंकित रहता है।	श्याम हमेशा सशंकित रहता है।
वैसे दूध खालिस लग रहा है।	वैसे दूध निखालिस लग रहा है।
मधु की आवाज़ मधुर हैं।	मधु की आवाज़ सुमधुर है।
वह राधा को बुरी दृष्टि से देखा करता है। अथवा वह राधा को कुदृष्टि से देखा करता है।	वह राधा को बुरी कुदृष्टि से देखा करता है।
वे अच्छे डॉक्टर थे।	वे एक अच्छे डॉक्टर थे। (अँग्रेज़ी प्रभाव)
नेहरू जी अच्छे वक्ता थे।	नेहरू जी एक अच्छे वक्ता थे। (अँग्रेजी प्रभाव)
इस तूफ़ान से बहुत अधिक क्षति हुई है। अथवा इस तूफान से इतनी क्षति हुई है जितनी कभी भी किसी तूफ़ान से नहीं हुई थी।	इस तूफ़ान से अप्रतिम क्षति हुई है।

(वस्तुतः 'अपूर्व' या 'अप्रतिम' का प्रयोग प्रायः अच्छे और काम्य के लिए प्रशंसा के रूप में किया (अपूर्व कृति, अप्रतिम रचना) जाता है, अनिष्टकारी या

बुरी चीज़ों के लिए नहीं। इसलिए 'वह अपूर्व दस्यु है' या 'वह अप्रतिम हत्यारा है' या 'वहाँ अपूर्व हत्याकांड हुआ है' जैसे प्रयोग ठीक नहीं हैं।)

हम दिल्ली विश्वविद्यालय के निम्न-लिखित छात्र हैं।	हम निम्नलिखित दिल्ली विश्वविद्यालय के छात्र हैं।
चोरी का माल पुलिस द्वारा बरामद हुआ।	पुलिस द्वारा चोरी का माल बरामद हुआ।
उसने चमड़े के तरह-तरह के जूते ख़रीदे।	उसने तरह-तरह के चमड़े के जूते ख़रीदे।
रेलवे के कई कर्मचारियों की गिरफ्तारी हुई।	कई रेलवे के कर्मचारियों की गिरफ्तारी हुई।
मुझे चाय का एक पैकेट चाहिए।	मुझे एक चाय का पैकेट चाहिए।
तुम दोनों में यही अंतर है।	तुम दोनों में केवल यही अंतर है।
मोहन ! तुम भी कनॉट प्लेस आना।	मोहन ! तुम भी कनॉट प्लेस आइयो।
श्याम जी, आप जब आना चाहें तब (तभी) आ सकते हैं।	श्याम जी, आप जब आना चाहें जभी आ सकते हैं।
कुसुम अपने आप चली गई।	कुसुम अपने आप से चली गई।
निराला ने 'जूही की कली' लिखी है।	निराला ने 'जूही की कली' लिखा है।
लकड़ी अब नहीं काटी जायेगी। अथवा लकड़ी अब नहीं कटेगी।	लकड़ी अब नहीं कट जाएगी।
ऐसे सोया नहीं जाता।	ऐसे सोए नहीं जाते।
ऐसा भी कहीं कहा जाता है।	ऐसी भी कहीं कही जाती है।
ऐसा भी कहीं होता है।	ऐसी सी कहीं होती है।
श्याम को इस बारे में कई बातें करनी चाहिए।	श्याम को इस बारे में कई बातें करनी चाहिएँ।
सुमन के भाई के लड़की हुई है।	सुमन के भाई को लड़की हुई है।
शीला घर जा रही है।	शीला घर को जा रही है।
सोहन से मिलो और उसे यह बात बताओ।	सोहन से मिलो और उससे यह बात बताओ।
चपरासी सभी अधिकारियों को पत्र बाँट रहा है।	चपरासी सभी अधिकारियों में पत्र को बाँट रहा है।
मोची जूता बनाता है।	मोची जूते को बनाता है।
यह फोटो उस समय लिया गया था जब नेहरू जी इलाहाबाद पधारे थे।	यह फोटो, जब नेहरू जी इलाहाबाद पधारे थे, उस समय लिया गया था।

जब तक हमारी संस्कृति निर्बाध रही, उसने बहुत उन्नति की।	हमारी संस्कृति ने जब तक वह निर्बाध रही, बहुत उन्नति की।
क्या आप एक काम कीजिएगा ?	आप क्या एक काम करिएगा ?
मैंने अपनी इच्छा से यह किया है। अथवा मैंने स्वेच्छा से यह किया है।	मैंने अपनी स्वेच्छा से यह किया है।
यह अध्यापक का काम नहीं है।	यह एक अध्यापक का काम नहीं है।
यह पुस्तक मैंने पढ़ी है।	यह पुस्तक मेरे द्वारा पढ़ी गयी है।
सबसे पहले सभापति के गले में फूलों की माला डाली गई।	सबसे पहले सभापति के गले में एक फूल की माला डाली गई।
आप शीघ्र घर पर जाइए।	आप शीघ्र घर जाओ।
तुम अभी बाज़ार जाओ।	तुम अभी बाज़र जा।
तू स्कूल जा।	तू स्कूल जाओ।
मैंने प्रश्नपत्र बनाया।	मैंने प्रश्नपत्र को बनाया।
उसने रोटी सेंकी।	उसने रोटी को सेंका।
निम्नांकित में से कोई दो प्रश्न करो।	निम्नांकित में से किन्हीं दो प्रश्नों को करो।
इसका मूल्य आँका नहीं जा सकता।	इसका मूल्य नापा/तोला नहीं जा सकता।
यह ख़बर सुनते ही उसका चेहरा उतर गया।	यह ख़बरसुनते ही उसका चेहरा गिर गया।
यह सब का सब मैं नहीं खाऊँगा।	यह सब का सब मैंने नहीं खाना।
लोहे की अधिकांश चीज़ें काली पड़ जाती हैं।	अधिकांश लोहे की चीज़ें काली पड़ जाती हैं।
शहीदों के प्रति हर देशवासी के हृदय में श्रद्धा होना स्वाभाविक है।	शहीदों के प्रति हर देशवासी को श्रद्धा करना स्वाभाविक है।
वहाँ ज्वर की सर्वोत्कृष्ट चिकित्सा होती है।	वहाँ सर्वोत्कृष्ट ज्वर की चिकित्सा होती है।
मोहन ने, जो राम का लड़का है, काम कर दिया। अथवा राम के लड़के मोहन ने काम कर दिया।	मोहन, जो राम का लड़का है, ने काम कर दिया।

क्रोध में मनुष्य को स्वयं पर नियंत्रण रखना चाहिए।	क्रोध में मनुष्य को स्वयं पर नियंत्रण करना चाहिए।
उन्होंने उसे आड़े हाथों लिया।	उन्होंने उसकी आड़ों हाथों ख़बर ली।
देखिए, आपको यह प्रश्न मुझसे नहीं करना चाहिए।	देखिए आपको यह प्रश्न मुझसे नहीं पूछना चाहिए।
जाकर उन्हें बुला लाओ।	जा करके उन्हें बुला लाओ।
उन्होंने बुलाया तो नहीं है, लेकिन मैं जाऊँगा। अथवा उन्होंने बुलाया तो नहीं है, फिर भी मैं जाऊँगा।	उन्होंने बुलाया तो नहीं है, लेकिन फिर भी मैं जाऊँगा।
मनुष्य को समर्थ रहते किसी पर निर्भर नहीं होना चाहिए।	मनुष्य को समर्थ रहते किसी पर निर्भर करना नहीं चाहिए।
मैं बहुत दिनों से रोग-शय्या पर हूँ।	मैं बहुत दिनों से रुग्ण-शय्या पर हूँ।
अच्छा भाई, उनसे बात करके चले जाना।	अच्छा भाई, उनसे बात करकर चले जाना।
न जाने क्यों मुझे देखते ही उस पर घड़ों पानी पड़ गया।	जाने क्यों मुझे देखते ही उस पर घड़ों पानी गिर गया।
चौथे दिन शत्रु ने हथियार डाल दिए।	चौथे दिन शत्रु ने हथियार रख दिए।
अपना दोष दूसरों के सिर क्यों मढ़ते हो?	अपना दोष दूसरों के सिर क्यों जड़ते हो?
पापा, मेरे जन्मदिन पर आप क्या देंगे?	पापा, मेरे जन्मदिन पर क्या आप दोगे?
मैंने श्याम को दौड़ में पछाड़ दिया।	मैंने श्याम को दौड़ में जीत लिया।
इनका वर्गीकरण करना आसान नहीं है।	इनका वर्गीकृत करना आसान नहीं है।
मुसे आपसे केवल एक ही बात कहनी है।	मुझे केवल मात्र एक ही बात आपसे कहनी है।
उन पर किसी का विश्वास नहीं रहा।	उन पर सभी का विश्वास नहीं रहा। अथवा उन पर सबका विश्वास नहीं रहा।
वे दोनों भाई-बहिन प्रतिदिन एक घंटा खेलते हैं।	वे दोनों बहिन-भाई प्रतिदिन एक घंटे खेलते हैं।
मैंने उसकी नाक पर मुक्का मारा।	मैंने उसकी नाक पर मुक्का जड़ दिया।

उसने अपने पाँव से जूता उतारा।	उसने अपने पाँव से जूता निकाला।
मैं चाहता हूँ कि आप इसकी गम्भीरता पर विचार करें।	मैं चाहता हूँ कि आप इसकी गम्भीरता पर विचार कीजिए।
अच्छा, तुम आई हो !	अच्छा तुम आई है !
मैंने सिपाही से पता पूछा, किंतु उसने नहीं बताया।	मैंने सिपाही से पता पूछा किंतु उसने बताके नहीं दिया।
विद्यालय के निम्नलिखित विद्यार्थी नाटक में भाग ले रहे हैं।	निम्नलिखित विद्यालय के विद्यार्थी नाटक में भाग ले रहे हैं।
मैं न तो यह बस्ता लूंगा और न यह।	मैं तो न यह बस्ता लूंगा और नाहीं यह।
तुम वहाँ पहुँचकर मेरी प्रतीक्षा करना।	तुम वहाँ पहुँचकर मेरी प्रतीक्षा देखना।
अच्छा, तुम कल मुझे स्मरण कराना।	अच्छा, तुम कल मुझे स्मरण दिलाना।
मैं तुम जैसे कृतघ्न का मुंह नहीं देखना चाहता।	मैं तुम जैसे कृतघ्नी का मुंह नहीं देखना चाहता।
तवे पर रोटी जल गई, क्या गंध आ रही है।	तवे पर रोटी सड़ गई क्या; गंध आ रही है।
अपना धन बेकार ही न पड़ा रहने दीजिए।	अपना धन बेकार पड़ा रहने दीजिए।
पकड़ जाने पर वह औरत बोली।	पकड़ी जाने पर वह औरत बोली।
आपको चाहिए था कि आप अस्पताल में उन्हें देख आते।	आपको चाहिए था कि आप उन्हें अस्पताल में देख आयें।
जो कुछ आप जानते हैं साफ-साफ बता दें।	जो कुछ आप जानते हों साफ-साफ बता दो।
वे अक्सर नाटक देखने जाया करते थे।	वे अक्सर नाटक देखने जाया किए थे।
तुमने गोली जानबूझकर चलाई।	तुमसे गोली जानबूझकर चल गई।
शेखर से अनजाने में गिलास टूट गया।	शेखर ने अनजाने से गिलास तोड़ दिया।
करौल बाग में रहने वाली कंचन को प्रथम पुरस्कार मिला। अथवा करौल बाग में जो कंचन रहती है, उसको प्रथम पुरस्कार मिला। अथवा उस कंचन को प्रथम पुरस्कार मिला जो करौल बाग में रहती है।	कंचन जो करौल बाग में रहती है, को प्रथम पुरस्कार मिला। अथवा कंचन को, जो करौल बाग में रहती है, प्रथम पुरस्कार उपलब्ध हुआ।

बिंदु ने जो बात शीला से की थी, मेरे बारे में थी।	बिंदु की बात जो उसने शीला से की थी, मेरे बारे में थी।
अथवा	
बिंदु ने शीला से जो बात की थी, वह मेरे बारे में थी।	
जैसे राम आया था वैसे मैं भी आऊँगा।	जैसे राम आया था वैसे मैं भी आ जाऊँगा।
इस कार्य में आपने जो योगदान किया, वह सराहनीय है।	इस कार्य में आपने जो योगदान दिया, वह सराहनीय है।
हमारी आयुष्मती कन्या के विवाह में आप सादर निमंत्रित हैं।	हमारी सौभाग्यवती कन्या के विवाह में आप सादर निमंत्रित हैं।
सुधा की बड़ी-बड़ी आँखें हैं।	सुधा की मोटी-मोटी आँखें हैं।
रामू, देखो, कहीं रोटी तो नहीं जल रही।	रामू, देखो, कहीं रोटी तो नहीं सड़ रही।
इसके स्पष्टीकरण के लिए मंत्रालय को भेजें।	इसका स्पष्टीकरण करने के लिए मंत्रालय को भेजें।
इसके स्पष्टीकरण के लिए आपको बुलाया है।	इसका स्पष्टीकरण करने के लिए आपको बुलाया है।
यह बात उससे पूछो।	यह बात उसको पूछो।
यह काम मोहन ने किया होगा।	यह काम मोहन के द्वारा किया गया होगा।
वह इस समय घर पर होगा।	वह इस समय घर के ऊपर होगा।
इस भवन का शिलान्यास माननीय/मान्य गृहमंत्री महोदय करेंगे।	इस भवन का शिलान्यास मान्यनीय गृहमंत्री महोदय करेंगे।
परमाणु बम से लाखों आदमी नष्ट हो जाते हैं।	परमाणु बम से लाखों आदमी नाश हो जाते हैं।
वही व्यक्ति सुखी होता है जो स्वयं को परिस्थितियों के अनुसार ढाल ले।	वही व्यक्ति सुखी होता है जो परिस्थितियों के अनुसार अपने को बदल ले।
गांधी जी से जनता को अच्छा मार्गदर्शन मिला।	गांधी जी से जनता को अच्छा मार्गप्रदर्शन मिला।
अथवा	अथवा
गांधी जी ने जनता का अच्छा मार्गदर्शन किया।	गांधी जी ने जनता को अच्छा मार्गदर्शन प्रदान किया।
मैंने महात्मा जी के दर्शन किए।	मैंने महात्मा जी का दर्शन किया।

उसने तुम्हें उस दिन घंटों डाँटा।	उसने तुम्हें उस दिन घंटों छिड़का।

('झिड़कना' क्षणिक क्रिया होती है, देर तक डाँटा जा सकता है, झिड़का नहीं जा सकता है।)

१६ जुलाई, १९८६ को मेरी सौभाग्य-कांक्षिणी कन्या का सुभ विवाह है। अथवा १६ जुलाई, १९८६ को मेरी आयुष्मती कन्या का शुभ विवाह है।	१६ जुलाई, १९८६ को मेरी 'सौभाग्य-वती' कन्या का शुभ विवाह है।

('सौभाग्यवती' और 'कन्या' विरोधी शब्द हैं। विवाह के पहले 'सौभाग्य-वती' का प्रयोग नहीं किया जा सकता।)

खाना मैं खाऊँगा तो, लेकिन आज नहीं।	खाना तो मैं खाऊँगा लेकिन आज नहीं।
क्या आप अभी आए हैं।	क्या आप अभी ही आए हैं।
समझौते के कागज़ पर दोनों पक्षों ने हस्ताक्षर कर दिए।	समझौते के कागज़ पर दोनों पक्षों ने हस्ताक्षर कर दिया।
यदि आप आ सकें तो बड़ी कृपा हो।	यदि आप आ सकें तो बड़ी कृपा होगी।
मैं चाहता था कि वह छुट्टी ले ले।	मैं चाहता हूँ कि वह छुट्टी ले लेता।
जब बैंक से रुपया लें तो अच्छी तरह गिन लें।	जब बैंक से रुपया लें तो अच्छी तरह देख लीजिए।
मैं तो बता चुका, अब आप बताइए।	मैं तो अब बता चुका, आप बताओ।
वह कल प्रातः बम्बई जाएगा।	कल प्रातः वह बम्बई जावेगा।
उस पर बहुत संकट आ पड़ा।	उस पर बहुत संकट आन पड़ा।

कुछ मुख्य संदर्भ ग्रंथ

तिवारी, भोलानाथ, किरण बाला, १९८० : हिंदी वर्तनी की समस्याएँ, दिल्ली

तिवारी, भोलानाथ, १९८६ : भाषाविज्ञान

तिवारी, भोलानाथ, प्रियदर्शिनी मुकुल : हिंदी भाषा की सामाजिक भूमिका

तिवारी, भोलानाथ, १९८२ : राजभाषा हिंदी, दिल्ली

तिवारी, भोलानाथ, १९८६ : हिंदी भाषा

श्रीवास्तव, रवीन्द्रनाथ एवं सहाय, रमानाथ (संपा०) १९७६ : हिंदी भाषा का सामाजिक संदर्भ, आगरा

Gavrin, P. L. 1959 : 'The Standard Language Problems', in D. Hymes (Ed.), Language in Culture and Society, New York

Haugen, E. 1966 : 'Dialect Language and Nation', American Anthropologist, Vol. 68

Robins, R. H. 1966 : General Linguistics; London

Stewart, W. A. 1968 : 'A Sociolinguistic typology for describing National Multilingualism', In J. A. Fishman (Ed.) Readings in Sociology of Language, The Hague.

●●●